张晓东◎著

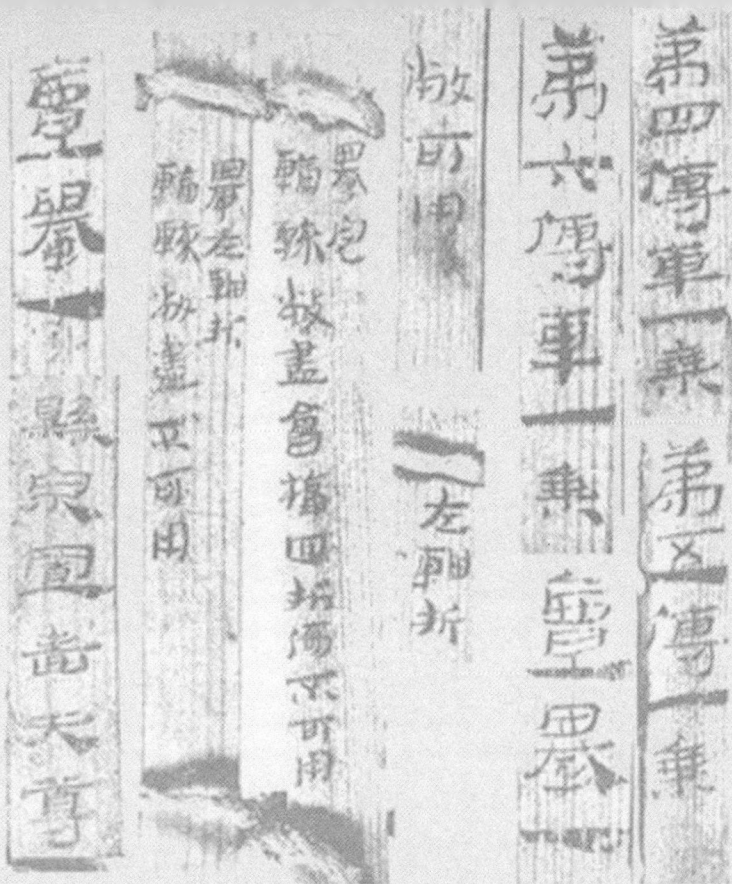

读典记

生命与经典对话

合肥工业大学出版社

　　张晓东，男，祖籍江苏淮阴。教授，硕导，供职于阜阳师范学院文学院文学所，从事中国现当代文学的教学与研究工作。在《文艺理论研究》《中州学刊》《重庆大学学报》《学术界》《江西社会科学》《安徽大学学报》《江淮论坛》《关东学刊》《中国新闻》《名作欣赏》《戏剧文学》《写作》等专业报刊发表学术论文40余篇；出版学术专著多部：《熟悉的名字，陌生的人》（2003，澳门文星出版社）、《句子里的世界》（2009，合肥工业大学出版社）、《身体对心灵的诉说：现代文学"情色"书写研究》（2015，中国社会科学出版社）、《立在经典岸边》（2015，合肥工业大学出版社）、《与经典一起成长》（合著，2016，中国科学技术大学出版社）。主持教育部2012年人文社科规划基金项目：现代文学"情色"书写研究（12YJA751082）、安徽省教育厅2016年重点人文社科项目：当代文学"情色"书写及文学史生成建构问题研究（SK2016A0706）及省部级项目多项。

　　我的生活一直交替着三样人生：现实的；阅读的；书写的。它们各有千秋。"现实的"最狭隘，也最具有质感，尤其作为身体的人生，我依恋这活色生香的凡俗尘世。"阅读的"最广阔，也最迷人，在 2003 年我出第一本书《熟悉的名字陌生的人》（澳门文星出版社，2003）时，书前"序"的开篇便是："至目前为止，书是我最忠实的伙伴。我在书中看见了更有趣的人生。我现在不能想象没有书的人生我是否能安然有耐心地度过。"现在我依然如此认定。"书写的"最自我，也最沉醉。小时做过作家梦，只是这梦早丢爪哇国去了；可还是迷恋文字，这文字太神奇。"我写下句子。句子里诞生世界。"这是我 2009 年出版的《句子里的世界：重寻朱自清》（合肥工业大学出版社，2009）里的话，这本身就是个神奇。

　　这是一本长短不一随笔体的论说文集。长短不一，不是因为它在不同时间不同语境不同目的里写下，只因我的随性随意。写它时，工作依然忙碌，生活依然喧嚣，但内心很静，完全陷溺。这是一本首先献给自己的小著，以后也许我还会写其他文本，但这本是给自己生命的一个纪念——它将最多的融入我自己；其次是给我儿子的，他学理科，对他老爸的书向不与闻，毫无兴趣，我期望在我身后的未来，我以寄身文字的方式还能和他及我的孙儿们在一起；再次才是给您的，我自然期待您也是和我差不多的存在，那，这就是我献给您的卑微的礼物。

书名正题"读典记"，顾名思义：阅读经典后的文字札记。我很直观，引申、延伸均由你；副题，"生命与经典对话"，并不是要以性命相拼相搏，却也有点倾尽性命之力去深味艺术之境的意思。生命、经典，在我意识里，是最重要的两个词。把它们连缀在一起表明了我的立场，于我而言，这简直是必须的。生命是独立、完整的，一个独立、完整的个体生命就是一个独立、完整的小宇宙，它自适、自恰、自我完成。顺着这个理路，标题中隐含了省略，"'读'典记"，是"我读"；"'生命'与经典对话"，自然也是"我的生命"。隐身"我"，不是低调——从来就没有高的调子，只是为了自以为表达的"好看"。好看、好玩、有趣这类词，在我的词典中可是最美妙的词汇。

书分三篇。述理、品人、论文。一根线贯穿全本：书写我对生命与艺术的理解。六经注我，我注六经。这只是个比方，不是吹嘘自己有博学宏词，不过小小的我的一点体会和抒发，连"六经"的旁注也不能算。如上所言，这本小书是给自己的一份礼物；我把自己放在自在之境，寄望自己心无旁忌，说一点诚心无欺的话就好。

在高校教文学混饭碗是我的生存之道；除此，我对自己的职业充满敬畏。苏格拉底曾如此表达：哲学，不是一门职业；哲学家，也不是职业符号——与哲学相连的是你的生活方式，哲学就是你的存在之道。我喜欢这个说辞。我对文学艺术的理解与此相类。包括哲学、艺术、文学在内的所有人文学科，在我眼中都不是"器"，是"道"——"朝闻道，夕死可矣"之"道"，虽然，我的道不都是老子、孔夫子所规定好的那个。

很喜欢顾城的诗，这个人我却敬而远之，他太阴郁了，即便你告诉我，正是他的"阴郁"才会造就他的诗和人，我也不准备改变这个立场：必然也不绝对必然；类似这个的还有海子，甚至我过度喜欢的张爱玲：好好欣赏他们了不起的作品就好了，人嘛，还是算了。三个人长得都很一般。我喜欢美丽的人儿，美，看着心里就愉悦。不好看，能不看就尽量不看了。当然，这是个当真的玩笑话。我也不是说他们的人好或不好。在他们的文本里，我已获得了一个丰富而有趣的人，就不必再用他们自身的芜杂来毁坏这个虚幻的美好世界了吧！艺术自有它的纯粹之美。我祈愿顾城没有杀妻自戕、海子没有卧轨、张爱玲腰身稍微柔软。真如此多好啊！但自然，他们不会也无义务按我的期望活，但也千万别粉饰他们肉身主导的世俗。诗的归诗；其他的该归谁归谁。"面朝大海，春暖花开！"（海子）我喜欢。"因为懂得，所以慈悲。"（张爱玲）我黯然。"我到处看见的只是生活，我看不见一个真正的生命！"（顾城《英儿》）我深度共鸣。张爱玲曾翻译的爱默生在《美国的哲人》中也说："我放眼人类的历史，我看不见一个完整的人。我看见的只是一只胳膊、一条腿、乃至一个胃。""人，应该是一个独立完整的宇宙。"应该往往是愿景，不是现实。

可是梦想总叫人悸动。要把生命从生活中呼唤出来。生活包裹生命，它是生命之基，犹如淤泥之于荷。荷植根于淤泥，荷当然要感恩淤泥（程颐的"出于淤泥而不染"数典忘祖，很势利），但荷究竟还是荷。生命寄身于肉身，生活用柴米油盐来养活肉身，生命也得于在其中成长。生命感恩收留自己的肉身，肉身不仅给了生命一个具体的形体，同时也以自己的方式成就着和自己亲如兄弟的生命。生命首先是物质的，但又是性灵的。性灵从生活里长成，它参与对性灵的塑形，性灵不是先验、自生，然后寄身一个形体，它是"存在先于本质"。有万千个肉身的生活，就有万千个和它对应的生命，生命里包裹着万千个不一样的性灵。所谓"灵与肉的冲突"其实虚拟，当然也不是说：肉，就是肉身；灵，就是生命。它们是你中有我我中有你。冲突，那也是爱恨交织的搏战，剪不断理还乱。莫里斯著《裸猿》，说："人"变得虚伪了，不愿再承认生物性乃是自己本质的一部分。其实，人不过无毛两足生物罢了。尼采说身体是人一切决定性的存在。此即说：身体并不是从动物走向人的障碍，障碍也不是灵肉冲突，要有冲突也是身体内在的冲突，负载了我们的焦虑、恐惧、疼痛和欢乐、沉醉、狂迷的身体。身体一直在那里，我绝望，两眼发黑；我沉醉，金光万道，这都是身体在说话。对身体的重新认识和解读，也意味着对身体里的神性的更好认识。对身体的解放，我们经历了脱去文明人外衣的历程，对身体的各种非难，说明了我们对自己的生物性在内心深处还是无法接受，尽管脱去了外衣，内里还有重重包裹。灵肉二元论早该打破、扬弃，身体本位早该确立，身体并不是附着于精神属性的半独立品。愉悦就是身体的基本属性，身体是享乐的还是生产性的，这是身体政治学的基本分歧，在他人意识中，前者代表颓废、堕落和羞耻，后者代表积极、光荣和进步。于我，反之。"作家们是在用他们的生命热情去写作，而评论家们却是在用他们抽象的概念来解读。""文本不是他们的解读对象，而是他们'自我言说'的证据材料——超越文本与重构文本。"（宋剑华：《生命阅读与神话结构——20世纪中国文学经典文本的重新释义·后记》，广东人民出版社，2010年，第304页）真真岂有此理！难怪作家不待见有些所谓的批评家——其实是空头的口号家罢了。经典文本乃是艺术家们生命意识的思想结晶，是他们精神世界的情感体验和深度思考，那些令他们倍感困惑的人生问题岂是那些空头口号家们用某种空洞口号就能轻而易举地发现并解决的？以命换命才是平等。阅读经典、批评文学，早该完整、鲜活的生命出场了。王佐良曾评说穆旦的诗是"用身体来思想"。这真是"身"来之笔！福柯则渴望："我忍不住梦想一种批评，这种批评不会努力去评判，而是给一部作品、一本书、一个句子、一种思想带来生命。"这才是批评的经典，经典的批评。

说到文学，也不用兜圈子、绕弯子，更别故弄玄虚，基本的事实是，文学史首先是作家、作品的历史。作品是核心，经典当然更是。现在关于文学及史的研究花样百出，令人目眩神迷，各方神仙把本该静默的象牙塔弄得热闹得像个沸腾的竞技场。我隔岸观火心如止水；我只记得文学的初心。我阅读经典，期待灵府深处的共鸣。

也读别人的读典，有时就会阻滞于文体。去年，终于，《文艺研究》上开"随笔体学术专栏"了，我心里忍不住大喝一声"好"！早该如此。多年来，我读了太多无知、无趣、味同嚼蜡、弄神弄鬼的高头讲章。还总有人又动不动祭出学术要"客观"的大旗。我不懂。人文哪来的绝对客观？"我说、我认为"就是主观，引用各路大佬就是客观？那些大佬的言说难道不是"我说、我以为"？不过是变相的"祖宗之法"罢了，不过是狐假虎威罢了，不过是耸人听闻罢了。学术，要讲理性，不是客观。理性不等于"祖宗之法"、大佬语录。一篇文字，非得文献多少、索引多少，否则就是没学术含量、没学术水准？就是不懂、不认这个道理。一篇学术文字，无外乎或阐述观念、或弄清史实、或商榷立场、或交流看法，各说各话，只要秉承"此话怎讲？何以见得？"之则，把话说清、说尽即可，何至于作啥硬性之规？如果这是为训练莘莘学子养成言出有据的严谨文风倒也情有可原。其实，就是这个，我看一句"文责自负"也足矣！一个人要发布观念让别人认同，他自然会从"人情物理"方面竭尽全力去说服别人，这个自然而然最自然。也许是因为惯性，我现在看见砖头一般厚的高头讲章就头晕，我从许多短小精悍特别是艺术家的随笔小品中不仅获得了很多对艺术、人生、历史、哲学的认知，还收获了很多有趣、好玩的兴味满足。

人很渺小，再渺小，也渴望自己"存在"，期望在万千人中有那么一点不同。若反视，人也挺可怜的，一生拼尽全力就是为了"做自己"。也没啥可怜，这是造化之命，顺承即自然。自自然然的人，自然会有自己的腔调。梁漱溟先生说："有话好好说，有饭好好吃，有路好好走，是为敬。"很纯净、直抵性灵的表达。梁先生的"好好"我的理解就是自然、诚恳、郑重，但不是僵着的那种端凝。我时常想起自己的孩童时代。孩子是最自然的人儿，他没有成人那种别扭的机心，"孩子都是天然的艺术家"，这话足以让人深味艺术的品性。没有孩子气的人是不可爱的。张爱玲说，许多大人不敢看孩子的眼睛。孩子的眼睛是照妖镜。和孩子同秉性的艺术也是。艺术家就是保有童心的人。那么世故的鲁迅其实童心不泯："无情未必真豪杰，怜子如何不丈夫。知否兴风狂啸者，回眸时看小於菟。"人如何自然地在"自然"中？在《论语》里我曾看见最好的形容："天何言哉？四时行焉。百物生焉。天何言哉？"沈从文说，如果人诚心正意，此时就该"喑哑"。有此诚心的人，面对自己和身外的宇宙，他做出的第一个动作—

定是凝视和倾听，而不是仰着脑袋喋喋不休。在如罗丹"思想者"一样的低眉顺目口鼻观心中，慢慢地他一定会有了自己说话的腔调。说话、写字、做人，找着了自己的腔调，你就在慢慢完成着自己。

我慢慢在写作中寻找着自己的腔调。做一个有自我腔调的人是我的梦想。我在散文、随笔的形体中觉着了我在向自己慢慢靠近。这不就是古希腊人的"认识你自己"么？认识自己不就是把不是自己的那部分剔除，让真实的自我呈现吗？陀思妥耶夫斯基在《作家日记》里说过，人很多时候不像自己，所谓认同，就像肖像画家为人画像，在动笔之前，他得仔细观察，寻找对象他"最像自己的那一瞬间"。这本《读典记：生命与经典对话》，是我读经典的个人浅薄记录，却也是自我的寻找与确认。这样的阅读历程并不寻求客观、全面，经典是你的、他的，在这，是我的。对话，是双向的。我期望这个对话中的我自由而随心，全生命地投入，像春风春雨中的花朵般自在开放。春风春雨滋润了花朵，花朵带着感恩、虔诚与热爱渴望，用自己的开放留存春风春雨的生命——经典即是这样在你、我、他的生命中传递，获得永生。

加缪的《西西福斯神话》，我的最爱。加缪倾尽生命之力，写自己的生命存在之学。面对存在的荒谬，他祭起"激情、正义、反抗"三面大旗，而且斩钉截铁地说，这必须是"我的激情、我的正义、我的反抗"。读《西西福斯神话》时我仿佛立在海边任潮水吞没，《西西福斯神话》成了我的圣书，从文体到思想它都刻在了我的神经和骨头上，加缪教会了我用生命来思想。大学毕业，走入社会，我成了一名教书匠，记得那会系领导曾布置让每一位教书的给学生开自己这门课的必读书目。那时年轻的我却也知道自己的分量，坦然对领导相告，实在无此为他人负责的能力。这也罢了，我居然还学了鲁迅的《青年必读书》"从来没有留心过，所以现在说不出"，附言却洋洋洒洒地说起了自己的读书观，又哪里是读书观呢，说的是人如草木自然一秋各随本性随遇而安也就自然终安之类，实在书呆子得可以。不说别人，我也真的就这么一直书呆子似的下来了，如今自评，看来果真是要"自然终安"的，但也没觉有何不适，还行。"年年岁岁花相似，岁岁年年人不同。""寄蜉蝣于天地，渺沧海之一粟。哀吾生之须臾，羡长江之无穷。挟飞仙以遨游，抱明月而长终。知不可乎骤得，托遗响于悲风。"天宁地静，形消骨亡，千百年后，从这不死的文字还能触摸到腔子里的那一口气，那一口气里深深的叹息。"前不见古人，后不见来者。念天地之悠悠，独怆然而涕下。"中国诗人的智慧比起西方的加缪是柔性的，然同样的绵柔有力。生命自有不同的定力。

又想起《野草》的开篇："当我沉默的时候，我觉得充实。我将开口，同时感到空虚。"我总更多地从叙述、抒发比议论里得到更多的东西。"人类一思考，

上帝就发笑。"我悟了。在"上帝"面前，我把生命打开，祈祷这个最伟大的造物主赋予属于我的腔调。《读典记：生命与经典对话》是我的再一次出发。我祈祷在每一页我与自己相遇。

我一直过着平稳的日常人生，多少有些寂寥与烦闷。我选择和有趣的心灵待在一起，以消磨这多少有些沉闷的流水人生。

是为小引。

目　录

卷壹　述理

卷贰　品人

述 理

我的生命观

　　既然是"我的"，那就"自话自说"了，但怎么可能只是自己的话呢？那太虚妄、矫情。自话自说的意思是，如果引用别人，就要在自己的语境中把他人之言"化"为自己的血肉。不是为了"掉书袋"就好。

　　"我的生命观"大概属于生命哲学范畴。"生命哲学"这样的字眼于我一点也不重要，这样说并不是轻视它，否则沉于哲学或以哲学为生计的人听了不免会不高兴。我能理解。我说它不重要，是说我不想把它当学问来对待。没有生命哲学或生命哲学观在你看来有问题的人，他未必就一定没有美好的人生。你要问这世上大多的芸芸众生，许多人一定回答不出所谓生命哲学的诸多问题，逼急了，他可能会答你"人为财死鸟为食亡"之类，那时不知你可会嘴角上扬。列夫·托尔斯泰，这个饱学、智慧之士对生命哲学之类表达过很多意见，但在高尔基回忆他的书里他最终给出的小结是，那些饱学之士未必比在田间地头劳作的农夫更有智慧。这真是个令人沮丧的答案。人生、生命之类题目难的不是寻求终极答案，根本就没有；若有，也只是谁都知道的，你我最后皆归于尘土；难的是在具体的人生、生命流程中所要解决的实际问题。生老病死爱，这是人生、生命战场上的"五虎上将"，和它们对垒，哪一个都不好对付。至于那些理啊、道啊、名啊、实啊等等玄虚的概念最好还是和这"五虎上将"连在一起琢磨才好。玩玄虚的灵魂游戏人类早已玩得不亦乐乎，现在也仍然可以有，但最好还是让它落地。

这就把话说回来了。列夫·托尔斯泰虽拿农夫说事，但重点显然不是对农夫的认同，而是反衬自己智力面对难题的沮丧，还有他大概也领教够了知识分子不切实际夸夸其谈的无聊。至于我，也不是要把生命哲学虚无化，只是不想它成为炫学的竞技场；每个生命都渴望有对自己的理解和把控，生命哲学是生命的安魂曲。在高尔基回忆列夫·托尔斯泰的书里，我还是更喜欢高尔基记录下的老托尔斯泰一些生命瞬间状态的细节，正因为它稍纵即逝所以更值得用文字把它凝固。比如其中一个细节是，皮肤晒得黝黑身体健壮的托尔斯泰正在其庄园碧绿的葡萄藤架下和高尔基谈话，突然，刚刚脸上还阳光灿烂的他转瞬间已阴云密布，就是转瞬间，没有任何过渡，或者说，他人无法窥见的电光火石般的过渡在他的心里，他的嘴巴似乎只是对着自己在小声咕噜："人总是要死掉，一切还有何意义？一切都没有意义。"热爱托尔斯泰的都知道，他有一系列长篇大著，可是，他的短篇《伊凡·伊里奇之死》毫不夸张地说，才是他艺术与生命的压轴之作。

《伊凡·伊里奇之死》写了何样主题？死亡。准确地说，死感。写死怎样把人吓坏，一直到，死的降临。于是，一切终结。托尔斯泰一定看见了死笼罩的黑暗、虚无、深渊；而高尔基在灿烂阳光下看见他脸上的阴云密布。

谈论人生、人生里的生命，就该从"人死"说起。

一、死

我11岁时，小弟6岁，出了"水痘"。本不该的，之前各种"痘"不是都已"种"过了吗？家人猝不及防，不只乱了阵脚，内心更是忧心如焚。小弟高烧、脸色潮红、呼吸短而急，小嘴一张一张。母亲抱着弟弟哭泣；父亲搓着手在屋内转圈，煤油灯把父亲巨大的身影东投西放，有些鬼魅。我像个小陀螺跟在父亲身后转，内心惊恐。我听见父亲嘴里叨咕着我至今都不忘的咕噜："才6岁！6岁！什么都还没有过，连婚都没结呢！啧啧啧！该死该死！"今天回想，忍不住发噱；当时只有恐惧。父亲急疯了心，乱如麻，他哪里知道自己在说什么。我懂得，"该死该死"是他在自责。那个年代！那一夜！很、难、熬！

直至黎明，小弟熬过来了。太阳缓缓升起，潮红慢慢退去，弟弟呼吸平匀。

那一夜我再一次嗅到了死的气味，眼前仿佛晃荡着它二流子似的黑影。之前，与死已打过两次照面：先是爷爷，后是奶奶——

爷爷的死是个缓缓地过程：先是夏日清晨爷爷踩着晨露外出垂钓，着了风寒；然后是咳嗽、气喘、卧床、熬药、打针，就这样，一点点地，爷爷虚弱下去……最后，现在我印象最深的就是黑白两色，在这两色中穿梭来往的人影。在堂屋的床板上，爷爷已穿上老衣，他在艰难地吐气，越来越困难，家人寂然无声地围在板床四周，所有的目光注视着爷爷的嘴，我听得见寂静中的心跳、爷爷越来越粗促的喘气声停在屋里每个人的耳边。一位老者走过来对父亲耳语，我看见父亲木然地点点头，脚步吃重地向爷爷头部所在挪去。作为长子长孙，我就站在爷爷的板床边。我看见父亲弯下腰，我看见父亲的手伸到爷爷的颈下，我看见他在对爷爷很轻很轻地说话，我看见父亲眼里噙着泪，我看见衰弱干瘦的爷爷奋力地在睁眼，我看见爷爷的喉头在蠕动，我听见爷爷嘴巴里咕噜咕噜发出一点点极微的沙哑的气声，我看见父亲一边吞声一边点头一边在抽去爷爷头下四方的硬硬的枕头，我看见爷爷的头慢慢地向后向下垂下去、垂下去……我听不见了爷爷粗促的喘息，忽然听见妈妈在"死一般"的寂静中、在我脑后上方发出的嘹亮的哭声，于是，屋子里一下子马上充满了男女老少高低错落的哭声、喊声、饮泣声。我吓傻了，眨巴着眼，左右看看，没人理我。不知是委屈、害怕，还是直觉到的难过，我撇了撇嘴，也在掉过脸去喊着"妈妈、妈妈"的稚声中哭了起来……三天后是招魂幡、白纸的猪马牛羊、红红的盆火、野外女人乳房式的坟头、满坡的青草……爷爷没了。欢笑没了。只有记忆，记忆中的回忆……奶奶的死在爷爷三个多月后的一个中午，那天放学，放下书包，我快快地跑进奶奶的房间，嘴里喊着："奶奶吃饭！奶奶吃饭咯！"可是，我却突然像被钉在了奶奶卧房的门口，瞪大眼睛惊魂失魄地尖叫起来，我至今都听得见童年时的我从瘦小的胸腔中发出的高音贝尖叫，尖尖的、细细的、长长的、撕心穿肺，我吓坏了，我看见奶奶歪在自己的床头，面目狰狞，已然绝气。那骇人的恐怖画面我今生永难描摹，我吓坏了……于是又是招魂幡、白色的纸人纸马……那时的我 8 岁。死，以它最直观的形象向我展示了它的雷霆万钧之力，在我的心头投下了再也抹不去的浓重的阴影。我再也不能享受先前孩童那纯净的快乐了，悠忽之间，一下子沉默了许多。我的童年结束了。

从此，死以及与死相关联的存在时不时地就会进入我的世界，并不是具体的事实，而是我的意识不经意之间就会和它们纠缠在一起。宁静结束了；快乐结束了；完整也结束了。

现在，我已过了孔夫子说的"知天命"，自然也早已越过了他所言的"不惑"之线，我想试着写下对它的认知，却体会到在它面前我永难集中心神，也质疑这行为有任何意义：知识、智慧，一切人可以自炫的东西在它面前是如此的轻飘、微不足道。谈论它，也只是给它的王冠再次加冕，以表我们对它的敬服罢了。可在自己纠结的末尾，我还是试着要谈论它，并不是要看穿它，也不是要驯服它。这是永无可能的。它不屑神秘，它很坦然，它是王，阎王。我不想和它对话，我只是借着它试着去理解、引领"死之前"的我的人生。至于死、死后，嘿嘿！希望自己笑得不是太惨然。

孔夫子言：不知生，焉知死！这个理路，呃！大概有些问题。情形似乎该反过来，不知死，焉知生。加缪《西西弗斯神话》开篇即言：哲学研究的最基本问题就是死亡问题。海德格尔《存在与时间》里有"向死而生"的定断。弗洛伊德还有玄妙的"爱即死"之说。鲁迅在《坟·后记》中则说：人从生下后即向死亡走去。在生与死间，便是所谓的人生路。但如何从生走向死，我不知道。可能又不甘心于"我不知道"，鲁迅生前写了大量关于"死"的文字。他并没追到答案，却消磨了不少和"死"在一起的时光。活在世上的人，从古到今，执着于言死的人连绵不绝，大概还是因为无能绕过"人总是要死的"这个巨大阴影吧！西蒙·波娃写过一本小说，名即《人总是要死的》。小说里，西蒙·波娃写了一个永生的人想死死不了，干脆就把自己活成了一具不思不想不动不吃不喝不欲的僵尸，对照着小说中那个处处争锋头、时时要脸面的女明星，她大概是想表达一点对死亡的达观与勇敢、对生之贪恋的一些知止吧。西蒙·波娃说到底也不过是个哲人，也只能在纸上把讨厌的死亡给超度了而已。有关生死的哲学言说真的就能如此方便地成为现实人生的指导原则吗？我总怀疑。

不过，人总是要死的，确实给了人一个逻辑推动的原点。谈论死有何益处？没有。本身没有。但似乎可以有一个相关联的意义，有了清晰的"人死观"，当有助于明了更具体实在的"人生观"。

谈论死亡或许还有两个非本质意义：抚慰和理趣。抚慰实际是自欺；理趣就是为明白而明白：噢！死亡是这么回事！然后，还是不会安心地死掉。生前，你可以向同类炫耀一下你的知识、智慧，得一点浮世虚荣的满足，像西蒙·波娃这个既漂亮又智慧的女子一样。

生命直觉已足以给出这个判断：死是黑暗、虚无、深渊。宇宙中的黑洞，终结一切！谈论死，不是为了深入死、死后的存在，是立在死之门前：想想如何了结"死前"的存在。

爷爷辞世时，我就已知道有一天它也要与我对面。活着，对它的恐惧、厌恶就会如影随形。一念而起时，伴随的总是不寒而栗、黯然神伤，但又有什么用呢。你时时看得见它就在不远处用冷漠的眼神看住你。逃，无路。背过脸去、闭上眼睛、捂上耳朵，你还是知道它就在你旁边阴阴笑着，似乎嘲讽着你的怯弱。你在大部分时光似乎沉醉在世俗人生的欢乐嬉戏中，它也很宽容地不来打扰；可是，它总是冷不丁地会在你眼前晃一下，就像那日在列夫·托尔斯泰面前那样，于是，你生命的眩晕开始……你早就明白，它才是你的王！

知道是哄骗自己，人还是会怀抱绝望寄望神奇。成神、成仙，是人抗拒死亡的元初梦想。一代代君王和术士搜寻着长生不死之药。可是在哪呢？这皇那帝三山五岳瀛台蓬莱地寻过，至今下落不明。现代人，认知改变了，心灵疲惫了，也妥协了。

看来只有顺其自然。在这过程中，尽一点人力，保身续命。然而，问题是，顺哪些自然，又如何顺呢？

舍掉终极。郑板桥说："难得糊涂"！这是形而上的，确实较一般见识高明。后面还跟了一句形而下的，"吃亏是福"，也不错。形上、形下，其实都是一点说服也即骗骗自己的阿 Q 精神。智慧，有时也就是对本性的顺承而已。

死既不免，以生物本性论，总求死之前如何好好地活！此即"人生观"。

好好地活，没人不同意。"好好"如何定义，又是个问题。

有圣人说：生，我所欲也；义，我所欲也。二者不可得兼，舍生而取义者也！如果你又较真，问题就又有，义，谁来定义。好像无休无止。不过，圣人的理路也有些道理，即，人生的路就是大大小小没完没了选择的过程。生命不死，选择不止。既搞不清谁有定义的权力，那我的意思，你自定义吧，包括你同意别人的定义。但不管怎样，选择时常伴随着痛苦，很多时候，选择不是简单的非此即彼，常常是你中有我我中有你，剪，不断；理，还乱。

方法呢？我取凝视"我"和"现世"。昔人的世界可以是《聊斋志异》式的，以为死是形灭而神存，这神，现代人称为"灵魂"，还可以到另一世界，虽然昏暗一些、阴冷一些，总还有佳人的美丽、亲友的温暖，总之不过是"变"而不是"灭"。现在无法了，科学知识赶走了"聊斋志异式"的世界，神，不过是人造的幻影，它若有，也是寄身于形，形亡，神也无存。人，生而只此一次，死带来的是一切所有的立即断灭。我只有"现世"。没有既生与来生。佛家的这句话"生死事大"倒是还没出脱人间，宋儒评论说，总喊生死事大乃因怕死。判断得并不错，关键是，接着？连《涅槃经》之类记释迦牟尼示寂，都是万众痛哭。哭啥？当然是不愿死而竟死了。宋儒谴责他人"怕死"，潜台词自然是自己不怕。诺！证明在哪？不能就是朱熹们的"存天理灭人欲""饿死事小失节事大"这般的嘴炮吧？我总恶意地猜且测，这是失心疯后写出来的吧！

人是生物，生物恋生。死让一切归于无，人生之痛无出其上。人生的痛苦本不过是选择的痛苦，唯独对于死，择无可择；所能择的不是不死，只是如何死。

偏老有人喜欢谈且论"如何死"之价值论。有人说：死，有的人重于泰山，有的人轻于鸿毛。臧克家《有的人》说："有的人死了，他还活着；有的人活着，他已死了。"硬生生地要把死活来个阴阳乾坤大挪移。

好吧！人嘛！价值论不免。只是价值论之前，能否尽量多地给点事实呈现？就是东北那旮旯的小品说的："事呢就这么个事，情况呢就这么个情况。爱咋咋的！"我喜欢这样的逻辑，先把事弄清楚，然后再"爱咋咋的"也来得及，朴素、自然、本分。

人之死的痛苦来自无解的悖论，人贪生却不得不死。人（我）、生、死，三足鼎立。死，死不悔改；只有我和生商量。其实也没啥商量，只有我和生退让。那就找退让的路。早有人找过。有的就是先在认知上说服自己。叔本华的方法是贬低现实人生。这就像有人拿着个好东西诱惑你，搞得你心痒难熬，然后，他还调戏你："好吧？好得不得了！可是你得不着！"你咋办？求，不给；抢，没能力；生气不免，甚至痛苦。为了平衡自己，你换个思路：老子不待见！你那啥破玩意儿！叔本华就这个思路。他说人生的过程就像钟摆，摆过来是无聊，摆过去是痛苦。人生无幸福，所谓幸福是消极的，不过是对痛苦的逃避。生命最积极的、最值得肯定的是生命（生存）意志，即，每个人都活在自己的心灵世界中，至于所处的存在如何，决定于你的心灵如何去看待。哈！典型的唯心论嘴脸。他还写过一篇《论自杀》，说无妨把自杀当作向自然的挑战；可他自己却不自杀，不仅不自杀，还拼命乐生，终挣得个寿尽人终。这至少说明，知、言、行合一，并不容易。

从现象看好像也有例外。就有在生死之间自主选择死亡的。缘由不同。有的是为取义而舍生，比如伯夷、叔齐之饿死首阳山，文天祥之柴市就义；有的是为苦难之难忍而舍身，如因失恋、身患不治之症、因逃刑法而自杀等。但稍加一审，这些弃生就死，本质上和众生乐生相比没啥根本不同，它和人渴望活并不矛盾，只不过，活的欲望此时此刻和现实产生了冲撞，此身只得做此境下的此意无奈但坚定的选择罢了。此也就是说，不乐生，即反天命，难。而中国葛洪给的路其实和叔本华的是一体两面，只是似乎看起来还更积极一些，求仙问药，炼丹以求长生。如果真能，人当然乐看其成。只是如今人们已很难称信。庄子是人中的大智者，他开辟了第三条道：即"任自然"，不执着于生死，如他视妻死为回归，该歌唱时他还是鼓盆而歌。后来的范仲淹"不以物喜不以己悲"庶可类似。这就比单纯的怕死高了一着，当然也没高到不乐生的程度。

如此看来，生死之间，一般的情况是，人都乐生，面对死之重压，无可逃避，唯一路途，就是尽力补偿，于生，是本能；于意，是自我安慰。民间"好死不如赖活"一句，可说把以上意思一网打尽。稍加梳理，可得如下：一、死既然不可免，就尽量求其晚来；二、伴死而来的苦、难最好越少越好；三、死之前，尽量活成自己想要的样子，所谓不枉一世。

还可以再说一些例外，这些例外都涉及价值问题，此处只先列列，论就搁置。刚才说一般生命是欲长活晚死的，但在一些具体情境中不同位置的人又可能反其道而行之。还是举例。最典型的是患了不治而又极痛苦的病，至少就本人的意愿说，他就渴望早死；还有对他人的，比如，如果我们接受传统的评价意见，王莽就不如早死几年，白居易《放言》有结语，"向使当初身便死，一生真伪复谁知"。其他也还有，历史上好多大人物如果早死，他就可少祸害人间多少年。从众生的立场看，嗜杀残暴的上大人，高寿就不如早死，他早死一天，小民就可早一天解倒悬之苦。

综上，在现实中，对于个体生命来说，撇开那些近乎无聊的思辨，一个更渴望得到答案的问题是，有没有办法可以变怕死为不怕？人生之苦，不外身心两面。伴死而来的大苦几乎都是心苦，就为了要活着，可以看这个看那个，干这个干那个，一想到有一天，这一切突然归零，就有一脚踩空落入深渊之感，实在舍不得，怕死是因为生命里有生生不已的欲。这是诊断。可方子好开，病难治。看看现实，孟德斯鸠感叹："帝力之大，如吾力之为微"，天命之谓性，不率性是很难的。没办法，人很多时候就是急病乱投医了，核心是求心安身静。于是，人搞"头脑风暴"，武器是逻辑。演绎如下：既然怕死是舍不得有生的一切，那就反其道而思之，从逻辑上求证生的一切并不值得留恋呗，刚刚说过的叔本华即是。把这个思路展开，大概有物的和心的两道。物方面即是让人产生生活的各个方面有苦而无乐，甚至苦到难忍的认知。如果人真的处在这样的境遇不就可以起到不乐生的作用了吗？可是人真愿意这样吗？除非发疯的人会这样干。就以宗教言，这世上几乎所有的宗教都要求信徒苦行苦修，可是世上有多少真正通过苦行苦修来求道的信徒呢？就是这样的境遇主动来了，比如人类历史上各种大劫难时代，可事实又是怎样？自裁的还是极少数，绝大多数为保命还是忍忍忍，看来境遇不佳也未必引来厌世思想。心路呢？这世上多悲观哲学，可是并无多少悲观人生。都说世间无乐，好像红尘一点也不值得爱恋。如果真可以境由心造，那人会首先往好处想的，何苦自我折磨。在逻辑上演绎得头头是道的人类，在书面上可以万法皆空，离开书面，黄金屋、颜如玉，实而又实地就在眼前，那时真有几人能且愿意看破红尘的？身心分离可能也只是人间才有的独特风景吧。

通过厌世以求不怕死，不合人性；人间常见的现象倒是，追求自己一切的尘世欲望，越多越好，越美越好，越高越好，越比一切人都好越好，这样一旦撒手而去也可以无憾而瞑目。儒家及一切入世哲学都是这般倡导的。但问题是，和人心之满比，人的一切努力和获得没有人会觉得餍足的。到头来也还是五十步与一百步的量差而已。就是曹公孟德，可谓功成名就，可是垂危之际，还敦嘱分香卖履，望西陵原上。敦嘱，不就因为舍不得，也就不能不怕呗。人，总不过是人而已。《古诗十九首》有"生年不满百，常怀千岁忧"。不如此的人这世上万里难寻一。庄子为解死之重负，参出的道，一是任运，就是顺随自然；二是把死理解为是要"息我以死"，就是企图在认识上要让自己心安：劳累一生，不堪其苦，解脱就是死最后给我送来安息，这不就是变失为得了？与基督教的死后陪伴上帝、佛教净土宗的死后往生净土，其实都是理出一路。但话说回来，真要做到这一点，还需要庄子所设想的"至人"修养，至于一般人，恐怕还是觉得"仰之弥高"，或者如"下士闻道"，大笑之吧？现代人在某种意义上倒是把庄子作了某种放大，就是多看宏观，多想哲理。在宏观的视野中，生命，尤其一己的，究竟太渺小了。在哲理的思辨中，人生的价值会成为渺茫。渺小加渺茫，不执着也罢。

说到哲思对死思辨的深度，海德格尔在《存在与时间》里的分析或许值得一提。每天都有人死去，死很多时候是个公众事件。人有时要参加必要的社交性葬礼，有时感情上还深受触动。但是，海德格尔说，只要死仍是我们以外的事实，我们就还没完成从"人死"到"我将要死"这一命题的过渡。随着后者而来的，我的死亡才是一个真实的问题，列夫·托尔斯泰《伊凡·伊里奇之死》描述了死感给人心带来的令人恐怖绝望的体验。海德格尔认为，"我将要死"并不是存在中的一个外在的和公开的事实，而是我自己存在的一种内在的可能性。它也不是像我将要到达的大路尽头的某一点那样一种可能性，只要我如此认为，我就仍然是把死看成在我以外还有一段距离的事。关键是我随时都可能死，因此死现在就是我的可能性。死就像我脚边的万丈深渊。它也是我的各种可能性当中最极端、最绝对的一个。所谓极端，因为它是一个不复存在的可能性，从而斩断了所有其他可能性；所谓绝对，是因为人能克服所有其他令人心碎的事，包括他所热爱的人的死。但他自己的死却要结束他的一切。因此，死是各种可能性中最涉及个人、最触及内心的一种，因为这必须由我自己承当，没有人能替我死。按照海德格尔的说法，只有意识到自己的死，真正的存在才成为可能。认识到自己要死尽管可怕，但也是解放；它使我们摆脱对那些要吞没我们日常生活的小小牵挂，从而使我们能够实施关键的筹划，以便使我们的生活成为个人化的生活，确实是我们自己的生活。他把这称为"向死的自由"或"决断"。只是可惜，红尘中人听懂此言的人并不多；听懂的真能去实践的人更是少而又少。人其实真凝神的时候不多。热闹覆盖了恐惧。也好！

承认死此时此刻就是可能的，显露出了我们存在的极大有限性。海德格尔还探讨了虚无。他先区分了"畏"和"怕"，说畏不是怕，不是怕这个或那个明确的东西，而是并不对任何东西感到害怕的离奇心情。在人的恐惧之中出现并使人感受到的，恰恰是虚无。他认为，虚无存在于人的存在之中，一直存在于人全神贯注于事物的冷静外表之下持续发生的内心震颤之中。面对虚无的畏惧，有多种模式和装扮，有时是震颤而又具有创造性的，有时是惊恐而又具有破坏性的，但它总是像人的呼吸一样同我们不可分割。因为，畏就是我们处于极不安全状态中的存在本身。在畏中，我们既存在，又不存在。这就是我们的恐惧。人的有限性就是这样，存在与不存在交织于我们整个的存在之中。人是有限的，因为他在对存在的有限领悟中生活和活动。此即说，人的真理总为非真理所渗透。海德格尔同希望把一切真理包括在一个体系之中的黑格尔和启蒙运动的哲学家们就有了天壤之别。

但归到底子上来论，可惜人的怕死之病由天命而来，根子太硬，也就几乎成为不治。所以野马跑了一大圈，转回来，想到生死事大，可能还是直觉占上风，于是不能不说，有了生，还不得不结束，而且只此一次，终是大遗憾。在这个心理体味的基础上，我愿意把那些取义而亡的人的行为看作是生死这场大悲剧中人自以为是的一点心灵慰安和补偿。即便这样，也还得添上一句：如何生、如何死，永远不该由别人为你设定，除非"我乐意"！

二、生

人的生命早已是个精微繁复结构的存在。他的多面体蕴含了他的多面性。但最"底性"的是"生物性"，无论是从自然科学还是人文科学来断，都是如此。生命首先是个有限、受限的生物体。据上海辞书出版社出版的第六版《辞海》第 1675 页"生命"条言：生命是"由高分子的核酸蛋白体和其他物质组成的生物体所具有的特有现象。能利用外界的物质形成自己的身体和繁殖后代，按照遗传的特点生长、发育、运动，在环境变化时常表现出适应环境的能力"。这个"科学"的定义还具有历史的意义，生命是从时间的深处一点点进化而来，不管有没有上帝的意志在后操控，这已足够说明，人生来不是"自主"的，不论是群体，还是个体。不是自主，"目的"自然也无。若有，比如把他看作是上帝、理念、道等等的显现，那也又还是说明，这也不是自主的。所谓生命的主体性要从它对存在的依附性这个前提去说明。人是大自然（宇宙、存在、造化）的产物，大自然赋予他的天性是他的第一本性。所以，虽然弗洛伊德把一个人的"我"解成了三个：本我、自我、超我，他还是明确了"本我"的根本性位置，"自我、超我"表达了人对自然生命的超越意识，他可以去管理、约束"本我"，但他们还得承认"本我"是他们的王。王权可以限制，但是永远不可，也不能，更无法去剥夺。

有了这个根基，众说纷纭的"人"的定义就好各就其位了。"人是社会关系的总和"（马克思）。当然。"人是政治动物；人是符号动物"（卡西尔）。没问题。"人是穿裤子的猴子"（栗本慎一郎）、"人是无毛两足的生物"（钱钟书）、"人是一团欲望的集合"（斯宾诺莎）……不错。本来就都对。有的说的是生物学的人，有的是社会学的，还有符号学、伦理学、历史学、甚至哲学的。人的生命在他的进化、发展中，确实具有了不同而丰富的"体性"，这正是人了不起的地方。但是，也别忘了，万变不离其宗。作为一个有形有体有思有欲的生物体，人的生物性，人没有似乎也无须超越。其生物性最富有鲜明特征的便是人有个"身体"。有人视之为"沉重"（刘小枫），有人视之为"累赘"（顾城），或者，更有其他如何如何，不管你对其有何立场，你都无法弃它于不顾。

诚恳而自然的态度是，你不仅得接纳它，你还得善待它。它是生命的"皮"，若没有了这个"皮"，生命其他的"毛"也就没了依附之处。不管它美丑贤愚，你都不能瞧不上它。说生命哲学即是身体哲学并不为过。

人（身体）有七情六欲。不管七六，知道"情欲"就行。它是生命一切行为最原初、最富有动力的发动机。尼采说过："要知道你需要什么吗？问你的欲望好了。"这说明了人生命的基本性是"非理性"的。

在族群的文明的人类社会生活中，人不是时时活在自己的理性中吗？怎么是非理性？这个道理并不复杂。社会生活中，人理性地精密计算以及一切行为背后所要达成的目标，都是以那个"非理性人"的欲望为标的、为航向的。那为何要这么绕，不直奔主题呢？恰因为，人都知道"非理性人"的自己心中隐藏着怎样隐秘的欲望，而要让这些隐秘的欲望能够按照自己的愿望达成，恰需要经过精密计算的理性行为。人都是刺猬，他们要靠理性保持着适当的距离。不是"非理性的人"臣服"理性的人"，他是让"理性的人"也即自我、超我为自己"非理性的"本我服务。所以，人是这个星球上最智慧也最狡诈的生物。其他生命干不过人类，原因于此。人当然也是有反思的，比如"和谐共生""可持续性发展"；比如重新界定"文明与野蛮"，比如自我批判，可是，人从来没改变自我本位的意识，虽然无论是从本能还是意志来说这都是必然的，"人（类）不为我，天诛地灭"，强词夺理，竟然和天理昭昭绑在了一起，真是叫人不怒反而莞尔。这不是讲理，是诉愿。

人的生命不过是一团欲望的集合。如何让这一团欲望和谐共生且共生得美好，这就是人类的文明问题。啥叫文化？就是对欲望不同的打量方式。那理路上就还得先了解人的欲望。生物性欲望是基本，也是根本。基本已无须多言，前已赘述。根本，是事实和价值判断的综合。事实层面的"根本"就是和"基本"重合的这部分，你说，仅满足生命的吃喝拉撒睡很低端，可不还得先满足不是！没这个低端，其他所谓一切高端均无从说起。人高端的生命欲望也是由它的生物性与理性、文明性共谋的结果。马斯洛的"需要层次理论"的"层次"排序不是绝对不可移易，但缘此而理解马斯洛的思路也很关键。水往低处流，人往高处走，往高处走的时候，至少要有最基础的根基，比如生存、安全的需求得到保障。太过跳跃，不切实际，就会落入错误、虚妄的陷阱。康罗·洛伦兹在《攻击与人性》序言中说："自然科学的探讨，多半是由特殊的例子开始研究、观察，而不能先预料结果及其推演的理论。"白一些的说法是：别预设，别先入为主。科学对规律的发现从路径看多是从个别到一般。人文学科呢？自然也是。总之，科学的立场最基本：它以实践为依据，以事实为准绳。康罗·洛伦兹在《攻击与人性》的扉页上写着："饥饿、生殖、逃亡、攻击是人与动物共同的四大行为本能。"这首先是真的，善美与否，再论；包括如何尽量把本能与善美相叠。此处先说个理路：若要真正理解人间的善恶，决不能依赖于人造的、抽象的、抽去了具体"能指、所指"的"善恶"这个名词。若非要以人间的"善恶"来论断人性的某些侧面，根据以上所述，那荀子的"性本恶"论恐更近于事实呈现的本相，萨特的"人类身上的邪恶是不可拯救的"与其殊途同归。退回到科学立场，被描述的事实本称不上善恶，善恶是人间伦理基于"利我"原则的界定，因为有这个前提，它不具备绝对的正义。在"人义"的范围当然可以谈论人间善恶，但得意识到这个伏笔。

人的欲望有大有小、有内有外，本来都是自己的分内之事，但世上没有绝对孤立的人，总要与他人相交，人的欲望难免就要被打上价值论色彩。人的单个"我"弗洛伊德已把他分成了三个：本我、自我、超我；这个"我"与存在相连时，分解出来的"我"大概就如孙悟空拔出一撮毛吹出的"孙行者"差不多了。在不同的维度里"我"会有不同的变形，伦理的、社会的、艺术的、庸常的等等，当然，万变不离其宗。欲在，命在；欲亡，命无存。

欲望无"身外"之目的，不过顺随造化赋予身体的"意愿"。有的人愿意相信，"天地之大德曰生""君子当自强""厚德载物"等。这大概是自欺的祈愿。糊里糊涂地落地，为某种自然力（造化）所限定，拼命地求生存，求传种，因为"想要（欲）"，就以为这里有美好，有价值，有意义。其实呢，除了如叔本华之言，为盲目的意志所驱使之外，又有何意义？

但人在自己的文明发展史中终于把自己变成了追寻意义的生物。在存在论中，人的这种行为与心理层面上的"消极的自我防御机制"如出一辙。只是在姿态上要显得积极一些。顺便说两句"消极的自我防御机制"。美国的罗·洛梅在《爱与意志》里发布了自己关于爱的观念：爱的反义词不是恨，而是冷漠。这意思和中国的"哀莫大于心死"有异曲同工之妙。在著者看来，爱与恨，都是生命"存在"（活着）的表现，是一种展开双臂拥抱世界的积极姿态，"爱恨交织"正说明了它们间"剪不断理还乱"的关系是你中有我我中有你，怎么会是反义的连接呢？爱是人生、生命最深的渴望；而冷漠是抱起双臂护在胸前拒绝世界的姿态。这不是生命的本愿，但当人生、生命遇到不可逾越的障碍时，人失去了"存在的勇气"，他就会让自己的生命处于一种"冷漠"状态，用以抵御他无法应付的存在现实，这是一种消极的"亚死亡状态"，但人却可以凭着它度过他最难熬的"危机时刻"，虽消极，但确实能起到"护生"之用。阿Q精神则是用自欺把自己不愿面对的存在困境调到另一个方向上去，也具有类似的这种功能。从心理学上说，人身上所谓的精神病其实是"无意识"的主动行为，当现实无法面对时，他就让自己"发疯"，借着这发疯逃入另一个世界。所以不妨说，寻找意义不过是理性的人面对艰难的存在时相对积极的行为。

意义有客观事实的和主观价值的区分。前者主张意义是附着于存在的，"活在真实中"就是它的第一意义表达。主观价值的意义含有鲜明的个性、情感色彩，"我认为这才是有意义的"是它的第一意义表达。个人心性、价值观乃至趣味的不同，会有不同的意义观选择。我无力站在各式样的学科上去建立"系统的意义学"，只是站在个人的立场上来谈谈对"意义"问题的认知。

首先说的是自己立定的场域。在绝对的层面，我对人生、生命意义问题的求索持虚无主义立场，也即"无意义"。退回到人这个相对的层面，作为一个人，我的理解是，对人生、生命意义的追寻当然要把人放在核心的位置来研判。人是人自己的目的，人是人自己的意义。

人的基本性是非理性。要认清这个"非理性的人"却要依靠理性。存在主义哲学的"存在先于本质"的理念最得我心。我是一个客观的唯心论者、唯心的客观论者，我的表述是，站在"客观、理性、中立"的立场是我唯心的基石和前提。用"心"看这个世界，但没有预设，就与存在本身纠缠，而不是在存在的身外。这就是佛家的"看山是山，看水是水。看山不是山，看水不是水。看山是山，看水是水"吧？

说到意义，中国是个产出大国。我们对世界有贡献，也有累赘。比如，现在就以众所周知已迁延千年的"存天理灭人欲"为例，它是有关人的"根性"问题，为之一辩当不完全是无聊之举。

"存天理、灭人欲"一直被冒在朱熹名下。事实上，在朱熹之前它早已现身在《礼记·乐记》中："人化物也者，灭天理而穷人欲者也。于是有悖逆诈伪之心，有淫泆作乱之事。"这里所谓"灭天理而穷人欲者"就是指泯灭天理而为所欲为者。程颢（1032—1085）、程颐（1033—1107）这著名的二程也说："人心私欲，故危殆。道心天理，故精微。灭私欲则天理明矣。"这里所谓"灭私欲则天理明"，就是要"存天理、灭人欲"。再后来，才是朱熹（1130—1200）说："孔子所谓'克己复礼'，《中庸》所谓'致中和'，'尊德性'，'道问学'，《大学》所谓'明明德'，《书》曰'人心惟危，道心惟微，惟精惟一，允执厥中'，圣贤千言万语，只是教人存天理、灭人欲。"照二程的逻辑，是"灭私欲则天理明"，反之当然是不灭私欲则天理昏聩了，总之，私欲是天理的障碍。这看着有些眼熟，西方的苏格拉底（前469—前399）在他的"伦理学"里区分了"快乐和幸福"。他说：快乐是身体欲望满足后的松弛状态；幸福则是灵魂和神伴随。他理所当然地认为在价值论上要肯定幸福贬低快乐。虽然没有中国腐儒满身的戾气，话语的逻辑线则是殊途同归。

来疑问一下："为，所欲为"咋就是"泯灭天理"？生命既是造化（天、上帝）所赋，它若按照造化所赋的本性行为，则又违反造化天理？造化天理不仅捉弄人，也逗自己玩呢？不是"人不为己天诛地灭"吗？难道正常的表达不该是"存人理，节人欲"吗？怎么就要"灭"人欲呢？灭了人欲之后呢？

再看看朱熹的具体说辞。朱熹认为："天有春夏秋冬，地有金木水火，人有仁义礼智，皆以四者相为用也。""理者有条理，仁义礼智皆有之。""大而天地万物，小而起居食息，皆太极阴阳之理也。""至于一草一木昆虫之微，亦各各有理。""天地之间，有理有气，理者也，形而上之道也，生物之本也。""天下万物当然之则便是理。""世间之物，无不有理，皆须格过。""天下之理，终而复始，所以恒而不穷。恒，非一定之谓也，一定则不能恒矣。惟随时变异，乃常道也。天地常久之道，天下常久之理。非知道者孰能识之？""有此理，便有此天地；若无此理，便亦无天地，无人无物，都无该载了！有理，便有气流行，发育万物。"

朱熹强调顺"天理"，也就是现代哲学的尊重客观规律，这我没意见。在朱熹的哲学思想中"天理"也无外道理、规律、秩序、准则、规定性这些含义，"天理"既是天之大理，又是物之小理，还是人之道理。天理是自然之理，是万物之常理，是事物本来的规律，是社会之秩序，也该是人讲的道理、情理的基础。"天地之心，天地之理。理是道理……心固是主宰底意，然所谓主宰者，即是理也，不是心外别有个理，理外别有个心……窃谓天地无心，仁便是天地之心"。不管你怎么绕，但怎么就绕到了省略号后的"窃谓天地无心，仁便是天地之心。"了呢？"仁"之义不是人间所定的么？人不是"天地造化"的产物么？怎么还真的后来居上反客为主了？认真地说，"天下"也即存在，也即宇宙，可比你的"人间"大了去了，咋的就又"仁者，天下之公，善之本也。仁者，天下之正理，失正理则无序而不和"，毫无愧色地君临天下了呢？这个唯心的客观论是我所不能理解的。

有人说，由朱熹之言可见朱熹希望留存的是人的仁爱之心。可以这么表述。只是请别忘了，"希望"未必是真实。难怪后来明代的李贽一声断喝：人欲即是天理，天理即在人欲之中。

自古至今，一直都有腐儒为孟子、朱熹作"正义"注。比如有人先引用孟子的"鱼，我所欲也，熊掌，亦我所欲也；二者不可得兼，舍鱼而取熊掌者也"

及朱熹的注"鱼与熊掌皆美味，而熊掌尤美也"；然后再解，鱼，我所欲是合道理的人欲，熊掌，我所欲也是合道理的人欲，舍鱼而取熊掌者还是合道理的人欲，这些都属于天理。"饮食者，天理也；要求美味，人欲也。""所欲不必沉溺，只有所向便是欲。"合理的饮食欲望是天理，过分的要求美味就是朱熹要灭的"人欲"。"天理"与"人欲"是相对的，正常的合理的"人欲"就是"天理"，过分的罪恶的"人欲"就是朱熹要灭的。"人之所以为人就是因为有人性，人性就是仁爱之心，但人也是动物，所以人也有动物性，就是说人有时候也有兽性。这兽性就是邪恶之心。这也是朱熹要灭的人欲"。又说，孟子认为"人之初性本善"，荀子认为"人之初性本恶"，朱熹认为："人生气禀，理有善恶。"朱熹说的"存天理"存的是孟子说人之初性本善的善，是人性中善的部分。朱熹说的"灭人欲"要灭的是荀子说人之初性本恶的恶，是人性中恶的部分。

二程似乎比朱熹过分，他们认为，气，聚合为人，天理就形成了人的本性。由于气质之性阻碍了天理的正常发挥，以致出现了恶，这就是人欲。与人欲相对，天理是纯粹的善。他们认为，人的行为，不是遵照天理，就是随顺了人欲，没有第三种情况。天理与人欲是绝对对立的，放纵人欲，就必然掩盖天理；要保存天理，就必须去掉人欲。他们要求，一个儒者，应该彻底地去掉人欲，使心中全是天理，达到圣人的水平。这就是所谓存天理、灭人欲。

说得果然头头是道，问题是这样的自话自说纸上谈兵到底能否"理顺人心"。"理欲之争"首先是个出发点的问题。说白点，朱熹在（天）理上论（人）欲，辩的是"常"与"过"的界限，正常是天理，过头是人欲。好吧！就姑且同意你如此说，那接着的关键是界限的标准，咋定？无定。孟子朱熹之流定的是有标准，但谁来证明他们所定就绝对正义？既无定，回过头，"常"与"过"尽管纸上说得头头是道，实际还是落入虚空。朱熹大谈"仁心"，当然是倾向"人之初性本善"论者，这又是问题的症结所在之一。客观理性地看，从自然造化说，人性本无善恶之分，就是"原来如此"；非得在"人义"范畴论，那也该是荀子的"性本恶"更接近本相，也是就因为"原来如此"。既是"本"，就无可移易。非要拼命强解，不啻掩耳盗铃。

再退一步说，就算孟子、朱熹之流善意，把他们的理论看作是人心性修炼的课本，那我还是只能说，更多时也不过就是善意而已。人间实际，常常是"理不胜欲"；理胜欲时候的"理"不是"天理"而是计算得失的"理智"。

我的理解是，追寻存在本身就是对"意义"的礼敬。我很认同存在主义哲学"存在的勇气"的表达，存在就是存在，生命就是生命的目的。余华说：《活着》写的就是活着，活着只是、就是为了活着，活着就是活着的意义。我觉得这表达很纯净，有着通透的美感。人生有许多"不可为而为之"的事情，生之意义的追寻就是其中的一个。一切就皆因人有爱欲，人又最恋己，他偏执地想、要给自己一个交代。可存在之大，人力无法觉知。不觉知，灵魂无安，只好反过头强解。图腾、巫术、神话、传说、宗教、天理，在生命的原初那，人忙得不亦乐乎，其实是不亦苦乎！人太渴望与存在、与自己达成和解了。他要在混沌的宇宙中理出秩序，他想要神秘的世界在他眼前清晰，他要"解释"这个世界，他要"理解"这个世界。人间的意识形态就是从"要"和"想"开始的吧？误闯误撞，病急乱投医，人有时不免陷入"伪问题"的陷阱。

汉字"伪"很有智慧，伪，人为是也。在观念上，以意识形态为思维圭臬的人，他提出的问题及给出的答案常常便是虚伪和谬误；有的"伪"在开始，有的在中间，有的在最末。德国的乌尔海姆说：啥是意识形态？它是这样一种思维方式，即，我不管世界的真实是什么样子，我只愿意看见我希望的世界。我所希望的世界才是真实的，也就是闭着眼睛意愿世界呗！这个我愿意的世界又将成为意愿者下一推论的逻辑起点。最后，一切当然都是意愿者所愿意的世界，一切皆善。比如，先把"人之初，性本善"作为推论的原点，所以，人天然具有德性。因为具有德性，所以会有德行，所以这世间好人多，所以可以人人为尧舜、个个是圣贤，自然也可以以德治国。果然一切都好，可关键是，最开始的那个点是真实的存在吗？它是"零"还是"一"呢？若是个真实存在的"一"，姑且就按老子的说辞，才能"一生二，二生三，三生万物"，这样起码才可相续相接呀！所以，真正的真实是，所有问题的"元问"及对"元问"的正确回答才最重要。何谓正确？自然是呈现了存在的真相。如何保证它是真相？它得可证明。

我不喜欢意识形态化下的生命状态，虽然有些时候缘此而充满对人（我）的悲悯，但我更希望能有勇气去求对生命的正解：直接、坦率、真实。一切都从那最基本的原点"它是什么呢"开始。生命到底是什么呢？

据说，科学不能解决人的所有问题。好吧！你告诉我哪个东西可以解决，生命哲学吗？它好像首先就得立在"生命科学"的基石之上，科学至少它的理念是追求真实。比如，"生命伦理学"，今天已不再是单纯的人文学科，《辞海》的解释是，"亦称'生物医学伦理学'。随着生物科学的发展和医学技术的进步而出现的一门研究与生命相关的各种伦理问题的应用伦理学。传统医学伦理学的现代开拓诞生于 20 世纪 60 年代。其内容涉及有关人类基因研究、辅助生育技术、克隆人、安乐死、器官移植以及医患关系中的种种伦理难题及其争论。提出解决生命伦理问题的五个基本原则：公正原则、关怀原则、尊重自主性原则、不伤害原则和仁慈原则。生命伦理学的研究有益于解决生命伦理的实践难题和促进社会医疗保健事业的发展"。是生物医学在助力伦理学，而不是相反。

正是科学让我们接近我们生命的真相。科学它不浪漫、不臆想，讲究实证。

从科学我们慢慢知道了"生命起源"是"从无生命物质形成原始生物体的过程。古代对生命起源有各种臆说（特创论、无生源说、有生源说、宇宙生命论等）。近代科学研究说明生物只能通过物质运动变化，由简单到复杂，逐步发展形成。对生命起源经历过程的学说很多，一般认为生命的产生过程氛围三个阶段：（1）从简单的无机化合物形成原始的有机物质——碳氢化合物及其最简单的衍生物；（2）由此再逐渐发展为复杂的有机化合物——糖、核苷酸、氨基酸和它们的聚合物多糖、核酸和蛋白质，以及其他有机物质；（3）随着自然条件的演变，这些物质进行复杂的相互作用，最后产生出具有新陈代谢特征，能生长、繁殖、遗传、变异的原始的有生命物质"。

人的生命有限，也受限。它就是一团欲望的集合。食色，性也。其他的不过是围绕这核心的变化、变形。

三、"我"

人类的生命是一个一个个体组成的。个体当然远远小于整体，但没这个个体，整体无由存在。说人类可从人开始；说人，可从"我"开始。

这个话题不易，否则希腊人也不会煞有其事地把"认识你自己"刻在神庙的廊柱上。警醒与希冀同在。

我们天天和自己在一起，最熟悉、明白的似乎就该是自己。可是，事情往往这样，不想时好像还很清楚，一想时反倒糊涂。鲁迅《野草·题辞》开篇就是："当我沉默的时候，我觉得充实。我将开口，同时感到空虚。"鲁迅的感受很精准。我"在"，这个触手可及；我"怎么在"，如坠云雾。表达的困难有择词的不易，根子还是认知的艰难。

认知是理性，它是后天的。这后天的还得从先天理起。"我"到底是怎么回事？

在宇宙中，人由无数的偶然进化而来。从必然论说，人把它归结为上帝的意志。这个真假，至少现在问不了。没能力，存疑。

那就跳到人这里。先说一些看得见、摸得着的。人是生物，有形有体，能生能长。杰克·伦敦《海狼》里的那个船长，他看人不带感情，很冷酷，在他眼中，人不过就是一些物理化学意义上的分子结构，活着，得动，顺着生命意志（很显然，他是尼采、叔本华的徒子）；死了，就扔，还能咋的。与其他生物比，"人"之前可加"高等"二字而已。这个船长除了冷血，他判断过的大致不差。

但是，人作为生物的这个"高等"则不可小觑。人的高明之处在于他能认知，尤其自省。笛卡尔把它提到与存在并肩的高度："我思故我在"。

　　在"思"之前其实是"观"。"世事洞明，人情练达"首先就取决于"观察"的功夫如何。"我"不必到哪都高昂着头，认知、理解我们自己和存在，得"看、听、嗅、触"，你得"明了"才有进一步判断的资格。

　　就说一些基础的观的结果。自我与身外的无数自我，即他人，有异同。如，一首双手二足是类同；同是一首，又有大小、胖瘦、美丑不同。虽同多而异少，个体间的差异才是"自我"的真正所在。我受生父母，其实也是受之天命造化。受之后成为独立生命，怎样规划我之人生，便是生命哲学。顺、逆两道催生不同教义。

　　世间倡导"人人平等"，作为观念表达自有其不可或缺之人文意义，其他不免空想。从起点处就差异甚大，贫富贵贱美丑贤愚，何来平等？项羽力能扛鼎，西施沉鱼落雁；而刘伶则"鸡肋不足以当君拳"，无盐自惭形秽。这些差异，受生的"我"不该负责，却不能不承担。有违公道之义乎？老子有言："天地不仁，以万物为刍狗。"人，以及人所处的存在，都来自天，而非道义。"天命之谓性"，不管你愿不愿意，既来世上，就得先受"天命"，若不幸天命待你不厚，甚至很薄，哀，怨，不免，但无用；那如何呢？上策是用荀子的办法，求以人力弥补天然之不足。如何补？补什么？这个就要看彼时此时此刻此身此意了，无法一一罗列。以下陈述不过是自己关于如何待"我"的几个基本点。

　　我自认自己是个"理中客"——理性、中立、客观，对自己也希望如此。人，很主观的生物，所以才要力求超然。它的基础是内心奉公平原则，外用诚恳之态。公平不能流于口号，要立于事实之基。

　　作为人中的一员，"我"面对着怎样的存在？这就要去"了解"。然后接着了解的是理解。了解要做客观事实判断；理解要的不是善体人意，而是"知其然，知其所以然"。孔老夫子云：能知才能好，能好才能乐。这是有逻辑的唯物观。"知"即是了解，它是我们迈步上前的照明灯。了解啥？不外我与存在内外两端。姿态嘛！直面、正视。有一句话，叫"要有存在的勇气"，这话要换作鲁迅的，就是直面惨淡人生，正视淋漓鲜血；换作基督教教义，就是承担，"我不下地狱，谁下地狱"。有这么惨吗？在宇宙（存在）中人实在太渺小，如果你说人伟大，也是立在这渺小上的。孔子诫弟子"畏天命"。后面有无数儒生作证：陈子昂《登幽州台歌》、张若虚《春江花月夜》、苏轼《前后赤壁赋》、曹雪芹《红楼梦·好了歌》，最不济现代的朱自清也有《匆匆》……天命给人命最基本的运是有限性。"人总是要死的。"外国人斯宾诺莎则说人的最上德是"知天"。知天然后可以知命。中国老百姓叫老天"爷"是发自肺腑的。"逆来顺受"如果静思，不带情绪，放在天人层面，未必不是明智之选；我自己常挂嘴边的是"顺其自然"，天命不可违，要懂得"知止"，蛮强无用。我年少时特烦国人的"中庸"，现在虽不是完全认同，但在某些尺度上已欣然可受。《礼记·中庸》如此表白，它说完"天命之谓性"后，并没问"何谓天命"，而是直接"率性之谓道"，生之谓性，造化如此。逆，无力，或许还有意外之灾，不如顺受。也有不服的，称"人定胜天"。以审美目，慷慨激越自我沉醉；以事实看，一叶障目不见泰山。知止不过是知天知命后的行为准则，与它相伴的还有知足。同样，知足不是主观上要压抑自己，是客观上作出恰如其分的判断。"知足者常乐"由务实精神而来，比如，我生来不敏，对自己再嫌弃也不能变鲁钝为聪明。对之如何办？只有先接受。庄子便有如泼皮般的表达"知其不可奈何而安之若命"；当然也可以有比较积极的姿态，尽人力以图补救。再不济，又有人别开"精神胜利法"之路径自我满足。这在心理学上叫作"消极自我防御机制"，存在之大，总得让苍生有不同的自我安置之道。

了解是为了理解，理解是为了明白。人常说，人最好有自知之明，其要义以我观在"虚心"。一个人，得于造化，很少能，或竟说不能，得天独厚；后天也一样，这世上并没有十全十美之人。一个人多往外看，就知道山外有山，虚心才能有容乃大。从积极意义上说，人的自励也最好立在自谦上为佳。

对"我"还要"珍重"。人生而无回，自然要珍而重之。如何珍重？顺性命之理，尽力有生之年活得好。何谓好？自在、丰富、有意义。当然何谓自在等等又可问下去。其实，从生命的个体来说，就是身心两面的自我感觉美好罢了。罗素说"参差多态乃幸福之源"，说的即是丰富；加缪说"不要更好，而要更多"，说的还是丰富。以人性验之，我愿把它放在首位。所以者何？人性本喜新厌旧。人类创造艺术的一个动力源依我看来便是对机械日常人生的超越，艺术区别于人生的最鲜明的特质便是艺术的戏剧化。

珍重有"我执"的因子。佛家对人世烦恼开的药方就是要破除"我执"，这对人生病理的解断当然很有道理，一切烦恼皆因"我有所求"而生，这确是秃子头上的虱子，所以佛家主张消除"我执"，四大皆空，有容乃大，无欲则刚。作为一个不信来世的凡夫俗子，我对佛家的疑问是，为了彼岸而弃置此岸，且不说它许诺的那个彼岸能否兑现都是个疑问，现在先把此岸给抹杀了，我不认为这是一个多么智慧的方案。为何此岸问题不能在此岸解决？佛家的思想给我此岸人生的有用启示是：超脱与节制；能舍才能得。我对他人的宗教信仰无否定，但我真实有困惑，修道为何非要主张那些清规戒律，为何非要有那些空洞无物的仪式？人，既然好逸恶劳趋乐避苦，你非得反向扭之，是要说明这既有人性是罪性吗？可它不是造化造就的吗？人比造化高明？然后，人凭着这自觉的高明来扭转造化？人生、生命的现世确实有很多的烦恼、痛苦，但我实无慧根来认同佛家用"六道轮回"来回避我的现世问题。跳过现世说来世，我蹦不过去。我有时很邪性地想，宗教也就是个游戏，它抓住人渴望永生的欲望许诺了一个"好世界"，和现世的既短暂又烦恼比，它的魔力特别对于陷入绝境的人更是不言而喻。可对于我这样较真"真信"的人来说，我与宗教可能也就永远隔岸相望了吧！我就只是一个凡夫俗子，我的世界就在这现世中。

关于"我"，我自己有这样几个结论：我是有限的，在不远将来的某一天我会死去，一想到这我就心神战栗，就在此刻我写下这个句子时，泪水正在慢慢地充满我的眼眶，模糊了我的视线……在我的大限来临之前，我还会老和病，它们会比任何其他东西更有力地主宰我的思想和欲望。是，我是有着充盈欲望的生命体，欲望枯绝之时便是生命终结之日，活，是欲望在活；死，自然也是欲望死去。无欲则刚，可能；问题是，它们在我的现世中可能永远无机会相遇相识，我的真实可能是，无欲则僵；在生世，我渴望爱，它是造物主给苦多乐少的生命的唯一安慰；我的生命没有价值、意义，如诗人穆旦所言，我们的生命不过是上帝手中的玩品，如果他真在的话。其实我不信他，但人生的价值意义仍无落实处，我唯一所能感觉安慰的是我的记忆对生命过程的回忆。很遗憾，这回忆也将随着我生命的终结跌落进虚无黑暗的深渊之中，就好像我从来没有来过。这是人世间让人感受最荒诞的事，就凭这，我就觉得"荒诞哲学"是人间真理的表述。也许，你会说，我记得你！感谢你的慈悲！只是可惜，有一天你也会消失。

四、善恶

抽象论善恶，不难，用定义法即可完事。一具象，烦难立现。初看起来似也不难，善恶不就是好坏嘛，用利己利他标尺一卡，明明白白。我猜想有学问的高雅人士会认为这只是凡人、俗人所见。我虽不是有学问的高雅人士，却也愿意基本站在他们一边，理由是，善恶还真不能简单等同好坏，就像"罪恶"本应分开讲，现在却成了合成词。罪是恶的本体，恶是罪的体用；善是好的本体，好是善的体用；恶与坏以此类推。本体与体用相当于语言学中的"能指和所指"，又好比包含和被包含，好坏很当下、实际，范围比善恶小。

撇开给"善恶"一个抽象定义的语用学，也撇开很多时候虚与委蛇的惩恶扬善说，人到底是趋恶避善还是趋善避恶，要在具体的语境中才说得明白。

善恶论带有强烈的主观性和价值论色彩，而且又因为这俩俩主观的纠缠不清，论断变得更加犯难。

善恶是人的自定义。在事实与价值间，人很多时候左右为难。也可不为难，放任价值冲突即可。可是，那样最后摊子就不好收拾。于是，人试图找大家相对来说都能接受的公约数，他有个好听名字，叫普世价值。问题是，普世价值肯定也是相对的。所以，人很多时候其实会从权，搞权宜之计，或装糊涂，不装不行。鲁迅高喊："直面惨淡人生，正视淋漓鲜血。"他自己也不能完全做到，不得不言行分离。反礼教的文章写得噼里啪啦，老母亲在绍兴喊话，回来完婚！虽不情愿，他还是乖乖回去，事后对朋友说得苦涩：这是母亲送给我的礼物，我得好好保存。撒谎好吗？是善还是恶？史铁生说，谎言才是人生的真相。这世上没人敢说他不撒谎；没人敢说他没撒过谎。（《病隙碎笔》）宗教神圣得在信徒心中至高无上，可是宗教对信徒最核心最重要的一条要求是，（无条件地）信，也即不质疑。对于方外之人来说，这是宗教的短板。看来宗教神也不完美，至少智慧也不够明示于人。几乎所有的宗教都主张"不杀生"，但又往往不得不给出一些可杀生的附加条款，否则，如果严格执行教规，人就活不下去，那就真的是以身殉教了。如果说，这也是"朝闻道夕死可矣"，实在有些讽刺得冰冷入骨。电影《少林寺》中偷吃狗肉的和尚面对方丈的训诫，嬉皮笑脸地说：弟子这是酒肉穿肠过，佛祖心中留。宗教教条以至于此，人间道德就更是首鼠两端了，人间道德信条都难经得起三问。不得已，在哲学上，人找了一个说辞来给自己解围：真理没有绝对的，一切都是相对而言。

相对论确实给人打开了一条突围之道，但实际上也承认了人在"绝对"面前的落败。人类的生活不得不活得含含糊糊。郑板桥的"难得糊涂"是智慧还是对智慧的嘲讽或许他自己都说不清楚。相较而言，除人之外的生物界大概没有善恶观念，他们处置自己和世界大概本着"此刻当下于我有利"的现实原则吧？曾看过一个视频：一群大猩猩围攻一只怀抱幼崽的母猴，母猴最后被逼入绝境，她扔下了自己怀中的宝宝，眼看着大猩猩把她撕成碎片；吃完了宝宝，大猩猩也没放过她照样把她撕成碎片吃了。我看着那血腥的画面，心里惨然，但我生命的直觉告诉我，其实撩开人类身上的一些面纱，这大概也是人间生活的真相。只是人善于伪装表演罢了。

当然，还有另外一层，就是人类的高智商所带来的与其他低等生物的不同，统而论之，即，人创造了自己的现代文明。人与其他生物相比，在长时间的生存奋斗中，逐步明白了族群意识的重要，其他生物也有族群意识，但它们往往只限于本能的、低级的阶段，人比它们高明太多了，不仅能从对世界的观察中悟出真理，而且成长出了善于自省的智慧：人人都想利己，结果人们在人人都想"利己"中懂得了要"利他"的必然性。在人文领域，人制定了很多精细繁复的法则，善恶对立并举，只是一个凡例而已。

人间的一切规则其实都是消极的，不是为了防范（否定性规则）就是为了引领（肯定性规则）。一切都为了大小族群的和谐共生。人就像刺猬。刺猬要想抱团取暖，就得团身隐刺相互温柔。善恶系于关系。一个独自孤立不与他人他物产生关联的言或行无所谓善恶。中国儒家、道家以及很多宗教都从各自角度强调内修、弃恶从善，看起来是绝对纯净的追求，其实，这内修若永远不运用在现实实践中，那真真就是虚妄了。有人说，怎么不可以追求这种纯净的自我满足？但仔细深想一下，哪里有这般绝对纯净，所谓的自我满足还是要以自我身外的那个世界做参照的。没有他人，哪来自我；没有身外的不纯净，又哪里来我的纯净。

撇开狭隘的"人义"，实际"善恶"可以视为一般"存在"看。有时这反而使人的心胸更开阔。地震、海啸、火山，可能都会给包括人在内的生命带来大灾难，但从地球自身看，那是它生态的自我调节。所谓存在即合理。只是这个理未必都是我们喜欢的罢了。所以，对于大自然的系于它自身规律所发生的一切，人类很少给予人义善恶的谴责，而只是客观地去理解、应对。那对于人类自身的善恶呢？我认为也可以有限度地这么看。比如，用宽容、慈悲的胸怀来对世界。有是非，却不以简单狭隘的是非观做论断，会让人看到别开生面的世界。

还可以用另类、极端的思维来透视一下善恶。有些"诛心"之论反可以让人深味人性黑暗深处的真实，所谓善即是恶，恶也即是善。恩格斯说过，推动人类历史向前的力量往往不是善，而是恶。鲁迅在反省自己时说：我的心太黑暗了。我时常触摸到我内心的"鬼气"。我偶尔露出一点黑暗，世人已被吓得不行；倘若我暴露出我全部的黑暗，很难想象世人会是怎样。鲁迅如此这般地反复描述自己灵魂的黑暗，除了理性的反思之外，有无心灵上无法告人的极度沉醉呢？人其实渴望"堕落"。人在理智的层面鼓吹惩恶扬善，除了为了和谐族群关系，其实也有为了融进族群而言不由衷的意味。萨特说"人类身上的邪恶是无法拯救的"。不能认为萨特在鼓励人的邪恶，他只负责呈现事实。

这个现象如何解释：从善难，为恶易。而且有些善事只是举手之劳，有些恶则需机关算尽，人却还是避易就难。这说明了，从个体生命说，所谓善，不是人性的真实渴望，恶才是。从人给善恶命名来看，被称为"恶"的多和人的本能欲望相关，而善则和理想的德性德行修炼有连。恶是真；善是愿。这是事实判断。心里明白了这个根基，人再去表白"惩恶扬善"时就会知道如何拿捏分寸。比如，法国的福柯在《劝诫与惩罚》里说：法律在惩治罪犯时，连同罪犯身上的天性、习惯也一道惩罚了。而黎巴嫩的纪伯伦则说："罪犯往往是受害人的牺牲品。"这个表述对有些人的耳朵来说听起来就是邪恶。其实纪伯伦不过是深味到了人间法律的局限而已。而且他和福柯一样只是希望人们能够更诚恳、更智慧、更充满活力地思考人类的问题。单从这句话来说，罪犯和受害人相辅相成，没有罪犯当然没有受害人；同样，没有受害人也没有罪犯。这不是为罪犯辩护，只是希望人思考问题更多一些弹性，留出一点能让人性存身的空间。因为罪犯和受害人本来就是相对的。我也曾对自己的徒子说：先有法律，后有罪犯。对于这个简单的符合逻辑及事实的判断，他们竟然有些发愣，看我的眼神愕然。我还得给他们作俗不可耐的解释：香烟里的尼古丁有毒对吧！吸烟其实在吸毒对吧！可是，烟盒上只印：吸烟有害健康。海洛因经科学检验后判断对人身体健康有害，当然是毒品对吧！吸食海洛因就是吸毒对吧！可是，诸多国家的法律只定吸食海洛因为吸毒，贩卖海洛因为犯罪，没有定贩卖香烟为犯罪的。

再举些例子。作家残雪解鲁迅的《铸剑》别出心裁：在一般人心目中残暴的国王，她却说国王的残暴源于爱。他太爱宝剑了，所以在眉间尺的父亲为他铸造出了天下第一名剑后，他不得不杀了他，为的是绝后患。残雪就差说国王的爱具有审美的高度了。就一般世俗言，残雪的解读可能有些过度，但至少也说明理解一种存在是可以有不同道路的。你若把残雪的解读视为替残暴辩护，那残雪是否可以反过来质疑眉间尺复仇的正义呢？都是杀人，真的有绝对的正义与非义之分吗？所以，理解存在，越出于狭隘的立场进行辩论，你所能看见的存在就越狭小。还有一个例子，忘了是日本哪位作家的剧本了，剧本的名字我也忘了。兹述情节如下：两个武艺高强一丑一俊的武士结为兄弟，同伺一主。女主人美貌异常，令人心魂飘荡。两个武士都爱上了女主人，当然，长得俊朗的武士得了女主人的垂青；长相丑陋的武士欲火难忍，冒险杀了男主人，欲得逞所愿。不想女主人因丧夫而怒，带着那样貌俊朗的武士来追杀这貌丑心狠的另一个，曾为兄弟的二人于是展开一场恶战，结果当然是正义战胜邪恶。那丑人在就刀饮血之际，对着曾经的兄弟却说出一番沉痛之言来：我是个恶人。我罪该万死罪有应得。可是，你的良心真的比我干净纯洁吗？我爱我们的女主人，因着这疯狂的爱我犯下了弥天大罪；可是，你不是也爱我们的女主人吗，你不用像我这么冒险，凭着你的漂亮容貌就赢得了女主人的芳心。我没有你那样的幸运，冒险拼死还不得善终。我是罪无可赦，可是，你问问自己，你的灵魂真比我高尚？我们两颗心的质地真有本质不同？你不过比我更得了造物主的眷顾罢了；而我不过是造物主的弃儿而已……这本是一个通俗的肥皂剧，却因丑角最后的心灵独白染上了些些悲剧色彩。同样的还有雨果《巴黎圣母院》中的福娄娄，在世俗眼中，他就是罪恶的化身。他看见了美貌惊心的艾斯梅拉达，不可救药地堕入情网，为了爱，他施阴谋诡计；他的阴郁扭曲也让人惧怕。他一步步逼近艾斯梅拉达时，口中喃喃自语："你不能怪我！你为何要生得这么美！"雨果是想让你听得见他内心的绝望、痛苦、疯狂，是让你看看原始的情欲会怎样烧疯人的心！不是让你站在安全的距离之外发一些慷慨激昂的宏论。福娄娄独白后的潜台词可能是"你生得这样美也就罢了，你为何要让我看见"！你读出来了吗？看见和没看见是不一样的；在场和不在场也是不一样的。艺术家从来都不是为了宣传道德信条才写作的。他要让尘世中井然有序的世界返归到它本来的繁复与深邃。而善与恶在他们心中从来都是你中有我，我中有你。

五、生命问题琐议

"生死之外，没有大事。"有点喊口号的腔调，凝神一想，却也不错。没了生，一切无从开始；若已临死，一切也再无从谈起。确实生死两端，命悬一线。人惜生是本分。人间文化律令的制定也当"爱生"至少"护生"。

从古至今，围绕着人的"往生、既生、来生"，人不停地追寻。佛、基督、天主、伊斯兰。老子悟道，孔子寻礼，屈原问天，庄子齐物，孟子养气，更有诸般诸子格物致知……人对着自己、天地，上穷碧落下黄泉地打问号。我是谁？我从哪里来？我要到哪里去？而且许下宏愿："路漫漫其修远兮，吾将上下而求索。"如求爱般痴情，又像表决心的庄重。

从古至今，我又读到很多祖宗之言、圣人之言、贤人之言以及不知何方神圣的神圣之言。克己复礼。思无邪。非礼勿视、勿言、勿听、勿行。富贵不能淫、贫贱不能移、威武不能屈。欲成大事者，必先苦其心志，劳其筋骨。书山有路勤为径，学海无涯苦作舟。存天理，灭人欲。饿死事小失节事大。一不怕苦，二不怕死。要做一个纯粹的人、高尚的人、脱离了低级趣味的人、毫不利己专门利人的人……本来这些言语都是"寻路人"在自己的寻路过程中作出的自我判断，原本并没有啥，可是，在流转的过程中它却慢慢地变成了脱离具体语境的抽象律令、僵死的教条，它的面目就变得不再亲切、自然。面对着它们，我慢慢地在心头生出诸多困惑：怎么到了我这，感觉人生就是为证明这些道德律令才被展开似的。是不是因果倒置？真的"朝闻道，夕死可矣"？道就是人生命的本体？人在这个"道"面前卑微如尘芥？生命不是生命的目的，只是为了显现、证明"他者"的骄狂、绝对的意志？如果是，生命为何要这么俯首帖耳？"道""礼""天"等等这些"他者"为何不直截了当？为何这些价值律令这么理直气壮斩钉截铁，让人感觉满身戾气？

祖宗之法可不可以变？当然。要把祖宗和法分开。可以把祖宗供在神坛上表达我们的虔敬：给他香火牺牲；然后恭敬地说，老祖宗！感谢您的余荫！您已劳苦一生，儿孙自有儿孙福，您就歇着吧！法是为人服务的，不是折腾人的。人间法理得有人道精神。

谈谈一些具体的问题吧。

我想谈的具体问题有：爱、罪、德、美、丑，就把它们糅在一起说，生命本来就是一个整体。

爱情（这里就谈男女间的异性恋）是让人身心温暖的存在。它常常被置于人生价值意义的顶端。爱的过程更是让人身心俱动。从爱的本心看，它是孤独的。张爱玲《沉香屑·第一炉香》中的葛薇龙对乔琪说："我喜欢你，是我自己的事，与你有何相干？"纪伯伦给爱的定义是："爱不占有。也不被占有。爱在爱里面，它自我满足。"从爱的表现形态看，它又是人与人间最深度、最独特的关系。尽管一方当事人可以像葛薇龙这么表白，但至少总有一个对象"乔琪"在那寄托她的爱吧。弗洛姆《爱的艺术》认为，爱不仅是本能，还是能力。爱者要成长自己"爱的魅力"。爱不是祈求来的，宝剑锋从磨砺出，梅花香自苦寒来。爱者得培养爱的能力，拥有爱的魅力。

爱到底爱什么？当然是爱对象身上的美好，一是自然的美好，比如俏丽的容颜、曼妙的身材、顾盼生姿的风度；二是叠加的美好，比如优雅的谈吐、睿智的思想、独特的个性、丰富的情趣；三是社会立场看取的美好，比如优越的地位、丰厚的财富、处世的能力。爱者按照各自的情感原则和价值立场做符合己意的追求和选择。当然实际人生中的爱情千姿百态，也不是简单的诸种愿望集合后的平铺直叙。诗人徐志摩曾说自己人生有三大理想：爱、自由和美。他的好友胡适为他做了具体归纳：爱、自由、美只是三个抽象名词。徐志摩的人生三大理想若放到实际的人生中来考量，其实只是把三个叠加成一个：就是把爱、自由、美影射到一个美妇人身上的追求。胡适又说：徐诗人其实追求的是自己的幻影。他的人生就是追求、幻灭，再追求、再幻灭，还追求、还幻灭的过程。即使他不在1931年的空难中毁灭，他也终将死在自己的幻梦里。胡适确实是他的知己。

有很多别人习惯的词我却认为不适合形容爱，比如纯洁、专一、永恒。这是人的愿景，也是激情下的刹那迷失，还有当众表白作秀的嫌疑。"纯洁"不只在爱，在其他情境，也都是人的一口虚气，只是在"爱的语境"下最情有可原。爱是激情，激情中的人难免会说出一点"真诚的谎言"：激情时刻，对爱恋对象的诗意想象让人陷溺，自以为此生的爱情就由此而纯洁、而专一、而永恒。恋人把一刹的恍惚凝固成了永远。诗人穆旦却不是激情的恋人，他是超然的观察者，他的《诗八首》把人间爱情演绎成了上帝捉弄人的无聊"游戏"。

围绕着"爱的纯洁"人们造作出诸多无聊自欺的说辞。爱是灵与肉的融合。这个倒还质朴，由此而推出的迁延说词就荒谬不经了，比如，肉欲不是爱情，它是纯粹动物生理性的要求，是对纯洁爱情的玷污；纯洁的爱情是纯粹的精神之恋；真正的爱情专一、永恒；甚至个别的情境中，还有"我爱你！我更爱我的祖国！"（《庐山恋》）这样的并举。我读大学时，南京的姨表姐发生恋爱的困惑，问天问地问父母问我这个表弟，就是没问她自己的生命感觉和愿望，她茫然中曾跑到新街口新华书店去找书上的引领，那年代她只买到一本《年轻人应该追求什么样的爱情》。我和表姐说，与其读这种让人脑残的劳什子，还不如静下心问问自己的内心。爱的形态固然千姿百态，它的基本面目并不神秘难寻。

在具体的语境中，"爱的纯洁，纯洁的爱"如果形容恋人间的状态殊可成立；若当作对"爱"自身的表达则"言不及义"，根本就不是对错之论，而是不相干。爱涉及人的全体生命，情、欲、算、计、猜、比、思、痛、乐、妒、恨此起彼伏，啥是个纯洁？

专一、永恒也不是爱的特质。不管你给爱下怎样一个美丽的定义，都不是。不用任何高谈阔论，就从内心的自我体验，如果你诚实，就可明了；你观人间世相，也可明白。卡夫卡对爱情的认知是：世上本就没啥爱情，"爱是一股暖流，它稍纵即逝"。人们结婚不是为了爱，是因为习惯、惰性、敷衍和方便。卡夫卡两次和同一个女孩订婚，又两次毁约。他反省自己，婚姻不适合自己。他最热爱写作，他想象的最理想的生命状态是独自在窖中写作，人们只需从窖口给他存活生命的食物和水即可。对于身体生物性的欲望，他自然希望有女子可召之即来挥之即去。他曾和女友的闺蜜有过断续的性爱，一生单身，最后四十出头，郁郁而亡，临死留下遗嘱，请朋友代为毁弃所有手稿。朋友没有践约，否则后人就看不见文学上了不起的卡夫卡了。他不自毁手稿，可见下不了手，到底不忍心啊！张爱玲的名句更是家喻户晓了："这世间的哪一桩爱不是千疮百孔？"都千疮百孔了，哪还纯洁、专一、永恒？《沉香屑：第一炉香》里的葛薇龙最后对乔琪说的是：我和那些街边的站女有啥区别呢？她们是把自己卖给所有的男人，我不过是卖给你一个人罢了！清冷如斯，内心的苍凉就像薇龙身边的暗夜无边无际。鲁迅曾感慨地说："我不知道啥叫爱情。"在给李秉中关于婚姻的信中，鲁迅不是把结婚与爱情分离，而是根本就不提爱情。他说结婚的最大好处是满足性欲；最大的坏处是失掉自由。总之，和爱情不搭边。人们最喜欢提恩格斯的"没有爱情的婚姻是不道德的"。但是，喜欢拉大旗作虎皮的人不知是无意还是恶意，把恩格斯本来的祈使句变成了陈述句。恩格斯的原意是：如果"以没有爱情的婚姻是不道德的"作为标准来论断世间的婚姻，那么这世间的婚姻不会有几桩可以留存。还是抄一下他的原话吧。他曾经断言，资本主义灭亡、共产主义诞生之后，人类两性关系将是这么一种状况：第一，结婚自由："男子一生中将永远不会用金钱或其他社会权力手段去买得妇女的献身；而妇女除了真正的爱情以外，也永远不会再出于其他某种考虑而委身于男子，或者由于担心经济后果而拒绝委身于她所爱的男子。"第二，离婚自由："如果说只有以爱情为基础的婚姻才是合乎道德的，那么也只有继续保持爱情的婚姻才合乎道德。不过，个人性爱的持久性在各个不同的个人之间，尤其在男子中间，是很不相同的，如果感情确实已经消失或者已经被新的热烈的爱情所排挤，那就会使离婚无论对于双方或对于社会都成为幸事。这只会使人们省得陷入离婚诉讼的无益的泥污中。"（恩格斯：《家庭、私有制和国家的起源》，人民出版社 1972 年版，第 80—81 页）第三，归根结底是两性自由："两性间的关系将成为仅仅和当事人有关而社会无须干涉的私事。"（恩格斯：《共产主义原理》，人民出版社 1955 年版，第 17 页）恩格斯的第二个意思翻译成中国民间的大白话不就是"婚姻是爱情的坟墓"么？而恩格斯的话还有一个重要的前设：共产主义时代。现实世界里的人间爱情婚姻要去掉恩格斯话语中"如果"后才是它的真实。人间至目前为止，并没有自始至终完全建立在爱情基础上的婚姻。爱情、婚姻、性在人的现实人生、生命中纠缠复杂，爱情单纯、浪漫、美好、短命；婚姻现实、琐碎、功利、长久或短命；性则在压抑与释放中游荡。要让爱情和婚姻都纯粹，不仅要有经济、身体、感情的解放，还得有观念的解放。

在课堂上，曾有形容纯情的女孩蹙眉哀怨地问我："老师！你为何要这样来说爱情呢？"我无奈地回她："我不这样说，它就不这样了吗？是我把它说成这样的？在我说之前，它是另一个样么？我有这么大的能耐不？"这不过是"天地之心"，至于我，并没骄狂到要"为天地立心"。

爱情是人性的外表之一。人性喜新厌旧，这个是全体、整体的，不是这个方面是喜新厌旧的，那个方面就不是了。人所要真正考量的是如何面对人的"喜新厌旧"。人间婚姻固化爱情可能是其中一义，但这个固化欲望恰说明了对爱情的不自信。当然，婚姻于人的意义不止一端；人性也不只有喜新厌旧，他也抱群，害怕孤独。曾有一位清华博士问作家冯唐：一夫一妻制合不合人性？坏坏的冯唐歪着嘴笑而不答。等这个清华女博士慷慨陈词痛批完它不合人性后，冯唐却别开生面，告诉女博士另一个理：虽不合人性，关键是人性还有不止这一面的其他，一夫多妻、一妻多夫就完全合人性吗？人性的自私与嫉妒如何协调？所以呢，没有所以。意识到这个烦难是很重要的。所以呢，人们虽说不出爱情是咋样的、应该咋样，但起码人们明白了，爱情不是怎样的，不是纯洁、专一、永恒的。

我所不懂的是，若果承认了爱不是纯洁、专一、永恒的，有些人怎么就会得出爱的不美好的结论来。就因为它多变、短暂、不专、自私？这世间没有一件事永恒，我们不也其乐陶陶吗？张曼玉就是个很好的例子。她说：每次爱，我都把自己弄得遍体鳞伤。可是，下一次爱来临，我还是会如飞蛾扑火一般扑过去。当然，萨特《恶心》中的一个女孩说了另外一番体验：爱，就如你立在深渊边，你明知道那是个深渊，你还得往里跳。我跳过一次，再没勇气跳第二次了。如果做个田野调查，我猜想世间人大概还是多像这个女孩。在感性的飞跃之后，她会好好地作出理性评估。其实这样说也不完全准确，张曼玉不也是很冷静地在言说吗？只不过，她得出的结论不同于女孩罢了。可见，他们间的差别并不是有无理性，而有可能的是，张曼玉觉得她还输得起。对了，此时，我想起以前的一个漂亮女孩的故事。她本科快毕业时在我这做学位论文。可是其他同学初稿都交了，她提纲还没影，而且也不给面见，信息回的也断断续续。我急了。她说她恋爱了，热恋之中，就在一个聚会上，爱上了一个有妇之夫，只因为他说话风趣。她说："老师！你知道，我对幽默的人没有免疫力！我知道，他有家庭，他也不会和我结婚。我还年轻，还赌得起！"她就是这么对我说的。她所谓的"赌得起"其实没有啥"赌"的，她要的就是她喜欢的眼前美好。说得文雅一点，在这个男人这，她要的只是爱情，不是婚姻；而且她清冷冷地知道，这爱情很短命！后来，多少年后，在内蒙古的一次学术会议上，我偶然碰到了她的硕士导师，才知道，她在珠海，有一个和谐的家庭，男人当然不是当年那个已婚者。

我知道，对爱情，像对待人生的其他事一样，许多人都有自己的立场或理论，自适就好。有的人理论是这样的：人是有理性的，他应该为自己的行为负责；人是有德性的，自私是丑恶的。在我看，这是把事实判断和价值判断混在一起，此处不论。不管有无理性，人都得为自己行为负责，但不能为他人负责，除非他人给了他对等的权力。自私对他人当然是丑的，因为你的快乐是立在别人的痛苦之上的。可问题是，人确实自私。所以，一个更实在的问题是，如何面对自私。用自我理性约束是不够的，"应该、不应该"若仅靠人的自觉，是很虚妄的，得有法律和法规。

就顺着说说法律，也可旁及道德。法律和道德都是消极的，正因为意识到人的不完美，人才制定法律、规则、信条去防范。如何把握分寸，实际就是在"应然"与"可然"间调和，用分寸来检测人的智慧。人们常说"法律面前人人平等"，如果不流于书面，众生乐看其成。一个相对公平的社会一定是法治而不是人治的社会。

说个寓言故事。一座庙里住了许多和尚，一日三餐都同吃一锅粥，那时没有计量工具，粥就总是分不均。久而久之，大家开始献策希望解决这个棘手难题。

第一次大家推举了被公认德高望重的和尚来主持分粥，和尚们认为只有最有道德的人才会最公平，但很快就发现，由于僧多粥少，那个负责分粥和尚碗里的粥总是又多又稠。于是，换人；但好景还是不长，历史却惊人相似。于是再总结，得出的结论是：权力会导致腐败，人在掌控权力时很难控制私欲，个别人掌握绝对的权力一定会导致不公平现象的出现。阿克顿说："权力导致腐败，绝对的权力导致绝对的腐败。"

于是换了一种方法，让所有人轮流分粥，这看似一个最公平的办法，却导致了每个人只有在自己分粥的那天能吃饱，其他的日子里依然饥肠辘辘。这是由于大家都觉得有权不用过期作废，所以都会抓住难得的机会捞一把，一个比一个变本加厉地把到手的权力发挥到极致。

道德和轮流执政都没能让公平降临，有人提议成立集体监督制，成立分粥委员会和监督委员会，形成民主监督制，盼望中的公平终于到来。可由于各派意见常常发生分歧，导致效率极其低下，争来吵去，经常是粥都凉了还没吃上，这种制度不久也被废除。

经过再三权衡，最后这个看似无解的问题又回归到当初轮流分粥的方式，只是改了一下程序，就是分粥的人要让所有人先拿，自己吃最后剩下的那碗。奇迹出现了，每餐的粥都分得非常公平，因为分不公平自己就得挨饿。

这个故事很好懂：实践出真知。这个真知是，道德是个投机者；规则无表情，却好使。面对人性的自私贪婪，道德苍白无力。结论，让好的制度去制约人性的弱点。

没有公正的规则就不能有公平正义的社会。一个不公的社会，人不会想去创造价值，而是想方设法地获取权力、掌握裁判权，满足私欲。胡适先生说：一个肮脏的国家，如果人人讲规则而不是谈道德，最终会变成一个有人味儿的正常国家，道德自然会逐渐回归。一个干净的国家，如果人人都不讲规则却大谈道德，谈高尚，最终这个国家会堕落成一个伪君子遍布的肮脏国家。公正的规则，引导和鼓励人们行善；不公正的规则，放大人性的恶。好制度能让坏人不敢作恶，坏制度能让圣人冠冕堂皇地作恶。

经济学家茅于轼讲过这样一个例子。他在美国做访问学者时，曾经对美国邮局前的排队作过观察。他发现排在队伍前面的顾客，一般距离正在接受服务的顾客至少一米远：一方面是避免彼此靠得太近不舒服，一方面也是尊重别人的隐私空间，免遭嫌疑。如果服务窗口不止一个，大家也是只排一个队，前面的人依次序到空出来的窗口去办事，以保证先来的人先接受服务。没有一个人会打破这种墨守的规则。小中见大，茅于轼深有感触地说："在美国生活的一年中，我无时无刻不在思考，为什么美国如此富有？有哪些地方值得我们学习呢？"

很多观察都告诉我们，发达国家的人遵守规则，不论这种规则是以法律的形式出现，还是以制度的形式出现，甚或是以不成文的约定和社会习俗的方式出现。

但从人类文明的更高度来思考，要明白，法律、道德是针对所有人的，具有公约、一般性，个人却是有差异的。践行法律和道德，它们的稳定、一致性在现时一定得维护，只是要明白，法律、道德并不绝对公平、正义。至少，劝诫与惩罚要并行，宽容与严苛要并举。分寸要拿捏。人间社会没有法律、道德不行，但仅仅有它们并不够，还要有文学艺术、历史、哲学这些来调节。

道德，特别是法律，针对的往往是人间的罪恶。有关人之罪恶，西方有"原罪"之说，来自"圣经"，它论定了人之罪的根性。这不过是人借神的名义从文明史给人的自定义，赋予其神格色彩不过是为了强调它的神圣与庄重。"原罪"的信念奠定了西方文明的忏悔意识，而以汉文化为主体的中华文明没有来世的宗教，敬畏之心便很虚薄。我们缺乏虔诚之心，内心沉淀成"玩世"的心态，大人玩大世界，小人玩小世界，各色人等只是格局不同罢了。我们从不触摸自己的"罪"性，我们作起"恶"时就会肆无忌惮。东西方之间存在着很深的隔膜，尤其是我们对别人的隔膜。

我们很喜欢在公共空间中谈论道德，乃是因为我们内心从没有把道德的本质理解为自律，而是把它变成了打别人的工具。这是我们越谈论道德我们的道德水准越下降的根本原因。一个处处充满道德条文的国度常常意味着它没有道德。

我们的生命一直在病着。当年鲁迅在《狂人日记》的结尾大声疾呼："救救孩子！……"这不是"呐喊"，而是哀号。意思很明确，我们，孩子的父辈，已没救，最紧迫的是赶快救救下一代。可是问题来了，谁来拯救呢？没救的父辈自己都救不了，何谈别人。孩子自救，孩子有这个自救之力么？孩子"都被他的娘老子教坏了"。那么或许只有"他救"了，鲁迅确曾提出了"拿来主义"。这并不是虚化自己。鲁迅提出很清楚的原则、方法：不盲目崇拜，也不盲目拒绝，先要拿来，然后研究、甄别、选择。为了人类的共同命运，人类的文化本就该互补。鲁迅一生的努力以"立人"为本，但灵魂再造，制度是先导，文化是底蕴。革命尚未成功，同志仍需努力。

我的思维观

　　人生有很多快乐，罗素就说过自己人生的三大动力：对知识的追求、对爱的渴望、对苦难的怜悯。思想无论是名词还是动词也是人生快乐之一。在一个正常的社会里，人们自然享受思想所带来的智慧快乐，也许并不觉得有何特别。但若你处在一个蔑视思想或不让人思想的时代，你感受的苦闷、痛苦就会让你特别向往一个正常的时代了。一个热爱思想、追求美好的人才真正把自己从生物性人里超拔了出来。

　　思维方式在思想问题中第一重要。"怎么想"是"想什么"的"前问题"，它思考的是思想的方向性问题。就如只有科学的思维才会诞生科学的具体成果一样。人有多大胆，地有多高产，除了意淫自己外，不会有任何结果。

　　思想的目的是啥？明辨是非。这是非首先是存在层面的，是即是是，非即是非。"知之为知之，不知为不知，是知也。""看山是山，看水是水。"还有人间是非。此是非判断依据不是"祖宗之法"而是"人情物理"。"世事洞明皆学问，人情练达即文章。"

　　"我的"思维观，即我的思想所遵循的方向性准则。打个蹩脚比方，制定法律的人，他首先得思谋法理。遵循怎样的法理，就会定出与之匹配的法律。法理是战略布局，法律是战术执行。思想亦然，遵循怎样的路径就会达到怎样的目的地。一个好的思想者他首先得会思想，如何思想和思想本身一样重要。

一、此话怎讲？何以见得？

　　和别人交流思想其实就是说理，讲自己信奉的道理。人们常形容一个人说话的妙处叫：慢条斯理，娓娓道来。这形容的可不只是说话的风格，风格里面还藏着他说话遵循的理念：心平气和、沉静缓慢地陈述自己想要表达的事理。有理不在声高，你要别人接受你的事理，蛮横无理只能适得其反。一个说话者要具有好风度，就要给自己一个最基本的尺寸："此话怎讲？何以见得？"也即观点明确，论据充分，逻辑合理。"某某就是好！就是好！就是好来就是好！"光给一个光杆判断，就是不告诉你它到底好在哪里。这叫不讲理。

　　我的现实中也曾遭遇类似小概率事件。话说那一回，与一女同事在乒乓球馆对垒，大汗淋漓后两人在馆外聊闲。不知怎么地她提起了单位内的人事，具体说到一个年轻人时，她脱口而出一个短句："不像话！"我不经意地问："怎么了？"她加重语气地应："一个老师和学生谈、恋、爱！"口气里竟然带出不屑来了。我有点讶然平淡地问："那又怎么样呢？"她愕然地看我："不怎么样！"我有点急："怎么个'不怎么样'呢？"她瞪大了本来就不小的眼："当然不怎么样！肯定不怎么样啊！影响不好。"她一定觉得我好奇怪，就像我的感觉一样。我开始有点小恶意了："又怎么个'影响不好'？"果然她又是："当然影响不好。"我风淡云清："怎么着就'当然'了呢？"她看我像看外星人了。话虽谈不下去了，我心里倒有点小乐。N 年来，我一直觉得她是一个我所熟悉的人，此刻我才悟，一个熟悉的陌生人。我只得开始"哈哈哈"着岔开道。那次分手时，我知道于我是个终结；在某些方面，我有点洁癖。

　　对很多人来说，我们的人生中存在着很多"不言而喻"，这个并不错。我也知道对我来说不少的不言而喻。比如：水在华氏 100 度时沸腾；铅在 365 度时融化；人们在树身上刷上石灰是为了防止蛀虫；等等。总而言之，我的"不言而喻"多在常识——也即经过实践检验证明了的范畴。常识之外，如果还有你的"不言而喻"，我以为，当你的不言而喻遭遇别人的质疑时，你得有绅士风度，不仅允许别人质疑，你还应该尽你所能回应他人的质疑。我们谈论的那个年轻的男同事，单身未婚，早到了法定的结婚年龄；女方呢，当时和他恋爱时是大四的学生，单身、成年，不要说恋爱，结婚也没问题。那时中华人民共和国的《教师法》还在虚无世界呢。怎么就成了问题？你的任何判断得有立得住脚的情理、逻辑依据不是？

　　在此之前的多年前，还有一件事也是我亲身所历。那时我刚参加工作，学校派了一个老人家来辅助我。真是一个好老人家，除了教学，老人家还关心我生活的一切。我很尊敬她。也是有一次，和老人家聊天，她提起了我先前的一位老师现在的同事，问我对他印象怎么样。因为一些私德、私趣，我其实不特别喜欢这个曾经的老师，但我认为此时老人家问我的是"这个老师怎么样？"重点是作为"老师"的他，我不禁脱口而出："很好啊！书讲得好！"结果老人家嘴一撇："嗬！书讲得好有什么用？和自己老婆离婚，和一个自己女儿辈的女孩结婚。像什么话！"真心我有点猝不及防，但刹那间我也明了了。从小我就是个在长辈前的乖孩子，我不愿违老人的心，惹她不高兴。那次我扶着老人家的肩膀，对她耳语："老人家！犯不着为不相干的事生气。啊！——哈！"但多少觉得对我不特别喜欢的这个老师有些不公平。这个对我很好的老人家，在这个问题上，我却不能和她取同一立场。她犯了"越界"的错误。人与人之间交流，得有一些公约作为前提，比如，在双方认可的论域内。转移话题、偷换概念或问题杂糅都会导致问题边界的不清，当然也将导致交流的错位。老人家问我这个"老师"怎样，不是问我"这个人、这个丈夫"如何。我当然顺着她明确的概念指向作答。她却把问题引向了我上面所说的，话题由"老师"变成了"丈夫及为人"，概念也随之由小而单一变成了大而复杂，把一个话题转换成了另一个更复杂的问题。那个老师为何离婚她并不过问，怎样娶了一个年轻的女孩也不知晓（当然，按理，别人本也无权过问的），就直接给出一个"书讲得好有何用"的结论，这种无厘头的跳跃思维很难服众。

情绪、俗理都不说了，人大多觉得自己有背后任意说人的权力。就事论事，我所经历的虽是不起眼的两个日常事件，在中国却具有普遍的代表性。大千世界，观念不一，正常。求同存异，没问题。可是以拒绝交流的霸道方式后留下的同异就变了味了。如果永不交集似乎也没问题，但若免不了要面对共同人生问题，那就应该各自把立场、道理讲清吧。男教师与女学生恋爱可不可以？只要双方自愿，可以。为嘛，这是他们的人权。影响坏？他们影响谁呢？他们也没满世界嚷嚷要别人效法他们啊。怎么就碍着你了？一个教师可不可以离婚？可不可以娶比自己年轻的女子？本来就应该是个陈述句，我们非把它弯曲成一个疑问句。

讲平常道理都常常是个问题。对不讲道理之人，人们常用"胡搅蛮缠"形容。稍归纳一下它的形象：不讲常识；逻辑混乱；思维跳跃；若再夹杂私心私意，可不就一塌糊涂。纠错就要从以上逐条改起。

在当下，常识仍时常得不到尊重。我并不渴望圣人们的理想之境，我甚至宁愿不要圣人们的世界，"圣人不死，大盗不止"，还不如一个平常正常的世界让人安心。但这在中国好像也不易，我自己所经历的这些俗事就是证明。恋爱结婚本是成年男女间的私事，人们就理直气壮地把它放到公共空间来展览；展览也罢了，他还加解说词；加解说词也罢了，他还胡言乱语。结婚和师生的名号有关吗？离婚结婚不是个人的自由吗？国人东拉西扯的思维习惯背后是怎样的一种窥私心理在作怪？我们何时才能学会"一码归一码"的思维；何时才能不用一己狭隘之偏见、情感代替理性、中立、客观的判断；何时才能抱着认真求索的态度，诚恳而细致地探究问题？用混乱的逻辑怎样得到一个清楚的世界？你讲东，他就讲西；你说撵猴，他却打鸡。

我年轻的时候，一次在路上碰到单位领导，他对我嘘寒问暖，让我内心真实感激。他问我最近生活咋样，我急着赶路，就敷衍说"还行！"他接着一句："我们大学老师生活清贫，可精神生活丰富。你看，美国，经济发达，他们灵魂空虚。"他这几跳，真是也不怕把别人跳晕！我赶快小鸡啄米似的点头，是是是，领导教诲的是，一边落荒而逃。其实，他是个好人，在单位特别和蔼、正直、无私。可是那时节我就想从这个好人身边逃开。张爱玲在《封锁》里借吴翠远的口说："这世上好人比真人多，翠远不快乐！"我觉得张爱玲的这个话就是为我说的。我不懂得领导的逻辑，高校老师为何就要生活清贫；生活清贫和精神丰富又是怎样的联系；美国人经济发达为何就灵魂空虚。最最重要的是，这一切的判断是真的吗？我理不出领导话语里的逻辑线在哪里，和我的人性体验更是大相径庭。

提倡"此话怎讲？何以见得？"的理路，并不只是停留于"（言）文责自负"层面，它还期待唤醒一种意识：存在是复杂的；这世上的话语也是众声喧哗的。任何人都有自由表达的权利，自由也往往意味着对抗、争执，为了保护这世界的多样与丰富，求同存异应该是一个常态，罗素说"参差多态乃幸福之源"。在具体的层面，说话人若自己说话时已有"此话怎讲？何以见得？"的自我意识，那就意味着他一定会抱持应对别人质疑的考量，会从不同的角度来掂量自己的表达，就会把话题阐释得具体、细致、深入、全面，并使它富有启发性、建设性。此也就是说，人，无论是在太阳还是星空下喋喋不休，总是为了发现一个真实世界。言说的存在性如何是由它的真理性所决定的。言说这个世界并不是发个判断就可完事，你需要发现存在的丰富以及这丰富间的相互纠缠才行。一个好的言说总是层层剥笋式地慢慢展开的。别急！慢慢来。

还说一段公案。当年陈独秀在北大遭到保守派的驱逐，理由是，堂堂北大文科学长竟然去八大胡同嫖妓，甚至与学生因争妓而大打出手，真真是斯文扫地。这当然是明面上的理由，根子在新旧之争。主张"思想自由，兼容并包"的校长蔡元培心里明镜，不得不极力为之一辩。问题看起来很复杂。其实也不复杂。关键是身份如何定位以及问题论域如何界定。古有"学高为师身正为范"之语，争执双方对这训诫本身也并无异议，争执在具体如何解释，特别是这二者之间是否应该串联在一起来论。蔡校长发表了公开信，阐明自己立场及判断，说，北大聘用陈独秀为文科学长，看中的是他的学问文章，即"学高为师"，这是最基本、重要的考量标准；而作为"个人"的陈独秀，学校并无理由和权力、更无必要去对他的"私德"进行判断。蔡校长的思路属于"一码归一码"的路子。他的意思是，作为"文科学长"的陈独秀如果称职，也就是"公务"考核过硬，包括他的"公德"也无问题，则陈就是个没问题的人。私德、公德分开。蔡元培也讲实际的"理"：一个人的公德、私德并不是如人们一厢情愿认为的和谐一致。公德是一个人在公共事务中所表现出来的德性德行，很多时候涉及的是个人的理性、意志、得失的权衡，也就是说，人的公德常常是有"人格面具"的；私德则更多地涉及私趣、私意、私欲，个人性色彩鲜明。二者之间有重叠，也有差异；本就不完全是一个层面，过度交叉要求，不仅责人所难，还会扰乱问题主线。反对方恰恰就是要用私德来否定陈独秀作为"社会公众形象优良"的这一面，师者，不仅"学高为师"，还要"身正为范"嘛。蔡元培在学理上对此肯定并不完全否定，但所要论清的一个题中之义是"身正为范"的"身正"的具体内涵是不是要包括"私人天地"中也要为"范"？蔡校长的教育理念就含有德育的倡导，他有言谓曰："德育实为完全人格之本，若无德则虽体魄智力发达，适足助其为恶，无益也。"但德育的训诫是用在与他人相处，讲究的其实是公德。蔡心里清楚，反对者在学理层面故意混淆公与私的界限，但却很有效果，他们抓住了国人就喜欢公私不分的心理，很有蛊惑性；在这个具体问题上，他们是"以轻击重"，故意模糊甚至混乱一般理性与实践理性间的界限；而且，"身正为范"是否要求全责备，更是一个现实问题。说白了，围绕陈独秀展开的争论，双方真正要争的是最后的结果，过程，谁都明白是为结果服务的。这个论争不仅是学理的，还是人心的。蔡元培的"理"并不能完全说服反对者，但在"人心"上他更胜一筹。拷问人心：学高为师，容易达成共识，就因为它少涉及人心；"身正为范"，好吧。但这里有不同层次：一、何为正？二、身正可以为范，但这个是不是师者除了他的本分外一定要为的？三、"身正为范"的指向性到底该是指向自己还是他人？指向自己，只要自己口问心即可，没有必要满世界嚷嚷；指向别人，别有用心在所难免。为何总要别人来先给自己当模范呢？四、那些要求别人身正为范的人如何证明自己的"身正为范"？这个就是"诛心之论"了。罗素曾如此解剖自己："我在你们眼中是个绅士，乃是因为我没有受到更大的诱惑。"如果你认为罗素是诚恳的，那么那些总是盯着别人是不是"身正为范"的人就是矫情的甚至虚伪的。我相信就是出于这个逻辑，蔡元培先生在自己的公开信中才敢大声疾呼：把私德与公德分开（退一步说，一个人的行为除了他自己负责，还有法律、道德去管辖，学校无须越权干涉；若界限不明，则容易导致公权滥用、多数迫害少数等不公事情的发生）；对人不要求全责备，真真"人才难得"，整个社会都要爱惜，而不是毁灭。德才兼备固然好，如不能兼得，虽不能说舍德求才，但至少应有适宜分寸。人非圣贤孰能无过，察人要从长、从实际。这一段公案，最后还是以陈独秀被逐出北大结束，蔡元培校长为之而辩白的公开信或许也难服所有人，陈的结局就是明证，但蔡元培在北大时所倡导的"思想自由，兼容并包"的原则、"厚以责己，薄以责人"的处世态度，总值得世人聆听。脱离开具体事情，蔡元培所展开的思维路径更是值得后人珍视。不仅有逻辑，还有素朴的"人情物理"的体认，蔡先生并不是一个只会搬书本的书虫，而是一个"心底无私天地宽"的醇厚君子。这一段公案的遗韵是，多少年后，胡适还在自己的书信、日记中愤愤不平地恚骂当年主其事的汤尔和一干人等：如果没有……也就不会……看来胡适早就懂得了"蝴蝶效应"的逻辑推理。虽然是个或然性判断，却也给了人们对一个"可能性的世界"充分想象的空间。

此话怎讲？何以见得？这样的思维路径渴望的是现代理性的真正回归。

二、把事实判断置于价值判断之前

判断是思想表达最基本最常见的方式。它最简明的答案就是"是非对错"。价值判断很容易，你可以按己意给出；价值判断也不易，假如你期待它是一个真理性的判断，你非得有充分的调查、研究以及与之相对应的知识、思想、思维能力等等的综合。价值判断很重要，它多半和你的具体行动相一致。你的行为是在你的思想引领下的。所以思想理论不管是对于个人还是群体来说它都是必须占领的制高点。只不过，此处的思想理论指的是很瓷实有具体内涵的表达，而不是那种假大空的东西。

说说（个）人的价值观问题。价值观里当然包含着人的愿望和追求。而人的愿望和追求又和人的欲望紧密相连。欲望产生动机，动机衍生思想，思想引领行为。研究人的价值观，核心还是在把人研究透。所以，要把事实判断放在价值判断之前。价值判断应该从事实判断里自然而然得出。

举例说明。"人之初性本善"缺乏立论之基，是个高调虚妄的说辞，还没弄清楚"人之初"就急急而出"性本善"的结论实在过于草率。从彻底的存在论说，根本就不应该预设一个"人之初，性如何"的问题，善恶论是价值论，而人之初是造化所生之物，自然进化即便是"天地之大德曰生"也未必是你人之义的善或恶吧？善恶是伦理学的问题，它在人类的学问中应该无限地后延，先让位给自然科学的各门类。自然科学追寻"是或不是"，是事实判断；伦理学追问"好或不好"，是价值判断。以善恶来命名人之初根本就是个伪命题。

人的本性是趋利避害，对于人，好，不好，从功利性看，十分重要。这恐怕是自私虚弱的人热衷于好坏善恶论断的重要原因。可是，整体性的存在无法都用狭隘的功利性来阐释。因为存在它自存在，并不在意你的喜怒哀乐。另一个原因是，真，很多时候叫人不舒服，有时还很残酷。鲁迅说，真的猛士，敢于直面惨淡的人生，敢于正视淋漓的鲜血。很可惜，人世间，真的猛士很少。于是人们常顾左右而言他，常得过而且过，甚至假大空盛行。不以事实为前提的价值判断当然不靠谱，但另外一种就具有相当的迷惑性了，即以不充分、有选择的事实为前提的价值判断，这样的价值判断鲁迅曾一针见血地勘破：真中有假，比假还坏。真做假时假也真。真中有假连带着把人的感情也欺骗了。

事实判断求真，更准的说辞应该是"实在"，也就是要"追到'存在'"。真的反义词"假"，更准的说辞应该是"空""没有"。这样一说，就明白人为何渴望真，怨弃假了。延伸到人的情感、精神领域也是如此。

结合例子来说说人间一些常见的判断。比如，还是关于爱情。爱情的存在和对爱情的言说几乎在所有的人那里都是两回事。因为，真实的爱情到了现在人类的文明世界里后多少有一些人们难以启齿的东西。在文学艺术中，爱情的表达要比人在世俗生活中的表达真实得多。而在文学内部，诗、特别是小说、戏剧又要比散文真实深入得多。艺术的虚构让人获得了心理上的间距，在镜像化的"反照"而不是"直视"中，人透视自己悠然自在多了。所以，情况就是这样悖论：人最真实的爱情当然存在于无言、没有被言出的真实的生命实践中；其次存在于那种坦然的相关主题的田野调查中，比如，美国的《海特性学报告》；再次，就是文学、艺术所揭示的爱情世界了；最最虚假的爱情就是人们在公众平台出于各种不同动机唯独和爱情最少关联却以爱情为名所展开的所谓关于爱情的探讨了。在爱情的言说者中，道德家可能是最虚伪的一个物种。

在我前几年为某报刊做专栏主持时，曾接到一篇谈论爱情的稿件，主题是要维护爱情的神圣性，对当下在作者看来非常混乱的各种爱情情状要给当头棒喝。这个我没意见。作为主持人，我对作者发表任何观点都欢迎，只要你持之有故，言之成理。这位作者先以叙事引出话题：在一次高中同学聚会上，一位发达了的同窗弃妻再娶，面对"我"的疑问，那发了达的人大大咧咧地说：像我这么成功的一个男人，怎么能一生只有一个女人呢？作者的议论就是由此展开的。作者先是批他的同窗连"低等生物也不如"；再批他在做人中也失了做人的本分，没有德性；还有就是他对爱情的亵渎。关于爱情的核心意思是，真正的爱情是忠贞、专一的。应该说，在一般世俗的层面，这也就是个俗见的价值立场。我对此倒无异议；特别是他对女性的体谅与同情我还心有戚戚。但我最终没有发表他的文章，乃是因我无法认同他的论说方式；与此相关联的我对他的"世道人心"也有些"恶意"的判断。最基本的，我还是不能容忍他的"不讲理"吧。

他说自己的同窗连低等生物也不如。不是不可以这样比，周作人理解人就经常拿其他生物作参照镜，但作人先生心态平和，有理有据地拿文献资料、科学研究发现细致陈述，但不作这般严厉的判词。这位作者满篇都是义正词严不容置辩的调调，一副蛮横霸道的嘴脸，自以为自己的道理都具有"不言而喻"性。他是这么论证的：连许多低等的生命都知道爱情的忠贞、专一，而人竟不如动物乎？然后举例说明。鸳鸯是爱情忠贞的榜样；天鹅是爱情专一的楷模。这些例子真实吗？既真也不真。真，这是它们的生物性本能；不真，这不是它们有意识的"生命意志"，它们只是顺其自然，并不曾向造物主索要"旌表"。再放大一点看，他的论证很显然是"以偏概全"，就照他的逻辑来推论，低等生物中到底是忠贞爱情多还是背叛爱情的多？如果真按他的思路走，人到底如何取舍呢？而他这种"择如己意"的论说方法不仅庸俗，连基本的常识都不顾，实在是等而下之，无丝毫的说服力，连累而及他的观点也不攻自破，人家是杀敌一千自伤八百，他倒好，一敌未杀全军覆没。他接着进入"人论"层次，还是举例说明，用钱钟书和杨绛的爱情作比附，说了一大套溢美之词，总之是说二人爱情甜蜜婚姻美好从一而终。且不管钱杨二人的爱情婚姻到底如何，这种叫人无语的名人示范思维就叫真正懂得人生的人不禁莞尔……为何有些人，写作的时候就"端"起来了，不管是说别人还是自己不由自主就把自己扮起来了，也不管丢下笔之后自己到底是怎样的一个"凡人"。再退一步，就是不言他们身上如此这般的庸俗，就说这类人的思想，他们可能只习惯待在一个"概念的世界"里吧！我就是奇怪，他们对这个世界尤其对自己就没有一点真实的触摸？他们意识不到现代人类自我人格上的分裂吗？他们似乎对事实缺乏兴趣，更别期待他们对事实做更深入的细致入微的探寻了。看看法国的乔治·巴塔耶在他的《色情史》里对人的描述吧："与家人在一起，这个人是一个善良的天使，但当夜晚来临，他便沉溺于荒淫。""一个家庭的父亲在与他女儿玩耍的时候，就会忘记他作为一个放荡成性的人出入的不良场所；在这种情况下，他若回忆起他曾是个卑污的人，它会感到吃惊，这个人违背了他陪伴女儿时看到的一切温情的法则。"这就是矛盾的人类所表现出来的事实，面对这个事实思索人生总比陶醉在自我虚拟的世界里更能把控自己的人生吧。

把事实判断置于价值判断之前，学理性上的论说如上所言并不繁难，难在人心的复杂。当事实判断与价值取向产生冲撞时，人心取向将会决定天平的倒向。鲁迅曾感慨：中国最真实的魂灵藏在野史杂记之中。缘何官修的历史不可信？妙就在一"官"字。官，是地位、权力的象征。话语权则是地位、权力最重要的标志，这就叫"一言九鼎"。人间最强悍的意志叫"权力意志"。鲁迅接着感叹：若是一个短命鬼的朝代，那这朝代留下的史书还有可能是真多于假。因为朝代短，写史的就是别一朝代的人，无利害之考量，相对就容易"秉笔直书"；而若是一个长命百岁乃至千岁的朝代，那这朝代留下的史书则一定假比真多。缘由一样，因为利害考量，为稻粱谋、为权势谋、为颜如玉谋……谋、谋、谋，一谋心术就已不正啦！"历史是胜利者或他的代言人写成的"这是对人智力的嘲讽，还是对人间正义、人的尊严的侮辱。

所以，要把事实判断置于价值判断之先，有时不仅仅是智力问题，还是生存的勇气问题。历史学家的尊严、良知源于他对真实的坚守。《左传》里记载着这么一个故事：齐国的齐庄公是个好色之徒，其治下有个重臣崔杼，他的妻子棠姜是个美得不可方物的女子。齐庄公一见之下梦牵魂绕，寝不安，食无味，他终于利用权势的方便和棠姜暗通款曲随了心愿。可这事也终究纸里包不住火，崔杼知道了。权高位重的他怒火万丈眼里哪能揉入这样的沙子，有一天趁着二人幽会时，安排武士将齐庄公乱刀砍死。崔杼对前来记载的史官说：你就写齐庄公得疟疾死了。史官置若罔闻，在竹简上写"夏五月乙亥，崔杼弑其君光"。崔杼很生气，拔出剑杀了史官。按当时惯例，哥哥死了，其职位由其弟弟继承。崔杼又对弟弟说：你就写齐庄公得疟疾死了。新史官却仍在竹简上书"崔杼弑其君光"。崔杼又拔剑杀了他。然后更小的弟弟写下同样的话，同样被杀。最后是最小的弟弟。崔杼问：难道你不爱惜自己的生命？年轻的史官继续写下"夏五月乙亥，崔杼弑其君光"。崔杼愤怒地掷竹简于地下，过了很久，叹了口气，放走史官。那个史官捡起竹简刚走出宫门，遇上一位南史氏，就是南方记载历史的人。史官惊讶地问他：你怎么来啦？南史氏说：我听说你兄弟几个都被杀死，担心被篡史，所以拿着竹简赶来记录啊！这个结尾很震撼，前面的史官因坚守自己的岗位而死，后面的这个则纯粹找死。这才叫前仆后继。

主张把事实判断置于价值判断之先，还有一个考量，要做好真正的事实判断意味着你要对被判断的对象真正地负责，而要做到这一点，你得有耐心、诚心、细心去全面、深入、细致地了解它，还要有勇心做保障去排除一切千难万险，就像上面所说的那些史官。总之，要做好事实判断得有智慧加勇气，有时还真缺一不可。

因为涉及人心，人间的事实不都是纯客观的真实，还有真情、真意，但九九归一，归根结底，论人间的真情、真意也还得以更客观的真实为基石。举个有些不伦不类的例子。上上个世纪末至上个世纪初，中国慢慢进入由近代化向现代化的艰难迈步。这期间风起云涌的学生运动无不被冠上大大小小的爱国之名，谁诋毁学生运动，谁就是不爱国，甚至与卖国贼同类。当年"现代评论派"的干将之一陈西滢因为在《现代评论》上开辟"西滢闲话"专栏，没少给学生运动泼冷水，结果被鲁迅骂得狗血淋头。但其实呢，鲁迅的内心也是不大主张学生去冒死运动的……这里面所包裹的宏观、微观的事实是需要真正的史家去梳理其中的是非曲直的。这里姑且再具体说两个微观视角的事实。1925 年北京女子师范大学发生了驱逐校长杨荫榆的学生运动。运动到 8 月 1 日，杨荫榆校长带着军警杀回学校，宣布执行教育部决策，要求三四十个驱杨分子离校。结果发生警生冲突。杨荫榆关闭伙房，断水停电，军警把门，封闭学校。听说女师大造反学生受困，设在附近的北平学联立即给女师大的学生送水、面包、西瓜……当年参与其事的女师大学生吕云章是这样评价北京学联的："学生联合会，一方面是主持正义，一方面也是交女朋友的好机会。我们虽然没有伙食，但是慰问我们的人太多了，各大学都送来礼品、面包、水果。可是一听到警察来了，这些同学都逾墙而逃，也很可笑。"这是龙文出版社 1990 年出版的《吕云章回忆录》第 30 到 31 页上白纸黑字写着的。而在这本书的第 28 页，吕云章还回忆了"三一八"惨案后的一个场景：悼念会上，刘和珍的未婚夫"哭了一会，就偷偷地看我们同学"了，刘和珍的这些同学就"都可笑了"。悼念会就这样成了未婚夫和同学会的调情会和逗乐会。在陈西滢的《西滢闲话》里就有多篇他站在旁观者位置上对学生运动实景的描绘，陈教授在极微观的细节中品出了不同的滋味，说学生不过是借运动、革命这些好听的名词，行的却是谈恋爱、开房间之实，他就很不屑了。陈教授也很喜欢用那个时代的流行词"啊呸！"说话，动不动就说：靠这样的学生救国，啊呸！打倒帝国主义，啊呸！靠这样的民众爱国、救国，啊呸！陈西滢的观察肯定有偏颇，就像那些一味赞扬者一样。作为当年学生运动的积极参与者，在时移事往之后，吕云章自我反省说，那时的学生运动其实恐怕是背后的各种力量在运动学生。吕云章回忆说，在驱杨运动中被称为"八一惨变"的 8 月 1 日，她和张平江两个国民党籍的学生去党部接受指示，江绍模跟她们说："听说杨荫榆又要带军警到学校去，你们要鼓动学生往前冲，制造惨案。"张平江当场答应了，但吕云章认为不妥："造血案固然可以把事件扩大，但是死亡的同学也不得不顾及。"商量许久，江绍模取消了这个办法。但是有人似乎执行了，吕云章说杨荫榆仅是带着军警在学校巡视了一番，"有几个同学往前冲了一下，只把腿伤了一点，也没有造成什么了不起的惨案"。客观地说，这是个人化的重返历史现场，客观上可以帮助后来人多一点对历史事实的多元评断。

接着这"驱杨运动"再说一个微观个案。在这运动的后期，杨荫榆辞职，把这副烂摊子丢给了当时的教育总长章士钊。章士钊 8 月 4 日亲自到学校了解情况。下车伊始，就看见校门上贴着学生自治会的通告：禁止教员出入。几个学生，开除校长也就罢了，连教师进出校门都得她们掌控，这让当年废学闹革命的老革命章士钊同志很不愉快。1903 年，当时的小章领着江南陆师学堂 30 多名学生退学投奔了蔡元培、章太炎、吴稚晖等人在上海创办的中国教育会，走向职业革命之路。可据端木赐香的《小手术：解剖鲁迅与许广平的精神世界》第 187 到

188 页引袁景华《章士钊先生年谱》（吉林人民出版社，33—34 页）的分析："1905 年去了日本他就清醒过来了，'顿悟党人无学，妄言革命，将来祸发不可收拾'，同时从日本明治维新后的繁荣进步看到教育的重要，遂放弃废学救国，改行苦读救国，从此谁忽悠也不行：章太炎把他逼到小黑屋里两昼夜，叫他加入同盟会，他不干；张继出主意说，他喜欢我们同盟会的美女吴弱男，我们派吴弱男去诱他，保证行。结果小章没加入同盟会，小吴倒成了小章的老婆，以至于孙中山逢人就说我们同盟会赔了夫人又折兵。一句话，老章是个过来人，啥都明白；奈何学生不明白，老革命们更是揣着明白装糊涂，唯恐学生事儿闹得不够大！"

端木赐香接着叙述："杨荫榆校长不想干了，但教育总长章士钊还得干——老章 5 月 11 日就辞职不干了一回，奈何段祺瑞说不能因为学潮影响咱的教育方针，不批。老章说不批我也不能干了。老段说不能干也得干，各种手段慰劝，弄得老章闹了一阵子情绪也未辞成，最后于 7 月 28 日又重新上岗了。这重新上岗，面临的还是 4 月上任时就想解决的问题——学风：比如规定小学生从四年级恢复读经书；大学教授要受到考核；禁止学生开会、演说、游行、散发传单；设立考试院，由教育部执行对学生的入学、升级和毕业考试等。""这些措施，正利用学生闹革命的人当然不同意，而学生也不傻，知道有人在利用他们，明白亮出，俺们也正好利用他们不考试——据西滢记载，某教授报告教务长，星期一北大许多学生开会反对考试，一个学生演说道：'他们利用我们去驱章，我们也交换条件，利用他们不考试。'"端木引用的陈西滢的话见 2000 年人民文学出版社出版的《西滢闲话》第 91 页。

说这两段微观事实，还想说明这样一个意思：事实判断如何进行？叙事。叙事越客观、越多视角、越多细节，事实就会被呈现得越饱满，每增加一点真实的叙事，就会更多修正那常常大而无物的价值判断，一点一点地更接近真相。萨特曾在《恶心》中借小说人物洛根丁之口说：要勘察清楚存在，就必须不放过任何一个细节。而且，要拼尽全力去连缀存在的来龙去脉，也就是复原它的过程，最好是连续的没有一丝中断的过程。事实其实不要判断，要的是呈现；你要判断的仅是如何才能让存在完整现身。价值判断随时可能过时，事实不会。从逻辑上说，真相本来就只有一个，虽然它很多时候也很难追寻，但若人连最基本的诚心、细心也无，那就真是斩断了追求真相真理的道路。

三、人格独立思想自由

把"人格独立思想自由"和思维问题连在一起，讲的当然不是浮面的思维方法，而是思维根基的问题。没有独立的人格，就不可能自由地思想；没有自由的思想就没有思想的自由，自然最终也不可能有真正思想的五彩缤纷。林语堂在他的大著《苏东坡传》中把苏东坡称为"千古第一人"。为何？苏东坡自拟的"群居不依独立无惧"八个大字烛照出苏东坡光耀千秋的伟大个性。林语堂在《苏东坡传·序言》中以诗人般的激情抒写了他对苏东坡的印象："苏东坡是一个不可救药的乐天派，一个伟大的人道主义者，一个百姓的朋友，一个大文豪，大书法家，创新的画家，造酒实验家，一个工程师，一个假道学的憎恨者，一个瑜伽术修行者，佛教徒，巨儒政治家，一个皇帝的秘书，酒仙，心肠慈悲的法官，一个政治上的坚持己见者，一个月夜的漫步者，一个诗人，一个生性诙谐爱开玩笑的人。"他认为苏东坡比中国其他诗人更具有多面性天才的丰富感、变化感和幽默感，智能优异，心灵却像天真的小孩，正如耶稣所说："具有蟒蛇的智慧，兼有鸽子的温厚敦柔。"在林语堂的描述中，他期望读者首先、首要看见的是一个顶天立地又趣味盎然大写的一个人。而林语堂把他称为"千古第一人"，既是对苏东坡恰当而崇高的礼赞，又是对前无古人后无来者的深深抱憾。思想从来不是某些人的专利，思想的权力不可被替代；思想不是代别人背书，它是每一个独特生命独立的产物。

独立的人格不从众，在思维上也绝无"价值统一论"的意识，它思想的方向永远指向真实、以真实为凭据的真理；自然，它对"价值等级论"的调调也绝不认同。在《谈女人》的末尾，张爱玲写了如下的结语："以美好的身体取悦于人，是世界上最古老的职业，也是极普遍的妇女职业，为了谋生而结婚的女人全可以归在这一项下。这也毋庸讳言——有美的身体，以身体悦人；有美的思想，以思想悦人，其实也没有多大分别。"这几句平常话我大学时读到，内心即起了不小的震撼。一是张爱玲说话的腔调，淡然不惊。二是她说的道理如此浅显，却让我有振聋发聩之感：世界本就应该这样并列的，在她说出之前，我们却仿佛不知道。三是她的话语让我明白了在她的内心没有价值等级论。特别是最后一点，不啻在我的眼前打开了一个新世界。而建构这个新世界，她只是稍稍动了一下人们所习惯的排列组合方式。在她的眼中，所有的存在都有它存在的理由；所有的存在都是平等的；而表达要遵循的最基本准则就是平等与尊重。平等与尊重并不是一个表象姿态，而是对存在有真悟后的必然立场选择。取消价值等级论主张的是平等、自由，而有了平等和自由，才会有多元和开放的世界。而价值等级论主张者的背后其实真正想寻求的是价值统一论。在价值统一论的背后他们想建立的是一元、等级、秩序稳固的世界。这已不是表象的思维观念的分歧，而是阴阳世界的分界点。

具体看看张爱玲的这两句话。第一句话，说的是自古到今女人最普遍的职业——娼妓，但张爱玲是用描述的一句"以美好的身体取悦于人"来表达的，和一般人心中自带贬义的"娼妓"比，张爱玲很显然回避了狭隘的褒贬立场，隐藏了自己的倾向性；这句描述性的话语只是客观地把"娼妓"这个名称形象化了而已。写随笔的张爱玲也基本保持了小说家张爱玲的基本风格：她的表达追求她自己喜欢的纯粹，不到万不得已，她甘愿做个局外人，她只是存在的表达者。但也正因此，她的表达并不缺乏历史的纵深感以及思想史的意味。她只要充分表达了存在，存在自己就会开口说话。从历史感说，她提及了女人在人类历史中的命运，只是陈述，没有评价，没有感慨，"为了谋生而结婚的女人全可以归在这一项下"一句，又以陈述表达思辨，把娼妓和功利婚姻中的女人并列，形成互证关联，一下理路拓宽，而顺着她这个思路，自然地，男女关系中的婚姻、爱情、性等等问题就会进入思考的视野，由女性而娼妓而男女而爱情而婚姻而两性，又由两性而反视到社会人生，张爱玲的文字常常便是这般由小窥大，举重若轻，由一小点慢慢就织成了一张叙事之网，打捞出一个鲜活淋漓的世界。

第二句，当年我第一次读到时，症愣半天。不是惊魂，是天地间突然有了知己的感觉。张爱玲的口吻一如既往的淡然，还是只说旁观者的话语："这也毋庸讳言——有美的身体，以身体悦人；有美的思想，以思想悦人，其实也没有多大分别。"张爱玲有一种看起来并不神奇、常人又很少拥有的智慧：她说出的存在真相就在那里，但是她若没说，你就视而不见。而张爱玲之所以拥有此种貌不惊人却很了不起的智慧，当然得归于她的知识与人格，现代西方的科学、文化教育健全了她的大脑，她的个人人格由于个人的境遇或许有寻常人不能称道的地方，但她社会人格的健全就是和她所属的那个精英阶层的人相比，她也不遑多让。她的现代理性素养让她看人看事都能秉承客观、中立乃至超然的立场，去寻求存在的真相。

张爱玲最让我钦佩的就是她从来不堆加表情。人、人生、生命都活个朴素、简单、干净。在思维层面，我最喜悦她的就是上面所说的"价值无等级论"——这世间的物，都有所值，但对这个"值"你如何"观"也即给怎样一个"价"则取决于你自己。有无数个不同的"我"才会有五彩缤纷的美好世界。可是，无论是历史还是现实的中国，真像苏东坡"群居不依，独立无惧"这样的千古一人实在是太少了。我们的思维世界里总是充满了太多的惰性甚至奴性，表现于外，常看见的便有插科打诨、胡搅蛮缠、顾左右而言他、逻辑混乱、思维跳跃以及价值等级论。

举个身边的例子。一个朋友转了一些一个小女子的诗给我看。这个小女子我有过一面之缘，算知道吧。她的诗在他们的圈子里通常被称为"垃圾派"。如《生日这天》："第一件事就是拉屎/边拉边和一个/劝我信主的家伙微信瞎聊/聊完了/屎还没拉完。"她的诗差不多皆如此。艺术表达的内容都是从生活中"选择"出来的，这位作者确实作了"精心（惊心）"选择，我出于善意地想吧：把"拉屎"和"信主"并列或许要表达什么，虽然我是理不出啥头绪。或许这只是我的自作多情，诗人本来就是呈现生活的"原生态"，没有意义延伸。这是不是诗呢？不管了。要说的是后面。

因为读了她的诗，想和她聊聊，看看我的猜想和她的原意有无差别；若有，会有多大。我就也和她微信了。先说了缘由"读了别人转来的你的大作，有触动，但还不知如何表达。这对我还是第一次。不知你可有谈诗及生命的文章？"她答得很脆："生命就是诗。"于我这是标准的诗人范式。她转了一些杂记给我。我读了，然后告诉她我的感受："你提了一些有意思的问题，但你没有解答任何一个。"于是，她就发了一些解释过来。关于"生命就是诗"，她这么说："我用文字记录着生命里所有的感触，那些文字别人称之为诗，就是诗，反之亦然。对我来说，我的生命就是诗。诗只是我生命的一部分，至于这个部分有多大，要看我如何对待它，我可以说是我的全部，也可以说是冰山一角。我甚至可以说诗是虚无的，也可以说诗是确实存在的，又或者说，它在两者之间，但又可相互转化。至于别人怎么看，我无从知晓。诗在每个人眼中不同，诗是什么，我也说不清，但诗可以是任何。"读了这段，我信了她这句"诗在每个人眼中不同，诗是什么，我也说不清"。

接着我又问了一些其他，她都认真回答。最后，我说出了对她诗的评判："你的感觉抓得不错，但接着，没有接着，就完了。我以为，你的诗就差这个'接着'。能把诗写长些吗？你的气不足。"她回的是："这阶段这种风格。"我谈我的体会："顾城的诗很多都短，但比你的有味道。你应该让读者从感官刺激中走出来。好诗常带有沉思的风味。你的诗让人身体激动，心灵就被弃置一边了。"她回："顾城都什么年代了，现在是什么年代呢。"她转换了话题的中心。分岔就这样开始了。

我说的是"顾城的诗"，她说的是"顾城及年代"。不用讨论价值取向了，根本就没有在一个层面。我解释："这个我不同意。经典的定义之一，就是它有相对超越时空的魅力。我不是说你要和他一样。那是模仿，在艺术上没任何意义。我要说的是，他的诗有味道；你的，不够。你可以创新，但不代表它一定就好。你转移了话题。时代不过是你写作的对象，给你灵感的触媒。何况，同样一个时代，你可以这样看，别人也可以那样看呢。我的感受不一定对。但你的反驳文不对题。对吧？"她回："诗、小说等文学作品，一百个读者就有一百个哈姆雷特，何必要所有人都赞同呢？"思维如此跳跃，一个问题还没说完，她又蹦到了另一个，难道这就是传说中的诗人的思维！我回："这世上没有任何一件事所有人都会赞同的，理，不是绝对的，但相对的总有吧。一百个读者一百个哈姆雷特，对。可它是'哈姆雷特'吧！你把一个很好的理论变成了你狭隘的辩护词。"然后，小麻烦从这则信息后来了。我说："谢谢你！问东问西，不是为了研究，更不是为了写文章。遇到了一个有些异质的生命，想倾听一下。我对杜拉斯却没有异质感。"她再次岔路了："我们在讨论什么呢？为什么对我人身进行讨论，我没有辩护任何，只是表明对文学的态度，而你不是！"我有点懵："人身讨论？所指何来？我看的是别人、你给我的文字。是因为我说的'遇见了一个异质的生命'？我表达的是，把你这个异质生命当作镜子看看我自己。我对你的隐私尊重，如果我问了过界问题，请不用回答。"她说："我不懂得你为何把我定义为异质生命？"我晕："这句话涉及啥'人身讨论'？你对我而言，我觉得'异质'，这有啥奇怪的？我对于你也是的。我们两个不一样，异质。这不是价值判断，是我的事实陈述。"还好，她的回答这次没有跑题，她说："我觉得人没什么不同"天！我只得耐心答："大同，却有小异。'与众不同'就是这后半部呗！你以为'没啥不同'，光自己以为，不讲常识，不能服人。"她说："'光自己认为，不讲常识，不能服人'？可以解释下么？"我要崩溃了："行！我最后解释一下。'异'：不同。然后你说'我觉得没什么不同'。我说'光我以为'不行。得尊重常识。常识就是事实，共识。你的这句话不合常识。我已经解释了，人，大同而小异，也就是不是'没什么不同'。不很清楚吗？与众不同，是不是说人多少有些差异？人都一样，这世界不让人发疯才怪。何况，你自己如此这般写诗，不刚刚还在强调你与顾城的不同吗？"这样的对话或许并不触及我前面所说的性命攸关的问题，但如此这般也够叫人糟心的了！

说个有些唯心的判断，人格越独立的人，人也越饱满；人格越依附的人，人也越干瘪。其实，这是整体性思维的表达，人是个完整有序的生命体。人格独立的人更善于思想，更善于思想的人自然不会从众，不从众，你不欣赏当然就是不合时宜；若欣赏，你常常会看见别开生面。这世界无论是物质还是精神层面，真正的创造还是有思想、个性的人奉献得多。但他们常常未必为当世所接受，尤其是在思想精神这些更需要独立意志的领域里。

举几个思想表达别致的例子。看他们如何让思想的悖论与存在的悖论同步，如何运用对立辩证的思维让思想充满张力，如何用矛盾修辞呈现这世界的丰富与深邃。

先看福柯如何思辨法律的"正义"。他在《劝诫与惩罚》里说："法律在惩治罪犯的时候，连同罪犯身上的天性和习惯也一道惩罚了。"这个有些悲情的叙述句，很显然包含了福柯对法律的"溢外"思考，他在宽度上把问题提到了人性的层面，自然在深度上拓展了一个人们习见却从无新见的问题的思考。人间法律是理性而冰冷的，它的论断只依据一般性、符合当下价值评判的情形，并无耐

个是"虽然……但是……"转折式，而不是"开放并列"平铺直叙式。比如，中学时读的裴多菲的"生命诚可贵，爱情价更高。若为自由故，二者皆可抛"就是螺旋上升式的；同样的还有孟子的"鱼，我所欲也；熊掌，亦我所欲也。二者不可得兼，舍鱼而取熊掌者也"。从思维上来分析，这两位论者都有把价值"固化"的倾向，在裴多菲的价值论中，生命、爱情、自由被他排在了一个在他看来从低到高的系列上，若这是他的价值等级论，这没问题。但人们要意识到，就单从数学的排列组合来说，这三个选项可以组合出多少的变化，可不一定就非得是裴多菲的这一排列；当然，还可以从另外一个角度切入，为何非得把它们放在对立冲撞的位置上呢？它们本来都是生命中的美好，虽常常不能"得兼"也不至于非得弄出这么绝对的判断吧？还有价值的判断、选择，不仅取决于被判断对象的"客观价值"，还有判断者与判断对象间的关系应该被考量。而这些多方考量常常为价值等级论者所抛弃，因为，每一考量因素的增加，他们早已所隐在论定的秩序世界就存在着被多一次撕裂的危险。比如，曾有学生在我的课堂上演讲"江山与美人"的取舍问题。讲到高潮处她用设问句问台下的同学：要是你，面临着爱情与江山的选择，你是要爱情还是江山？真听得我掩口葫芦而笑。最后我也加入了讨论，说：同学！在回答你这个问题之前，你先回答我，你觉得你的这个问题有多大的现实性？有多少人会面临这样的选择？还有，为何不能两样都要呢？非得二取一？为何不想想有何路径既可得江山又可得美人呢？好吧！撇开以上的提问，我直接给你一个答案：如果现实中真有这样的抉择，只要脑子不坏的人，大概都会选江山。为何？江山都有了，美人还会缺吗？我知道，你说的美人是"这一个"，那这纯粹个人私趣的选择没有啥通约性，这个选择只对他个人有意义。而这可以不讨论。英国的爱德华八世据说不就是要美人不要江山吗？这种小概率事件和你有何关系呢？我建议，真有这样选择时，你再纠结吧。不过，再纠结，估计最后的结果和我给出的答案会重叠。

　　把价值等级置于"非此即彼"的人，其实它不是想讨论问题，而是想统一认知。这是一种极简化的思维方式，它不可能呈现出存在的丰富、复杂，只会让人对存在的认知越来越单一，也因此而单调。而深层次的用心是通过固定等级的教化来稳固言说者期望的秩序。中国寓言"买椟还珠"里的这个买椟还珠人被嘲笑了几千年，所以这样，都是单一的价值观、单一的视角、单一的抽象所致。本来一个故事里包含了太多的存在的信息，却被我们作了极度而归随己意的简化。"物以稀为贵"是个道理，所以在一般情形下，人们普遍共识，"珠"比"椟"贵重；可是"物以精为贵"就不是个道理吗？怎么"我"就不可以有这个精致的盒子就比珍珠还珍贵的取舍？还有，价值有经济学上的计算，但可不可以有美学上的计算，甚至自醉于个人性情、趣味的计算？我这样说，不是想引起一般意义上的价值纠纷，只是把它当作一个象征的表达，在我们表达对存在认知的时候，没有必要因循守旧、故步自封。罗素说得才好，"参差多态乃幸福之源"。中学时代读到的裴多菲的这首诗，我个人非常喜欢，唯一不认同的则是这种螺旋式上升的价值等级论。我也极多时候讨厌"虽然，但是"这样的句式以及这种句式的不同变体。比如，"虽然我们的道路是曲折的，但我们的前途是光明的"。以我的直脑想问题，道路都曲折了，前途咋还会光明？还有这句式的变体："她不甘堕落，但又不得不堕落。"为啥要这么绕呢，干脆就说她渴望堕落不拉倒了？前面那个句子是要把责任推出去，亏不亏心呢？人家萨特就把话说得爽快："你想成为英雄就能成为英雄。"这才叫自我承担。对于思想者来说，最庸俗的事就是用文字人生代替、篡改存在的人生。

我的艺术观

一、非常态定义法的定义

艺术追寻美。美其实是美感。美感源自生命自然及后天孕育出的节律。圆满的生命即美，对圆满生命的表现即艺术。艺术是生命美的表现。审美是过程，"化静为动，化美为媚"（莱辛）的生命运动的过程。审美本就含有审丑。丑若生命化了（被生命充盈）即是美，卡西莫多也是艺术美的典型。忧伤是美的极致，所以，好的艺术都是感伤的。卢梭说：我不能想象美会没有忧伤做伴。郁达夫说：文学史中若去掉了感伤文学，也就剩不下什么了。

艺术（文学是艺术的一种）都要表达人性，而且是梁实秋所说的"永恒的普遍的人性"。有了人性的生命才是人的生命。人道主义对于文艺不是思想，是宗教。

生命寄身于生活，文学艺术不是生活的反映，是表现，表现的是生活的芯子，生命。文艺对完整生活的描绘体现着对生命整体的渴望。生活的形态是破碎的，对应地，生命的表现也是琐屑的，艺术家需要一种智慧把破碎的生活中琐屑的生命演绎成一个充满生机的整体。

生活是虚假的，艺术则要追逐真实的生命。所以，生活逻辑和艺术逻辑并不同构。生活遵循实际功利的逻辑；艺术遵循个性、情感的原则。艺术是虚构的写实。齐白石说，艺术就在"似与不似之间"。

艺术不是思想、时代精神的传声筒。但不是说艺术不需要思想。艺术思想不是道德训诫、政治教条、历史成见、哲学警句。艺术的思想是另一种形态。艺术有它理解存在的方式。

艺术理解存在最本体性的方式是它独特的叙事，人类社会到处充满叙事，有历史的叙事、伦理的叙事、政治的叙事、甚至哲学的叙事，它们是一般的、理性的叙事。文学艺术的叙事与它们不同，它是个别、个人的叙事。一般、理性的叙事主体追求"应该"；个别、个人的叙事主体追求"是（或）不是"。一般、理性叙事从个体的生活、法则去抽象出"应该"追求的基本理则，并且希望甚至强制让个人随缘而来的性情通过规训去应合这些基本理则；个别、个人的叙事讲述个体生命所经历的具体、独一、偶然的故事，它不关心那些要求个体生命压抑自己的欲望去顺应的基本、一般的理则，更不要说再从自己独特的叙事中去抽象什么一般的理则了。个人经历的叙事只讲述自身的生命故事，由自身生命故事里所衍生出的伦理意识和道德诉求，它就是"这一个"。所以，个别、个人的叙事讲述的常常是一般、理性法则之外的例外情形，某种价值观念下所展开的个人生活呈现出来的个人命运。理论描述的生活是大而化之的一般性情形，真正的生活其实是由无数个人命运所累积出来的生活。所以歌德才说"理论是灰色的，生命之树常青"。因为每一棵生命之树都是不同的。所以你该明白文学艺术中的理念、思想一定有它更具体的内涵。它不是通约的。所谓个性，是人格结构的个别、思想的个别、情感的个别。对一部艺术作品是不宜用"这部作品通过……揭示了……普遍的……"的方式来论断的。没有普遍。只要讲清楚它"是什么"或"不是什么"即可。你阅读它，可以获得认知、教训，但你初始不是抱着这个目的去阅读它的。它是它自己。不是你总结认知、教训、替代表达的载体。

马克思反对"席勒化"，主张"莎士比亚化"，针对的不是思想、理性、精神。他反对的是把艺术当作一般思想、时代精神传声筒的机械方式，要求艺术家遵循艺术创作的规律；依据上节简述已然明白，本来艺术中的思想和其他语境中的思想就不是一回事。若展开"文学与思想"这个命题则有进一步在具体论域中细致辨析的必要。

一、不要把思想理解得太狭隘，好像只是理论家、道学家、哲学家之流所说的条条框框；文学艺术中的思想是具象的、活泼的、富有生命气息的；二、思想是艺术之魂。贝尔给艺术的定义是"有意味的形式"。"有意味"的是个性、感情、思想。艺术只是不可以做别人思想的传声筒，但艺术家必须有思想，属于他自己的。没有思想的灵魂如何去建造艺术之塔？文学艺术所展现的思想是整体性的、体验性的，它给你的认知也常包裹在强烈的情感体验中，既清晰又朦胧。艺术思想的表达也不是直接的。它蕴含在艺术家创造的形象中，这形象可不仅仅是人物，艺术家创造的所有意象都可以是他思想的载体，他的艺术思想是整体的，它的展现也是整体的，特别包括"只可意会不可言传"的那部分。"只可意会不可言传"在艺术这，不是虚无主义式的表达，而是说，理解艺术，最好用艺术的方式。人读了一部作品，那丰富的体会中所直觉的认知很清晰地朦胧着，人若试着去呈现自己的所得，往往却发现很大一部分只能通过"咿吁嘻"去表达了。你阅读了，你体认了，你获得了！你知道，它已与你的生命交融在一起，不管你意识到还是无意识，你阅读过的故事，你体会过的情感，你咀嚼过的思想，都将与你的生命对话，也将以共谋的方式参与对你生命的形塑。艺术展现的是过程性的力量。

再说一次，叙事对于文学不是技巧、方法，它是本体性的。叙事是再次重构存在。有三个存在：元存在或本体存在，比如宇宙、宇宙中的地球、地球中的我；我，我就在存在中，但我又是我的存在；叙事的存在，重构的存在。他们分离着，也相融着。人（我）漂浮在即时的虚空，支离破碎。叙事呈现回忆，经由回忆连接起过去、现在、未来，也缝合人（自我），让那个漂浮在即时虚空中的自我成为一个立体存在。叙事改变了人的存在时间和空间的感觉。当人的生活变得破碎不堪时，叙事让人重新找回自己生命的感觉。叙事是人抵抗虚无的唯一武器，把毁灭退回给偶然。叙事不只是讲述曾经发生过的生活，也讲述还未经历过的想象的生活。一种叙事就是一种生活的可能性、一种实践性的伦理构想。

文学与道德。搞逻辑和哲学的金岳霖有一次在西南联大开讲座，讲题为"文学与道德"，最后的结论是：文学和道德没有关系。很有趣也因此很可爱的金岳霖。可以想见，他弄逻辑和哲学也是抱着"有趣"也即审美非功利的心态。这是一个通透的人。难怪大美人林徽因都愿意和他有一生不弃的过往。他曾送给梁林夫妇一副对子：梁上君子，林下美人。达，且雅。

文学中肯定有道德判断的，但它是藏着的。文学不直接说它；一说，就没劲了。所以干脆就说，文学和道德没有关系。或者，换一种说法，文学有自己的道德，它和世俗道德不同；不仅不同，甚至可以说，它反世俗道德。这个意思萨特和米兰·昆德拉是这么表达的：文学艺术最大的敌人就是"媚俗"。媚俗，就是讨好大众。

米兰·昆德拉在《被背叛的遗嘱》中专门说过意见，他认为，在艺术批评中，决不能有道德审判，它应该被"悬置"或"被无限地向后推延"。艺术的使命只是勘探、发现存在的真相、底蕴，把发现完整呈现就够了。存在是复杂的，所以，相应地，艺术的精神就是"复杂的精神"。

米兰为何对艺术中的道德审判如此深恶痛绝？艺术不能矫情。媚俗就是最大的矫情。米兰曾说：五一国际劳动节的大游行就是这世上最大的媚俗。媚俗常伴随着"仪式化"，越精致越复杂越媚俗。张爱玲曾评说前辈冰心："她的温婉之中有些做作。"说别人把她与冰心并肩，她并不引以为傲。道德审判就是媚俗，就是矫情。审判就是展览，就是公开的、大众化嘉年华式的狂欢。道德审判最大恶俗的地方是它的"无诚"。道德律本是内置的；道德审判本是向内的、自我的，最常见的方式，是去教堂面壁思过，或对上帝的使者神父忏悔自己的罪。托尔斯泰说："任何人都没有资格审判别人。人类最高最后的审判是自我审判！"在艺术中搞道德审判是作秀，最终截断了人被拯救的道路。直面恶，深味它，不把它虚伪地稀释，反而可能让人从恶中得救。真忏悔不是面向过去，是面向未来；不是说，而是做。道德审判不是阻碍恶，是放任。有个儿童童话是这么说的：森林里，一大群动物一起去摘野果，小猴子不仅不摘，而且躲在一边偷食大家的劳动成果。行为败露后，大家开批斗会。小猴子在会上作了深挖灵魂丑陋的检讨。最后大家一致表决：既然小猴子诚恳承认了错误，那他就还是我们的同志。大家原谅他吧。我们还是温暖的大家庭。于是，一切皆善。这个，就是人类道德审判的童话版。大家对小猴子的审判为自己将来的作恶留下了巨大的空间。所以呢，如果非得要在艺术中搞道德审判，那就取陀思妥耶夫斯基的《罪与罚》为标本吧。这是艺术要的道德审判，独自的、限定在自我空间的自我灵魂拷问。这样才能把现实中那个虚伪的人打回原形。

二、关于文学创作的三个基本点认识

关于文学创作的观念我有三点基本认知：思想大于主题；形象高于大于思维；生活大于人物。

思想特别是艺术中的思想它不仅丰富而且有"弥散性"的特点。中国古代文论中的"意象"是个好词。它把艺术的形态、功能表达得准确、鲜明。文学艺术中的"意"是"象的意"；"象"是"意的象"。意与象融合无间，互相成全。越美越经典的艺术作品，它的每一个细部都体现着它整体的美感，也有着它独具的韵味。主题只是抽象者对自以为代表整体本质那部分的自以为是的概括。所谓的透过现象看本质，所谓的主要与次要，所谓的表层与深层，等等，这是欺人之谈。伟大的作品不仅它的思想而且它的个性、情感都是整体性的，对它的理解当然也应是整体性的，不是啥主题的狭隘抽象就可完事。美国人万·梅特尔·阿米斯在《小说美学》中说："一部好的小说不仅为我们带来一段美好的时光，它还体现了各种价值，而它具有吸引力的真正奥秘就在于此。""由于我们的问题有年龄、性别和职业的不同，因此我们对小说的趣味也就多种多样；但是，由于我们的主要大问题还是相似的，所以我们对于那些体现了我们普遍价值的小说还能取得一致意见。如果小说或任何别的艺术，只关注那些短暂的或不重要的价值，它们就无法获得永恒或普遍的生命。伟大的艺术满足了根本的需要，而这就是它们能够赢得直接而毫不犹豫地反应的原因。那些过去写作的又回答了基本需要的作品就被人们誉为经典著作。"越是经典的作品越很难被任何既定的主题所围。它拒绝你对它的任何概括与抽象，一旦你试图如此做的时候它就会在你的眼前消失得无影无踪。

形象高于思维。艺术以形象创造为本。形象是完满的，它呈现整体；思维再强大，它也是偏执的，不管是一个点，还是许多点。思维可以很深刻，但深刻并不是生活、生命的必须。夏志清说鲁迅的小说"有筋骨，少血肉，乏丰满"；说得并不错。鲁迅的小说可读性比较差，喜欢鲁迅的一直很小众，张恨水、张爱玲比他大众多了。只用世俗的肤浅、庸俗是不能完全解释的。所以，可以用他者与鲁迅的距离来解释，只是这"距离"就是一个客观陈述，而不应该是个褒贬判断。鲁迅更像一个用思想解释生活、生命的人。别致的思想给热爱思想的人印象深刻。大众却对他隔膜，不明白，没兴趣：首先是生活不在一个层面。知识分子对他也分层级。热爱艺术的人及真有素养的批评者如夏志清、王朔也不盲目崇拜。王德威在他的论文《从"头"说起》中，比较了鲁迅、沈从文小说中"砍头"意象的描写，结论是：思想饱满别致的鲁迅未必比沈从文高明。生活、生命渴望的是正常态，平常态。严格地说，深刻这个词很不准确，一个东西给人的刻痕很深还是很浅取决于它的"别致"；尽管这样，生活、生命并不要刻意别致。别致而深刻，对艺术的表现、对灵魂的精神满足是非常好的。

形象大于思维。激情、直觉、意念、印象，生命中很多无法以一般思维去抽象的情境都可以成为艺术描摹的文本，艺术思维不是如一般思维那样只是抽象、集中、凝练的静态。过于理性的人是不适合做艺术家的。艺术家都是性情中人。中国的丰子恺，日本人对他有个评价：他是"最像人的人"。这个是啥意思呢？什么叫"最像人的人"？可以加个旁注：孩子都是天生的艺术家。真正的艺术家常常就像一个个没长大的孩子。丰子恺恰好就是儿童的崇拜者。他有孩子的童心。孩子最突出的特征是啥呢？天真、纯真、浪漫。浪漫和理性是不对的。所谓人的长大就是不再浪漫。於梨华《又见棕榈 又见棕榈》里借人物之口说，一个人的长大往往以失掉天真为代价。人都觉得孩子最可爱，因为孩子纯净、通透，这也是艺术的本心。一个太过沉于思维的人是理性的，也是世俗的。艺术的精神是反世俗的。艺术写人性。人的基本性是非理性的，静向、定向的思维所能表现的只是人的很小的一部分。艺术的形象性创造则追求对人与生活的完满表现，它不只要写出人的理性，还有他的非理性世界。郭沫若的艺术、茅盾的绝大部分文学为何不成功，就因为他们理性、理性、太理性了！而且，他们的理性还缺乏鲁迅那样的别致。

生活大于人物。人永远是中心，但人是在生活中的。汪曾祺说："小说就是你和谈得来的朋友说一点你所知道的生活。"汪曾祺强调的是生活，而不是人。这是对生活与人关系的正常认识。他不过是说，把生活写透了，人自然也就鲜活了。人总是在生活的具体情境中呈现自己的。从任何一面说，生活大于人物。过去的创作论总要求作家多多深入体验生活，很有道理。人物只是生活的一部分。毕飞宇说自己读《德伯家的苔丝》时这样回顾："我在年轻的时候无限痴迷小说里的一件事，那就是小说里的爱情，主要是性。既然痴迷于爱情与性，我读小说的时候就只能跳着读。""我们的古人说：'书中自有颜如玉'，它概括的就是年轻人的阅读。回过头来看，我在年轻时读过的那些书到底能不能算作'读过'，骨子里是可疑的。"毕飞宇为何如此反省，因为他读的《苔丝》是不完整的，书很完整，是他不完整。哈代写出了完整的生活，他只作了满足己意的截取，他根本不明白里面的生活和那生活里的苔丝，他只是在意淫苔丝。苔丝只是他青春期的一个色情符号。后来已成了小说家的毕飞宇重读了《苔丝》，他这次重新做了描述："如果你有足够的耐心，你从《德伯家的苔丝》的第十六章开始读起，一直读到第三十三章，差不多是《德伯家的苔丝》三分之一的篇幅。——这里所描绘的是英国中部的乡下，也就是奶场。就在这十七章里头，我们将看到哈代——作为一个伟大小说家——的全部秘密，这么说吧，在我阅读这个部分的过程中，我的书房始终洋溢着干草、新鲜牛粪和新鲜牛奶的气味。哈代事无巨细，他耐着性子，一样一样地写，写苔丝如何去挤奶，苔丝如何把她的面庞贴在奶牛的腹部，苔丝如何笨拙、如何怀春、如何闷骚、如何不知所措。如此这般，苔丝的形象伴随着她的劳动一点一点地建立起来了。我想说的是，塑造人物其实是容易的，它有一个前提，你必须有能力写出与他（她）的身份相匹配的劳动。——为什么我们当下的小说人物有问题、空洞、不可信，说到底，不是作家不会写人，而是作家写不了人物的劳动。不能描写驾驶你就写不好司机……就这样。""哈代能写好奶场，哈代能写好奶牛，哈代能写好挤奶，哈代能写好做奶酪。谁在奶场？谁和奶牛在一起？谁在挤奶？谁在做奶酪？苔丝。这一来，闪闪发光的还能是谁呢？只能是苔丝。苔丝是一个动词，一个'及物动词'，而不是一个'不及物动词'，所有的秘诀就在这里。我见到了苔丝，我闻到了她馥郁的体气，我知道她的心，我爱上了她，'想'她。毕飞宇深深地爱上了苔丝，克莱尔为什么不？这就是小说的'逻辑'。""要厚重，要广博，要大气，要深邃，要有历史感，要见到文化底蕴，要思想……但是，如果你的小说不能在生活的层面'自然而然'地推进过去，你只有用你的手去自慰。""《德伯家的苔丝》之大是从小处来的。"毕飞宇的这些话已对"生活大于人物"做了最好的阐释，无须我再做任何注释。

艺术的好坏与题材无关，"题材至上论"是庸俗的。艺术的核心问题是"怎么写"不是"写什么"。在"写什么"上，真该关心的是写到什么层次。人事、人情、人性层次不同，如果一个作家写作只写到生活而没写到生命这个层次，那是不高明的，生命的情色在艺术视野中是最核心的部分。我甚至有个极端的看法：没有情色就没有艺术。无论古今无论中外，伟大的写作怎会没有深入、丰富的情色书写！如果你觉得"情色"过于触目，换作"爱情"也可。"爱情是文学的永恒主题"表达的并不是"题材决定论"，而是人们深深懂得，要写到人情、人性的层面就必须深入情色世界。所以者何？因为人的生活总有内与外、公共与私人之分，公共空间中的人是戴着面具的，唯有在更私密的个人天地人才最大限度地释放自我。文学是人学，是关于人的生命之学。聂华苓曾说巴金的《家》里的爱情写得一点都不像，岂止！根本就没有爱情，巴金只写了叛逆者如何保卫自己的爱情，但对爱情本身并没深入凝视。杜拉斯、张爱玲的才是爱情；萧红、陈忠实的才是情色。

在进入现代、后现代后，现代艺术进入了冷抒情时代，当然，东西方在时间节点上是不平衡的，我们极度滞后。冷抒情的"冷"不是"零"，也不是"节制"，更不是"冷漠"。与热抒情相比，表面上好像是方式的不同，骨子里是对现世认知的方式发生了根本性的改变。用白话说，此一时彼一时。抒情的好坏与冷热无关，大可不必对此忧心忡忡。

中国的文学批评从来都兼任着社会的道义责任，在20世纪90年代对"新写实主义"文学的批评中，批评者对其"零度叙事"的质疑，也多少有些焦距不准的意思。零度叙事不仅是姿态，也是立场；但不能按你的惯性来理解这姿态，进而又按你的理解来判定其立场。零度叙事确实有不动声色的样态，但不动声色不是没有声色，不是没有感情，而是因为对人的感情有了更复杂深入的认识，进而影响到了情感的表达方式。从历史境遇的脉络来看，冷、热抒情不是人的任性选择，而是心随世动、境由物生。这个"世、物"分内外两面：外面是人类境遇的变迁；内部是人对自我认知的无限深入。无论是内还是外，人清醒地认识到：人类已生活在一个千疮百孔的世界，特别是若以艺术的视角来看人的内心世界就更是如此。

不同的抒情方式不仅是技巧不同，更意味着革命性的改变。"冷抒情"的"冷"最基本的意义是：外冷内热，热到极致反而无焰不烈。没有激情就没有艺术，这是艺术的不二法则，冷抒情是激情的一种方式。冷抒情最常见最易给人"冷"感觉的就是"声色不动"，以至于余华初登文坛时的作品如《十八岁出门远行》《细雨中呼喊》等被视为"冷酷、冷漠"就是一个最鲜明的例子。但正如前面所言，冷抒情不是人的任性选择，它表达的是对世界的全新认知。作家和文本保持着距离，不介入，有时"叙事人"的角色他也拒绝了。不像许多传统的小说，作家抒情议论、掌控人物、故事，什么都来，人们目之为"全能叙事"，现代小说正在放弃这种姿态，这不是作家在放弃责任、担当，而是他明白自己狭义的抒情议论极有可能是对完整世界的窄化，每个人只能看见他所能看见的世界，放弃全能，这是诚恳。作家的"现身说法"和"书中人"的自我表现有本质不同，作家前没情境，后没背景，是个"纸形人"，他的抒情议论若再处理失当，极易被视为"说教"，读者在心理上会有抗拒之意，影响读者与文本间的和谐；而书中人物则是有血有肉，是在自己的情境中呈现自己，他会带来逼真的"拟真感"，他的抒情议论读者会自然地进入情境去聆听，也不会把他的抒情议论当作"终点"来接受，而恰恰是读者思考的开始。这样的文本就会释放出潜藏在文本深处的张力，拓展文本的表现空间。苗秀侠《农民的眼睛》的叙事很节制。小说里写到老人门吊的死："他想多喝点水啥的，两个儿媳妇达成一致，不给他端水喝，因为喝多了水，要尿在床上，冬天哪有那么多被子换。""屋里味道太大，不能闻。两个媳妇，你推我我推你，都不帮他换被子，他就睡在尿湿的被子里……我自告奋勇想跟他两个儿媳妇谈一谈，说话不清朗的门吊手摇得像扇子。我听明白了，如果找他儿媳妇谈的话，说不定连饭也吃不上了。下雪的那几天，门吊的被窝里也是冰得要命，他不知哪来的本事，挪到床边，把脖子套在裤腰带里，裤腰带拴床头，人就嘟噜在地下了，就结果自己了。"（191—192 页）这段凄惨、凄凉的情节，叙事人农民的声口却漠然到极其冷、静，就是客观讲述，但读者直视这个情境，体味到的人性世界却复杂难言。难言，就一切尽在不言中，连感叹也没有。若果自此处加入"道义"的论说，就会打破宁静中的心灵风暴，反而损害了小说对存在表现的宽度深度。在小说的第 23 章《八脚拴根绳把自己送水里了》也是这般冷酷的叙述。小说中写到不少老人的死，苗秀侠借农民的口把它叙述得极像《动物世界》里的叙事。在这一点上，苗秀侠让我想起萧红和她的《生死场》，萧红把人的生死和屋外畜生的生死并列在一起呈现，显然萧红并不把人看得比动物更高贵，不是她不愿意，而是真实如此，她唯有冷酷，没有抒情咏叹；抒情咏叹是希望还在，她内心绝望。苗秀侠与萧红不同时代，这和时代的关联度并不大，是人性的问题。文学如果只写到生活层面，是低档次的，好的文学都是写到生命层次的。人们说起文学，提得最多的一个词大概是"审美"，殊不知，艺术发展到现代，艺术的"审美"早已不该是字面的这般单纯，它应该包含"审丑、审恶"。这就是现代艺术的深度。当年鲁迅与梁实秋为文艺的永恒的人性和阶级性论战，今天回望，还是觉得梁实秋说得更在理。

　　艺术家不是为了宣布自己的思想而写作的，但艺术家必须有思想。思想是其个人风格最核心的标志。艺术家思想的方式不像哲学家写哲学著作，他有自己的一套。他的讲述、抒情、表意，在他所能触及的任何地方都能展开自己的思想世界。一个好的小说家在其作品中呈现出来的思想形态应该是：第一，他的思想大于主题。主题太狭隘了。一个有筋骨的作品就像一个有神采的人，从他全身的每一个地方都会释放出他的神采。读者必须适应他时时在变幻似乎无穷尽的思想形态。从基本的根性说，思想是什么？思想即是思想者对存在的认知；这个存在也包括"自我"。认知的边界在认知主体的宽度和深度处，表达认知的手法并不固定，更不唯一，对于精神灵活、个性自由的艺术家或具有创造性的人来说尤其如此。一个人的理性、情感、人格结构、趣味、嗜好，乃至他的话语方式、修辞手段……总之，一切标明他存在的地方可以说也在蕴涵着他对存在的认知，一个人的思想就是对其自我主体性的昭示。主题常是挤压、过滤、梳理的理性存在物，它是集中的但也常是偏狭的，一部厚厚的作品被概括成几句干瘪的句子，形式上就极其不对称。在文学理论中，人们常说及的一个常识是：形象大于思维，顺延下来的一句就该是：思想大于主题。人们常常说起的韵味、气度、神气，其实也是艺术家思想的外化。艺术家的生命是饱满的，灵魂是自由的。不管是叙事、抒情、议论，艺术家思想的魂魄无处不在。第二，更为核心的是作家通过他塑造的人物形象来呈现思想。

　　以张爱玲为例。热爱张爱玲的人都有这样的体会：她不经意的一句叙述或议论，时不时地就会让你沉吟半天。《沉香屑：第二炉香》开篇写"我"与克荔门婷在学校图书馆。"她翻弄着书，假装不在意的样子，用说笑话的口气说道：'我姊姊给了我一点性教育。'我说：'是吗？'克荔门婷道：'是的……我说，真是……不可能的！'"……"她跟下去说：'我真吓了一跳！你觉得么？一个人有了这种知识以后，根本不能够谈恋爱。一切美的幻想全毁了！现实是这样污秽！'我做出漠然的样子说：'我很奇怪，你知道的这么晚！'她是 19 岁。我又说：'多数的中国女孩子们很早就晓得了，也就无所谓神秘。我们的小说比你们的直爽，我们看到这一类书的机会也比你们多些。'"从文字上说，这是一段外表平静也平常的叙述，可从意念上体会，这个出身贵族的天才女子着实吓了我一跳。这样一副淡然、宠辱不惊的腔调，和我习惯的中国人对不上。我不期然地就想起美国小说家詹姆斯的话："一个作家的风格就是他说话的腔调。"我正是由此认定作为一个小说家张爱玲在所有的方面都是不同凡响的，包括她的思想。虽然在我举的这个例子里好像与思想并无搭界。但是"我"的气度、姿态、腔调已把一个独特的生命存在表达得淋漓尽致。在后来的一篇回忆散文中张爱玲谈起香港大学时一件往事，一个英国女同学有一天睁着一双清纯的大眼睛问她："爱玲小姐！你能告诉我小孩子是从哪里来的吗？"张爱玲当年的感受是"我真觉得她天真的可耻！"张爱玲的坦然、自然、率真的气性中国实在罕见！再比如《红玫瑰与白玫瑰》里写到佟振保年少时在巴黎的第一次嫖妓："这样的一个女人。就是这样的一个女人，他在她身上花了钱，也还做不了她的主人。和她在一起的三十分钟是最羞耻的经验。""嫖，不怕嫖得下流，随便，肮脏黯败。越是下等的地方越有点乡土气息。可是不像这样。振保后来每次觉得自己嫖得精刮上算的时候便想起当年在巴黎，第一次有多么傻。现在他是他的世界里的主人。"想想写下这些文字时的张爱玲身后的世界、她自己身前的阅历——几乎没什么阅历，不由得你不惊叹。毕飞宇说过相类似的意思："对许多人来说，因为有了足够的生活积累，他拿起了笔。我正好相反，我的人生极度苍白，我是依仗着阅读和写作才弄明白一些事情的。"胡兰成说，面对波澜不惊着的"临水照花人"张爱玲满世界"都要起一种震动"。更精彩的这句话也是他说的："爱玲善于打破佳话，所以写得好小说。"这是我看见的最精彩的张爱玲论，可谓一语道破天机。他们是灵魂的知己。张爱玲把自己的小说集命名为《传奇》。你可以说她"反传奇"，也可以说她要为自己的"传奇"正名。总之，世俗中乖巧讨好自己衣食父母的张爱玲，骨子里对人间世是和而不亲的。简单地讲，她对人间简单的好坏之分和善恶有报的大团圆心理是没有共鸣的。她对存在的认知是苍凉，感受则是悲悯。喜欢她的俗世对她其实是隔膜的。她的宽度容易共鸣，深度则未必。在我看来，她是用小说的方式来思考的哲学家，非常有思想的深度。她晚年就翻译过美国的《爱默生文选》，而早在她的青春时代她已用小说家的方式表达了对存在的思考，新鲜、有力、独特、触动人心。她的思想和感情有着苍凉的气质。张爱玲作为小说家的形象值得后来所有的小说家敬仰。

三、我对艺术蕴含价值认知的排序

我理解艺术的关键词：情怀、境界、个性、情感、思想、语言。而且这次序不能颠倒。为何要这么固执地强调？这里面的逻辑线是，对艺术的理解就是对人的理解和追求。在书的小引中我已说过，我的生命观与我的艺术观是重叠的。艺术最好的境界就是对生命的美好表达。

一个美好的生命、一个优美的人是怎样的？我把情怀放第一。一个有情怀的人又是怎样的？我的理解是，他/她懂得悲悯。慈悲的人心中有爱。温柔的爱、痛苦的爱、牺牲的爱、癫狂的爱、自虐的爱……鲁迅说："爱有时是一种负担。"岂止是"有时"，是"时刻"，爱就是一种主动承担。张爱玲说："因为懂得，所以慈悲。"懂得什么？懂得爱。不是超然、冷静地知道，而是"热烈地体会到了，也明白了，爱是什么"。爱，让人慈悲，让人充满，也让人完满。一个满怀情爱的人，他总用慈悲的眼睛看世界。爱，并不是一味地甜蜜，真爱到深处，倒常是苦涩。然而，人多是在痛苦的爱中才成长的，那么那么苦味的一丸药喝下去，千回百转后，那曾被痛苦的爱浸满的心慢慢地变得温柔、体谅、心有戚戚！人对世界动了情。我总忘不了张爱玲《红玫瑰与白玫瑰》里佟振保和王娇蕊在公交车中的重逢。"振保沉默了一会，并不朝她看，向空中问道：'怎么样？你好么？'娇蕊也沉默了一会，方道：'很好。'还是刚才那两句话，可是意思完全两样了。振保道：'那姓朱的，你爱他么？'娇蕊点点头，回答他的时候，确实每隔两个字就顿一顿，道：'是从你起，我才学会了，怎样，爱，认真的……爱到底是好的，虽然吃了苦，以后还是要爱的，所以……'振保把手卷着她儿子的海军装背后垂下的方形翻领，低声道：'你很快乐。'娇蕊笑了一声道：'我不过是往前闯，碰到什么就是什么。'振保冷笑道：'你碰到的无非是男人。'娇蕊并不生气，侧过头去想了一想，道：'是的，年纪轻，长得好看的时候，大约无论到社会上去做什么事，碰到的总是男人。可是到后来，除了男人之外总还有别的……总还有别的……'"娇蕊现在不仅是容貌，连着她的内心，已由一个懵懂娇纵的女孩长成了一个成熟的妇人。张爱玲说那时的振保："振保看着她，自己当时并不知道他心头的感觉是难堪的妒忌。"历史总是惊人地轮回。这一瞬间，我眼前现着普希金《叶甫盖尼·奥涅金》里叶甫盖尼·奥涅金与达吉亚娜重逢的场景……托尔斯泰说，艺术的本质是抒情。说得真准。有情怀的作品才是好作品。神以慈悲为怀，有慈悲情怀的作品是神品。

人要有品位、境界。啥是有境界？不庸俗。朱光潜在《谈美书简》中说，有两种人是没有美感的，一个是伪君子，一个是庸俗的人。伪君子是扭曲了人的正常性情的人；庸俗者是没有正常的人的性情。伪君子的"虚伪"，言行不一是他的表象，深层是他不按个性、情感法则，而是按实际、功利原则来处世；庸俗者一是愚蠢，二是无趣。愚蠢让他正常的人的性情处在蒙昧之中，无趣正是他愚蠢的结果之一。张岱曾说：永不要和两种人打交道，一是无癖好之人，这样的人无聊、单调、乏味、无趣；二是十全十美之人，这样的人一定是个伪君子。朱光潜说，艺术最本质的特征是诗意。而诗意就是用恰当的形式揭示存在的底蕴。庸俗距离诗意最远。萨特、米兰·昆德拉都坚称"媚俗"是艺术最大的敌人，凡俗是生活的物性，生活的心性不能庸俗，一涉庸俗，境界全无。

个性并不是绝世独立的品性，人性中还是共性多，个性指的是共性中的那么一点与众不同。然而，这么一点不同弥足珍贵，加上它无穷尽的变形，足构成一道迷人的风景。人之美就是个性之美：与众不同的人格、情感、思想、趣味、表情甚至身体形象，加上表达这些不同的独特方式，它们在"大同"的世界中便

构成了一个个风景独异的王国。布封说"风格即人"。这人无论在生活还是艺术中越独特、越饱满、越丰富就越具有美感。

　　情感、思想、语言是艺术表达最直观的层面。艺术的表情越真挚就越动人；思想越别致就越深刻越启人之思；而语言是文学华彩的衣饰。文学是语言的艺术，这是最质朴也最易被直观的定义。一个作家的修为要从涵养语言能力开始。汪曾祺说，写小说就是写语言。语言是一个人的最直观的面目，他的性情、习惯、思想、感情、趣味全在里面。汪曾祺对语言最基本也最核心的要求是"准确"。这是对的。有了准确，其他一切才能由此开始。

　　现在，就让我向经典出发吧！

品 人

我读鲁迅

　　我读鲁迅已做不到纯粹的"我读"，太多的"读鲁迅"层积在我眼前，浸淫经年，他人之意识积留我的文字一定不免。我从另一面给自己自由，说我生命体验中的鲁迅。

　　鲁迅之名"树人"或许自有天意，他最大的愿望是要在现代中国树立大大的"人"字。在众多的"鲁迅传"中，我喜欢王晓明的《无法直面的人生：鲁迅传》、林贤治的《人间鲁迅》，最倾心曹聚仁的《鲁迅评传》，最钟爱敬文东的《敬文东解密鲁迅》。王晓明对鲁迅有深度的生命体验；林贤治聚焦鲁迅的"人间性"；曹聚仁践行了对鲁迅的承诺，把他写成一个"人"而不是"神"；敬文东最生猛，在他眼中，鲁迅不仅不是神，简直就是一个凡胎俗骨有血有肉的不平凡的"凡人"。还有两人较为特别，爱或憎皆至于极端：一是骂鲁迅如仇寇的苏雪林，她对鲁迅的酷评"鲁迅的心胸，第一个狭隘，第二个狭隘，第三个还是狭隘；鲁迅的人格，第一个卑劣，第二个卑劣，第三个还是卑劣"。举世皆知。话虽文艺，殊难服人；而爱鲁迅置顶如房向东，自称为"鲁迅的看门狗"，绝不容别人说鲁迅半个不字，则有些近于滑稽。鲁迅一生都在痛打"落水狗"、嫌恶"哈巴狗"，房向东自贱得无厘头。苏雪林对鲁迅近于仇视的否定，虽难服众，却有复因：苏雪林反鲁是从 1936 年 11 月 12 日给蔡元培写信开始的。该信以"与蔡孑民先生论鲁迅书"为题发表于次年 2 月的《奔涛》半月刊第一卷第 2 期；1936

年 11 月 18 日，她又给胡适写了一封信，该信以"与胡适之先生论当前文化动态书"为题发表于次年 2 月的《奔涛》创刊号。正是从这两封信拉开了她"半生反鲁"的序幕。她自言，致信蔡，是"力劝子民先生勿参加"鲁迅治丧委员会；致信胡，是和尊崇的师长探讨当时的文化动态问题。长期以来，人们只记得苏雪林对鲁迅的酷评，隐在酷评背后的大问题被忽略了，即如何从左翼文化界手中夺回新文化领导权。除此，苏雪林反鲁，还有两个私人原因，一是鲁迅对她喜欢的一众人等——比如胡适、"现代评论派"——的攻击；二是鲁迅对她的冷遇。其实这两个原因又互为表里，总之，是不同趣味的人与人之间的对垒。人间问题最终还得归结到人。鲁迅一生对人不也是自己的好恶占了上风吗？

鲁迅一生纠结于他的"国民性问题"，说国人，他用得最多的词是"庸众""看客""示众的材料"之类，总之是没好声口。说好听点，是爱之深责之切；不好听，就是带有激烈情感体验的厌恶甚至恶心。鲁迅和许多巨大人物一样，抽象地爱人，具象地憎人，个别地真爱一些具体的个人。总拢来的真相呢，基本不爱：环绕他世界的也确实没几个美丽的人儿。"现世"太叫人绝望。鲁迅那么仇恨，"哀其不幸，怒其不争"，从反面看，正说明，他非常渴望爱。他曾说，若无爱，人便无行动。他后来，在病后恢复中说自己病中时，无欲无求，此乃"亚死亡"之态。《这也是生活》里尽是琐屑与记忆，却是最独特的生命意志表达，读得叫人心悸。

对爱，鲁迅有深度体验和认知。他说："爱，有时是一种负担。"此处的爱其实泛指情感，所谓"负担"是说对热爱战斗的人来说情感的牵挂不能让人决绝地投入。鲁迅无意抽象爱的思辨，这点，他比很多思想家更诚恳。《伤逝》是鲁迅涉爱情的孤篇，里面虽有类似警句"爱要时时更新、生长、创造"的话，但因为主人公涓生言与行的分离，这警句反成了对涓生的讽刺，也使得这句子在小说内外都失去了人们可能欲加给它的意义而成为一句空言。鲁迅和涓生都不诚信这句话，它是粉饰喜新厌旧的欲望的搪塞之词。《伤逝》对所谓新旧爱情的描画给出的核心主题恰恰是：爱情其实无所谓新旧，由爱情走向婚姻不过符合人性之理的一面：激情燃烧而生永恒之幻相，但激情退却后却发现它未必抗得过世俗社会的价值逻辑。保障婚姻的从来不是爱情，"婚姻是爱情的坟墓"，便是呈现了人性喜新厌旧的真相。

断章取义的一句"没有爱情的婚姻是不道德的"，缔造着现代的爱情神话。实际恩格斯接着的话的意思大致是"若以这个标准来要求婚姻，那么，这世上没有几桩婚姻可以留存"。恩格斯当然不是要否定爱情，他只是否定了现代把爱情与婚姻做如此链接的伦理判断。

爱情美妙至极，但它的美妙不是永恒、专一，恰恰是它的善变所带来的新鲜、刺激。单就爱情的描画而言,《伤逝》借助涓生这个"虚伪者"形象的刻画所达到的人性深度在现代文本中也少有出其右者。"我也渐渐清醒地读遍了她的身体,她的灵魂,不过三星期,我似乎于她已经更加了解,揭去许多先前以为了解而现在看来却是隔膜,即所谓真的隔膜了。"身体与灵魂在爱情中孰轻孰重,其实从来都不是一个好抽象论定的话题,只能在具体当事人的具体情境中做具体个别的判断,徐志摩说"男女之爱爱到身体便是顶点"。我理解徐志摩这句话的意思是,爱情中其他的美感只有附着于美丽的肉体之上才会是真实的有意义的美感,脱离了美好的肉体,再美好的情趣、风度在爱情这个层面至少也是要大打折扣的,这当然不是否定情趣、风度以及众生口上所乐于言说的灵魂之类。大家想一想"东施效颦"的旧事吧!东施出丑仅仅因为她的生拉硬套吗?西施东施一美一丑矣。这也不一定是所有爱者的理解,但至少是徐志摩、涓生的。从前后语境看,《伤逝》中的涓生言语上的"灵魂至上"是假的,他还没有徐志摩诚恳。但就人们所说的男女之爱言,《伤逝》给我的体会是,鲁迅还是更相信色欲具有更摇撼人心的力量。涓生这个伪君子不过是利用了子君对新概念词语营造的虚幻世界的单纯迷恋让她自入彀中而已。张爱玲有一句讥刺男人伪善的话:男人在得到女人的身体之前,他以为女人是有灵魂的;在得到了女人的身体之后,他以为女人是无须灵魂的。关于这个,我可以找一个注脚。李承鹏在《全世界人民都知道·只有青春期,没有青春》中回忆自己 18 岁时的爱情,"我是和敏君相处三个月之后才知道她爸是判了十年的重刑犯。"他问自己如果早知道,会不会还追她。"我站在大街上观察了很多女孩子,决定还是要追。因为敏君长得实在好看。""我知道,我一点都不纯洁,当时我在烈日下追她,其实只是想把她骗上床。"

当然,《伤逝》的意义是远远超出"爱情"这个狭隘范畴的,它是借爱情这个素材来勘探人的存在。相较于它的思想层面,它情感层面的表达更触动我。文题"伤逝"就是这部文本的题旨:唯有逝去的一切叫人哀伤!一切终将流逝,在此面前,一切都无意义,有,也是次要的。"如果我能够,我要写下我的悔恨和悲哀,为子君,为自己。"既"如果",其实已是不能。"悔恨",假。故事重新来过,涓生还是要抛弃子君。不过是子君之死让他内心重压,以自欺的"悔恨"来解脱自己,涓生之伪,彻头彻尾。"悲哀",真。和子君无论怎样——抛或不抛——只是悔恨的方向有所不同罢了:不抛弃子君,未来的日子会恨子君;抛了子君,间接造成她的死亡,自己难免心生愧意。选择的两难,涓生颇像陈世美的无奈,悲哀则难逃。伪君子涓生只在思考形而上时才是一个诚恳者。《伤逝》的后半部是用文学写哲学。涓生表达了对世俗中"仪式化"的猛烈厌恶,发愿要遗忘、撒谎、向着虚空的世界跨进去,默默地前行。就心里意志的力量而言,鲁迅的涓生是无敌的。我想,他对自己在世俗中不得不做个伪君子，心理也充满了极度的仇恨，这仇恨化为了他灵魂中冷酷的力量。鲁迅在《求乞者》中也说"我不布施"；在遗书中又说"我也一个不宽恕"。涓生就是鲁迅。

鲁迅给世人的印象多为尖刻、善疑、暴躁。不用说一方水土的古山阴盛产"刀笔吏"、古越国乃"报仇雪耻之乡"这些，也不用说生命遗传密码的那些，单看鲁迅残破的人生，他的尖刻、善疑、暴躁不是不可体谅。爱的极度匮乏，慢慢把他的心熬成枯井，无波无澜；又把他的个性磨成尖刀，逮谁扎谁。西人纳尔逊关于人的情感第一流、第二流之断暗合了心理学实验的结论：人间之情唯男女之爱最摇撼人心。鲁迅一生的男女之爱几乎乏善可陈。他的生命真的很干枯。有人可能会说，不是有后来幸福的师生恋么？

说起这个，话又得绕远些。先说抽象的，爱情与婚姻。曾有一个在军队的李秉中以学生身份向大师鲁迅两次请教"到底要不要结婚"的问题。鲁迅前后都作了回答。大意如下：人到底要不要结婚？甚难定论。结婚的好处是在性欲得到满足；坏处是失去自由。当然，不结婚，也可以满足性欲，但那样容易生病。还有一层，他自己是学医的，知道生物学的一些事实，到了一定年龄不结婚，人的心理多少会发生变态，他告诉求问者，以此观之，大概还是结婚好一些吧。鲁迅答题很严谨，人家问婚姻，他就答婚姻，根本没扯爱情。但也没定论。第二次回答俏皮中有些无奈：如果你没结婚，我跟你说啥都白瞎；如果你结了，还要不要，你自己就可判断了。年轻时的鲁迅最崇拜魔罗诗人、哲人尼采（无独有偶，尼采、叔本华这些骂女人最凶的哲人也都是吃尽了不被女人爱的苦头的），后来的第一篇小说《狂人日记》就引用尼采怨毒的话来诅咒人间，早年他更以尼采式的激进口吻说过：国家、民族、家庭，都是一些愚蠢的概念，应该把它们从词典里拿掉。除了这话里的意思，谁都能体会出这话外的愤激。鲁迅回答李秉中的腔调表明，他的思路至少不在"没有爱情的婚姻是不道德的"这条道上。根本就不搭。婚姻是男女间的纽带，它的基座鲁迅说的是性欲不是爱情。虽然他弃了不爱的朱安和许广平同居在了一起。后者一定代表了完满吗？还有无更高的、完美的呢？完全不爱、有些爱、非常爱，这些处在"爱与不爱"间的模糊地带真的可以被忽略？人不是经常和现实、和自己妥协吗？

爱、爱人、爱一个女人，抽象起来只会陷入空洞茫然，这样的话题还是具体、具象自然。人在日记、书信中总比在社会公文中要更放松、随性、自然、真实些，鲁迅当然也是。

鲁、许之恋是鲁迅的现实性世界。更多因为时间的先后，尤其因为许广平的主动而达成；在这个现实性世界之外，鲁迅的可能性世界至少曾有个许羡苏，一个比许广平更温柔也更美的女孩子。而意愿中的可能性世界就更广阔无边了。就从萧红的《回忆鲁迅先生》也可读出鲁、萧的非同一般。爱，除了现实，还有愿想。从实义看，或许后者反倒是更让人沉溺而欲罢不能。

鲁、许之爱幸福吗？它和鲁迅朱安的婚姻到底有何不同？显而易见，鲁、许心灵很契合，鲁、朱则形同陌路。除此呢？鲁迅对朱安居高临下，对许广平至少在爱上是自卑的：因为自己的老、丑、所处的中国现实语境的压力等等。许广平虽不漂亮，但和朱安比就算颇有颜色，何况更年轻、充满活力。爱玩弄文字的人说，性（欲望）是泛向的，爱则是专向的。真的？如果从主体的意志说，性、爱都不是。只在绝境的时候才会聊胜于无吧；如果遇上意志过于倔强如鲁迅者，恐怕还宁缺毋滥呢。何况有时不还有替代品吗？朱安貌丑、木讷、小脚，精神上无法与鲁迅比肩，可是，强大的男人是为了找一个和自己精神对等的女人才去追求的？精神不过是肉体的调剂。鲁迅对朱安无爱，也无欲，因为，朱安不漂亮，也无趣。鲁迅很压抑。压抑后的鲁迅慢慢地会尖刻、暴躁。然后这尖刻、暴躁会弥散到他整个的生命里。

战斗的鲁迅在有了许广平后仍在不停地战斗。中国需要他，要说这是真实的，这真实也多是后知后觉的。鲁迅曾劝抱得美人归的郁达夫不要迁居杭州，说在那富贵温柔乡，战士的意志会被消磨的。郁达夫从来不是战士，只是个文人。而鲁迅的意识至少说明，他自己没有温柔富贵乡。撇开具体，提个问题：那些后来被称为伟人的人，他们当初真的是抱定了伟大的信仰牺牲个人要为国家、民族、时代献身的吗？我所知道的是，为大人物作传的正史，逻辑往往是因果倒置的，成王败寇。实际呢，大人物的人生路也是走一步看一步，一步步走出来的。当年沈从文在《湘行散记·箱子岩》中说到贺龙时，就有一份面对历史的困惑和叹息。他说，当初湖南临澧有一马弁姓贺名龙，脾气暴躁，因与人争执，伤人性命，不得不占山为王落草为寇。但谁能想到，就是这个山大王，15 年后，却要政府调用 7 省兵马来围剿他。历史是谁人写成，实在是无从理喻。回望鲁迅的一生，不也是处处玄机，任一一关节处如果有所扭转，历史当会重写，比如，当年鲁迅和弟弟一起参加科举如果高中，周树人还会是以后的鲁迅吗？鲁迅的一生是战斗的一生，当然不能说这个伟大的人只是为自己战斗，但最合情理的表达仍然应该是，他是由为己的战斗而走向为他人的。这世上从来也没有过完全无私无畏的超世英雄。或者，换个说法，为个人的正义而奋斗，就是为人类的正义而奋斗。在鲁迅强悍的战斗意志里就含有很多个性的感情色彩，这感情色彩被他用自己独特的语言风格表达得淋漓尽致。在《两地书》里，他和许广平说了很多的"知心话"。比如，他说许广平，你们年轻人可能是为了你们的理想而战斗，我呢，只是要捣乱，为自己玩玩。又说，我所以注意身体的保存，多吃鱼肝油，小半是为了爱我的人，大半倒是为了我的敌人："我"偏要在这世上多活一些时光，就为碍他们的眼，不要这世界非得都如他们的意。鲁迅向来主张睚眦必报、痛打落水狗、快意恩仇、不平则鸣，算得上一个磊落君子。

有了许广平，他会回到舒缓、安宁、自在的生活世界吗？或许在一些时刻、一些层面，但整体绝无可能。鲁迅早已被曾经的残破定型。

那他们幸福吗？1934年，鲁迅赠给许广平一部《芥子园画谱》，在扉页上题下一首诗："十年携手共艰危，以沫相濡也可哀。聊借画图怡倦眼，此中甘苦两心知。"鲁、许二人1925年北京相恋；1926年离京南下厦门、广州；1927年定居上海。也可以说，鲁迅一步一个脚印，把许广平领回了自己的家，此后，什么运动、什么政治、什么新女性，统统拜拜，回家伺候鲁老爷吧。本不想要孩子的，但无意间怀了海婴，那就抱孩子吧。从许广平的回忆文字中可知，初到上海时，鲁迅笔耕不辍，还在蜜月期的许广平骚扰了一下，双手放在鲁大师的肩上，谁知竟惹得大师不高兴。从此，在他写作时她就再也不会去打扰，天一晚，一个人识趣地上床睡去。鲁迅也知道小娘子被冷落了，小憩的时候，也会来到身边，抽一支或两支烟，说两句闲话，常常是一支还没抽完，那边小娘子已鼾声渐起，日常俗务累的。这时他也只得轻轻走开，继续写他的战斗檄文去了。许广平说，有时因为自己不加检点也不知什么时候说了或许有点不当的话，让他听到不以为然了，或者他自己恰巧有什么不痛快，在白天，人事纷繁，友朋往来，顾不上，但到夜里，两人相对的时候，他就沉默，沉默到要死。最厉害的时候会茶烟也不吃，像大病一样，一切不闻不应，搞得许广平极痛苦："为了我的过失吗？打我骂我都可以，为什么弄到无言！如果真是轻蔑之极了，那我们可以走开，不是谁都没有勉强过谁吗？"鲁迅不高兴时，有时又会半夜里喝酒，跑到空地去躺下。许广平感叹："我同情他，但不知此时如何自处，向他发怒吗？那不是我所能够。向他讨饶吗？有时实在莫名其妙，而且自尊心是每个人都有的，我不知道要饶什么。抑郁，怅惘，彷徨，真想痛哭一场，然而这是弱者的行径，不愿意。就这样，沉默对沉默。"鲁迅气消之后，会来到许广平跟前，说："我这个人脾气真不好。"许广平回曰："因为你是先生，我多少让你些，如果是年龄相仿的对手，我不会这样的。"到底还是相濡以沫的夫妻，久而久之，连说话的腔调都趋近了。鲁迅老年无意得子，怜子之情偶尔勃发，海婴自然也愿意和父亲玩耍，许广平夹在中间却比较为难了。她要察言观色，一面看老头是否急要做事，再看海婴是否到了适可而止的机会。如果错过了机会，或者不晓得他在忙于工作，或者以为他们父子正玩得高兴，不好蓦然叫开，等之又等，才由他开口叫海婴到别处玩的时候，这个做父亲的会埋怨说："把小孩交给我领了几个钟头了。"许广平说："在同小孩玩的时候他是高兴的，但是走后他马上又珍惜时间的浪费，他是这样地克制着，为了和爱子周旋都觉得太过长久了。这更使得我在彷徨无主中度着日常的生活。"1939 年，鲁迅逝世的第三年，许广平在文章里说："我不知道自己属于哪一种女性。我想，大约是有一点旧头脑，有一点新思想，融合起来的一个东西。这东西——像我似的——也许被一些人所满意，如她的对手方面就是，然而在她本身则是不满意的。"更有一些私房体己的话许广平曾说给她的闺蜜："鲁迅的身体很差。"言下之意，自己不能得到性爱的畅意。

在鲁、许之恋中，人们再一次看到，浪漫的爱情终归于平淡无聊赖的日常人生。而在男权为主导的社会、家庭，女性生趣的消磨又往往比男性为多。先前在文章里高声呐喊女性独立解放的鲁大师原来也是门外劝酒门内饮水的。我不禁再次想起卡夫卡的话来：人间并没有爱情，爱情就像一股暖流，它稍纵即逝。人们结婚，不是因为爱情，而是因为习惯、方便。几乎和鲁大师答李秉中一个调调。

萨特曾不无嘲讽地说："你想显得深刻吗？那么你危言耸听好了。"可有时，比如现在，我倒有些怀疑这话是否真的有弦外之音了。沉心一想，盛世危言，常人听来本就多耸人听闻的感觉。所以者何？常人多庸人也，他们习惯生活在一个熟悉的世界里，对陌生的世界，不管是物质的还是言语的，他们第一反应往往便是抗拒。在惯性的摇篮里他们睡得很安恬。有时面对以量取胜的庸众，先行者就不免沮丧。还记得鲁迅《呐喊·自序》中的质疑和疲惫吧！当钱玄同来动员鲁迅加入新文化战营的时候，鲁迅疑虑地说：譬如一间黑屋子，里面的人正睡得香甜，你却突然嚷嚷起来了。你把他们吵醒了，却又不能指给他们该走的路，还不如免除他们喊醒后茫然的痛苦，就让他们昏睡去。这段话的意思固然有对启蒙者本身的质疑，但这个质疑身后的缘由之一不是对庸众的绝望吗？

鲁迅确实有很多危言耸听之言，不止挑战你的认知，甚至还折磨你的魂灵。比如，他在给友人的书信中说："有时我想上街杀人，可终于没有去，可见我不是一个英雄。"你见过把"英雄"如此镶嵌在句中的吗？但若仔细一想，这世上所谓的许多英雄不就是杀人如麻的人吗？"一将成名万骨枯"不是人类历史真相的某面折射乎？鲁迅真的只是戏谑哉？

更大的把真理藏在戏谑中的是了不起的《阿 Q 正传》，与《狂人日记》一样，这是鲁迅呕心沥血之作。世所公认，阿 Q 画出了中国人的灵魂：卑怯而自私、自醉而逃避、自欺而自慰。除了刻化族魂，《阿 Q 正传》最引人注目的是对"革命"的思考。可以说，这部小说揭示了一切革命的真相：当官发财、争权夺利。朝代更迭不过"城头变幻大王旗"的老把戏。鲁迅曾对世众演讲"革命与革命文学"，鲁迅再一次宣示了他独有的腔调。他说：革命，就是动词"革"加名词"命"，革命，就是革掉你的命。革命杀反革命，反革命杀革命，革命杀不革命的，反革命杀不革命的。革命，就是革命，革革命，革革革命，革革革革命，就是革革革革革……革命……命。至于革命文学，鲁迅说，只有真正的革者做出的文学才是革命文学，在革命风起云涌的时候，其实是没有什么革命文学的，因为革命者在革命，没有时间弄文学。言下之意，革命时代的文学其实是假革命文学。鲁迅的思想总显得别致，当然不是刻意要与众不同，其实是清澈而深入。

鲁迅惯用的矛盾修辞让他的思想超越了世俗的理念，他思想的丰满、张力来自他在不疑处有疑、有疑处别疑的敏锐。本无什么矛盾修辞，所谓"矛盾"是因世俗的"常情、常理"而言。鲁迅"溢出"在世俗之外，他的表达常让世俗始料不及，因而产生二者间的矛盾和对抗。《魏晋风度与药及酒的关系》说及世人对阮籍、嵇康等竹林七贤的印象是反传统，鲁迅却认为他们其实是真正的卫道者，他们是因为传统被世人弄得不成样子，才以反传统的姿态来卫护真正的道统。如此说，不仅表白了鲁迅对传统的认知，还影现了他与阮籍、嵇康们的心神相通、惺惺相惜。关于曹操，世所公认他是奸人，鲁迅却偏偏说他是个英雄。理由是，在中国，敢说敢做敢哭敢笑敢打敢骂敢自我承担的人太少，所以曹操是个英雄。屈原、岳飞在世人心中是"爱国的英雄"，他又偏偏认为是"奴才"，还用他惯用的讥刺说，如果大观园中的焦大会作诗，也一定会有一篇《离骚》问世。焦大酒醉后骂荣、宁两府只有门前的石狮子是干净的，在鲁迅看来，这不是诅咒，恰是爱护主子、表白忠心；结果反被王熙凤叫人拖到马厩给塞了一嘴马粪。鲁迅的阴阳怪气表达了对中国的主子与奴才的极度厌恶。岳飞在他眼中根本就是"愚忠"，鲁迅潜含的判断则是，中国若多了屈原、岳飞这样的奴才，不会更好，只会更坏。说及俄国的陀思妥耶夫斯基，鲁迅也是别有说辞，称他是"人类灵魂的拷问者""伟大的罪犯"。鲁迅怀疑主义的辩证使他的思想别出机锋，借助他不同凡俗的排列组合，世人从中看见了一个熟悉的陌生世界。

还有一个更深的世界在《野草》里。鲁迅说："我的哲学都在我的《野草》里了。"钱理群说《野草》是鲁迅的诗、鲁迅的哲学、鲁迅的美学等等，总之，《野草》无以归类，那就"鲁迅式"的吧。我的理解呢，《野草》写了鲁迅的"真魂"。鲁迅试着表达了，读者试着去"猜"吧！

为何如此说？人感受的丰富性总高于他所能表达的。许多伟大的写者都浩叹过无力表达的无奈，卡夫卡、列夫·托尔斯泰、周作人、沈从文。我只听见张爱玲不无自得地说过，凡是她见过的、听过的、摸过的、嗅过的，她就能写出来。这是我看见张爱玲"自骄"的唯一一次。她的文字确实厉害，仿佛真写出了你心中有、笔下无的世界。特别是声音、气味、色彩，我们每天都面对着的活色生香，可是，你读了张爱玲写的，你的感觉是，这比你自己感觉的那个更质感、更具体、更形象，一句话，更真实啦！鲁迅呢在这方面是诚恳。《野草》的开篇就说："当我沉默的时候，我觉得充实；我将开口，同时感到空虚。"首先确认的就是表达的艰难。维特根斯坦说"语言破碎之处，世界荡然无存"，说得不仅是认知论，也是表达论吧？语言既是人走向存在的通道，也是陷阱。

"野草"之名表现了鲁迅个人的趣味和谦抑的姿态，也隐隐影现出其内心的荒凉。《野草》表面愤怒、激烈，内里沉郁、悲凉。《希望》中的"希望之于虚妄，正与绝望相同"。是全篇的文眼。这是鲁迅的形上论。希望也好，绝望也罢，在存在实有的"虚妄"面前，一切皆无意义。鲁迅在旁处说过："唯虚无与黑暗乃为实有。"存在的本质是"虚妄""虚无""空""无"。这是唯心论。"虚无观"其实不是啥理性的"主义"，而是人生命的直觉意识。这个直觉意识又源于一个直观事实：人总是要死的。死将掏空人的一切"实有"，于是虚无感浮上人的心头仿佛黑暗的深渊淹没人心田的所有。纵有千年铁门槛，终需一个土馒头。如《圣经》所言，从土里来，还回土里去。

从唯心哲学说，"空无"最大，"无"中生"有"。"宇宙"应该是有边有际的，在它的边际之外，是"空无"在托着。佛说，有容乃大，无欲则刚。还有比"空无"更有容的吗？还有比无欲更金刚不坏的吗？

虚无观不是鲁迅思考人生的终点，是起点。作为一个无神论者，鲁迅不关心"死后"，他思考人的"生前""在世"的命运。《野草·过客》是对"人之现世命运"的确认。"在进化的链子上，一切都是'中间物'。""中间物意识"是鲁迅对人之个体命运的确认：个人既不是历史的开始，也不是终结。他从其中寻出的人生观念是："走！"这个行走的过客身上虽背负着深深的虚无感，却又充满了明之不可为而为之的倔强。鲁迅果然不负青年时代膜拜尼采强力意志之名，呈现出独特的生命意志。鲁迅曾批评他古时的同道阮籍、墨子面对绝路、歧路时的绝望与彷徨，说倘是自己，如果遇上绝路，绝不恸哭而返，而是在绝路之旁披荆斩棘看能否开出一条新路；遇到歧路，一时拿不定主意，那就先在路口坐下歇歇，然后选择一条路义无反顾地走下去。把命运担在自己肩上。鲁迅在世人面前塑造了自己独自远行的孤独者形象。小说《孤独者》中的魏连殳从形象到气质就是活脱脱的鲁迅自己。在《野草·影的告别》中，鲁迅又强化了这一形象的绝对性：连影子也要告别了，即便是被黑暗吞没也无悔意。毕竟，那世界只属于他自己。鲁迅用自己的生命实践为易卜生"孤独者乃最强大者"作了最出色的注脚。《死火》同样表达了对自己命运的承担和成就自我的倔强。《墓碣文》中的尸身"自啮心食"隐喻了对自我的彻底审判，那令人心悸的氛围渲染表明了鲁迅确乃现代中国最大无畏的撒旦形象。

鲁迅屡屡述及自己灵魂的黑暗，他说自己才袒露了一点，世人已被吓得不行；倘若自己露出自己全部的血肉，他真不知世人会骇成怎样。这欲说还休的表达显示了鲁迅与俗世的大隔膜，宣示了他们之间的势不两立。我的体会，鲁迅是鄙视"人间世"的。这或许是世人觉他"冷酷"的缘由所在。排除身外的世俗之外，对于沉醉思辨、渴望探究存在本相的鲁迅来说，我相信他还有一个如何面对自我以及最后问出一个怎样自我的问题。"我的确时时在解剖别人，但更多更严厉的是解剖我自己。"这话并不是向世人的自我表白，也不是对自己心灵的暗示，根本就是"绝对的命令"。"真的猛士，敢于直面惨淡的人生，敢于正视淋漓的鲜血。"鲁迅所言的灵魂黑暗首先是说，他的灵魂是反射之镜折射出存在的黑暗。灵魂作为生命主体而言的黑暗则表达了对人间所有"人义"的抛弃。鲁迅的灵魂之真可以说是和存在的本相无缝对接。只有身体活着，生命的意志只作为身体欲望的应激反射而存在。鲁迅许多"愤激之言""昏话"都可作如是观。"梦是容易醒的，所以钱是要紧的""希望像娼妓是会骗人的""爱有时是一种负担""我要骗人""你们是反抗，我不过是挣扎；你们是奋斗，我有时不过捣乱，为自己玩玩"……书信、日记里的鲁迅更随性、自然、实在。即便如此，更真实的鲁迅还是在他的言语之外。在鲁迅与世人间也只能"只可意会不可言传"了。人类的"文明"实也有无聊、作伪、浮华、做作的一面，让人不耐烦。痞子胡兰成的这个说辞倒是诚恳而真实："我小时看花是花，看水是水，见了檐头的月亮有思无念，人与物皆清洁到情意也即是理性。大起来受西洋精神对中国文明的冲击，因我坚起心思，想要学好向上，听信理论，且造作感情以求与之相合，反为弄得一身病。""听信理论，造作感情"真是一语中的。"圣人不死，大盗不止"果真人间绝对。鲁迅其实是大盗，却被称为"现代圣人"，实在够讽刺。套用鲁迅论魏晋风度的思路说，鲁迅的正经是用不正经反假正经。

《野草·求乞者》里，鲁迅决绝地说：我不布施！对等的，在《野草·过客》中，过客"我"也不接受布施。在许广平的回忆中，鲁迅很喜欢的一个消遣是观影，他对非洲大草原上的狮豹猎杀其他弱小生物的场景极为沉醉；鲁迅的小说里也喜欢用大兽的声、形来表达人物的内心，《孤独者》中魏连殳深夜在祖母的棺椁前发出的狼嚎之声撕人心魄；《铸剑》中沸水锅中的人头相搏令人心神惊颤；《野草·我的失恋》里，鲁迅再次表达了对"赤练蛇""枭"这些在常人看来有些恐怖的生物的情有独钟。鲁迅沉浸在佛教所言的生命飞扬的大欢喜中。鲁迅对狮虎世界的向往让人感受到了他内心真实的非理性的生命原欲的无意识愿望或许正是"物竞天择，适者生存"。他说，自己若遇见虎豹，就爬上树去，宁愿饿死，也不把尸身送给它们吃；但倘若必得在狮虎和癞皮狗间作一选择，那自然又愿意还是交给狮虎吧。癞皮狗不配。

鲁迅无疑是叛逆者。在他深邃的内心，叛逆可能是彻底而全面的。《野草》也没展示出它的全部。欲望、本能与认知、意志在他的生命体内可能是时常撕裂的，鲜血淋漓。就意志对身体的管控而言，鲁迅是最强悍行列中的。但也正因此，他的理性告诉他，他触摸到了自己最黑暗的灵魂。

鲁迅的文学并不绝对让人恭维。夏志清、王朔都有自己的微词。夏说，鲁迅的小说有筋有骨，血肉则不够丰满。鲁迅更适合热爱思想、触及灵魂的人群。这其实即是局限。比如，把肉麻当有趣当然无聊、庸俗；但不能因为别人的无聊庸俗而取消有趣本身啊。鲁迅本也不是无趣之人，只是写小说时他不能忘怀于战斗，有趣就有意无意被挤压了。除了《阿Q正传》等少数，鲁迅的小说很沉重。在西方人眼中，鲁迅更像战士，而不是艺术家。王朔则在《我看鲁迅》中指认作为一个大作家的鲁迅，不仅不是靠最有力的小说而主要靠雕虫小技的杂文立足，而且还没有一部长篇，实在有负大作家之名；而在举世几乎公认的思想领域，王朔同样认为鲁迅的贡献也很有限，有破无立，还很情绪化。夏、王二人以他们的偏激之论倒歪打正着地说出了鲁迅的"偏激"。

关于自己的小说创作，鲁迅向世人表明的一直是为了启蒙而呐喊；其实鲁迅的小说具有很强的心灵自传性。尤其他笔下的知识者反射着他浓重的心影。并不都是那个倔强的反叛者，比如《狂人日记》中的"狂人"；还有懦弱的自私者，比如《祝福》中的"我"；作样的虚伪者，比如《伤逝》中的涓生；颓废的孤独者，比如《孤独者》中的魏连殳；表象庄严的虚伪者，比如《肥皂》中的四铭。《肥皂》公认是讥刺伪道学的。四铭是个伪君子。鲁迅呢？当然也是。我们都是。鲁迅的伟大是自认和自陈。四铭在那些调戏卖身女子言辞轻浮的纨绔子弟面前呈现着自己的"古正经"；四铭的妻子仿佛一个心灵侦探通过四铭街头见闻的"转述"勘破了他的内心：你是不是也想用香皂去给那女子"咯吱咯吱地洗一洗"？鲁迅是诚恳的。他还赋予了"转述"非常态意义，它并不都是或者从来也不是"客观"的，转述就是表演、表达。从艺术的表现说，《肥皂》不宜看作纯粹的讽刺，纯粹的讽刺不自然，它要用幽默来调和。比如老舍是到后来才明白真正的幽默是"笑骂而不赶尽杀绝"。他早期的《老张的哲学》《二马》皆因讽刺过度反倒失去了批判的力量；到《离婚》《骆驼祥子》才写出了"含泪的微笑"。《肥皂》除了讽刺艺术的讲究外，它还打开了理解艺术的另一条通道：艺术可以战斗，可以抒情，还可以自视、自省。讽刺也可以带来别样的艺术的温柔敦厚，只是它需立在"诚与真"之基上，"因为懂得，所以慈悲"。

还是让我撒开来说说这个世界的宽广与深邃吧。先看《肥皂》的场景：四铭在遛街时看见一少女插草自卖，女孩姣好的容颜为形容悲戚和寒碜衣装所掩，几个浮浪少年在一旁轻薄调笑，言态猥琐，说，别看这小妮子悲戚脏兮，"若拿块香皂咯吱咯吱地洗一洗，也还……哈哈哈！……"这个场景如果在此固化，以存在关系言，撇开女孩的主体性，她此刻是"被观之物"，至少有三个观察点，浮浪青年、四铭、（写小说的）"我"，其实应该还有第四个，"群众"，可以被忽略。"我"隐身，但因叙述就会表现出"善变"，由小说的视点及细节看，"我"还和四铭有重叠。四铭此时在场景内，但更多是旁观者。由场景中心点看，这首先是世相的"浮世绘"，依庸常的观点，这就是个"世风日下"的社会批判剧。

其实对于现代艺术而言，社会批判实在是最肤浅的，就不说人心的虚与委蛇，现代社会的广阔无际就该让艺术转移焦点。张爱玲常被人视为狭小；沈从文当年也被"左"派批为"没有思想，灵魂空虚"的作家，理由是他们的作品没有"时代和社会"。张小姐和沈先生都是倔强人物。沈先生说：你们所说的思想和灵魂我不明白为何物，我也不想明白；我就是个"乡下人"，和你们"城市中人"决然不同。他对自己的学生诚恳地说，你们看不懂我的作品，因为你们的灵性早被大学教授们的教条僵死了。除非你们到真实的人生里去跌打摸爬一番尝尝人间的酸甜苦辣，然后你们再来读我，或许还能收获一些什么，不拘是苦是甜，总能收获一些。张小姐更为简捷直白，有《自己的文章》为证："我以为文学理论是出在文学作品之后的，过去如此，现在如此，将来恐怕还是如此……理论并非高高坐在上面，手执鞭子的御者。""我发现弄文学的人向来是注重人生飞扬的一面，而忽视人生安稳的一面。其实，后者正是前者的底子。""我不喜欢壮烈。我是喜欢悲壮，更喜欢苍凉。壮烈只有力，没有美，似乎缺少人性。""我喜欢参差的对照的写法，因为它是较近事实的。""极端病态与极端觉悟的人究竟不多。时代是这么沉重，不容那么容易就大彻大悟。""一般所说'时代的纪念碑'那样的作品，我是写不出来的，也不打算尝试，因为现在似乎还没有这样集中的客观题材。我甚至只是写些男女间的小事情，我的作品里没有战争，也没有革命。我以为人在恋爱的时候，是比在战争或革命的时候更素朴，也更放恣的……和恋爱的放恣相比，战争是被驱使的，而革命则有时候多少有点强迫自己。真的革命与革命的战争，在情调上我想应当和恋爱是近亲，和恋爱一样是放恣的渗透于人生的全面，而对于自己是和谐。""我只求能够写得真实些。""我的作品有时候主题欠分明。但我以为，文学的主题论或者是可以改进一下。写小说应当是个故事，让故事自身去说明，比拟定了主题去编故事要好些。许多留到现在的伟大作品，原来的主题往往不再被读者注意，倒是随时从故事本身发现了新的启示，使那作品成为永生的。""我（写小说）的本意很简单：既然有这样的事情，我就来描写它。现代人多是疲倦的，现代婚姻制度又是不合理的。所以有沉默的夫妻关系，有怕致负责，但求轻松一下的高等调情，有回复到动物的性欲的嫖妓——但仍然是动物式的人，不是动物，所以比动物更为可怖。还有便是姘居，姘居不像夫妻关系的郑重，但比高等调情更负责任，比嫖妓又是更人性的，走极端的人究竟不多。"一句话，张爱玲不愿脱离真实自去幻想，她先要做的就是呈现事实。真善美，还是真最瓷实、最让求真的人心里安稳。

再回到《肥皂》。被四铭指斥的"罪恶"被他妻子毫不留情地揭发其实也藏在他的身上，正是他的讲述暴露了真相，虽然他试图用制造好的腔调、神态来掩饰。转述什么不仅是对部分真相的还原，还是转述者兴味、意愿的表达。所以，钱钟书说过，作家固然可以得名得利，却也冒有暴露个人隐私的危险。《肥皂》何尝不是鲁迅的自我暴露呢？喜剧、讽刺，不都是居高临下讥刺别人的，真诚者也是在自我揭破，相视一笑，莫逆于心。这就是米兰·昆德拉在《被背叛的遗嘱》里肯定表达的：道德审判在艺术批评中要么被悬置要么被无限地后延。米兰的意思不过是让艺术成为现代疲惫心灵的栖息地，而不是斗争场。把《肥皂》放大，可以得到一个判断：对中国国民性揭破最厉害的鲁迅乃是因为他就是丑陋的中国人之一，他大概是孔夫子所云的善于"日省乎三"的君子吧。他的伟大当然不是他的丑陋，而是对丑陋的勇敢呈现。但从艺术的分寸感来说，《肥皂》是有些僵硬的，这或许是因为作家对自己内心面对文明世界的芜杂矛盾机巧地有所掩饰吧。鲁迅说过，他并没有完全写出心中的黑暗，并不都因为怕吓坏别人，他自己也需要文明的包装。

所以，这世上没有绝对的猛士，鲁迅也不是。文明的羞怯和现实的功利，还有人与人间的隔膜、彼此施与对方的敌意，使人再也回不到真纯。最浮躁的社会表象、最深邃的人心悲悯对虚伪表达愤怒其实都只是表面，如果仅止于此，绝对不是纯粹的真诚。当年曹禺面对李健吾对《雷雨》主题"暴露封建大家庭的罪恶"的论断坦然自陈：从来没有过如此的意识。他只愿看戏的人能带着一种"哀静"的心情回家，陷入"沉思的海"。真实伟大的艺术从来都不是让人慷慨悲歌的，它让人黯然神伤。或许，这是一些人对鲁迅的"呐喊"不以为然的一个原因吧。鲁迅的文艺天才受到了他好斗个性的抑制。至于好与不好之论已经不重要。

鲁迅的杂文最文如其人，泼辣彪悍，无人可敌。读鲁迅的杂文，最深度地让我体味过语言的力量。他有最出色的语感，声音、节奏、色彩、氛围，一切都在他的掌控之中，再加上他那独特的矛盾修辞，他的言语力量所向披靡。他最善于用文字给各色人物画像，惟妙惟肖，入骨三分。他早期的杂文更从容也博大，晚期越来越峻急。说得白一点，是心胸越来越狭窄，好意气用事，纠缠于很多琐屑。和年轻时一样好斗，只是没了年轻时的"指点江山激扬文字"的豪迈。都是病以及随病而来的死感闹的。一生残破至此，年轻时就破罐破摔，老了发现连破罐慢慢也要摔完了，内心的空洞、恐惧、绝望不想而知。冯雪峰在《回忆鲁迅》里曾说，什么都打不倒鲁迅。但鲁迅打不过死亡。准确地说，是死感。1936年10月19日，鲁迅辞世。鲁迅的时代却没终结。

表达对鲁迅的认知，一路写下来，我发现形容他时我不由地用了最多的"最"字，这或许代表了他的价值所在吧。

周作人：作为历史人物

一念起周作人，脑中随之而起"历史、历史人物"两个名词。昨日之事昨日之人谁不是历史、历史人物，何独独对他如此？

面对他，需要面对历史、历史人物的沉静。

另一面，又很难宁静：当我读那些叠加在他身上的那些论断的时候。记得 20 世纪 80 年代末，先读了钱理群的《周作人评传》，不久之后读到了毛志成评论别人对周作人的评论，大意是说：周作人这个汉奸还用研究，还要给他作传吗？用的是不言而喻的设问。记得这篇文字是在作者的一本自选集里，又记得当时买这本书是因为时人说"南余（秋雨）北毛（志成）"。那时年轻，有从众的毛病。读完这篇文章，那本现在已记不起书名的东西立即叫我扔了，这在我的读书生涯中至今仍是绝无仅有。犹记得这个毛姓作者在书里还说当时自己的小说创作早已超过几千万字云云。那时我就有些纳闷，像我这么一个小蛀书虫咋就没有读过这几千万字中的哪怕一个字呢？难不成这位大教授大作家要把自己的皇皇巨著藏之名山传诸后世？可一个大学教授，据说还非常著名，对一个历史人物竟见识如此，不问也罢！

1990 年在华东师大听夏中义师的课，他讲起周作人时有一句："那些揪住周作人汉奸之名不放的人，他们若处在周的位置，他们当汉奸的速度一定比周还快。"当时的我一边听得痛快，一边脑间还瞬息对应闪回类似"毛毛教授"这类正人君子一般的言论。夏中义师之言是诛心之论。古人有"明乎礼义而陋于知人心"之语，这话说得比较平和，没有夏师生猛。我为夏中义师的话加个小注吧：五四时火烧赵家楼，痛打卖国贼的前进青年后来抗战爆发就有做了汉奸的。若为之辩护，也不过此一时彼一时的塞词罢了。只是我没有一毫毫这样的心思。

要不要审判汉奸周作人？当然可以。国民政府抗战后把他下狱他自是罪有应得。但话说回来，总不应该只记得他是汉奸吧？再退一步，就是审判汉奸，仔细审视一下过程和结果，至少对他相对公平，也是历史的公正吧。

在中国，不用、也不可能为他辩护、脱罪；自己的，得自己承担。一码归一码。

在这个前提下，我想说一说他的"落水"。一部分是基本事实，一部分是我的猜测。

当初日本人占了北平后，文化人、读书人纷纷南下。友人也劝周作人离开。周很犹豫。他喜静，一想起要颠沛流离，他那柔弱身子里的小心脏就不寒而栗。早在20年代中晚期，面对着汹汹的大时代，周作人就弱弱地宣告：闭户读书。感叹"可怜的人间"，大家都是"苟活性命于乱世"。与他强悍的哥哥比，他实在显得柔弱。他也说国民的劣根性，称之为"私人本位主义"，像他如此内向之人，所谓说人，其实多是"由己及人"，带着自省。一句话，我猜就是由他自己审判，结论会是：自己绝不是崇高人格的人；他从没这么自我期许，更不会自我吹嘘。他至少有着诚恳。

当年，走，还是不走，肯定是个难题。百般纠结后，他没走。他是这样想的吧：我，一介书生，与世无争；无心政治，想政治也不会来找我这一介平民书生的麻烦；妻子是日本人，或许日本人不会特别为难自己；这座大城，人不可能走空，别人能活，我也能；不管城头如何变幻大王旗，我自心静如水，安坐书斋，谋芸芸众生的惨淡人生吧。像周作人这样的书生人物，心灵生活与行为之间的关联也不该忽略。客观地说，周作人的人格不高大；这世上人格高大的本来就不多；他对中国"人的生活"的概括："苟活""私人本位主义"等，也可看作是其主观上的夫子自况；作为一个腹有诗书又善身自反省的文人，他身上还有一些在武人看来多愁善感无病呻吟属于所谓虚幻性灵的思绪、理念，比如，浓浓的虚无感。这些他人可能屏蔽或摒弃却可以是他行为的重要依据，由浓浓虚无感滋生出的"无是非观"有没有可能是周作人后来"落水"的原因之一呢？这只是我的推测和解释，而且就到此为止，没有延伸和潜台词。"真相"恐怕只有当事人最清楚。若再从客观的一些细节看，周之落水，可能和激进爱国学生对他的刺杀也有些关系。在面对日本人的纠缠正左推右挡时，周作人遭遇了来自母邦正义青年的暗杀，懦弱贪生与铁血刺杀的碰撞，是不是压倒骆驼的最后一根稻草呢？这仍然只是猜测。另一个不久之后的真实细节又是：远在南面的郭沫若等文人、文化人听说周作人落水后，并不是像时移事往之后的口诛笔伐义愤填膺，而只是一声惺惺相惜的悠长叹息……后来因为比长兄长寿，他要付出半生惨淡的代价：先是坐国民政府的牢；后来与溥仪等一道被新生的人民政权特赦；无职业，靠领袖的慈悲每月领一点无明确名目仅可维持一家生计的钱，其他就靠写作维生了；永远地夹紧尾巴做人，心境之惨淡可想而知。据说，他常拒绝别人因研究鲁迅去采访他，他要留着一些"独家之秘"自己用来写文章，而且每次只找一个个"小点"来做，以图"细水长流"，《鲁迅的故家》《鲁迅笔下的小说人物》里的文字确实一律的小而短。他在文化革命刚刚来临之际撒手人寰恐也是幸运。不说也罢！

作为新文化运动时代的先锋人物，周作人有过他短暂的意气风发。他身上的矛盾当时被掩盖了，后来胡适却作了有意味的阐释：如果周作人自己不表明自己的反封建立场，你不会觉得他是一个反封建的人物。这就是所谓"头脑新，身子旧"的说辞。在新旧大碰撞时代，这个其实自然。思想是理性；生命（它的外形是身体）所处的生活则无限广阔、丰富，而且，生命历史的痕迹可要比思想历史的痕迹要顽固持久。按胡适的话说，周作人反的是封建思想、封建礼教；在生活的趣味方面，他是典型的中国风。他性格温和，看事喜欢讲理性、梳理历史脉络，常说的口头禅是："太阳底下无新鲜事""历史总是惊人的相似"。五四在他眼中，和春秋时代的"百家争鸣"、明代东林学人的争执差不多。他是活在书斋里的人，他的气性、趣味、认知，在新旧激烈冲撞现实革命风起云涌的大时代，极容易被归入"保守"一派，也可以说，他和时代之间相互隔膜。

人们一说周作人就是他的散文。学者钱理群《周作人评传》、倪墨炎《周作人：中国的叛徒和隐士》、孙郁"周作人研究"的系列论文做了很好拓展。周作人的思想遗产、周作人和他的时代在今天仍是值得好好研究的题目。

作为一个思想者，周作人没有走出他的"五四时代"。在社会思想方面，在他还能自由表达的时期，他一直始终如一坚守着的就是反封建。对于封建了几千年的中国来说，这本是准星很准的射击。结果呢，这个射击者在另类的历史进程中却成了"落伍者"。历史当然没有错，错的是人。曾有学者分析说，是"启蒙与救亡的双重变奏"打乱了思想启蒙的节奏，如果这个判断是成立的，那就得加上一些旁注展开过程的分析，比如，中国人的短视、现实功利永远第一的思维。学者说，文化建设得在和平时代，动荡年代先得解决"生死存亡"；在和平年代，知识者理所当然地成为启蒙者，而乱世来临，则"百无一用是书生"，再进一步，还会产生"反哺"，导致知识者对民众的崇拜，实际就是精神向物质投降。其实，这个思路表达的是人自身的一个隐喻：灵的存在与生长得依赖于肉身的安全存在来维持。这个道理对于个体生命诚然如此；可对于民族与国家，是不是要"救亡"就得压死"启蒙"呢？由周作人的眼光来看，肯定不成立。"救亡"有些时候对有些人就是一个嘴巴上的名词，没有实际意义；"救亡"即便是真实情境，它也只是一种宏观描述、氛围再现，它有不同的层次、不同方向、不同程度的具体工作，只是它们要指向一个共同总的方向罢了；退一步说，救亡就不要继续启蒙了？启蒙不可以帮助救亡？还有，救亡之所以发生其中一个原因不就是因为启蒙之不足而造成？你遭人欺负，才需要救亡。被人欺负是你不够强大。不够强大的原因呢？是因为你落后，为嘛落后呢？因为封建愚昧的体制和思想限制了人的聪明才智和潜能释放。这一连串的追问和方案解决，就是启蒙。从任何一个角度说，反封建永远不过时，到今天的中国都是如此。而周作人在他的时代成了"落伍者"，恐怕就是他老兄分析的，中国有太多的"文字游戏党"。这是中国式的滑稽和荒谬。

周作人的反封建不是纸上谈兵的文字游戏，而是与对现实世界里人的命运的关注联系在一起。周作人没有推却自己应当承担的使命，作为知识者，他向自己身处的世界发出自己的声音。新文化运动时代，他立在时代的潮头之上，参加文学研究会，写作了具有里程碑意义的《人的文学》《平民文学》，实践着那时代的"民主、人道、平等、自由"理念；他提倡常识，又和时代的"科学"意识遥相呼应；面对打破"祖宗之法""一切价值重估"，他又提出富有建设性的"人情物理"原则，让喊口号的空洞落到实处。在教育方面，他开出具体的课程表，不厌其烦地一一阐述；在文学方面，他提倡美文，亲身示范，身后留下了千古美文。有理念，有具体的实践方案，难得地避免了知识者常有的"空谈"毛病。在鲁迅犹豫、彷徨时，他已意气风发地融入了大时代。在五四后被鲁迅称之为"有的高升，有的退隐，有的彷徨"的时代转向里，周作人保持着一贯的朴素、沉静，他审时度势，退回书斋。他不过秉承真心再次履行了"达则兼济天下，穷则独善其身"的古训罢了。时代接纳他，他积极入世；时代抛弃他，他安之若素。他内心深处，既悲观，也达观。而他的保守，即便不是他的光荣，肯定不是他的耻辱。经历了时间的淘洗，历史终将证明他的智慧依然会在历史长河中熠熠发光。

周作人的思维更是别具一格，打着比方说，是，很不"人化"，而是"动、植物化"：把周作人写花鸟虫鱼的小品散文仅看作怡情雅志就太浮面和轻率了。这世间的一切在他眼里都是有灵性的，有灵性的生命则是最宝贵的。周作人的思维很科学，受过科学思维训练的人不会瞎浪漫，如果说人类对真善美的追求是有逻辑或层级的，求真则是诚恳、热爱真理的人的出发地。从"历史感"去体会周作人那一代人走过的求知道路，更能体会其中现实感的瓷实和厚实。博物学、物理、化学、地理学，他当然不可能是所有学科的深通者，但这些学科各自的"科学意识"助他打开自己的思维之网，比科学知识更重要的是先要有科学思维。自然科学对常识的追求教会他认知上先做事实判断；有了这样的前提，周作人在历史、哲学、伦理学、文学、美学、神话学、文化人类学里浸淫时，就具有了更纯粹、稳定的思维理性。人类的学问不过是对天地万物的说明。作为一个人文学者，生物（生命）学、历史（神话、巫术、宗教）、文化人类学，给了周作人主要的思维视野、方法论的启示。对于人这个生命结构体的认知，周作人的出发点不是玄学、灵异之学，科学思维教会他看宇宙，不管是宏观的还是微观的，都能秉承物质（客观）、过程以及逻辑推理的思维立场。周作人的"沉静"除了个性，还是理性：永远秉承"此话怎讲？何以见得"，从说"是"开始，到说"是"结束，不拐弯（偷换概念、转移主题）、不跳跃（细细梳理每一步往前推进的脚步）。理性、中立、客观，加上常识、逻辑，才能让人期待获得最真实的世界。周作人对人与其他生命取"众生平等"观，这可不是摆摆平等的姿态，周作人善于从"对面"来看人，避免了人从自己来看自己的局限。

具体说一些实例。1922年4月6日，针对陈独秀等人的"非基督教非宗教大同盟"运动，周作人致信陈独秀，曾为同一阵营的战友，貌合神离的部分还没得以呈现，至此则有了本质分歧。"我深望我们的恐慌是杞忧，但我预感着这个不幸的事情是已经来了：思想自由的压迫不必一定要用政府的力，人民用了多数的力来干涉少数的异己者也即是压迫。我们以少数之少数而想反抗大多数，一定要被压迫而失败，原是预先知道的；因为世上是强者的世界，而多数实是强者，我们少数的当然是弱者，所以应当失败。"新文化界的非宗教运动使他感受到个性的危机和思想专制的威胁。他们不久之前不都是反封建、反专制，争自由、要民主的战士吗？怎么转眼之间就成了思想专制的暴君了呢？难怪周作人对中国有"循环论"的认识。他自知是少数派，作为一个应当失败的人，他却仍然要卫护自己的信仰。1922年3月31日，他和钱玄同等人在《晨报》发表《主张信教自由宣言》，反对对自由权利的干涉甚至剥夺。这是对"元原理"的卫护。1924年5月，他在《一封反对新文化的信》里更明确了自己个人主义的立场以及与时代潮流的分歧："各人自扫门前雪，莫管他人瓦上霜，这才真是文明社会的气象。中国之五四以来，高唱群众运动社会制裁，到了今日变本加厉，大家忘记了自己的责任，都来干涉别人的事情，还自以为头号的新文化，真是可怜悯者。我想现在最要紧的是提倡个人解放，凡事由自己负责去做，自己去解决，不要闲人在旁吆喝叫打。"（《谈虎集》，岳麓书社，1989）面对汹汹而来的社会群众运动，他的批评愈加激烈："群众还是现在最时新的偶像，什么自己所要做的事都是应民众之要求，等于古时之奉天承运，就是真心做社会改造的人也无不有一种单纯的对于群众的信仰，仿佛以民众为理性与正义的权化，而所做事业也就是必得神佑的十字架。这是多么大的一个谬误呀！我是不相信群众的，群众就是暴君与顺民的平均罢了，然而因此凡以群众为根据的一切主义与运动我也就不得不否认。"（《谈虎集》）1928 年，周作人批评革命文学的倡导者把民众等字太理想化了。和乃兄一样，国人在他眼中是个整体，虽然外相上有不同的名号，但思想上还是混沌一片毫无差别，都是升官发财的统治阶级的思想。有产者可以穷而降为舆台，无产者可以达而升为王侯，而思想不发生一点变化。朱元璋以乞食僧升为皇帝，为暴君之一，此虽古事可以例今。他认为阶级斗争不能造成社会的进步，只是思想的循环，因此根本的办法在于造成理性精神、自由思想和宽容态度，打破思想的黑暗、迷信和专制。不打破这个障害，只生吞活剥地号叫第四阶级，结果民众政治还就是资产阶级专政，革命文学也无异于无聊文人的应制。（《永日集·爆竹》，岳麓书社，1987）五四时期，民粹主义和启蒙主义同时涌进新文化运动潮流之中。蔡元培曾在天安门广场高喊"劳工神圣"，五四落潮后李大钊等知识者又号召到民间去，民粹主义潜流开始泛化为各种表现形式，构成了对启蒙主义的不断消弭。周作人还是一贯地以不变应万变，坚守启蒙主义和个人主义思想，且主张宽容意识之养成。生于乱世，既不愿与俗世为伍，又远离众多的变革者，那结果只能是自言自语，退回个人天地。而在更具体的个人生命领域，生命科学的诸多结论，与真切的自我生命体验结合，更使周作人明白了生命的脆弱与孤独。

　　作为历史人物，周作人早已远去。他留下的一份遗产很值得后人好好去继承。他曾身在的历史还在延伸……

郁达夫：感伤的『零余者』

郁达夫死于非命，至今仍然是个谜：他死于日本人之手，具体情形若无原始文献发现，恐将永远沉入遗忘之海了。他的出生在他自己笔下更是充满悲情。在他成名后所写的《达夫自传》中，劈头一句是，某年某月的"夜半时分，一出结构并不很好而尚未完成的悲剧诞生了"。这节文字的标题就取自于尼采的哲学大著"悲剧的诞生"。从 1896 年来到这个尘世到 1945 年离去，他的人生未过半百，令后人一念而起时便不胜叹息。他在波澜壮阔的大时代中留下的是一个"感伤的'零余者'"的深长背影。

他出生的家庭是个破败了的书香门第，父亲早逝，他是家中众多子女中的"幺子"。他自觉貌丑，加上贫穷，从小便养成了极度自卑的习性。心理敏感，感情细腻，这虽对他将来成为作家不无益处，但对于一个自然的个体生命而言，无疑是个沉重的负担。《达夫自传》可说是仿照他最崇拜的卢梭的《忏悔录》所作，对自己的半生毫无隐瞒，但薄薄的一册里充满最多的还是生命的哀伤。尤其作为一个"好色之徒"，即便曾抱得美人归，女人带给他的心灵创伤永远是他心头挥之不去的惆怅。他曾付心情于旧诗句："曾因酒醉鞭名马，最怕情多累美人。"

据说艺术家都性早熟，这似乎和弗洛伊德以"性心理学"为基的"精神分析学说"颇有暗合之处：弗氏强调作家都有一个"不幸的童年"。除了生活的苦难，当还有因"性觉醒、性压抑"

而带来的"心灵的苦难"？至少，《达夫自传》里郁达夫坦诚如斯。他才几岁时在女孩面前就已非常"羞怯"；在青涩的少年时代，他非常孤僻，不与人交接，默默躲在一边咀嚼"水样的春愁"；日本留学的青春时代他过的是放浪形骸醇酒美人的生活，后来他在《五六年来创作生活的回顾》中回忆："每天于读小说之暇，大半就在咖啡馆里找女孩子喝酒，谁也不愿意用功，谁也想不到将来会以小说吃饭。"这一句平常的叙述画面感十足，"每天于读小说之暇"，既是写实，又是抒发。"小说"是广阔的世界，它的虚构、想象性，更让这个世界充满迷人的色彩，尤其是其中对人性世界的勾画；现实、凡俗的世界太枯燥、贫乏、直接、无聊了，尤其难以寄托丰富、激情的灵魂于想象中编织而出的幻梦世界。尤其是正青春激荡的灵魂自然更渴望能有一个美轮美奂的天地让自己随心所欲。可以想见，郁达夫的读小说也是和醇酒美人搅和在一起的。

后来的现代名家郁达夫总结自己何以会成为一个小说家，他的自我体会是，他这个作家是"读"成的。他17岁赴日留学前已看了许多旧小说剧曲；后来到日本，据他自己估计，在补习学校最初的四年，他读了差不多1000多种欧洲和日本的小说；尤其俄国的大小说家他特别喜欢。再后来，他借小说倾诉自己，就这样，一个浪漫主情的小说家就炼成了。

在文学观念上，郁达夫最服膺法国法郎士的"任何作家的创作都是作家本人的自叙传"之论，他对此坚信不疑甚至达到了不容置疑的地步，不管别人如何，他的这一立场至少表明了他自我文学的基本形态，他与在他此前不久的日本"私小说"心息相通：郁达夫小说的素材多取于他自己的生活。就是从生活的自然形态来看，"自叙传"于他也是适合之论。郁达夫在美学上的另一个主张是"悲哀之辞易工"，在他看来，中外文学史若果拿去了"感伤的文学"，那文学史也就剩不下什么了。无论是为人还是为文，他最佩服的同胞是戴东原，外人则是法国的卢梭。卢梭的《忏悔录》就是他在文学上所要追求的标杆。他们确实是知己。卢梭的"人生来向往自由，但又无所不在枷锁之中"郁达夫一定心有戚戚；"我不能想象在美的旁边会没有'忧伤'作伴"郁达夫也一定深度共鸣；"人啊！你们永远逃脱不了我对你们的爱！除非你们不再是人类"郁达夫更一定身心体认。

对文学之爱，人各不同。郁达夫有天赋，"天生我才难自弃"，古语说"诗有别才"，贾平凹说作家是自然造化而成，没那个基因，怎么弄也不成。郁达夫自小饱读诗书，无意识的浸淫、共鸣、体认，慢慢地自己也很善于用锦词丽句来抒发自己，尤其后来，郁达夫旧体诗的水准在现代作家中无出其右者。多少年后，他的这一天才还被他在现实人生中派上了用场，他与王映霞王美人闹离婚，最后就拿出了自己的看家本领，写了组诗《毁家诗纪》21首发在香港《大风》杂志上，迫得王映霞不得不在同刊上回复《请看事实之真相》。

　　郁达夫没有辜负自己的天赋，"不平则鸣"的率真个性，遇上鼓励"抒发自我"的时代，这一切皆有意无意地把他往文学之道上驱使。他自己焦头烂额的人生所淤积的精神创伤终会让他在文学中找到喷发口。人类创造文学艺术的冲动正是源于人生苦闷的渴望抒发。厨川白村就是用"苦闷的象征"来解释人类的艺术行为根源的。鲁迅和丰子恺曾不约而同地把它翻译介绍到了中国，可见他的这个理论还是有相当共识度的。

　　厨川白村的理路如下：人生是苦闷的，苦闷源于一个无解的悖论：生命力和社会力的冲突。它们一定冲突：一个感性，一个理性；一个要释放，一个要压抑；一个只为自我，一个体谅他人……都是"人之欲"闹的。外不得放，就积于内；积于内就阻于心，就苦闷。苦闷得泄，不然寝食难安。所以，弗洛伊德说，文学是作家的白日梦，是欲望的释放和升华。厨川白村则说，艺术：苦闷的象征。

　　郁达夫极苦闷。最大的苦闷就是性压抑。日本留学期间，他和大嫂通信颇多，一是和大嫂谈诗，叔嫂二人有点类似《红楼梦》中的香菱学诗；其他郁达夫也会报告自己在日生活种种，小叔子给大嫂写信常常提及"世间男女皆恶魔之变相"的话题，可见苦闷之深已到了不抒不快的地步。郁达夫神经衰弱极其严重，心中郁闷无处纾解，他竟有了出家当和尚的想法。当然，只是想法而已。他给大嫂的理由是，念起祖母在堂，不忍伤了老人之心，故不能立即实行。其实这是个幌子罢了，如此贪恋红尘之人，哪里有真放弃红尘之愿！出家和尚云云，不过是曲意抒发不平罢了。就像大哲尼采、叔本华皆大骂女人如何糟糕，其实呢，最根本的缘由乃是不得女人青睐而致心理逆反而已。

　　1921年，郁达夫的《沉沦》问世。若从文学的特性说，郁达夫其实也可说是"一本书作家"。他的小说除了极少的几篇社会题材外，不过是变着花样地重复《沉沦》中的自己。我看见有论者许子东说，《过去》是郁达夫小说创作的一个重要分水岭，之前他是欲望宣泄；之后他是欲望节制。前者代表《沉沦》，后者代表《迟桂花》。许子东还给出了重要的依据，就是郁达夫个人生活的重大变化，他经过痴狂的追求终于赢得了杭州美人王映霞的爱恋。许子东的意思大概是：因为有了大美人王映霞，郁达夫个人的情色欲望焦虑获得了大大的释放纾解，心境也随之变得趋近世俗的平常。当然有一些道理。但就是没有王映霞，随着个人境遇各方面的变化，郁达夫大概也会由少年的痴狂稍稍变为成人的稳重罢。世俗道德在不同的阶段对具体个人的作用力还是有所不同的。但不管怎么说，许子东还是强调了郁氏小说的基本蕴含，对欲望特别是情欲苦闷的"永恒"书写，只是在表现格调上有所调整而已。

　　郁王之恋也是现代文人多彩恋情中最为引人瞩目的一桩，台湾学人刘心煌曾有洋洋洒洒大著《郁达夫和王映霞》记其事。他们二人之间的情书如今留存人间的只是残篇,因战乱逃难王映霞本不离身边的"达夫书简"却终因如此而丢失,在它面临火焚之灾的当口,亏得当年那个湖南衡阳火车站的机工小伙是个略知文坛情状的文青,火中取栗般地把达夫情书抢出了一部分。

从《达夫书简》可略知郁王之恋的基本情状。1926年底,郁达夫携创造社同仁郭沫若等人之意,从中山大学辞职回上海,欲把几要失于瘫痪的创造社恢复。经过郁达夫一段时间的努力,创造社的工作又渐有起色。1927年初春一日,郁达夫乘闲去拜访留日期间的同学孙宝刚,结果在那里与来自杭州的王映霞不期而遇。王映霞原姓金,名宝琴。因父亡而随母亲回到外祖家,外祖父王二南先生是杭城知名的儒者,很喜欢外孙女的聪明伶俐,遂为之改名王旭,字映霞。王旭后考取师范读书,毕业后在温州一小学教书,那年正赶上江浙一带战事频仍,又值放寒假,为身家安全,王旭便离了温州来到上海寄居在孙宝刚处,只因孙父与王二南先生相善,二南先生便把外孙女托付给了孙宝刚。谁知这日就与郁达夫不期而遇,真就是无巧不成书,冥冥之"劫"矣。郁达夫那日执意请老同学吃饭,并嘱托请一定带上王旭女士。郁达夫当日在日记里有一句记述:"今日往访尚贤里的孙君,在那里碰见了杭州来的王映霞女士。我的心又被她搅乱了。此事当竭力进行。啊!啊!我在这里念她,不知她可曾在那里想我!"貌丑自卑的郁达夫一见钟情也就罢了,还这么自作多情,真是自恋得可以。自那后,郁达夫只要手上公事不忙,便三天两头地往孙家跑。孙宝刚看出了端倪,两人开诚布公。孙说:这事你得打住。从王映霞那面说,她涉世未深,不该遭遇如此情感;何况我对她有监护之责。从你这面说,你已有家室;你年龄比她大很多(王那时19岁,郁31岁);你还是社会名流,知名作家,大学教授,杂志主编,你得注意社会形象。云云。郁达夫爽快,没有这么多的一二三四。他坦然直告:王映霞我追定了。作为同学,我希望你助力;若不能,最好不要干涉。两人不欢而散。孙宝刚转回头做王旭工作,小姑娘茫然无所知。孙问她,郁每次找她都干了啥。她答:吃饭,看电影,喝咖啡,轧马路。郁先生人挺好。开始,王映霞当然没往恋爱上想。可是架不住郁达夫的痴狂追求——郁达夫最多的一天给她送了四份情书。总之,三四个月后,王映霞带着郁达夫去了杭州见外祖父。二南先生挺开明,也是开门见山:小旭说了你们的情况。我不表反对。只一个要求,回家离婚后再来找我家小旭。郁达夫便仿佛得了将令喜不自胜回家离婚去了。虽有波折,终还是离了。郁王缔结连理。

可最终证明这是一段孽缘。郭沫若说郁达夫,他不是一个战士,只是一个文人。出生在浙江富阳明媚山水间的他,对地上的人间天堂杭州自然充满向往,他婚后不久欲举家回杭,好友鲁迅曾写诗劝阻,无奈他去意已定,让王映霞先回杭买地造屋。变数由此开始。据说，王映霞为买地造屋事邂逅了浙江教育厅厅长许绍棣，风度翩翩的许厅长和丰腴可人的王映霞一来二去有了私情，流言也慢慢传入了郁达夫耳中，等到杭州新居已成，郁达夫却为之题名曰"风雨茅庐"。郁也没去杭州与娇妻团圆，而是去了福建省政府就任秘书职去了。直到抗战军兴，郁达夫辗转到了武汉，王映霞携子扶母来武汉与郁重聚首，本来夫妻间有了延缓后的转机，不料郁达夫又听闻王映霞一路来汉，许绍棣竟伴随左右。夫妻间再次爆发激烈争吵，王映霞离家出走。愤怒的郁达夫在武汉报纸上刊登寻人启事，大意为：王映霞女士鉴！乱世男女离合，本属寻常。汝携去金银细软也不在话下。唯汝母及孩子念女思母极甚，祈告以地址为盼。郁达夫启。友人郭沫若等责怪郁不该意气用事，把家丑往外扬，不仅自讨没趣，也阻了王映霞的归路。郁达夫冷静后颇感后悔，又在报纸上登道歉启事：承认自己神经衰弱精神失常以致错乱言语。祈求对方原谅。如此这般，王映霞后来归家又与他重修于好。无奈两人之间隔阂已深，事情延至 1939 年，郁达夫在香港《大风》杂志投刊了《毁家诗纪》后，还把当期杂志分寄给蒋介石及国民党大佬于右任、陈立夫等，状告国民党浙江教育厅厅长许绍棣破坏他人家庭，彻底惹恼了王映霞，事情遂不可收拾，二人终于协议离婚。伤心至极的郁达夫离开中国去了南洋谋生，最终在日人投降之际为日人所害，未得善终。也就因此，有喜爱郁达夫者如台湾的刘心煌对王映霞便颇有微词。

郁王之恋的是是非非如世间寻常男女恩怨一样，其是非曲直外人实不好代为论定。不管怎么说，郁王之恋持续了 13 年之久，其间分分合合究竟也算世上男女间的平常。我论人事向有一个观念，不能只看结果，过程更加值得关注。何况两个曾经真心相爱之人，即便到最后以分手告终，也不当抹杀两个人曾在一起的美好。周作人说过："大家都是可怜的人间！"在这点上，我最佩服的还是张爱玲，被伤得那么深，从没出一句恶言，真真是慈悲为怀了。郁先生的结局虽然悲惨凄凉，但也曾高歌猛进，唱出过生命中最美好的爱情绝唱，也是不幸中的一点慰藉吧。

《沉沦》无疑是郁达夫的代表作。放在今天，郁氏作风也可说是欲望化写作，当初《沉沦》一出，苏雪林便送了一顶大帽给他：黄色文艺大师郁达夫。那时的语境不同今日，今日的冯唐可以坦然相告：我就是写黄书的。而且发愿要把黄书写到经典的高度上去。我辈正等着冯唐有朝一日真的实现他的梦想。郁达夫不是没这个胆气，真是没个恰当的语境，他只能有他自己的说辞。面对伤风败俗诲淫诲盗的指责，郁氏有些倨傲不逊，慨然作答曰：你们可以骂我流氓，骂我不要脸，但你们得承认，你们这帮伪君子没我真诚！郁达夫还愤而引申，说，中国之所以堕落到无可堕落，就因为人人都想当官发财，个个都虚伪无比。这一引申，郁氏不仅回击了他人对他的攻击，还把自己的写作上升到了匡扶"正义"的高度。

郁达夫的写作没有多少狭隘意义上的政治性，他的社会性视野也与他的个人性情相连，但正因他较深度地描写了个人世界的某些层面——人内心的性欲望图景，历史、现实、时代的影子也得以特别的形式清晰呈现，毕竟，在人类社会中，这些抽象宏大名词的蕴含终是要通过具体的个人命运来揭示的。就以《沉沦》言，小说通过一个中国留学生在日本的并不广阔丰富的经历描写，读者还是能从中感受到一个正由半殖民地半封建的中国向近现代中国过渡进程中被撕裂而心灵震动的痛苦，这种心灵痛苦又是和他背负的历史重负紧密关联的，由一个落伍于时代的国度来到了别家的现代性世界，那种因时代落差而带来的撕裂疼痛将由己身加倍地感受。这就是郑伯奇所说的，如果你没有在日本真正生活过，你是不大能够体会《沉沦》中的忧郁和痛苦的。

郁达夫是个感伤的"零余者"。感伤是他的气质；零余者是他在大时代中所扮演的角色。问题是，他的感伤是因所谓的他处在一个"感伤的时代"，还是由他自身的生活才锻造出来的气质？郁达夫不缺乏社会意识，作为一个文人、知识分子，他对身外的世界有足够的敏感，他的社会形象也相当前进。作为一个觉醒者，他激愤于他的时代。然而，他的感伤忧郁却是源自他的个人际遇。此即是说，所谓的大时代其实真正影响于人内心的那部分不过是人的理性意识，这个理性认识当然包含个性和情感，但此处它的主体又毕竟是为定向的社会理性所包裹的，他固然可以作出带着强烈情感及个性的诸如这是一个令人"感伤的时代、愤怒的时代或绝望的时代"的判断，但仔细辨析之下，可发现，这样的判断，基本性是"理解"而不是"抒发"。当一个人真进入"自我抒发"时，我们才明白，这时他才是真正动了"情"、动了"性"，合在一起，叫"性情"。最真实的抒发一定是和真正的个人情境相关联的。当事情是别人的时候，我们再如何动情，也是偏向理性的；而当事情是自己的时候，我们再如何说理，也是偏向感情的。一个人的个人意志、心灵状态往往是更具体个人的生活命运所造就的。所以，解析一个个体生命的悲喜剧命运，并不宜用大而空洞的背景去笼罩他，比如"时代"。时代是啥样，这是一回事；一个个具体的存在如何理解它是另外一回事。比如，在郁达夫留学日本的前后，许多中国的留学生、商人、流亡的革命者在同样的日本他们的生命感觉并不相同。平江不肖生（向恺然）著，岳麓书社1988年出版的《留东外史·出版说明》中说："作者说，民国初年在日本的中国人有一万多，除了公使馆职员及各省经理员外，大约还有四类人：'第一种是公费或自费，在这里实心求学的；第二种是将着资本在这里经商的；第三种是使着国家公费，在这里也不经商，也不求学，专一讲嫖经，谈食谱的；第四种是二次革命失败，亡命来的。'"此也就是说，同一顶大帽子下，各个头颅是不一样的：有的富贵，有的寒酸，有的得意，有的失望，有的满满，有的空空……大时代负不了完全的责。郁达夫"感伤的零余者"形象，是由多方的个人情境造就的：貌丑，木讷，贫穷，自卑。这些与时代无关的个人元素在个人命运中所起的作用是更直接、有力的。

而且，每一个生命是如此独特。关于《沉沦》，日本的伊藤虎丸说，这是作家自我堕落的"供诉状"，证之于郁达夫的"自叙传"文学主张并无不妥，反可说是很恰当。小说中的"伊"自然可以把他视为郁达夫本人。小说中有一段"伊"的痛切陈词：名誉我也不要，地位我也不要，金钱我也不要。我只要一个真心的女人给我她真心的爱情就够了！当年，陈望道疑问地说，《沉沦》里有"爱情"吗？他只看见"欲望"。爱情不爱情尽可先放一边。伊的自我抒发只宜看作情绪的真，而不是事实的真。就算他要爱情——金钱、地位、名誉不过是为加强表达效果而用的反衬，"真心"和"美人"在爱情中到底哪一个权衡更重呢？小说里有一句至今不为人所重的话其实才是真正的"文眼"，《沉沦》这座大厦真正的奠基者是"它"，小说是这般交代的：当初"伊"所以到这个被称为"N城"的地方来留学，是因为"伊"听说，这是日本出产"美人"的地方。在人之行为背后含着怎样的动机有时他人智慧也是难以窥见的，除非当事人自明。而当眼前这个谜一解开，我又确实不得不佩服弗洛伊德精神分析学说的了不起。

郁达夫是个"好色之徒"。这是中性判断。宋玉有《登徒子好色赋》，对"色"，宋玉倾向于以"德"节欲。此赋写了三种对待男女关系的态度：登徒子是女人即爱；宋玉本人是矫情自高；秦章华大夫则好色而守德。作者以第二种自居，是为了反击登徒子之流，实则作者赞同的是第三种，即发乎情止乎礼，这种态度近于人性而又合乎礼制是我国古代文人大夫对待两性关系代表性的态度。和道学家或滥淫者比较，这确也是一种可取的态度。古语又有"多情者必好色，好色者未必多情"之语。除非你无情，总之，好色不免。而若真的无情，你还是个人吗？所以，问题不在郁达夫是否好色，而是对色"如何好"。从《沉沦》的笔墨看，它未必比宋玉的《登徒子好色赋》更坦诚。

现在也不说郁达夫如何用爱情之名对好色作了遮掩，就说好色给他个人生活及文学带来了怎样的影响。曾在杭州中学与郁达夫同过半年学的徐志摩也是一个浪漫多情种子，他却有些瞧不上自己的老同学，说，他总是摆出一副可怜兮兮又造作多情的姿态，整天四处展览他的性之苦闷，仿佛街边乞丐，祈人同情，实在等而下之，令人生厌。徐公子描述的这状态并非完全是对郁氏的讥笑，郁达夫的小说确有滥情之嫌，但另一面徐公子这也是饱汉不知饿汉饥啊。固然，郁氏后来也曾抱得美人归，但经年累月积累而成的心理惯性又岂是说抛就抛的。

对于郁达夫而言，所谓的生之苦闷，不管有多少层次，最核心的就是"性之苦闷"。解决这个问题，社会问题只是外围，枢纽还在个人。现实中的郁达夫是痛苦的，一是他的现实确实残缺，一是他的不知餍足。折射到他的文学里，就看到他无休止地对性之苦闷的倾泻，从理性上说，这是对人真实境况的揭示，在新旧交叉的中国，会获得普遍共鸣。他的成功是"时势"造就了他这个"英雄"。而若从文学性上来说，其实以《沉沦》为代表的郁氏小说并不显得如何高明。固然，他天才式的散文化笔墨非常具有感染力，甚至在对人心和风景的细腻描绘方面也给人相当美感。但就小说的综合性要求而言，他并没有登上现代小说的最高峰。作为人的形象，无论是郁达夫本人，还是他笔下以"于质夫"这样为代表的落魄无行文人，与以普希金为代表的俄国沙皇时代的文学所创造的"多余人"形象有诸多相像，稍稍不同的是，作为一个社会的"零余者"，郁达夫身上少了沙皇时代青年贵族所自带的精英气质，不够刚劲有力，只是一个在苦难命运底下哀鸣的白面书生。郁达夫到底是中国文明的特产。

冰心：面对她好像面对一个抽象符号

面对她好像面对一个抽象符号，这当然不是对冰心老人的评价，表达的只是我的主观感受。少年时代读她的《小桔灯》《笑》还觉得明媚动人；大学时读她的《关于女人》也认同她冰雪聪明。再往后把她聚拢在一起就不行了。我后来有些拒绝冰心。她太"端"着了。

冰心原名谢婉莹。关于她的笔名，我听到的一个演绎是，为了拒绝张恨水的追求，她以笔名"冰心"明志，结果原名张心远的张恨水也以"恨水"相对，取"恨水不成冰"之意。这大概是文青们搞的无聊游戏，冰心夫妇对此哑然失笑，冰心说，"冰心"不过取自"一片冰心在玉壶"，自己根本就不认识张恨水；吴文藻说若有张谢之恋，他也没机会出现在冰心的生活中了。此言自然不虚。以局外人眼光看，张、谢本就不是一路人。冰心矜持正经；张恨水自称多情种子。二人若遇，也是势同水火，绝无可能相谐相生。你看看冰心如何置评徐志摩就可明白。

不过，冰心到底也不过一个平常女子。《红楼梦》中的贾宝玉有"女儿与女人之不同"论，我不认为它有何矫情之处。从女人的角度看，贾宝玉有偏见：女人怎么就没有女儿可爱呢？各有各的美嘛！这就是隔膜了，男女确实有别，此处不论。我比较喜欢张爱玲的超然，那再看看在《谈女人》中她如何说。"男子挑选妻房，纯粹以貌取人。面貌体格在优生学上也是不可不讲究的。女人择夫，何尝不留心到相貌，只是不似男子那么偏颇，同时也注意到智慧健康谈吐风度自给的力量等项，相貌倒列在次要。""即在此时此地我们也可以找到完美的女人。完美的男人就稀有，因为我们根本不知道怎样的男子可以算作完美。""女人的活动范围有限，所以完美的女人比完美的男人更完美。同时，一个坏女人往往比一个坏男人坏得更彻底。事实是如此。有些生意人完全不顾商业道德而私生活无懈可击。反之，对女人没良心的人尽有在他方面认真尽职的。而一个恶毒的女人就恶得无孔不入。""女人纵有千般不是，女人的精神里面却有一点'地母'的根芽。可爱的女人是真可爱。""女人取悦于人的方法有许多种。淡淡看中她的身体的人，失去许多可珍贵的生活情趣。"张爱玲说任何人事都能够在持平立场，真真难得。她论女人种种，总结起来，依我看，最重要的一条便是，不管是好或坏，女人都比较纯粹：所谓坏起来"无孔不入"；可爱起来是"真可爱"。

男子对女子的看法肯定有偏见。孔夫子的"唯女子与小人难养矣"，尼采的"到女人那里去，别忘了带上你的鞭子"，拜伦的"男子不能和女人一起生活，又不能过没有女人的生活"，看见的定都是女子的糟糕面。可见持平实在不易，也难怪梭罗对人的"无诚与偏见"深恶痛绝。

具体到冰心呢？冰心长得不美。容貌和人的心性有无关系？貌由心生还是心由貌生？或者根本就是两不相干？

阿德勒《自卑与超越》说残疾会让人自卑。这个从现象看基本如此，心性上也容易体会。残疾有显性和隐性两种。显性自不待言；隐性也有许多变体，比如疾病，比如貌丑，所谓"自惭形秽"是。女人间的战争随时随地可以开打，争风吃醋最常见。冰心曾写小说《太太的客厅》宣泄对林徽因的嫉妒。林徽因也不言语，趁着和老公梁思成在山西考察古建筑之便，带了一坛"山西老陈醋"回来叫人给冰心送了去。这当然可以当花边文学看着娱乐，但也可以选作分析人性的材料。形容任何人都不要用抽象名词为好，最好用描述。比如，在刚刚这个事体里，我就看不见啥"雍容华贵、淡泊自雅"之类；凡俗之间的庸常才真的是活色生香。

冰心出身良好，对于一个自然生命来说这当然求之不得。这样好家庭出来的孩子往往被目为"有教养"，这个在人类的群居生活中也是必不可少的。但凡事有一利总有一弊。在世俗生活中，循规蹈矩之人虽然有时显得有些刻板，但于人无害，他人乐得不管不顾，而且和无规无矩相比，从人性自私的角度看，世俗生活中人肯定宁愿喜欢循规蹈矩之人的。这就是现代人类文明生活中人们对有教养的要求的原因所在，其根底其实还是出于自私。你有教养了，我就自在了、方便了。当然，你若客气得过了头，我又会觉得你不自然，甚至怀疑你有何不良动机呢。简单说吧，日常人生，有教养，好事；但若把尺度放大，看取全人生，特别是从审美的角度去判，那就得细细讲究了。

冰心的晚辈张爱玲说，你们把我和冰心比肩，我并不引以为荣。为啥？张爱玲咋这么粗鄙无理？张爱玲有她的理则：我觉得"冰心的温婉之中有些做作"。做作是啥？就是"过"或"不及"，也就是不自然。啥又是自然呢？合"人情物理"呗。

常听到艺术要"师造化、师自然"之语，自然就是自自然然在在，自在。自然自在的存在经世间千年风雨、历人间千秋万代，渺小过客的人类凭啥在自然面前高昂头颅呢？当然要以自然为师；何况，你就是从自然中来的，是大自然的鬼斧神工雕琢出来的，咋就不能像自然间的"清水出芙蓉，天然去雕饰"呢。所以，在自然面前要谦卑。人之教养也得顺其自然，而不是逆自然而动。

冰心的教养太过人间了。标志呢，人间理性。这是很狭隘的！冰心的创作从没进入过非理性，她抒情也都是理智之情，所谓含情脉脉讲道理。难以动人。

刘大杰曾拿冰心、庐隐二人作比，找了好多比对。他也不咋做结论，他讲了事实，放任读者去评。我也把二人在内心比过，和冰心的很有教养比，庐隐很没有教养。庐隐的文学也不多了不起，但总比冰心的稍好，在于真。

冰心总越过"真"直奔"善""美"而去。她的善便常伪善；她的美便常虚美。

她对母爱的颂赞尤其让人气馁。全是好词。她似乎连最简单的事实都忘了，母亲还是女人。这世上的母亲千千万，这世上的生活千千万，咋只会有一个永恒不变永远完美的母亲？张爱玲《金锁记》的曹七巧不是母亲吗？《倾城之恋》中白流苏的妈不是母亲吗？高尔基《母亲》中的母亲呢？童话里的"狼外婆"呢，她还是母亲的母亲呢！

说到底，她的世界多是概念的，她太缺少自己的触摸；她的文字显得虚浮无质感。

梁实秋在《忆冰心》中说："初识冰心的人都觉得她不是一个令人容易亲近的人，冷冷的好像要拒人于千里之外。她的《繁星》、《春水》发表在《晨报副刊》的时候，风靡一时……我在创造周报第十二期（一九二三年七月二十九日）写过一篇《繁星与春水》，我的批评是很保守的，我觉得那些小诗里理智多于情感，作者不是一个热情奔放的诗人，只是泰戈尔小诗影响下的一个冷隽的说理者。就在这篇批评发表不久，于赴美途中在杰克孙总统号的甲板上不期而遇。经许地山先生介绍，寒暄一阵之后，我问她：'您到美国修习什么？'她说：'文学。'她问我：'您修习什么？'我说：'文学批评。'话就谈不下去了。""冰心喜欢海……她憧憬的不是骇浪涛天的海水，不是浪迹天涯的海员生涯，而是在海滨沙滩上拾贝壳，在静静的海上看冰轮作涌。"

再把她与徐志摩当作互看的镜子来看看吧。她在给梁实秋的信中有对徐志摩的印象和评价。"志摩死了，利用聪明，在一场不人道不光明的行为之下，仍得到社会一班人的欢迎的人，得到一个归宿了！我仍是这么一句话，上天生一个天才，真是万难，而聪明人自己的糟蹋，看了使我心痛。志摩的诗，魄力甚好，而情调则处处趋向一个毁灭的结局。""人死了什么话都太晚，他生前我对着他没有说过一句好话，最后一句话，他对我说的：'我的心肝五脏都坏了，要到你那里圣洁的地方去忏悔！'我没说什么，我和他从来就不是朋友，如今倒怜惜他了，他真辜负了他的一股子劲！""谈到女人，究竟是'女人误他？''他误女人？'也很难说。志摩是蝴蝶，而不是蜜蜂，女人的好处就得不着，女人的坏处就使他牺牲了。——到这里，我打住不说了！"

要是联系前面说的她和林徽因的事，我会觉得冰心心里的戾气一直不散。她评论徐志摩的这些话若放在俗常也可归置不论，随其自由。但若从艺术人生说，就当稍可一辩。她引了徐志摩说给她的私房话，后面接一句"我和他从来就不是朋友"，真不知是徐志摩生前无厘头得可以，还是她自恋、绝净，撇清得不近人情。她承认徐志摩是天才，又说他糟蹋了自己。这究竟从何谈起呢？来看看梁实秋《谈徐志摩》里的说辞："有人说志摩是纨绔子弟，我觉得这是不公道的……他在国文、英文方面的根底是很结实的。他对国学有很丰富的知识，旧书似乎读过不少，他行文时之典雅丰赡即是明证……在语言文字方面能有如此把握，这说明他是下过功夫的。一个纨绔子能做到么？志摩在几年之内发表了那么多的著作，有诗，有小说，有散文，有戏剧，有翻译，没有一种形式他没有尝试过，没有一回尝试他没有出众的表现。这样辛勤的写作，一个纨绔子能做得到么？志摩的生活态度，浪漫而不颓废。他喜欢喝酒，颇能豁拳，而从没有醉过；他喜欢抽烟，有方便的烟枪烟膏，而他没有成为瘾君子；他喜欢年青的女人，有时也跳舞，有时也涉足花丛，但是他没有在这里面沉溺。游山逛水是他的嗜好，他的友朋大部分是一时俊彦，他谈论的常是人生哲理或生活艺术，他给梁任公先生做门生，与胡适之先生为腻友，为泰戈尔做通译，一个纨绔子能做得么？总之，平心而论，他的优裕的家境并不曾糟蹋了他，相反的，他的文学上的成就，倒可以说是一部分得力于他的家境。至于他的整个思想的趋势是否健全，他的为人态度是否严肃，那是另一问题了。"而依冰心的立场，纵观徐志摩一生，所谓糟蹋，就是和女人的纠缠了。"他真辜负了他的一股子劲"。关于徐志摩，无论是从个人人生还是艺术审美，从以上引文可以看出，徐志摩的好友梁实秋以及胡适理解得不知高于她几多。在徐志摩的身后，梁实秋写了长长短短的诸多"徐志摩论"，其见识之高远、心态之平和、议论之中肯、分寸之恰当，真非一般俗人可

比肩，徐志摩不亏交了梁实秋这么一个好知己。而同为作家还写过小说的冰心，关于人与艺术的见识竟这般浅薄、狭隘，她的格局已不是大与小的问题，而是她到底在不在这个"局"里的问题了，写了一辈子文学也未必就明白了它，也难怪她的文学只能"寄小读者"了。

写作，得抵近生命。冰心的生命被文化充满了。而且，她的文化还那么地多是别人的教条，这样的双重阻隔让她的文字就只是一些抽象符号，缺乏摇撼人心的生命力。

茅盾：政治、女人与文学

"茅盾"之名是沈德鸿发表《蚀》时的笔名，后来成了他最广为人知的名字。原来的"茅"字没有草字头，叶圣陶觉得太像假名，在《蚀》付梓时就给添了个草字头。当时茅盾自己取"矛盾"之名，根本不及思量笔名的艺术性，他要的只是直呈当时一己之心境。多年后在《我所走过的道路·从牯岭到东京》回忆录里他有具体的表述：当时无论是外在还是内在、个人还是社会，他觉得自己人生所有的方面都陷入了令人窒息、绝望的"矛盾"之中。

遭遇了什么呢？用有点虚张的表达就是，全面的人生危机；或者说，他来到了人生抉择的十字路口。人的一生总会面临大大小小的抉择，有的可以轻描淡写、不以为意；有的则是生死关头，牵一发而动全身。1927 年，这个在他后来的人生或许不时闪回的数字一定深深地刻在了他的骨头、神经上，对于当时还是"沈德鸿"不久即为著名文人"茅盾"的他来说，他确实面临着有生以来最为严峻而重大的人生抉择。欲望的煎熬、现实的惨痛、情感的悲伤、心智的考量、得失的平衡、利弊的计算；身外的惊涛骇浪，身内的手足失措；剪不断，理还乱，真是别有一番滋味在心头！猜不透的现实之谜：欲求的，不得；放弃，又不甘，自己无法和自己妥协，更不用说自我和谐。虚无、迷惘，矛盾撕扯的巨大张力把自己迫到了要崩溃的边缘。此时的茅盾只能带着无奈试着在两个方向突围自己已被围城的人生：首要的自然是肉身皮囊的安全，他得逃离尘世的风口浪尖，于是从武汉而庐山而上海最后是暂时避居日本，以图不知何时才来的东山再起；再一个就是开始自己的文学之旅，寻求心灵层面上的安身立命；他要借助叙事重新归置自己的世界。多少有些讽刺，此前一直倡导"为人生的艺术"号召作家写出人生"血和泪"的茅盾，临到自己一出手时，写出的却是个人的抒情文学。这也几乎是茅盾一生文学写作的一个隐喻：他总是在自己的天分与欲望、感情与理智、愿望与现实之间挣扎，以致他的文学写作自始至终都存在着人们所说的不平衡现象。当他尊重自己的艺术个性进行创作时，他的文学就达到了相当好的高度；反之，他的文学就较为平庸，甚至他主观设计好的写作大纲也总难以为继。

1927年遭遇人生重大挫败的茅盾开始了一生漫长而断续的文学之旅，他的初次试笔最重大的意义是给自己心理疗伤。通过写作，整理自己生活、生命记忆的过程，同时也是归纳、反思、提供借鉴的良机；而写作过程本身，又是宣泄内心淤积、弥合内心分裂、重新获得自我完整、自我认同的绝佳方式，人在重压之下需要一个情绪的泄洪道。

还是先看看他所走过的生活轨迹吧。茅盾，1896年生于浙江桐乡乌镇，家资中等。年少时的他已显出写作上的天分，但在自我认知和人生设计方面他一生都处在自我与世界间的纠结和搏战之中。如今乌镇的茅盾故居还保存着他上初小时的作文。小小的男子汉沈雁冰那时就已著文表白了心志：要做"横扫天下的英雄"。这个文秀的江南小才子的初步自我认知不是客观理性而是激情梦幻式的，这也是当然的，谁的人生起点不是如此呢！他的自我完成还需要真实的世界来确证。沈雁冰中学毕业后进入北京大学预科，三年后因经济困难而辍学。为谋生，依靠亲友的介绍，茅盾进入上海商务印书馆当校对，不久，凭着江南人的聪明、天分、勤勉、钻营，加上不错的学养和很好的英语功底以及贵人相扶，年轻的茅盾很快得到赏识，升任编辑，开始了在印书馆旗下众多杂志的编辑游走工作，《中学生杂志》《妇女杂志》《东方杂志》以及后来最为引人注目的《小说月报》主编。正当其时，成立于1921年的文学研究会苦于没有自己的文化阵地，他们慧眼识珠，看上了中国最负盛名的文化出版机构商务印书馆，那时印书馆的掌门人思想开明也正希望自己与时俱进不落伍于时代，双方一拍即合。如此这般，文化新锐茅盾便被印书馆推到了前台，年轻的茅盾居然成了"文学研究会"的发起人之一，他就这样进入了当时中国新文化运动的最前沿阵地。意气风发的茅盾和他的同道借着文学开始向他们的"英雄梦"理想前进。

一个人的人生格局，除了个人的绝对意志之外，还得看他具体的人生际遇。茅盾本色是书生，满身的江南才子气质；然而，他理想的我却不是做个单纯的文人，面对他的大时代，他渴望建功立业，这有点像李白，"吟诗作赋北窗里，万言不值一杯水"里的自嘲从反向看就可知道诗人的心魂所向。从茅盾早期发表在《小说月报》上的一系列谈论文艺的文章以及他为"文学研究会"撰写的章程、主张来看，他的主观意志从来就不是做一个纯粹的躲在象牙塔里的文人，他要借文学革命掀起社会革命的风暴，在改变旧时代的同时也完成自己。他后来的加入共产党、提倡革命的左翼文学、甚至脱离文人队伍直接投身实际的革命工作，对于他来说，都是顺理成章的逻辑演进。虽然，在人生的挫败期，他文人的心性也会泛滥搅乱他暂时的宁静；但只要危机度过，他仍然最忘不掉的还是那红尘中的实际功业。文人、文章不过是他实现现实人生功业的桥梁。在宏观方面，政治第一；在微观方面，女人第一；文学，他有真挚的热爱与理解，但却缺乏一以贯之的虔诚。这就是他的文学与人生的基本背景。

新文化新文学运动时代，茅盾以编辑、理论批评家、教师以及文学团体组织者的身份参与其间。在刚加入文化阵营的成长时期，他的阅读涉猎甚广，尤爱狄更斯、左拉、莫泊桑、托尔斯泰和契诃夫等外国名家作品。其后，他主编《小说月报》，有了机会对西洋文学做进一步钻研。他除了每月经常综合报道一些国外文学简讯外，还著文介绍现代文学名家；对波兰、匈牙利、挪威、瑞典以及欧洲其他一些被侮辱被压迫小国的文学，尤为关切。同时，他在《小说月报》上发表了一系列文学批评的文章，讨论当时中国文学界的状况并提出自己的判断和设想。

1923 年，他辞去《小说月报》编辑职位，投身政治。早在 1921 年他已加入共产党，不仅热心参与当时共产党的劳工运动和宣传工作，还在上海大学教了一个时期的书。上海大学前身是东南高等师范专科学校，本意是专门培养文学与艺术师资，"养成建国人才"，"促进文化事业"。孙中山广州蒙难留住上海时，将这所学校升格，派老同盟会会员、国民党中央委员于右任为校长，月拨万元资助上大。于右任是国民党左派，他咨询李大钊如何办学。李大钊是孙中山为了改组国民党而聘任的 5 位委员之一，在国民党一大上被选为中央执行委员。他建议，首先要把社会学系办好，并推荐在北京的瞿秋白任教务长兼社会学系主任，邓中夏为校务长。学校原址在闸北青岛路师寿坊，后在公共租界西摩路 132 号（今陕西北路南阳路口）新建了一幢西式楼房，并在附近新闸路找了几幢弄堂房子做学生宿舍，所以又称弄堂大学。上大尽管只有 2 院 5 系，但教师思想开明，感情热烈。文学院由陈望道主持，教员有茅盾、邵力子、叶楚伧、郑振铎、田汉、赵景深、俞平伯、刘大白等；社会学系瞿秋白主持，教授有施存统、张太雷、李达、周建人、蔡和森、萧楚女、恽代英、蒋光慈（他还兼文学院的俄国文学史和俄语课）等。其中有不少共产党人和国民党左派，可以说都是当时思想文化界的精英。社会学系规模最大，有学生 300 多人。后来不少革命中坚人物都来自上大。

到了北伐时期，茅盾又在军队政治部担任宣传工作。汉口易手后，他出任当地《民国日报》编辑，并在青年政治军官学校担任文化教员。

然后，大风暴来了。1927年春天，蒋介石策动"四一二"政变，国共分裂；夏天，汪精卫发动"马日事变"，宁汉合流。国民党开始"清党"。当时在武汉的文人郭沫若和茅盾都遭到不同形式的通缉，共产党的活动也不得不转入地下。茅盾在从武汉撤退时，接受了党组织交代的一个任务，要他秘密携带一张两千大洋的支票潜往南昌，交给正在南昌组织南昌起义的周恩来。茅盾后来在自己的回忆录中如此叙述：他在九江上岸准备前往南昌时，遭遇水上警察的盘问，为了脱身，他用那支票贿赂了警察；再加上身生痢疾，身体虚脱难行，便放弃了前往南昌的打算，去了庐山，在牯岭之上养病半月之余，等到身体稍稍复原，南昌起义早已过去，他只好秘密潜回上海家中。在自家阁楼之上，怀着忧愤难言心情，他急速写出了《蚀》三部曲的第一部《幻灭》。经此变故，茅盾与共产党的关系也因此成了"自然"脱离状态。时移事往，到了新中国的"文化大革命"之前，茅盾虽任新中国文化部要职，却一直是非党员身份。1957年5—6月，一群非党员的作家、翻译家和批评家聚集起来，开了几次会，讨论作家协会里面的官僚主义和山头主义问题，茅盾也只是以非党员作家身份参加的。1957年6月出版的《文艺报》第11期曾报道此事。茅盾临终前，曾有信给党中央，基本内容两条：表白自己终身信仰共产主义，请求党中央恢复他的党员身份；把自己所存的25万元捐献出来，设立一个文学奖，此就是后来的当代长篇小说奖"茅盾文学奖"。

关于武汉庐山南昌一节，作为当事人茅盾的叙述自有其倾向与角度，即以一般可以理解的人性作参，证之于后来的一些旁人所述，也实有把这一节重新叙述的必要。相似甚至相同的情节，若仔细辨析，也可析出不同的人心世界。人之历史，很多时候借用文学注重细节和过程的眼光去看，才会真正真实、血肉丰满。茅盾的文学与人生，美籍华裔学者王德威、夏志清，国内学者王晓明、蓝棣之都有精彩的阐述。为了把我上面的简述更具体、质感化，我就当一回文抄公，摘录王德威《现代中国小说十讲·革命加恋爱：茅盾、蒋光慈、白薇》里的叙说如下：

1927年8月19日，武汉《中央日报》副刊刊载了一首新诗，题名为《留别》："云妹：半磅的红茶已经泡完，五百枝的香烟已经吸完，四万字的小说已经译完……信封、信笺、稿纸，也都写完，矮克发也都拍完，暑季亦已快完，游兴早已消完，路也都走完，话也都说完，一切都完了！完了！可以走了！"这诗的片段引自台北业强出版社1993年出版的沈卫威《艰辛的人生：茅盾传》第80—81页。本诗写于1927年8月12日，发表于8月19日。

这首诗读来像是情诗，感叹一段已经变调的恋情。诗人与他的情人云妹在某避暑胜地共度了一个夏天后，意识到他们两人的缘分已尽。他以哀伤的语调，回顾过去，并援笔为文，与他的云妹道别。他心中一无所有，只是觉得"深深地领受了幻灭的悲哀"。

　　本诗的作者是现代中国文学史上数一数二的左派作家茅盾（沈雁冰，1896—1981）。诗里的爱情典故固然无处查证，但是隐含其中的政治意图却极为明显。1927 年 7 月 25 日，茅盾与数位友人一起登上江西的避暑胜地庐山。7 月上旬，武汉国共联合政府已经为国民党"清党"军队的围剿以及地方暴动而垮台。4 月初蒋介石及其支持者在上海策动了一场大屠杀，继而又在南京成立新国民政府，武汉联合政府败亡的命运可说已经注定。茅盾既是共产党资深党员，而且又任职于武汉联合政府，国民党的清党名单自然少不了他。7 月 24 日，他带着一张共产党托付给他的 2000 元支票，离开武汉，前往九江。到了九江，与他接头的人指示他前往江西首府南昌。共产党早已计划要在南昌发起群众暴动，而那笔钱就是这次活动的部分经费。

　　但那时茅盾并没如期赶往南昌。到九江之后，茅盾绕道而行，登上了庐山，并在庐山待到 8 月中，那时南昌起义早已成为历史了。茅盾何以未能及时赶往南昌，完成任务，始终是他生命里的一个谜。根据茅盾在自传《我走过的道路》里的说法，他事先并不知道南昌起义的计划；他是到了庐山，从旅社侍应生的口中才得知这项消息的。《我走过的道路》（香港三联书店，1981）上册 296 页中有记述。不过沈卫威认为茅盾是有意避开了这次起义。（《艰辛的人生：茅盾传》，第 78 页）而茅盾的说辞是他得了腹泻，病情严重，以致无法及时下山。话虽如此，他手中的笔却没有因此而停下来；他反而从事大量的创作和翻译，包括前述著名的新诗《留别》。令人奇怪的是南昌起事的地点距离庐山并不远，但在他这批作品中，我们却极少看出悔恨不安的笔调。相反的，我们看到的是他为了一段变调的恋情感到"幻灭"，如在《留别》里叹道："一切都完了！完了！"

　　自此以后，茅盾终其一生都未能恢复党籍。不论是茅盾自己或是共产党官方，都无法对此事件提出令人满意的解释。茅盾的《留别》诗，还有他的腹泻，于是就成为一道可疑的污点，沾染在他向来以革命热情闻名于世的文学事业里。

　　王德威的叙述显然比我的简述更具立体感。虽无再多的细节支撑，但茅盾本人与他人叙述的重合与错位所形成的极富蕴含的张力，已足以让人们对身处事件中心主人公的内心真实欲念做出足够的想象。王德威直诉其为"可疑的污点"或许距离真实的历史并不遥远。我对从道德上去论断茅盾的品性无丝毫兴趣——而事实上，和他同时代的胡风就曾在《鲁迅先生》（《新文学史料》1993 年第 1 期）一文中在刻画鲁迅峭拔形象时捎带表达了对茅盾、郑振铎等人的鄙视。他称茅盾是"资本家帮闲"，嘲讽他与势利的现实苟且甚至合污。胡风说茅盾极其自私，左联行政书记只肯做半年，一俟"整个左翼战线都知道他是左联的人了；现在又出版了《子夜》，左翼文学中唯一的长篇；他是左翼的头面作家地位好像已经确立了"，便"坚决地辞去书记不干了"。——只就"事实判断"而言，这一段历史故事则绝不应该被回避。尤其就文学考量人心的"本事"而言，茅盾此时扮演出的形象，它的饱满和丰富，不下于茅盾自己文学中所塑造的任何形象：果然，文学取自于生活；茅盾的文学也毫无疑义地蕴含着他个人的心灵秘史。他的《蚀》三部曲有着大时代风云变幻的外壳，其底里所映照的则是他个人生命的真实底色：他的个性、思想、感情乃至情色欲念。他的小说沉淀着太多的自己。

《蚀》由联系的三个中篇构成，总体的背景是 1925—1928 年的大革命时代。三篇题名分别为"幻灭""动摇""追求"。他曾自解过：他要用这三个词表达小资产阶级知识者在大革命时代所走过的心路历程。不言而喻，这当然也包括他自己。革命既到前的幻灭、革命过程中的动摇、动摇又不甘心后的再作追求。从情绪的氛围看，幻灭感笼罩全篇，这也是茅盾彼时心境的折射。作为文学，重要的不是这阶段性的概括，而是每一阶段中心灵历程的细致描绘。在这方面，茅盾洞察人性的敏锐和细腻的描写能力得到了充分体现，他一出手，即让此前早已登上文坛的那些写家们如王统照、张资平、蒋光慈等黯然失色。1928 年的下半年，还身在日本的茅盾已被国内文坛视为最杰出的长篇小说家了。

《幻灭》是单线结构，主要追踪章静的脚印布局，为了突出效果，茅盾用较大色调反差在章静旁边放了另外一个女子慧。章静未经世故，富于幻想；慧看透人生，玩世不恭。女主角章静来自一个小镇的小康之家，由于热心向上，跑到上海某大学念书。她积极参加学生运动，只可惜当她一接触人生丑恶的一面时，即刻便心灰意冷了：她抱着一腔单纯的热情投身学生运动中的社会工作，而她发现身边的伙伴不过是借着运动热衷于男女浪漫恋爱的追逐。而她的朋友慧女士，曾到过法国读了几年书，见过世面，在世途上也受了些挫折，不过至少表面上她能比章静表现得满不在乎，她骄矜地掩饰着内心的焦急和理想破灭的痛苦。而这也正是静几年后要走上的道路。

在"五卅"惨案周年纪念的那天，两位女子在一名叫抱素的男子陪同下去看电影。抱素是静的同学，一直在追求她；但他现在发现慧更易上手，而且谈吐有趣，便立即转移了目标。而慧对他一眼看穿，不过敷衍他而已。无趣、触了霉头的抱素又转向静倾诉自己的失落、痛苦，静的单纯和女子的善良让她觉得"现在抱素是可怜的"，再加上不忍一再峻拒他的要求，终于糊里糊涂地献身给他。等她发现抱素竟是个"轻薄的女性追逐者"，而且还是个"无耻卖身的暗探"时，她内心的沮丧、愤怒、羞愧、憎恶、恶心无以言表。她悲愤交集，躲到医院去平复自己，竟染上了猩红热。在疗养期间，唯一令她稍感宽心的是一帮老同学来看她，大家兴高采烈地谈论着国民革命军北伐旗开得胜的消息。后来，抱着新生的热情，静离开上海，去了革命圣地武汉追逐自己的新梦了。

刚到武汉时，她很兴奋，在南湖第二期北伐誓师典礼（1927 年 4 月 20 日）看到了种种令人感奋的场面，但同事间那种对事轻浮苟且的态度，却又令她心生厌恶，连最初渴望献身革命的激情也慢慢在消散之中。静那时还不明白革命时代也即浪漫时代，传统的伦理道德在革命的疾风暴雨中式微，革命男女间的关系已沦为官能享受的追逐，政治上的腐败也随之而生。慧对这种生活满不在乎，乐此不疲。但静却无法随波逐流，工作换了一份又一份，弄得整天怏怏不乐，自怨自艾。最后她进了九江一间专医轻伤官长的小病院里当看护，在那里碰到一个叫强猛的连长，两人坠入情网。强猛是个未来主义者，生活只求刺激享乐，与当时的革命理想背道而驰。强猛出院后便与静到牯岭去，在那里过了一段短暂甜蜜的日子，也暂时把战争与政治的黑暗抛诸脑后了。可是不久，强猛奉召归队，两人在长江边的渡口分手，静看着载着恋人的木帆船顺江东下，"孤帆远影碧空尽，唯见长江天际流"。静又得独自面对以后的孤独空虚的岁月了。

小说连续性地写了静的一次次幻灭，读者置身事外，分明看出静的幻灭其中的一个缘由是她的过于幻想。借助作家的笔墨，读者可以清晰地看见静的主观世界：在幻想与现实的世界间，她没质疑过自己的幻想；而在男女关系方面，因为自己的清纯和对自己生命、身体的隔膜，她彼时的趣味无法认同她人（比如慧）的身心感受而把它视为嫌恶和丑恶。她对社会、革命的失望，实是对人、人性的失望。而就客观一面说，《幻灭》对静的描绘，使读者看到当时个人与社会之间的差异：在大动乱的语境中，个人的努力实在微不足道。茅盾准确地描写了北伐运动中青年革命工作者的形象，他们抱着求取个人解放和效忠国家的双重理想努力奋斗，然而，对章静而言，这两种理想她都无法达到。作品弥散着感伤的调子，特别是结尾很容易让人想起雨果《海上劳工》的描写：男主人公看着自己费尽千辛万苦甚至冒着生命危险打捞起来的沉船却载着自己日思夜想的女子和她的情人扬帆而去；他像一个石柱一样立在海的岸边，涨潮了，海水漫过他的脚踝、小腿、大腿、腰部，最后漫过他那一双因绝望而充满泪水的双眼……在《幻灭》的结尾，章静立在长江边的礁石上，江风烈烈，长发飘荡，眼神空洞，让人心生苍凉……

第二部《动摇》的故事发生在湖北靠近长江边上的一个小县城。北伐军占领了它，成立了以方罗兰为委员的革命委员会。镇上有不少店东和士绅，胡国光就是其中的一个反动投机分子。他对新政府的成立颇感惶恐，他设计阴谋、巧弄手段，依靠戚友的支持，获选为一个新成立的商民协会的委员；他假装热心革命，利用激烈的革新言论掀起店员和附近村农的仇恨和恐慌。而书生意气的县党部委员方罗兰对这种有增无已的威胁，洞若观火却束手无策。更令他痛苦的还有太太怀疑他与女同事孙舞阳有染，初则做无声抗议，继而向他提出离婚。在此重重打击之下，他心灰意懒，敷衍潦草，得过且过，他任命的那些党部内外的投机者把原定的好几种改革计划搞得一塌糊涂，给敌方留下了攻击自己的隐患。

省里派来的特派员也被胡国光的花言巧语所瞒骗，这使他变得更猖獗。他借打破封建宗教和婚姻的束缚为题，把所有的尼姑、孀妇、婢妾解放出来，造成全城的一片混乱。后来，另一位省特派员终于揭穿了他的阴谋，可惜为时已晚。到了 1927 年 5 月，国民党的"清党"运动早已推行，其时，胡国光已经勾结了业已抬头的国民党右翼，使出种种恐怖手段，弄得县里人人惶惶不可终日。许多左翼党员惨遭肢解杀戮。方罗兰夫妇和孙舞阳也仅以身免，逃到小城附近的一座破庵里。

胡国光不仅是祸乱的罪魁，还是一个好色之徒。他醉心权势，但求食人自肥，正是自然主义小说里所描写的那一派常见人物。但真正体现小说题目"动摇"的却是他的对手方罗兰。小说描写了他在私生活和政治生涯中的摇摆。作为一个自由主义和理想主义兼具的知识者，他在现实中饱受重创四面楚歌，他既无法适应根深蒂固的传统生活，也无力应付反叛传统的新生活新人物。他仿佛一个上不着天下不着地的悬空人物，在精神气脉上特别像大革命时代俄罗斯的那些年轻的世家贵族，空有激情抱负却无处施展，落得个"多余人"的无奈命运。方太太陆梅丽贞洁娴静，动荡的时代让她手足无措，她没有勇气去应对似乎已很渺茫的未来；而孙舞阳则是《幻灭》中慧的放大，是个现代虚无主义者，摆脱了传统的旧礼教和迷信的束缚，勇敢地投身新生活却被卷入了革命的旋涡，从此再也无法掌握自己的命运。小说结末方罗兰等三人躲去避难的破庵庙正是古老腐朽中国的象征。在小说结尾，陆梅丽看见了一个梦魇般的幻象：破庵庙倒下了，而潜伏在那里的一切象征性的生机，皆给压扁而不再复苏。

从题材看，《动摇》是一部政治小说，正从大风暴里往外走的茅盾需要借助文学自我整理。一介书生方罗兰虽被摆在了革命领导人的位置上。但他"有心报国，无力杀贼"。茅盾写《动摇》是像许多人言之凿凿的要总结革命失败的缘由，还是借由这失败的革命来探讨知识者在大时代的必然宿命？其实，这是一个事物的一体两面，所要辨析的是二者之间的孰轻孰重而已。寻求这个问题的答案可把分析作品的结构作为一个入口。

《动摇》展现了革命、反革命双方的血腥搏杀。然而，从作者描写的焦点和读者的心理反应来看，男女主人公方罗兰和孙舞阳的故事还是最牵动人心。特别是孙舞阳，她不仅是独立完整的形象；而且，书中诸多男人的形象也由她而得以展开：她是整部小说的枢纽。形形色色的男人在她的映照下显出光彩，也在她的反衬下显出猥琐、无能、丑恶的原形。德国人有一句谚语说：男人征服世界；女人征服男人。这是一个有意味的因果链。解析《动摇》就从孙舞阳开始。

如按世俗的眼光看，孙舞阳给人初始的印象是浪漫、轻浮甚至浅薄。在一些人的眼中，因为她不同凡俗的美丽，她成了放荡、妖艳、玩着多角恋爱的坏女人，"公妻榜样"以至"性解放"的先锋——后来的王小波无师自通，和前辈一个思维，他的《黄金时代》里也有个漂亮的"破鞋"陈清扬，当陈清扬请求王二为她证明自己的清白时，嬉皮笑脸一脸流氓相的王二说，他可以从逻辑上帮她证明如下：破鞋一定偷汉，你过去、现在都没偷；他人也举不出你偷汉的证据，所以你不是破鞋。如此这般，很容易，但他不乐意；而且"我偏说，陈清扬就是破鞋，而且这一点毋庸置疑"。他甚至倾向于帮她再次证明，这样她与那些攻击她的人双方都不会觉得不公平了。陈清扬气极而笑，断然拒绝。陈清扬说她对破鞋没有偏见，甚至还有一点钦佩，因为据她观察，破鞋都很善良，且乐于助人。但问题的关键不是破鞋好不好，而是她是不是。就像一只猫不是一只狗一样，一只猫被叫成一只狗，猫会很不自在。这个问题不解决，她都不知道自己是谁了。王二转而为她解题："我对她说，她确实是个破鞋。还举出一些理由来：所谓破鞋者，乃是一个指称，大家都说你是个破鞋，你就是破鞋，这没什么道理好讲。大家说你偷了汉，你就是偷了汉，这也没什么道理可讲。至于大家为什么要说你是破鞋，照我看是这样：大家都认为，结了婚的女人不偷汉，就该面色黝黑，乳房下垂。而你脸不黑而且白，乳房不下垂而且高耸，所以你是破鞋。假如你不想当破鞋，就要把脸弄黑，把乳房弄下垂，以后别人就不说你是破鞋。当然这样很吃亏，如果你不想吃亏，就该去偷个汉来。这样你自己也认为自己是个破鞋。别人没有义务先弄明白你是否偷汉然后再决定是否管你叫破鞋，你倒有义务叫别人无法叫你破鞋。"王小波这副"佯狂"腔调仿佛就是为茅盾的孙舞阳做注脚——稍微宽容、理性的人也还是觉得她有些奇怪：她对谁都一样热情；但等别人趋近她时，她又冷冰冰地拒人于千里之外了。在劣绅胡国光的眼中，她是高傲的、不耐烦的、不可接近的，然而有着男人无法抵抗的美颜，"那女子照在胡国光面前，比一大堆银子还耀眼"，耀得他眼花缭乱、心神难平。孙舞阳更立体的形象是通过方罗兰的眼睛来表现其不同的侧面和层次的。最初，方罗兰觉得孙舞阳只是一个天真活泼的女孩子，性格爽快，对人一律亲切，是天性如此。后来他又看到，她不仅天真活泼，还温婉细腻。她对人们的恶意心知肚明，却抑制不住自己敏锐的反弹，她的眼神中会有委屈倔强幽怨的颤动。当他们的交往加深，他又有了另一层的判断，这位惹人议论的女士，世故很深，思想清楚，心里有把控。浮躁、轻率、浪漫，这些只是表象；她心灵细腻温柔，灵魂洁白高贵。与她在一起，只有融融如坐春风之感，秽念全无。在难以自禁地与她谈了一场恋爱之后，更觉得她是一个勇敢、睿智、大超脱的超人，而自己则是个畏缩、摇摆、琐屑的庸人。

美貌永远是女人最有力的武器，孙舞阳概无例外。从行文中也可看出作家茅盾不自抑的激情，他像一架摄像机对着她推拉摇移。通过茅盾的文字，孙舞阳的冷艳与明媚被呈现得淋漓尽致：那一张小口，迷人的笑窝就是陷人心魂的旋涡；弯弯的修眉下，一双水汪汪的眼睛被浓密弯曲的睫毛覆盖着，对着男人眨动时，男人无法不心魂出窍；洁白、细腻、富有弹性、娇嫩得仿佛能掐出水来的肌肤配上修长婀娜的身材，常惹得男人的欲火熊熊燃烧。当然方罗兰也为之心醉。

孙舞阳对方罗兰的感情不合一般人的理性感受。方是一个正直、有头脑、有感情的男人，然而他又是有温柔的妻子和可爱的孩子，并且在政治上和感情上都"动摇"的人，孙舞阳却非常主动地爱上了他。有一天她当众送给他一方绣有她姓氏的手帕，而且拿来放在他的衣袋里。这在方家引起了一场婚姻的危机。后来孙舞阳还写诗倾诉衷情："不恋爱为难，恋爱亦复难；恋爱中最难，是为能失恋！"然而当方罗兰"伸手抱住了孙舞阳的细腰，一番热情的话已经到他嘴边"时，孙舞阳却像一个大姐姐告诫小兄弟那样说道："你不要伤心，我不能爱你，并不是我另有爱人。我有的是不少粘住我和我纠缠的人，我也不怕和他们纠缠；我也是血肉做的人，我也有本能的冲动，有时我也不免——但是这些情欲的冲动，拘束不了我。所以，没有人被我爱过，只是被我玩过。"孙舞阳这话虽然有一层意思是，我没玩过你，也不想玩你；但按常理似乎也没资格爱你；我也不值得你爱。实际就是判了他们爱的死刑，清醒地有意识地，所以，毕竟，第一位她还是自我、自私的。书中写孙舞阳说完以上的话，她"拥抱了满头冷汗的方罗兰，她的只隔着一层薄绸的温软的胸脯贴住了方罗兰的剧跳的心窝；她的热烘烘的嘴唇亲在方罗兰的麻木的嘴上；然后，她放了手，翩然自去，留下方罗兰糊糊涂涂地站在那里。"第二天，方罗兰再去向她表白："我决定离婚，我爱你。我愿意牺牲一切来爱你！"孙舞阳对此的回答是："罗兰，不要牺牲了一切罢。我对于你的态度，昨天已经说完了。立刻去办你的事罢。"然而又当着方罗兰面穿袜换衣服，袒露了发光的胸脯，并且让那件青灰色的单衫半挂在一个肩头，转脸半向着方罗兰，挽着方罗兰的右臂，轻轻地把他推出房门。面对此境，孤陋寡闻的方罗兰彻底地迷失了。方罗兰的妻子陆梅丽从来没有给他上演过如此这般既炫人耳目又搅乱心身的爱情戏剧。他当然不懂得女人是如何的痴迷陶醉于在安全的距离内有出色的男子为她们的艳丽和风情而倾倒所带来的快乐。在女人的心里再没有比自己欣赏的男人在感情上为自己丧魂失魄、拜倒在自己的石榴裙下更值得努力的事了。

虽然是小说人物，孙舞阳并非是作家虚构的虚无形象，在人性的最深处，她反而有最令人信服的真实性。孙舞阳是茅盾奉献给现代文学最闪光的形象，她对所有既成世界的挑战源于她内心人性的真实，这人性不是抽象、一般意义上的，而是结合着她所身处的具体世界，她是"这一个"。在一般层面上，孙舞阳体现了"喜新厌旧"的人性，这个"一般"在具体的层面被她演变成一些具体的行为：她不怕男人的纠缠；情与欲都不是唯一的，各有深浅真假美丑的不同；爱也好、欲也罢，都会引起争斗、矛盾、伤害，就看你如何面对；爱与婚姻分离，很多时候还必须分离；世俗的法则无聊而没有意义，尤其如果你不愿意把自己活成一具行尸走肉时。这样的叛逆如果没有革命、浪漫的时代，也许还只是隐匿。革命以及与革命相关联的生死体验和世纪末感受会让人把潜藏着的世界释放，当年张爱玲在战时的香港，就看到越是动荡、恐惧、死亡，人们就越是狂欢。"烬余录"这篇名还含着惊魂未定、劫后余生、唯有庆幸的余绪。茅盾的《蚀》充满政治、革命、时代，但最核心的还是人、人性。在大时代风云际会的陈述里，茅盾揭破了人之历史的本质，除非私欲能够被制止，否则人的一切行为终将导向腐败和罪恶。在《蚀》三部曲里，那些年轻的生命一律失意消沉和空虚不单说明了旧社会的罪恶，同时也在显示着人的自私、邪恶。这些看法和纸上美好的教条相抵触，三部曲一出版就遭到革命文学批评家的攻击。茅盾虽然外在身为革命同路人，但写《蚀》时他站在了小说家的立场，说了小说家应该说的话。答复那些攻击的文章时，茅盾只表达核心的一点：他的三部曲只是一部客观的当代史，只要符合这原则，他自己的思想是否正确，不容批评家质问。"客观的当代史"说明了在文学的天地"呈现"比"判断"重要。

孙舞阳不仅是美神、爱神，而且是一位奇女子，在革命斗争的紧要关头，其镇静、勇敢、有主见，惊世骇俗，让须眉男子自叹不如。当革命联盟就是否要镇压土豪劣绅和反动店东的阴谋捣乱，进行旷日持久的讨论并且议而不决时，孙舞阳断然主张："时局很严重，不能多费时间；事实是明明白白摆在这里的，反动派的阴谋绝非一朝一夕之故，现在非坚决镇压不可了。"面对县城近郊农村以"耕者有其田""多者分其妻""打倒夫权会""拥护野男人，打倒封建老公"为口号的妇女斗争浪潮，人们议论纷纷，而孙舞阳站出来，在三八妇女节大会上，郑重地称之为"妇女觉醒的春雷""婢妾解放的先驱"，并且惋惜于城里的妇女运动反而无声无息，有落后的现象："进步的乡村，落后的城市，这是我们的耻辱！"在形势急转直下的严重时刻，反动势力组织流氓糟蹋妇女协会，正在里面工作的她首当其冲，她拼死反抗到底挣脱出来。当她气喘吁吁跑进正在开会的县党部，人们看见她的米色麻纱衫子已经被撕破，露出肩头。当屋子里的男子都尖叫起来，并转而惊魂稍定后又抢先问她各种问题时，她再也没有话了，只是急道："赶快请公安局派警察去镇压呀！再说废话，妇女协会要被流氓糟蹋完了！"

这才惊醒大家。

就小说的外在情节看，方罗兰是当然的主角，从县党部商民部长到主持县党部工作。小说的核心事件，店员风潮和农民运动他都贯穿始终。轰轰烈烈的大革命在这个小县城，最后以从北伐军反水的军阀夏斗寅的攻城而失败，转入农村。

表面看起来，方罗兰的"动摇"是革命失败的原因。但茅盾的笔调分明有些矛盾，茅盾深入细致描写了动摇的过程，而不是简单地批评这动摇。当然茅盾也不是赞扬这动摇，书中的方罗兰就总在不时地后悔其软弱。小说对于孙舞阳的坚定、坚决、果敢的赞扬和对方罗兰动摇的客观描写，形成了一种张力、悖论。对于小说而言，这张力、悖论才是要瞩目的焦点。

就人物而论，方罗兰在感情和工作上的双重动摇正表现了他不是浅薄、随波逐流的，而恰恰是认真和负责，体现出他的真诚和可爱。动摇倒像面反射镜，折射出他在爱情上的严肃，也证明他是政治家而非政客。而这一切，又是由他内里的"知识者"这个本质而不是他表面的社会政治身份符号决定的。他对孙舞阳美的形象的痴迷和对她的行为个性思想的困惑搅在一起。茅盾细致地展示了这过程，他和孙舞阳相互成全，读者看见两个血肉丰满的人，至于人们给他们怎样的一个符号标签一点也不重要。

人间的奇女子让方罗兰困扰，纷乱的现实则让他陷入思考。困扰方罗兰的不单是胡国光等人造成的反动暴乱，还有党部人士昏庸无能所导致的恶果。他们所做的事，名为改革，实是助纣为虐。由此他还看见更深的人性景观，他的表达确实有些纸上谈兵的书呆子气，但却也是触到了问题的根底。在大屠杀前夕，方罗兰听见自己良心上的呼声，深责着自己和他的同志："正月来的账，要打总算一算呢！你们剥夺了别人的生存，掀动了人间的仇恨，现在正是自食其报啊！你们逼得人家走投无路，不得不下死劲来反抗你们，你们忘记了困兽犹斗么？你们把土豪劣绅这四个字造成了无数新的敌人；你们赶走了旧式的土豪，却代以插新式旗的地痞；你们要自由，结果仍得了专制。所谓更严厉的镇压，即使成功亦不过你自己造成了你所不能驾驭的另一方面的专制。告诉你吧！要宽大，要中和！惟有宽大中和，才能消弭那可怕的仇杀。现在枪毙了五六个人，中什么用呢？这反是引到更厉害的仇杀的桥梁呢！"

在嗜好血腥的人看来，方罗兰是书生之论、仁人之仁；但从茅盾描写方罗兰的语调看，茅盾的主题并不是要清算方罗兰的投降主义，而是理解和认同。就是在和平的年代，人们也仍然能体会这话的分量。以此，方罗兰动摇的实质内涵也昭然若揭了：无论从思想、哲学，还是社会时代问题的角度，都可看出其一语中的的智慧。这里有两个角度，历史的和文学的。一部革命史和一部描写革命史的文学作品，既相联系，又可分离。文学不只是展示历史情节，更要表达体验和观感，还可以提出疑虑和困惑。历史和文学的真实有不同的向度。所以，茅盾对于作品问世后所受的批评，虽然最初做过一些自我批评，但最终是不以为然的；在1930 年 3 月他所写的《蚀》的"题词"里说"营营之声，不能扰我心"。"动摇"这个词通常的意义是批评、否定的；坚定、果敢是肯定、赞扬。茅盾用"动摇"做题目，当然有批评，但就书的具体写作而言，作家对动摇者、坚定者都进行了细致描写。或许可以说，方罗兰、孙舞阳对时局的不同处理方式，也反映了茅盾思想的不同层次不同侧面。

坚定的孙舞阳深爱着动摇的方罗兰，从理性上说，这未必是作家的初衷；孙舞阳所爱的当然也不是方罗兰的动摇，而是由动摇所表现出来的鲜活的这个人。毛泽东曾说知识分子多端寡要、多谋寡断，又说在未经严酷斗争锻炼时都难免是动摇的，如此说来，动摇就是知识多、想事深刻的人的特点，而天真又恰反映出他们诚恳的善良，那孙舞阳爱上方罗兰就不是不可理解的。孙舞阳一定明白不动摇并不难，难的是有思想、有深度，所以方罗兰才令她神往。

1945 年 6 月茅盾曾谈到《蚀》的创作：那时他的生活圈子实在狭小，对于人情世态的了解也很肤浅。但那一点狭小的人生经验就是他生活的全部——至少是那时生活的重心所在。在同一篇创作谈里，茅盾还说及自己怎样开始写小说，缘由很平凡：内心积了很多，不吐不快，如果不和盘托出，就对不起自己也对不起别人。

茅盾要倾吐的东西是什么？不吐就对不起的人是谁？方罗兰和孙舞阳的故事有无作者的感情牵挂？方、孙，在《幻灭》里原本是否就是未来派军人强猛和闺阁的娇小姐章静，而在《追求》里则变为曼青和章秋柳。茅盾还说过如有时机他是有可能重新处理《蚀》的题材的，如果如此，方、孙会不会贯穿三部曲始终？在这样一部感情强烈的作品里如果作家没有融入自己的生活是不可想象的，还记得前面引的那首记录作家自己和云妹游逛庐山的诗《留别》吗？现在越来越多的文献证明了当年茅盾个人的情色生活是如何丰富多彩：沈卫威的《茅盾评传》；茅盾曾经的情人秦德君的《火凤凰》都早已面世。这样的推断还因为小说里交代章静、孙舞阳、史俊、李克、赵赤珠、王诗陶、章秋柳当年都是 S 大学（上海大学）的同学，而曼青与章秋柳曾有过不寻常的关系："章秋柳之善于恋爱，曼青是亲身领教过的"。秋柳只是象征她的身体状态，但她不是一个优柔游移的人，朋友说她的身体是女性，性格则男性，这也正好是孙舞阳的写照：武和阳。《追求》第三章有好几段文字，写曼青与章秋柳昔日曾有过值得纪念的感情，然而在今日章秋柳的感觉里，已经找不回来了。因为她在所寻求的众多刺激里，实在麻木了。然而章秋柳与曼青和孙舞阳与方罗兰，二者谈话的模式是相同的：女方控制着主动权，男方迷惑不解，应接不暇。

如此这般分析可以明白，三部曲里的男女心神相通。茅盾的初次写作对他非常重要。《蚀》三部曲分别题名"幻灭""动摇""追求"：《幻灭》写失望；《动摇》写怀疑；《追求》写悲观。再说一次，这不是历史，这是写"人学"的文学。《幻灭》写大革命前夕对革命的幻想、革命高潮中的失望，对于大革命中某些政治现象和爱情的双重失望。章静在革命高潮中的武汉，短短两个月，工作换了三次，每一次都增加了幻灭的悲哀。不是她吃不得苦，而是觉得无聊，她看透了她的同伴们的全部本领，只是熟读标语口号，便可以做政工人员；在妇女协会里，热烈的外表下只是敷衍了事；在省工会，单身女子若不和人恋爱，几乎等同反革命，至少也是封建思想残余。在更早期，章静还有对学潮的幻灭；对于每日忙碌的活跃分子的幻灭，原来不过是"跑腿大家"和"主义的崇拜者"。在爱情方面，她也一再经历幻灭。现实处女梦的幻灭，处女甜蜜的梦做完时，不可避免的平凡就从你的头顶罩下来，直把你压成粉碎；无助地暴露在男性本能的压迫下，只好取消了你庄严的圣洁。然后是爱的希望转变成爱的事实后的幻灭，平淡无奇。总之，在名称很好的事中总看到无聊、丑恶的人。一方面是紧张的革命空气，一方面是普遍的疲倦和烦闷。"要恋爱"成了流行病，疯狂地寻求肉的快乐，新奇性欲的刺激。在沉静的空气中，烦闷的表现是颓丧、消极；在紧张的空气中，是追求感官的刺激。所谓恋爱，成了神圣的解嘲。茅盾小说里的时代和人，立体而鲜活。

方罗兰的动摇是因为他遇见世界的复杂，他是从根本上来思考大革命中的政治现象；他怀疑暴力革命的方式，他从中看见的是恐惧、绝望、软弱；对感情的动摇，是对自己生命无力的体验和否定；客观上折射的是人与世界纠缠的烦难。

《追求》写在革命过去之后的反思和人生选择的悲观。曼青的悲观，一是对民族命运，二是对"浮浪青年"的颓废。曼青的悲观是一年多的政治生活磨成的，是官场弄出来的一肚子气。今天不知明天事，人人只顾眼前，只为自己打算，没有理由，没有目的，没有主义，然而说的话是同样的好听，他不敢相信这个民族有自己的信仰，曼青后来转变了理想，希望教育救国。然而"党要清，学校也要清"，教育救国的理想也完全失败，他的理想女性的影子在朱近如身上更一天天黯淡模糊，但朱已成了他"神圣的伴侣"。曼青像三个月前初离政界时一样，很疲倦，鼓不起精神再做新的憧憬，这也慢慢磨平了他对夫人的不满。他眼中的那伙浮浪青年确实焦灼地要向上，但他们的浪漫习性终究拉他们到颓废堕落的路上。如果政治清明些，社会健全些，自然他们会被纳入正轨，可是那是黑暗混乱时代，愤激而脆弱的青年，最终成了自暴自弃的颓废者：浪漫派的老同志史循因浪荡过度，骤然被晕眩击中，吐出腥血；章秋柳染上梅毒，这位好奇浪漫的女士的前途已是一片黑暗；王诗陶、赵赤珠二位女士被迫走上卖淫的路子。总之，《追求》中所有的人物没有一个能得善终，这即便是一定社会时代真实境况的表现，也不可否认，作者的悲观心境极大地影响了作品的格调。作者对时代病和浮浪青年颓废的批判，宣泄的情绪多，而沉静深入的理性思维少。写《蚀》时的茅盾太需要借他人之酒浇自己心中之块垒。而如若把视距拉得再开些，获得的印象将更沮丧，历史总是惊人的相似。正因如此，才知太阳底下果然无新鲜事；茅盾《蚀》里的青年人物群像和沙皇时代那些"多余的人"的贵族青年又是何其相似乃尔！

从文学写作看，《蚀》三部曲包含有政治和人文主义两大主题，茅盾在日后的长篇创作皆未脱离此轨道。政治主题是作者由政治活动者转向文学创作所带来的，人文主题则是茅盾不倦地谛视人生和苦苦追索人生意义的结果，也可谓是对文学研究会"文学为人生"传统的发扬，在这两面，茅盾都以观察的深刻和技术的独创，超越了他的时代。

经历了《蚀》的宣泄，到1929年他发表自己的第二部长篇《虹》时，茅盾已沉静了许多。这期间他经历了因《蚀》而起的与左派批评家的论战，这经历反射到他的生活中再一次体现出了他身上的矛盾性：他为自己的作品进行了全力的辩护；但离开这部作品，他在文学观念上却渐趋批评他的左派，只是他不像诸多只会批评不搞创作的那些批评家常常表现出过于僵化、教条的理性。事实上，茅盾在《蚀》之后，尤其他的长篇创作始终存在着文学感性与社会思想理性的冲撞，或许在这中间还有着不易分辨却真实存在更为隐性无法言表的个人事件及隐秘动机的影响，也就是人们常说的无意识现象，这使他的作品显出异乎他人的复杂性。有两个茅盾在较劲，文学的茅盾和社会政治的茅盾随着他个人的命运沉浮此消彼长。这个特征在《虹》里也表现得极为显著：茅盾描写女主人公的个人性格和生活时，显得极其饱满；而写到女主人公的社会和革命生涯时，她的行为、心理都给人极其粗糙甚至不合情理的体会。

《虹》写于日本，此前身家性命不安全的焦虑得到了极大的缓解，与四川美女秦德君的同居生活更给了他诸多写作的灵感。《虹》的女主人公梅行素的原型茅盾并不完全承认就是自己的同居女友，而据说是秦德君来自故乡的一位闺蜜。但秦德君不管直接还是间接与《虹》有着深切的关联则是无疑的。来自浙江的茅盾，他笔下充满叛逆精神的时代女神的生活故事则发生在秦德君及其闺蜜的出生地四川，这当然不是偶然的灵感附体。

茅盾很习惯或者说很喜欢女性视角。《虹》充满了女主人公梅行素的主观意识。正是通过她主观意识的展现，梅行素成了真正经典的"'五四'时代新女性"形象，在茅盾之前写作的那些男女作家那里，读者只看到了他们所描写的自然时间坐标系上所谓时代的青年男女形象，他们身上其实没有真正叛逆、抗争、

独立等时代精神的精魂。而《虹》中梅行素的口头禅是"怕什么？往前冲！"梅
行素可不仅仅是冒失、冲动，茅盾还描写了她见识上的超拔群伦。小说开始时，
梅行素是成都城内一所中学的学生，在参加学校学生的演剧活动时，他们排演易
卜生的《玩偶之家》，讨论剧本时，梅行素发表了她卓尔不群的议论。她说女主
人公娜拉并没有特别让人敬佩之处，因为她的反抗夫权不过是站在女人的立场而
不是人的立场，她时时处处只意识到自己是个女人，她真正缺乏的是人的意识。
她觉得比娜拉高明的是林敦夫人。梅行素自己也是学生运动的积极参与者，而在
观察了她的同伴们的一些言行后，她又有了自己的惊人之论："这班人，跟着新
思想的浪头浮到上面来的'暴发户'，也配革新教育，改造社会么！他们吃'打
倒旧礼教'的饭，正像他们的前辈吃'诗云子曰'的饭，也正像那位'负提倡
之责'的'李师长'还是吃军阀的饭。"纵观中国现代文学史，再找不出一个像
茅盾笔下梅行素这样思想如此清晰充满洞察力的时代女性了，就是鲁迅《伤逝》
中的子君的那句"我是我自己的，他们谁也没有干涉我的权力"也不能相提并
论。子君的话语更像带有情感倾诉的口号式表白，具有明确的功利指向性；梅行
素的言语则是对真相的高度准确的概括。她在那个时代里如鹤立鸡群也就不足
为怪。

更难能可贵的，梅行素是个言行一致的人物，她在自己的观念引领下冲向自
己的人生，虽然她将为此付出惨重的代价。在梅行素的个人奋斗史中，茅盾凭着
他超乎常人的洞察力，描写了女主人公勇气的可敬以及她失败的必然，她是一个
"失败的英雄"！

《虹》表现的时代在"五四"（1919）和"五卅"（1925）这两个意义重大
的日子之间，写的是女主角梅行素追求自己人生意义的过程。整个故事除了序曲
外，分为三部分。第一、二部分在四川。第一部分写梅行素在成都的学生和婚姻
生活；第二部分写梅行素在四川泸州师范学校的教书生涯及与社会上的权贵人物
惠师长的周旋；第三部分写离开四川的梅行素在上海开始的社会、革命新生活。

梅行素出身平常，母亲早亡，从小和父亲相依为命。这个境况给父女双方均
带来了深刻影响。在梅家有女初长成之后，逐渐老去的父亲为自己女儿的前程不
定内心既充满着凄凉，又满含着希望，他送女儿读书，只为女儿将来选夫婿时在
美貌之外能再多个"女学生"的筹码，读书在他心里实在只是个幌子，有个门
面即可，因而中学毕业之后，他便想说服女儿趁着年华美好寻个好未来；他具体
的设计当然是传统而世俗的，他最盼望的自然是女儿在婚姻上能有个好归宿。侄
子柳遇春就是一个很好的备选，他是富足的商人，对表妹又情有独钟。

可惜父女的心事是错位的。梅行素还想进一步求学上进。就是结婚，她也已
有了自己的意中人韦玉；柳遇春这个庸俗又喜欢耍弄手段的苏货铺的主人不要说

结婚，就是和他多说一句话她都讨厌。面对柳遇春的纠缠和父亲的哀求，梅行素把希望寄托在意中人韦玉身上。可惜表兄韦玉是个害着肺病的"不抵抗主义者"。柔弱的个性和病态的身体已消磨尽了他向上的生命意志，梅行素终于失望于他"高尚背后的自私"。少不更事又极端自信的梅行素决意按照自己的意志来和自己的命运较量：她答应父亲和表兄柳遇春成婚，一方面不忍拂逆父亲的期望，一方面也是借此来检验自己的"怕什么？往前冲！"的信念到底如何。生活辜负了她。茅盾作了最冷静的过程呈现，再次表现了自己洞察存在的天赋：由盲婚制度造成的纠纷、仇恨、怨怼被透彻地刻画了出来。在茅盾之前许多新文学的婚恋题材的作品，不外乎高呼打倒封建思想的口号，以赚取读者廉价的眼泪。人物千篇一律，来来去去的总是差不多的一堆人：被逼成婚饱受摧残的少女，专横暴虐的祖父辈，温柔多情却柔软无能的情人，不善体贴、蠢笨不灵的丈夫，等等。《虹》则写出了梅行素的自以为是以及无爱婚姻中人情人性与具体语境的复杂纠缠。

梅行素对于新的处境并无畏惧，她深信自己绝不会为婚姻关系所束缚。然而，当她在丈夫的怀抱里变得始料未及的软弱柔顺时，她猝不及防，陷入自我身心分离的困惑，她只得自己去自圆其说把它归咎于自身意志的脆弱。这种体会让她倍觉耻辱，于是，她用强悍的理性去否认自己身心的感受，她想方设法找理由去憎恨自己的丈夫，借以挽回自尊。不久她就如愿以偿，她发现柳遇春对韦玉仍有妒心，又发现他婚前有嫖妓的荒唐事。茅盾让读者看见了梅行素的偏执，但这偏执却非常富有洞见地刻画了处在恋爱中的情人普遍的行为模式：他们只看见自己主观愿意的世界。而读者却在自己站立的层面获得了全盘的了解。

柳遇春粗鄙无文，这是事实。作为一个逐利的商人，他现实、庸俗、贪婪、好色、无耻、没有操守、趣味恶俗。他垂涎于梅行素的美貌，虚荣于她的"洋学生"的身份，以为若能拥有梅行素，就能使自己获得身心两面极大满足。他竭尽所能变着法子放下自尊讨好她，又巧言令色投其所好地谄媚他的姨夫、梅行素的父亲，精明地想从内外两面攻破堡垒。

梅行素终于答应嫁给他，当然和爱无关。单纯幼稚的她居然想借此来表现自己反封建反礼教战士的本色，她还不明白也没准备好如何应付复杂残酷的社会、人生。结了婚的她真的像金丝鸟被关进了鸟笼。而奸诈的柳遇春根本不和她对面冲撞，他要慢慢地磨服她，即便不能达成目的，也要折磨她，抵偿自己内心的恨意。茅盾通过一系列细节描绘再现了婚姻围城之内这一对怨偶的搏战。梅行素以她的倔强、鄙视、不屈，坚决不退一步；柳遇春使出蛮横、无赖、软硬也不能捕获她，他就用软禁来隔绝她与外面世界的一切联系，又用在外面和别的女人鬼混来刺激她。双方都筋疲力尽，对对方充满恨意。最终还是柳遇春崩溃了：一个自以为是的男子终难整天面对一个鄙薄自己的女子，尤其是这女子还是自己最倾心的人。梅行素最终挣脱了婚姻牢笼，但自己也已弄得遍体鳞伤。

但对柳遇春，茅盾并没更多偏见地对待他，而是让他有自我陈述的机会。在他哀求梅行素回心转意的一幕里，作家的笔甚至还带出了些悲剧意味。"你有你的道理，我不说你错！可是你看，难道错在我身上么？我，十三岁就进宏源（当铺）当学徒，穿不暖，吃不饱，扫地，打水，倒便壶，挨打，挨骂，我是什么苦都吃过来了！我熬油锅似的忍耐着，指望些什么？我想，我也是一个人，也有鼻子、眼睛、耳朵、手、脚，我也该和别人一样享些快乐，我靠我的一双手，吃得下苦，我靠我的一双眼睛，看得到，我想，我难道就当了一世的学徒，我就穷了一世么？我那些时候，白天挨打挨骂，夜里做梦总是自己开铺子，讨一个好女子，和别人家一样享福。我赤手空拳挣出个场面来了，我现在开的铺子比宏源还大，这都是我的一滴汗，一滴血，我只差一个好女人：我没有父母，没有兄弟姊妹，我虽然有钱，我是一个孤伶鬼，我盼望有一个好女人来和我一同享些快乐。看到了你，我十分中意，我半世的苦不是白吃了。可是现在，好像做了一场梦！我的心也是肉做的，我不痛吗？人家要什么有什么，我也是一样的人，我又不贪吃懒做，我要的过分么？我嫖过，我赌过，可是谁没嫖没赌？偏是我犯着就该得那样大的责罚么？犯下弥天大罪，也还许他悔悟，偏是我连悔悟都不许么？你说你是活糟蹋了，那么我呢？我是快活么？你是明白人，你看，难道错都在我身上么？"

这番动情的说辞，使梅行素那自以为是的理想也不禁有些松动。而且她对柳遇春婚后无微不至的关怀也有些招架不住，恐怕被他软化："每天黄昏的时候他回来，总带一大包水果点心之类送在梅老医生房里；另外一小包，他亲自拿到梅女士那里，悄悄地放在桌子上，便走了出去；有时也坐下略说几句，那也无非是些不相干的事情。他又常常买些书籍给梅女士。凡是带着一个'新'字的书籍杂志，他都买了来；因此，《卫生新论》《棒球新法》，甚至《男女交合新论》之类，也都夹杂在《新青年》《新潮》的堆里，往往使梅女士抿着嘴笑个不住。大概是看见梅女士订阅有一份《学生潮》罢，他忽然搜集了商务印书馆和中华书局出版的所有带着'潮'字的书籍，装一个大蒲包，满头大汗地捧来放在梅女士面前说：'你看，这么多，总有几本是你心爱的罢！'对于柳遇春的这种殷勤，梅女士却感到害怕，比怒色厉声的高压手段更害怕些；尤其是当她看出柳遇春似乎有几分真心，不是哄骗，她的思想便陷入了惶惑徘徊，她觉得这是些无形的韧丝，渐渐地要将她的破壁飞去的心缠住。可是她又无法解脱这些韧丝的包围。她是个女子。她有数千年来传统的女性的缺点：易为感情所动。"

茅盾用了近百页的篇幅，细心刻画了二人的不合与纠纷，两人微妙的心理非常"及物"地被表达出来。而在以后的创作里，人们再也没看到过如此细腻的心灵生活的呈现了。

离开了夫家的梅女士又带着她的倔强继续人生的寻梦。她在泸州的一所师范学校谋了教职，力求自立。但她发现周围那些同类整天尽是钩心斗角，荒唐儿戏，而自己也正逐渐坠入这种腐化的生活圈子里去——这和她的初衷背道而驰。她一面对自己感到恶心，另一面又为那一群拜倒在自己裙下的谄媚之徒，不禁产生一种从未有过的虚荣满足感。茅盾对笔下时代女性的心理刻画仿佛逐层剥笋式地一一展开，而且尽量摒弃偏见，这种自然主义的笔墨带来了作品模拟存在的真实感。最后梅女士被惠师长看上了。这个满口新思潮的无聊军阀，家中已蓄了五房妻妾。茅盾用言行分离的描绘对他进行了冷嘲热讽。他用了个颇为得体的名称"家庭教师"把梅女士延揽到了自己府上，企图把她发展为自己的第六房姨太太。梅女士仍是一贯的自信，不怕与之周旋。茅盾还通过一出出颇富喜剧色彩情节的讲述将当时知识分子的另一面形象加以戏剧化，在20世纪20年代，个人主义已经濒临破产阶段，因此有些人纵情酒色，对各种人事采取不负责态度，滥用着新得来的自由，他们在私生活上浪漫荒唐，在政治上钩心斗角，可以说是"迷失的一代"的另样版本。那个军阀惠师长，虽然披上改革家的外衣，骨子里却是个野心勃勃荒淫好色之徒，他代表一个时代拥有实力的集团，乘着祸乱浑水摸鱼。梅女士一面近身与之周旋，外表佯狂，内心清冷。在经历了一番颓废沉醉之后，梅女士还是带着自己永远不变色的孤傲飘然离开。

小说的第三部分写梅女士的革命生涯，显然比前两部分逊色很多。若把视野放得开一些，你会发现这是现代文学史上一个公案：革命在文学中被表现得如此苍白，让人不免要追问这里面蕴藏了怎样的悖论。梅女士来到了上海，仿佛基因变异，很快蜕变成了一个新人。她结识了革命者梁刚夫（和梅行素一样，名字充满了不言而喻的象征色彩），很快弃掷了母邦给予的封建传统和异邦启蒙的个人主义，接受了同样来自异邦的共产主义思想。本来，这是当时中国一班青年颇有代表性的一种选择，这种信仰上的转变，应该可以成为文学上同样动人的题材。可惜的是，写作第三部分的茅盾仿佛失去了准心，叙述粗糙跳跃，也不再有前两部分中那精彩的心理流程的绵密再现，小说人物心灵的真实性在人情物理层面已让人失去了最基本的信任，遑论其他。

T. S. 艾略特认为信仰的选择，理智大于感情。这是否是"革命"这类题材因为理智与情感描写的错位而造成它的苍白呢？中国的革命作家应该向雨果的《九三年》、加缪的《正义者》、马尔罗的《他人的血》等等学习：要写出革命中的人性。人性！人性！人性！它才永远是文学瞩目的焦点。中国现代革命作家自蒋光慈始，所有的革命小说几乎千篇一律地出现这样一个英雄人物：他具有铁一般的意志，绝不滥用感情，不受美色诱惑，不为敌人的威吓所屈；他带着神秘的色彩，独来独往，对社会不满，没有生命的成长史，他自我完成；他仿佛天然的绝对的启蒙者、领导者，他君临天下，最终扭转大大小小的乾坤世界。一方面是轻率的空洞的打着集体名义情感上的鼓动，所谓动之以情，但因为没有切实的革命法理来晓之以理，真正人性情感层面的抒发又会被视为革命意志的不坚定。发展到最后，就是自定的不顾真实如何的革命的浪漫主义和革命的现实主义的结合的意识形态化了的文学的必然出场。《虹》的第三部分充满了共产主义空洞的说教，但梅行素之所以成为一个虔诚的共产主义信仰者，主要是受了梁刚夫的影响。就作家的主观动机而言，他当然是推动马克思主义的最佳人选，但从小说人物的实际塑造来看，他和梅行素、柳遇春等人所处的世界，根本不在一条轨道线上。那作家就必须写出他们如果相交、最后同轨的必然性在哪里。小说这部分的失败，不在于茅盾空洞的思想、主义的宣传，而在于他不能像小说的第一、二部用写实的细节和细腻的心理描写来为这种思想辩护，也即他没有写出革命的法理性如何和梅行素这样的女性生命相融合的必然性。无论在思想还是情感方面，读者从这苍白的文本已体会不到像前面那样真诚的语调了。当年被茅盾称为"扛鼎之作"的叶圣陶的《倪焕之》和《虹》如出一辙，倪焕之的革命和死也不是生活而只是概念的演绎。

到了30年代，茅盾推出了令"洛阳纸贵"的《子夜》，这其实是茅盾下力最大却最为恶俗的一本创作，实在叫后来人感叹嘘嘘。不再像写《蚀》时满心的情感要宣泄，《子夜》是他最冷静、理性、精心设计之作，或许，这就是问题所在。文学、艺术并不是比拼苦力、愿望、决心，而是智慧、性格、直觉、逻辑、情怀、境界。关于《子夜》，茅盾留下了很多叙述：他要表达什么；他如何搜集资料；他如何体验生活；他如何准备大纲；他如何设计结构；甚至他的野心、他的梦想……他曾设想写出一部壮阔的三部曲史实：都市、乡村、红军，以为这样可以描画一个立体的中国的30年代，替所有关心中国命运的人们回答："中国向何处去？"这个格局的设计让人们再次看见了那个少年时代就立下要做"横扫天下的英雄"的人的侧影。

根据茅盾的叙述，他为了写《子夜》，拿出的是历史学家写作历史的姿态，为了透彻地表现1930年代的中国面貌，曾上穷碧落下黄泉地去搜寻有关资料，务必在史实方面无懈可击。读者后来看见的《子夜》，充满了对当时政治经济形势的详尽报告，甚至军政界的要人、闻人也提到不少。可是，这种近似通讯报道和社会咨情博文杂糅的文体，读者读来难免不生不耐和厌烦。就是伟大如巴尔扎克、雨果、列夫·托尔斯泰，人们常常也不耐烦他们在自己的长篇巨作《幻灭》《巴黎圣母院》《战争与和平》中喋喋不休地炫耀他们的思想、学识、偏见，毕竟，人需要文学更多的是出于个性、情感、心理的渴望，而不是来读社会历史思想论文一类的东西。若依小说的立场来看，《子夜》的技巧远远落后于此前的《蚀》《虹》。从作家的情怀来看它，在《蚀》《虹》里很饱满的同情心到了《子夜》已被自然主义式的漫画手法和夸张叙述所代替。《蚀》《虹》里也有讽刺夸张乃至情色的描绘，但它是被沉浸在具有虚无主义色彩的情绪里的；可是在《子夜》中，即使是茅盾最擅长的时代新女性，不管是多愁善感的还是玩世不恭的，都失了水准，沦为漫画家笔下的人物了。茅盾的小说家的感性，已经完全地恶俗化了。令人沮丧的是，这样一部平庸之作，当时却"洛阳纸贵"，除了一些特定的时代语境给人带来既定方向的阅读期待之外，也折射出了那是一个恶俗化的时代。

《子夜》的写作背景如下：自1927年国共分裂共产党被清除之后，右派的国民党政府失去了一大部分知识分子的支持；而且，在相当长的一段时期内，政府对一些拥有相当实力的叛离集团，简直束手无策，这就是人民所说的军阀混战时代。1930年，国民党政客汪精卫勾结军阀冯玉祥，在华北叛变；而共产党在乡村发动连续的赤农暴动，在工业城市里则搞工人罢工。同年七月，彭德怀部攻陷长沙。《子夜》就是在如此的背景下在上海展开。

当时上海的工业遭受重大打击，而公债市场也随着时局急升骤降，社会各阶层均处在喧嚣与骚动中。小说主角吴荪甫是所谓的工业界巨子，对中国工业曾信心满满，对自己也非常自负。他属下的丝厂业务蒸蒸日上。他便又投下巨资，大力发展他的家乡（浙江双桥镇），使它日渐趋向现代化。这是一个负有责任和雄心的人。但故事开始时，他在家乡的资产已报销了，他的丝厂也奄奄一息。吴荪甫却一点也不气馁。这时，适值若干较小工厂无法偿还债务，他便用极低价格把它们吞并过来，从而巩固他那丝业王国的地位。然而，他却忽略了一件事：要维持这些工厂，需要大量现金。果然他后来周转不灵，这些小工厂把他拖垮了。

于是吴荪甫只好向公债市场打主意。初期虽稍有斩获，但于事无补，加上工厂内罢工不断，搞得他焦头烂额。公债市场一直是赵伯韬的天下，他岂容他人染指。赵伯韬好色，是个有大量美资做后台的财阀。作为民族资本家的吴荪甫绝非他的对手。但吴荪甫清高自负，向来瞧不起这种洋掮客，加上赵伯韬着意要并吞他的企业王国，逼他俯首称臣，要强的吴荪甫便决意要与他一决雌雄。公债市场内最后决斗一幕，他把工厂和住宅全部拿来做"空头"，用以对抗赵伯韬买进看涨的策略。若非他的姐夫杜竹斋倒戈相向，吴荪甫本可得逞，可惜这一个他推心置腹的合股人竟偷偷地把资金投到赵伯韬那边去，导致了吴荪甫的彻底覆灭。

这是小说的主线。书中还有若干形类不同的插曲。如，吴荪甫家乡的祸乱，因这而起的国民党基层干部的恐慌；工厂工人的罢工及吴荪甫三番四次的企图镇压；上海上流社会资产阶级年轻人的滑稽行径，以及当时被困在上海，头脑封建的老一辈人受到折磨时的窘困场面；革命时髦青年的时髦混乱生活；各种情景下的男女情色欲望的描写等等。当然，吴荪甫当仁不让地居于核心地位。

吴荪甫是一个在无可抗拒的命运或环境下受到打击的悲剧主角。他心怀大志，满腔热忱，一心要做一个成功的民族资本家，但由于他从没留意过马克思主义的启示，所以虽一败涂地，仍没有觉悟过来。他没有认清历史动力的重要性。只有这种历史动力最后得到发挥出来，中国才有救。只要封建思想及帝国主义狂潮未灭，一切促进民族事业发展的努力都是枉然的。吴荪甫虽然抱负不凡，但他不懂，中国的政治经济制度实在需要来一次大革新了。在达到此一目标前，个人的奋斗是徒劳无功的。

在同一情形下，书中那些具有吴荪甫的那股盲劲但缺乏他那种崇高目标的人物，就等而下之地成为漫画式的讽刺对象了。漫画式讽刺本是文学正宗的技巧，不能因为一部失败的作品抹杀它原有的价值。如果作家小心不让它破坏小说的悲剧气氛，仍然可以相信，一部以马克思主义思想为中心的讽刺资产阶级生活的小说，一定可以与以儒家或其他观点而写成的小说写得一样好。问题的关键在作者的艺术观察力是否够敏锐以及伴随而来的爱憎是否真实。艺术家的观察能力含着作家对存在体验的深度和宽度，正像绘画，它不是简单的模仿，如齐白石所言：艺术妙在"似与不似之间"，追求的是形态与神态的完美结合；作家的爱憎最不能掺假，也即不能违背自己的个性、情感原则。出于投机与做作而造作出来的爱憎将从根子上伤害艺术也终将毁掉艺术。张爱玲对冰心的"温婉之中有些做作"就是最严厉的判词。就讽刺而言，茅盾在《子夜》中的表现可说是完全失败，他对书中资产阶级所表现的轻蔑态度，给人轻飘飘的感觉，看不出一点由衷的憎恨。而在《蚀》《虹》里，因为茅盾对中产阶级的态度还拿不定主意的缘故，显示出一种近乎自我折磨的真诚。在《子夜》里他就不同了，他好像站得高高在上，对他笔下的中产阶级分子不屑一顾，因此，也就难怪这些角色变成舞台上的傀儡，不时打诨取闹，谈情说爱，毫无意思，他们就像被人操纵的纸人。唯一的例外是李玉亭，他不断警告他的同类要知道共产党的厉害，可以视为即要无路可走的资产阶级知识分子的代言人。其他人物如那位新诗人范博文、留学生杜新箨、"需要强烈刺激"的张素素、吴荪甫的满脑子充满教会学校带来的浪漫思想的年轻太太以及其他较年轻的一群，在整个故事里穿梭着，却一点个性也没有，连丑角都不如。作家的笔是不能"轻蔑"他笔下任何一个人物的，就是他对这个人物怀着轻蔑、憎恶的立场，他也得"庄重地"通过扎实的描绘表达他的轻蔑。茅盾如此草率对待他创造的人物，也许是因为他要传达的只是他对中国研究的思想结论，太过丰富复杂的人物描绘或许不利于思想的清晰表达，干脆就舍弃了精雕细刻的耐心直奔思想主题而去?

当一个作家的讽刺充满了太过明显的隐喻或象征符号时,并不是表现了作家的高度智慧,相反地,正是显现了作家洞察力的贫弱。吴荪甫的老父亲是小说中最显著的封建制度的象征。在《子夜》第一章的结尾,他刚刚抵达儿子豪华的公馆就一命呜呼了。他是因乡下农民暴动的风潮迫在眉睫,儿子吴荪甫为了他的生命安全不得已把他和胞妹一起接来城里的。可是吴老太爷和城市的资本主义生活是格格不入的,当他生平第一次坐在汽车里在五光十色的上海夜市的大道上飞驰时,闪闪的霓虹灯晃得他头晕目眩,他紧紧闭着双目,死死地把《太上感应篇》抱在胸前。由于受不了女儿和媳妇身上浓郁的香水味,他竟然在车上晕了过去。在作家安排的封建中国与资本主义中国的强烈对比下,吴老太爷的死实在有些夸张,作家表达隐喻的愿望昭然若揭。但总体来说,茅盾的讽刺用在具有封建头脑人物身上相较于其他角色还是较为成功的。这或许是因他真心憎恶封建思想且对这些人物有深切了解的缘故吧。这些人物在他笔下线条分明,栩栩如生,他富有耐心的精雕细刻使这些人物身上因其自身矛盾而生的滑稽凸显出来。比如,那位乡下的老乡神曾沧海,他欢迎他那不成才的儿子新任国民党党员时的兴高采烈,以及稍后看见小孙儿在家传宝物一册《三民主义》上撒尿时的惊慌失措相,作家把它们并列在一起真令人叫绝;那个变卖所有地产,孤注一掷地将现金投入上海公债市场的"海上寓公"冯云卿,他虽是个出了名怕太太的人,可是到了利害关头时,对自己的亲生女儿却毫不怜惜,怂恿她作美人计,勾搭赵伯韬,为的只是要套取公债市场的幕后消息。可惜他的女儿实在蠢笨,她拿回来的资料,反毁了她的父亲。

《子夜》茅盾显然用力过猛,反看不到他作为艺术家的热诚。他完全沉浸在自己的理性逻辑思辨里,按照自己理性的想象来编织自己臆想的世界,他只是按照马克思主义的观点给上海画了张社会百态图而已。打开书阅读不久,读者就知道这本书的人物差不多都是定了型的。尽管《子夜》包罗的人物、事件极多极广,但对社会和人物的探索却极为狭窄。作家为写这本书搜集了大量的资料,但资料若不被作家创造性的想象力激活,也只是废料一堆。很遗憾,作家茅盾在《子夜》时代,他只把马克思主义的正统批评方法因利乘便地借用过来,代替了本该有的自己的思想和立场。由于现代中国出色的小说并不多,《子夜》倒成了现代中国重要的小说之一。而由《子夜》开始的创作方式后来成了他最得心应手的选择,当然,他付出的相对代价是:他永远也不可能再成为现代中国最伟大的小说家了。

富有江南才子气质的茅盾,是一个在文学内外都极有抱负的人。作为一个文人,从他写作题材的多样化似乎都能看出他不凡的野心。除了长篇,他还写了很多，短篇小说、散文、评论、文学和政治报道等等。他的《速写与随笔》《印象·感想·回忆》两部散文随笔集大都为匆忙草率之作，很难和现代名家相抗衡。他并不像周作人那样倾心于"美文"的世界而自我陶醉，他的散文往往从一个小点开始，但他由此出发，常常要把这个"点"上升到"线和面"，所谓"以小见大"。比如他的《从夜晚到天亮》写的是请愿学生冒着风雪抢修铁路的情景，但为了突出文章主题，采用联想、对比展开想象，说，在这同一天的夜里，军阀在干啥、财阀在干啥、偷儿在干啥、舞女在干啥……他还曾模拟高尔基《世界的一日》，策划《中国的一日》《上海的一日》等。在文学里，他执着地用尽种种手法要向社会显示自己的存在。同样地，作为一个文学批评者，他对现实的文学创作一直关怀备至。比如他早期的《自然主义与现代中国小说》，对传统小说的没落以及新派小说中温情的泛滥，有清晰的评论。《从牯岭到东京》《读〈倪焕之〉》可以看到他对"普罗文学""标语口号"的不耐烦，而宁愿选小资产阶级中的小人物作为写作素材。虽然文章不离"共产主义"，但话说得中肯有力。从30年代开始，直到中日战争爆发，他的文艺批评虽一直跟着左翼批评的路子走，但他还是最有眼光的一位。他论文学研究会诸作家的文本很见功力，实在地说，如果他能脱离左翼庸俗的腔调和画地为牢的窠臼，他骨子里对文学艺术是有真知灼见的。

自《虹》后，可以从茅盾的长短篇如《秋收》《子夜》中看出他对中国问题的看法，一直是本着马克思主义的立场。《春蚕》中的老通宝一生务农，到死时不得不唾弃自己过往的观念，接受了"多多头"的"觉悟立场"。本来，预言农村革命得到成功，是左派作家的一贯调子，茅盾也不例外。但他对历史及事实理解较深，没有一般左派作家一贯的浅薄，也没有完全沉浸在革命必胜的自我催眠调子中。只是非常可惜，在后来的时光里，为了宣传的需要，他糟蹋了自己太多的在写作上所富有的天赋，除了一本《霜叶红似二月花》，他后来作品的艺术价值几乎已所剩无几。但在革命文学这个坐标系上，茅盾倒还是现代中国最好的革命作家。

老舍：笑骂而不赶尽杀绝

老舍，原名舒庆春，字舍予。满族正红旗人，位处八旗中的第七旗，属贫民阶层；老舍曾在晚年开著《正红旗下》，终为"文革"自己毙命昆明湖而中断，从留下的几万字残篇看，若能写完，当属经典无疑。只惜天地不佑，令人为之抱憾！老舍生于1899年，家中幺子。父亲是皇城护旗兵，在老舍出生的第二年八国联军攻占北平时，被炮火炸死。家中缘此更形赤贫。老舍自称"苦人"，实无夸张。绵密持久的饥饿、寒冷由他的身体记忆永恒地植入了他的生命意识之中。他成年后回望童年时光，印象很深的是：天寒地冻的世界，他有时被胀尿憋醒、有时被冰寒冻醒，总看见母亲和姐姐们还在昏暗的油灯下劳作，母亲和姐姐们的手指红肿如腊肠。到了老舍开蒙时光，母亲发愿无论怎样困苦也要让幺子求学，无奈家里实在太过捉襟见肘，老舍的书读得时断时续；小学毕业，照不起毕业照，卖了书箱才勉强留影；中学学业依然如故，幸亏遇见大善人刘寿绵相帮才艰难毕业，皇天不负苦人，老舍终考取师范，生命才迎来一线转机。乐善好施的刘善人后来自己潦倒不堪却无人伸手相助，人间冷暖终让刘寿绵看破红尘出家做了和尚。老舍常利用闲时去看他，不知不觉间亲近了佛学，还和这个善人的闺女有过一段朦胧无疾而终的青涩之恋，女孩后来追随父亲出家做了尼姑，断了老舍的念想。所有底层的人生经验给了沉默的老舍无以言表的体会。他这个苦人后来做了职业"写家"，这苦难的人生终将以反复的变

形为他多姿的笔所记录。

做"写家"是个偶然。读师范时，因为读英文，他遇到了生命中的第二个贵人，英国老头艾奇逊，老人很喜欢这个沉默寡言做事踏实的中国小伙，他在老舍师范毕业做了小学教员兼京师北郊劝学员不久，推荐他去英国伦敦大学东方学院做中文讲师。25岁的老舍得了一个别样的出洋游学机会，去了欧洲，在英伦三岛落脚4年有余。这是老舍一生中最重要的阅历，他获得了"看世界"的机会，眼界和心胸从此不同中国的凡俗。工作对于苦人出生的他说不上劳累，只是薪水不多，生活清贫；还有的就是异国他乡难挨的寂寞。老舍内向不喜交际，而寂寞给他带来的好处是他有了很多的沉思默想的时间，人在沉默中的成长要比在喧嚣中快得多。老舍除了工作、游历，就是如饥似渴地读书，那时在一堆欧洲、英国的作家中他最爱英国的狄更斯。为排遣时间，他买了廉价的练习本装订成册，在上面开始写他的"北平生活回忆"，这就是他的第一本长篇《老张的哲学》，在趣味上便有明显的"狄更斯风"：苦中作乐，滑稽幽默。在欧洲时期，除了《老张的哲学》，他后来又写了《二马》《赵子曰》。他的儿子舒乙后来说老舍的写作是在"寂寞的思乡中开始的"，此言不差。《老张的哲学》被偶来拜访他的许地山带回了中国，刊发于《小说月报》后一举为天下知，这大大鼓舞了老舍，也改变了他人生的命运，他最终成为一个"职业写家"。1929年经过大半年的漂泊他辗转回到了中国，很快就被山东的齐鲁大学聘去任教。自1930年至1937年，老舍在山东的7年是他一生的"黄金时代"：他缔结了与齐白石高足胡絜青的婚姻，结束了多年的孤身漂泊有了一个温暖的家，也为自己的写作获得了稳定的大后方；这7年还是老舍创作的黄金7年，他一生中最重要的作品，包括他最著名的《骆驼祥子》以及为他后来悲剧命运埋下伏笔的《猫城记》，除了《四世同堂》《茶馆》差不多都成于此时。

抗战时代，老舍凭借他在文界有口皆碑的人品和不站队的政治立场，不负重托，出色完成了"中华全国文艺界抗敌协会"（简称"文协"）的领导工作；而此期的创作他则心甘情愿地用他的多才多艺写作"一切为了抗战"的"抗战文艺"。抗战时代于老舍个人来说，还有两个节点颇值得注意，一是在万众喧嚣共同抗辱的大时代，他对佛学、基督教的别样推举，此折射出老舍对家国天下所怀的别样抱负，他的仁人之心可叹可佩；二是他与负有特别使命的大美人赵清阁间的男女婚外之情，后来多少影响了他人生关键时刻的选择。他堕入情网时并不知道，赵不是仅因单纯的爱恋才走到他身边的：她负有共产党交给她的"统战"任务；在后来的改天换日之际，身在美国的老舍苦苦煎熬于"归与不归"的艰难抉择之中，他的最终归国主要是为了对母亲的孝道和对妻儿的责任，但促使他抛弃别恋——老舍当时有移居欧洲或英国以及留居美国或者澳洲之想，这从老舍同时期的日记以及与友人相商请策的通信中可鲜明读出——一定有当年共产党通过赵清阁传达给他的善意因素在；加上共和国总理的诚挚相邀，老舍终于弃置内心的疑虑踏上归途。老舍和当时不少同道的由内而外——比如胡适、张爱玲、曹靖华、叶灵凤——走了个相反的路径，他是由外而内；他后来的人生悲剧命运自然让后人感叹不已：历史、现实只有一个，无法重新选择！

作为"写家"的老舍最终成就了文学上的自己。虽是个苦人，他用文字创造的世界却不只是悲剧，还有喜剧、闹剧，合在一起，他呈现了人生正剧。在这个苦人身上，他智慧而最大限度地避免了世人很难逃避的偏激，对世界竟有如此中正平和的心态，他的文学对人生、世界的表现就显得特别醇厚完整。老舍向世界表证了"智慧"对一个作家是怎样重要：人们常说起的他的幽默并不只是单纯的艺术风格元素，更是他的艺术哲学。他不是一步就达此境的，他也曾像狄更斯一般"油滑"（《老张的哲学》《二马》《赵子曰》），经过艺术与人生的磨砺，他终于明白了果戈理"含泪的微笑"、契诃夫"几乎无事的悲剧"。他摸着了幽默的命门，明白了"笑骂而不赶尽杀绝"才是幽默的恰当尺度。这是精确分寸的拿捏：笑骂，是明确的立场；不赶尽杀绝，则是对艺术、人生的双重诚恳。诚恳，听起来平常，却是人最难拥有的。对他人的宽容、对自己的无欺其实是一物的两面，相反相成。

人看世界都是由内而外由己及人的，世界不过一面镜子，在这镜像里，人们看见的多是自己。文如其人也是这个道理，而且要在最完整的面上来理解。个性、情感、思想凝结于一个具体的生命中，它们是一个完整的整体。性格就是命运。作为个性核心结构的情感与思想，其二者间的复杂纠缠唯得以深入解剖才能明了其个性之本相。对一个人思想的解析，一要分清层次：外在内在、宏观微观、个人社会、具体抽象；二要展开过程：它如何由此及彼；三要厘清真实蕴含，不可含糊其词、不可仅迷信名词，一带而过；四要结合个人情境，给出明确"所指"。

老舍出身穷苦，又身在风云激荡的大时代，终其一生，他却从没成为革命斗士、激进鼓手；除去外寇入侵的抗战时代，在国内政治斗争舞台上也绝少听到他的激烈言辞。他的精神理路一贯稳定：坚持亲民恤民，规避偏激空谈；倾向社会改良，疏远暴力火并；主张国家至上，反对民族内耗；践行教育启蒙，疗救劣根国民。他终身不侧身任何党派，和他心中的"义理、考据"相关，也和他的"慎独、自矜"相连。这个人自然、真实、素朴、诚恳。在个人层面，他自我完成中含着悲惨、悲壮；于大千社会，他则是极好的参照。

举个具体的例子。当年郭沫若50岁时，共产党在重庆的组织为他举行了盛大的祝寿活动，"郭老"之谓便是缘此而生。老舍从来与人为善，也写了雅意却也坦白的祝寿文字。那篇文字的劈头一句，是："郭老是个聪明人，我说他的聪明，不仅仅指他的多才多艺，还指他的为人，他是任何时候任何地点都知道自己该站什么位置的人。"老舍的这篇文字当然充满善意，但究竟也有那么一点微讽。这篇文字也可看作作者的揽镜自照。就老舍的一生形状看，大致说，他与郭沫若是两种不同的人应该不会有太大差池。老舍一生不会"跟风"当然源于他对自己的"诚恳"，他是一个不能允许自己做即便一个人想起来也会脸红的事的人，他是一个甘愿自守底线的君子，虽然在最极端的压迫下比如"文革"时代他也不得不有限度地屈服，至少他不会主动弃善为恶。

老舍身上也很少有俗见的"知识分子气"，左、中、右也好，革命的、不革命的也罢，还有自由的、保守的、激进的，不管哪种模型似乎都装不下他。"我自己是寒苦出身，所以对苦人有很深的同情。我的职业虽然使我老在知识分子的圈子里转，可是我的朋友并不都是教授与学者。打拳的，卖唱的，洋车夫，也是我的朋友。与苦人们来往，我并不只和他们坐坐茶馆、偷偷地把他们的动作与谈论用小本儿记下来，我并没作过那样的事。在我与他们来往的时候，我并没有'处心积虑'的要观察什么的念头，而只是要交朋友。"（《老舍选集·自序》，《老舍文集》第16卷，第220页，人民文学出版社1990年版）这已是1950年的话了。毫无疑问，老舍的外在社会身份是作家、知识分子、学者，但所有这一切的叠加勾不出他的魂，"苦人"才是他最深邃的原初生命意识，他的自我认知是垫在这个根基上的。他是儒雅、风趣的知识者，更是平和、善良、真诚的一介布衣，他的心魂更和最底层的人们相通。他的文学不浪漫、不革命，也不思想、不哲学、不历史预设、不书面道德。或者说，他将以自己的方式书写这一切。他的作品终将证明他没有辜负他的时代，但在逝去的时光中却常被自诩为时代代言者的人批为落伍。大隔膜！

诗人卞之琳曾说他们的那一群是"小处清醒，大处茫然"。其实这世间有几人不如此？唯有那些自诩代言者的人才会言之凿凿吧，其实他们理解世界的方式不过是预设立场，而那些立场又常以不容置疑口吻的判断句式出现，以雷霆万钧之势宣布自己就是真理的阐释者。代言者表达出的理念多宏观而空洞，这样才显得大气而震撼？其实呢，往往是唬人！诸如，这是革命的时代；这是血与火的时代；这是反帝反封建的时代；等等。沈从文就曾经被激进革命"左"派批为"没有思想、灵魂空虚"，沈从文平和却也是倔傲地回答：你们所说的时代、革命、思想、灵魂我根本就不明白，也不想明白。这是语词与现实认知的双重隔膜。

在大时代，纷争是自然的。世界纷扰，人心多向。不同的理解、判断、行为、人心欲求、意志表达，一切还得归于各自历史境遇中的人。老舍有自己的定力，草根人生的沉积注定了他不会张扬；底层生活的艰难也使他注重现实，而不会堕入虚浮悬空的幻想。相连带的，他也不会书呆子似的盲目相信不管是书上的还是别人口上的教条。老舍的青春时代正是现代中国风云激荡的时期，老舍和他的同龄人相比显得老成持重，他身上没有"五四青年"的那种"朝气"，关于那个时代，老舍前后有不同说法。新中国成立后，他说五四运动教会了他反帝反封建；但 1949 年前他的说法是，他和新文化运动有些隔膜，激进的五四社会运动他更是置身事外，他唯一的收获就是学会了用白话文写文章。"五四运动时我是个旁观者……革命军北伐，我又远远的立在一旁……这两个大运动，我都立在外面。"（《我怎样写〈二马〉》，《老舍文集》15 卷，第 176 页）"'五四'把我与学生隔开。我看见了五四运动，而没在这个运动里面……看戏的无论如何也不能完全明白演戏的。""假如我有点长处的话，必定不在思想上。我的感情老走在理智前面"，"我的理想永远不和目前的事实相距很远"。（《我怎样写〈赵子曰〉》，《我怎样写〈老张的哲学〉》，《老舍文集》15 卷）这几句话把他自己说得通透，可以作为解读老舍的"元定律"。对于大时代，他有意也好无意也罢，他站的位置多为"旁观者"——旁观者才会更超然、清醒、理性、中立、客观。这个视角特别对于小说家老舍来说真是再恰如其分不过。他又是个习惯从感情角度看世界的人。啥叫"感情角度"？就是个性角度、性情率真角度、（自我的）人性角度、直觉反应角度。老舍表达的"句式"很独特，这未必是刻意修辞，但意味就深长也丰富多了："假如我有点长处的话，必定不在思想上。"祈使句，很谦卑的调子；但"必定"一词表明了绝对肯定，没有丝毫含糊。他和"不在"构成了独特的双重否定，否定的对象呢？"思想"。这个句子的言外之意就有了：说这话的人，不仅不以自己的长处"不在思想上"为意，还有点瞧不上"思想"的意思了。所以，"我的感情老走在理智前面。"不仅是自然的，也没啥可羞愧的。而"我的理想永远不和目前的事实相距很远。"这句话更是"文眼"，老舍从来不是一个闭着眼睛空想的人，他想象"未来"永不会脱离"过去和现在"，尤其"目前的事实"。"目"是啥？眼睛。这话的意思再直白不过：我相信自己的眼睛。谁也别来忽悠！这个认知很重要，可以说是解开老舍心灵奥秘的钥匙。老舍表达自己的价值立场时有一个特点：他几乎不用别人习见的高度概括的抽象名词。他的表达常含在直白的描写也就是他实地、实际的观察中。比如上面的这句"'五四'把我与学生隔开。我看见了五四运动，而没在这个运动里面"。为什么呢？他"看见"了啥？那就看看他在《赵子曰》中的描写吧："在新社会里有两大势力：大兵与学生。大兵是除了不打外国人，见着谁也值三皮带。学生是除了不打大兵，见着谁也值一手杖。于是这两大势力并进齐驱，叫老百姓们见识一些'新武化主义'。不打外国人的大兵要是不欺侮平民，他根本不够当大兵的资格。不打大兵的学生要不打校长教员，也算不了有志气的青年。"（《赵子曰》104 页）和习听理论、高谈阔论的人不同，毋宁说老舍是"世情观察者"，我一直对日本的"浮世绘"具体情形不甚了然，但只看"浮世绘"这个意象便觉得亲切。老舍也是瞩目"浮世"者，和胡塞尔"回到事情本身"的现象学一个思路，现象即本质。在当年的学生运动中，革命者、理论家从中抽象出宏大的"爱国主义"，老舍却看到敌意、残忍，还是在《赵子曰》中，老舍描写学生暴动后的情景："校长室外一条扯断的麻绳，校长是捆起来打的。大门道五六支缎鞋，教员们是光着袜底逃跑的。公事房的门框上，三寸多长的一个洋钉子，钉着血已凝定的一只耳朵，那是服务二十多年老成持重的（罪案！）庶务员头上切下来的。校园温室的地上一片变成黑紫色的血，那是从一月挣十块钱的老园丁的鼻子里倒出来的。温室中鱼缸的金鱼，亮着白肚皮浮在水面上，整盒的粉笔在缸底上冒着气泡，煎熬着那些小金鱼的未散之魂。试验室中养的小青蛙的眼珠在砖块上黏着，丧了它们应在实验台上做鬼的小命。太阳愁的躲在黑云内一天没有出来，小老鼠在黑暗中得意扬扬的在屋里嚼着死去的小青蛙的腿……"（《赵子曰》62 页）在老舍的小说中，他对"激进学生"素无好感，他用笔极尽讽刺，毫无保留地对之大张笔伐。说到底，老舍在人事中察看的是人性。老舍的运思方式是，就事论事，是什么事就什么事，别旁扯、顾左右而言他、别打扮、别粉饰。人间世一切都在一个"人"字上论。

当年闻一多在论郭沫若诗歌《女神》时，引用了纳尔逊关于人的感情的见解：纳尔逊认为，人的感情有第一、二流之分。第一流也即最真实最纯粹最动人心魄的感情唯有爱情；人类其他的感情严格说起来只能叫"情操"。他说，情操是经过人的理智过滤后的沉淀物，也即含有得失计算的因子。一个极度理性的人不啻是一部机器。当年鲁迅骂杨邨人"实一无赖子"，因为此公从来不知多愁善感为何物。人类所谓的文明、智慧不就是理智的逐步发达吗？但它相伴的也可能还有后天的更大的邪恶。人对自身的认识，最好还是别用抒情句。莫里斯说人不过是"裸猿"；栗本慎一郎认为人只是"穿裤子的猴子"。他们都以此为书名写了专著。看老舍的小说比如《猫城记》大概也可读得出老舍对人的基本立场的，务实而不浪漫。在谈论自己创作的随笔中他则常以己例人："穷，使我好骂世；刚强，使我容易以个人的感情与主张去判断别人；义气，使我对别人有点同情心。有了这点分析，就很容易明白为什么我要笑骂，而又不赶尽杀绝……我恨坏人，可是坏人也有好处；我爱好人，而好人也有缺点。"（《我怎样写〈老张的哲学〉》）"我在解放与自由的声浪中，在严重而混乱的场面中，找到了笑料，看出了缝子。"（《我怎样写〈赵子曰〉》）老舍是个"温情主义者"，这样的人永远走不了极端。不走极端，乃是因为他看人世间用了不偏不倚的眼光。

除了极端蒙昧、愚蠢之人，人都有立场。老舍的"温情主义"就包含着他面向世界的姿态。老舍对所处社会极端的失衡与不公正，屡次予以痛切的揭露和抨击，而且，他所达到的批判的深度很多现代文人无法比肩。但老舍从来没有让他的人物喊出"我们必须革命"的口号，若以老舍政治胆量太小或阶级觉悟不高来解释，实也谅难服人。20世纪30年代，老舍写了很多聚焦苦人命运的小说。老舍一再通过他笔下的人物发出对自己命运的诘难"凭什么呢"？（《柳家大院》《骆驼祥子》）"我招谁惹谁了"？！（《歪毛儿》《骆驼祥子》）"上哪儿讲理去呢"？（《我这一辈子》）"凭什么没有我们的吃食呢"？（《月牙儿》）在苦人的世界里连最起码、微弱的公正与人道也没有时，苦人的胸中也会迸发出愤懑。但是，老舍并没有把他们提升到思想意识的高处去喊他们不知所云的口号，他们确实没有也不可能有"中国社会各阶级分析"的能力，小说家老舍只是如实地写出这个世界的本相。再退回一步说，就是让老舍去做苦人的代言人，恐怕老舍的认识理路也未必合革命法理的辙。正如前面所言，老舍认知世界根本就不是纸上推演的"因为……所以……"这般"理智过滤世界"的套路，何况他在"因为所以"之间还看出了太多的"缝子"呢，他无法闭着眼睛让大脑指挥自己的腿脚去飞跃。在《骆驼祥子》里老舍这样写雨："雨后，诗人们吟咏着荷珠和双虹；穷人家，大人病了，便全家挨了饿。一场雨，也许多添几个妓女和小贼，多有些人下到监狱去；大人病了，儿女们作贼作娼也比饿着强！雨下给富人，也下给穷人；下给义人，也下给不义的人。其实，雨并不公道，因为下落在一个没有公道的世界上。"老舍告诉世人，社会一旦失去了正义与公道，一切人与人之间的不合理不平等现象皆会产生和扩大，从人道的角度说，这样的社会当然必须"换个样儿"。问题是，社会的不公和无道是怎样造成的？由这个不好的世界到一个好的世界的路径有哪些？走这路径的过程中会不会分岔、会不会表里不一？最重要的，如何把控社会、人心间的复杂纠缠？把这些问题拢到一起，简洁地说即是，罪恶的社会需要革命来改造，但是，是否先要弄清"这革命"的具体成色？

老舍肯定不是革命天然的反对者，但"城头变幻大王旗"的革命看来看去，他一定也会有鲁迅的那种幻灭感吧！《茶馆》里看尽了历史沧桑的茶客说："想起来呀，大清国不一定好啊，可是到了民国，我挨了饿！"而且，一场革命来了之后，世风却急速衰敝，"政局不但没个好结果，人的行为心术，从此更加堕落了"，"不许贫民清清白白的活着，非逼得你一点廉耻没有了，不能有饭吃"。这不是乾坤大颠倒么？那些革命者的形象又如何呢？"实对你说罢，我们从先口谈革命流血，那满是生意……眼看着革命日起有功，不谈点革命流血？那是个进身之阶，那不过是个投机的事业。真流血也得有血呀！有血也是凉的。"老舍分明是说，人心的机诈、腐坏、贪欲才是罪恶渊薮的所在。

再看一些老舍作品具体的表达吧。对于人间的打打杀杀，除了反抗外寇入侵，老舍从不正面肯定。《赵子曰》《猫城记》里，他写到失却理智的学生运动引发暴力与流血，他的笔调不是欣赏，而是痛心和揶揄。虽说极偶然地，他也写过像李景纯（《赵子曰》）、丁二爷（《离婚》）这样的好人因为国家大义以及个人义气而杀人，但都有被逼无奈一时兴起的意味，完全谈不上倡导暴力革命。老舍曾计划要写一部"武侠小说"《二拳师》："这篇小说，假如能够写成的话，一方面是说武侠与大刀早该一起埋在坟里，另一方面是说代替武侠与大刀的诸般玩艺不过是加大的杀人放火，所谓鸟枪换炮者是也，只显出人类的愚蠢。"（老舍：《歇夏》，转引自张桂兴编著《老舍资料考释》第270页，中国国际广播出版社1998年版）

反对盲目的暴力，恰恰体现了老舍的社会良知和责任心，尤其是对下层人民的体恤和悲悯。"一将成名万骨枯"正是人类历史丑陋的另一面。而作为一个知识者，他对人类的历史与现实更有自己健全的理性认知。他认为，国家与社会的弊端，不尽然都出在政治上，很多严重的问题出在国民的精神层面。他的作品表明，他是继鲁迅之后中国现代最杰出的文化启蒙作家。

老舍关于"中国国民性"问题的思考带有他个人很鲜明的个性色彩，庶可大概叙说以下几端：中国太衰老了，漫长的历史所造就的民族性已经造成了"人人生下来就是'出窝儿老'"，痼疾甚深；社会乱象便是拜民族精神文化缺陷所致，"浊秽，疾病，乱七八糟，糊涂，黑暗，是这个文明的特点"。在这样的社会形态中，强势者自我迷狂、横行无忌，弱势者忍辱负重、麻木迷信，处处是黑暗、残忍。"没有国家观念的人民和一片野草似的，看着绿汪汪的一片，可是打不出粮食来。"人格、国格的缺失，是国家民族许多祸患的源头："人类的进步是极慢的，可是退步极快，一时没人格，人便立刻返归野蛮。"怎样救国？老舍自己的药方是："知识与人格。""我相信有十年的人格教育，猫国便会变个样子。"教育国民，启蒙大众，他反对一味西化，也反对割裂传统，尤其不该放弃民族先前的伦理优长：劝善戒恶，扶持正义，是他构筑新型民族精神及社会理想的重要环节。"一个文化的生存，必赖它有自我的批判，时时矫正自己，充实自己；以老牌号自夸自傲，固执的拒绝更进一步，是自取灭亡。"

还有，青年时代老舍在英国生活数年，观察了英国以及欧洲各国的历史演变，尤其对英国的民主宪政温和改良式的资产阶级革命与法兰西暴力流血方式的资产阶级革命，有着自己的观察和本体的取舍。他对狄更斯的喜欢，文学上有审美的共鸣；更深层次的还有如何看取人生、世界的认同。老舍对英国绅士的欣赏与对中国"老派儿"的痴迷在欧洲游学时找到了绝佳的衔接点和心灵的深度印证：当年他一踏上欧洲，最突出的感受就是，这里真干净！地绿天蓝，水清木秀；人呢，平和、喜气、礼貌、庄重，唯一不适应的便是，在熙来攘往的公共空间，每每有清脆响亮的接吻之声让他不堪其扰。那时的欧洲已露 1929 年前经济大危机的败象，但欧洲的"人民"仍自矜、文明，在伦敦，在他租住的公寓，他常看见面色祥和的青年硕士、博士来公寓打零工，擦窗、扫地、抹桌，脸上不仅毫无羞赧之态，倒有劳动自养的自豪之心溢于言表，这些点滴细碎的印象对于来自异域文明的"观光客"老舍来说印痕之深非教科书所可比拟。而在一些抽象的名目上，比如革命，老舍不仅更易获得实地观察的机会，更有文化、艺术层面上的理解，比如狄更斯的《双城记》可以说上承雨果的《九三年》，下启加缪的《正义者》、马尔罗的《他人的血》，对暴力革命的厌弃和反思是他们共同思考的历史主题。稍稍比对一下《双城记》和《老张的哲学》《赵子曰》《猫城记》（同样是"城记"）、《骆驼祥子》里的对革命及革命者的描写，你会看到，老舍对待暴力革命的态度一以贯之，没有变过。《双城记》描述了法国大革命时代发生在巴黎、伦敦这两座大城里的故事，狄更斯对比隐喻的欲望和他自己的价值取向都很鲜明，"巴黎""伦敦"是两个象征性符号，代表着对历史不同走向的取舍，狄更斯对伦敦的赞许和对巴黎的厌弃，不是爱国主义情绪的廉价泛滥，而是基于对人类命运关心的郑重抉择。

与狄更斯一样，在老舍的温情背后，有他对社会斗争中各种力量的精神而不是物质的评定。他在社会的纷纷扰扰中，看取的是人心的实况。在狄更斯的《双城记》里，在宏大的历史教科书中被描述成正义化身的那些形色各异的革命者，在作家眼中不过是借革命之势行自己私利的无耻之徒，三教九流，沉渣泛起，大革命仿佛打开潘多拉的盒子，它带来的不是历史的新纪元，而是对人类文明的大破坏。老舍在自己的作品中也斥责那些纷繁争斗的既得利益者，利用手中资源猎取私利鱼肉百姓。不健康的国民道德，与不洁净的政治纷争，在老舍笔下被揭露成一个互为因果、循环往复的恶性怪圈。和狄更斯一样，老舍从现实的革命中看见的只是丑恶的喜剧乃至闹剧。这当然会促使他回过头来要在社会争斗之外去寻找救国救民的新路。

而在个体生命层面，严格的道德自律，甚而让老舍把政界官场与名利场画了等号。20 岁出头的时候，他当过一段"肥缺"官职的京师北郊劝学员，旋即主动辞职，短暂的仕途经历让他后来一直厌恶政坛与官场的龌龊。1959 年，老舍在《悼念罗常培先生》里，如实剖析了前期的自己与挚友罗常培（满族，字莘田，著名学者）等人当年的精神面目："我俩在作人上有相同之点，我们都耻于巴结人，又不怕自己吃点亏。这样，在那浑浊的旧社会里，就能够独立不倚，不致被恶势力拉去做走狗。我们愿意自食其力，哪怕清苦一些……遇到一处，我们总是以独立不倚，作事负责相勉。志同道合，所以我们老说得来……莘田所重视的独立不倚的精神，在旧社会里有一定的好处。它使我们不至于利欲熏心，去蹚浑水，可是它也有毛病，即孤芳自赏，轻视政治。莘田的这个缺点也是我的缺点。我们因不关心政治，便只知恨恶反动势力而看不明白革命运动。我们武断地以为二者都是搞政治，就都不清高。"（《老舍文集》第 14 卷，第 360、361 页）考虑到这段话所在的具体语境所可能产生的曲笔，直白地说，老舍其实就是厌恶政治和政治人物。马克·吐温时代，他曾怒不可遏地诅咒：美国参议院有些人是婊子养的。结果引发政治人物的众怒。幽默的马克·吐温在《纽约时报》上便登了一则道歉启事，语云：美国参议院有些人不是婊子养的。鲁迅的遗嘱也众所周知，第一条便是告诉儿子海婴：不要做文人和政客。瞿秋白认为太过绝对，鲁迅才添笔成"永不要做空头的文人和政客"。这个系列再加上老舍，会不会给人一个印象：文艺和政治，文人和政客是死敌。若是，这其中的奥妙又在何处呢？政治极端现实，艺术崇尚浪漫是不是一个重要原因？政治和艺术对人的塑造在方向上是极端相反的。

　　知识和人格是老舍们面向世界的两个支点。拥有了知识就不会盲信；劝善惩恶的人格追求又让他拥有了丈量世界的标尺。他们不会陶醉名词世界，也不会立信符号社会。看世界，他们喜欢掰开了、揉碎了，一点一滴、一分一寸地去考量。举个例子。胡适和老舍一样，老成持重，不慕虚荣。曾有一名后生去拜访他，见面便说仰慕之言，称赞胡适是"为生民请命，为天地立心"。胡适听了不喜却怒，教训这后生说：年轻人！说话要三思而后言。你说我胡某人"为生民请命"，我还差堪能受；"为天地立心"，我胡某人就不是目中无人，是目中无天无地了。你知道啥子是天？啥子是地？人又是什么？太狂妄！你真是不知道啥叫天高地厚啊！这段话再次证明胡适其实是书生。想想胡适的新文化运动时代至今还让人感叹不已。本来绝佳的路线设计后却无可奈何花落去地就走了岔道。在举世汹汹的"政治、革命"鼓噪中，胡先生冷静而持重地说着："多研究些问题，少谈些主义。"他借古鉴今分析透彻："因为愚昧不明，故容易被人用几个抽象名词骗去赴汤蹈火，牵去为牛为马，为鱼为肉。历史上许多奸雄政客，懂得人类有这一种劣根性，故往往用一些好听的抽象名词，来哄骗大多数的人民，去替他们争权争利，去做他们的牺牲。不要说别的，试看一个'忠'字，一个'节'字，害死了多少中国人？试看现今世界上多少黑暗无人道的制度，哪一件不是全靠几个抽象名词，在那里替他做护法门神？人类受这种劣根性的遗毒，也尽够了。我们做学者事业的，做舆论家生活的，正应该可怜人类的弱点，打破他们对于抽象名词的迷信，使他们以后不容易受这种抽象名词的欺骗。""一切主义，一切学理，都该研究，但是只可作一些假设的见解，不可认作天经地义的信条；只可认作参考佐证的材料，不可奉为金科玉律的宗教；只可用作启发心思的工具，切不可用作蒙蔽聪明，停止思想的绝对真理。"（《胡适全集》第一卷，第363、354页）

胡先生的这段剖析不止学理，还有人心。他一再指斥"抽象名词"的毒害，其要症就在于它"名实分离"却凭故弄玄虚唬人。真是鞭辟入里，一语中的。老舍沈从文们正是胡适的知己，"京派文人"不是拉帮结派而是心灵相契。老舍在上面同一篇《老舍选集·自序》中谈到30年代初他由欧陆回国："文学论战已放弃文学的革命，进而为革命的文学。配备着理论，在创作上有普罗文学的兴起。我是不敢轻易谈理论的，所以还继续写作，没有参加论战。可是，对当时的普罗文学的长短，我心中却有个数儿。""我却没有给《月牙儿》中的女人，或《上任》中的'英雄'找到出路。我只代表他们申冤诉苦，也描写他们的好品质，可是我没敢说他们应当如何革命。""我看见在当时的革命文学作品里，往往内容并不充实，人物并不生动，而有不少激烈的口号，像，几个捡煤核的孩子，捡着捡着煤核儿，便忽然喊起：我们必须革命。我不愿也这么写。""我的温情主义多于积极的斗争……这是因为我未能参加革命，所以只觉得某些革命者偏激空洞。"

老舍的这篇文字本是为检讨自己的思想而写的。今天读来只令人啼笑杂作。像老舍这样、这样一个苦人在那样、那样一个时代为何都没生长出革命欲望和意识呢？这对于那些只会在客厅里撰写革命理论的革命家们不该是个值得反思的悖论吗？显然，对于文学而言，是批判社会还是解剖人心更具使命意识？这是不同作家的理解和抉择。老舍是真正的心理现实主义作家，他拒绝"瞒和骗"。

老舍不是战士。他压根也没生起过要当战士的渴望。他也看不出怎样的时代一定要经由革命的必由之路；相反，他在那些他感到隔膜的革命者身上只看见"偏激空洞"。按照革命者的逻辑，老舍既是这般，就该是不革命者甚或反革命者。他最后的命运便是这么证明着的。

人类的社会和自身都是有缺陷的。人类的文明就在努力修补这缺陷。矛盾冲突来自不同方向的设计。但人总要在历史的争执中学会现在、未来的成长。作为一个苦人，老舍当然痛苦、痛恨造成这苦人存在的社会，但是，老舍分得清，要改造这社会，不仅并非暴力革命这一途，就是暴力革命本身所蕴藏的复杂的人性、社会、历史、道德问题，革命自身就无能解决。革命首先得完成自我救赎。作为小说家，老舍对人类社会特别是人类社会运动过程中具体的人性存在境况的呈现总比空喊几句革命的口号更有助于人类的自我认知吧。特别是艺术追求的过程性思维总会提出具体的、个别的而不是抽象的、一般的问题，对于生活在具体历史情境中的人来说，即便那是一个罪恶的社会，民众在受难，那些立意为民请命的革命者，如果他真的是为救苍生而起义而不是借民众名义谋私利的真正的革命者，那他就得回答：革命的法理基础如何与公平、正义的原则相容以及怎样的革命才会让天下苍生也就是人类获得真正的解放。

最后还是回到文学吧。老舍的文学开始于英国，终止于老北平新北京的太平湖畔。太平湖，真是讽刺而冷酷，不是老舍的幽默。狄更斯教会了他用小说来"苦中作乐"，可能现实太烦闷了，他要极致的喜乐，就没把控好分寸，失之于油滑。《老张的哲学》《二马》《赵子曰》都有些讥刺过头，过于释放，反失了"带住"的力量。但老舍的文学一开始最大的收获就是找到了自己稳定的支点：对艺术审丑的一生寻求。这是一个很精细的支点，开篇不久我就说过，老舍写出了人生的"正剧"，它是悲剧、喜剧、闹剧的融合，而这其中的黏合剂便是"审丑"这个基点的确立。不用单一的视角去看老舍才能明了老舍艺术与人生双重的丰富和完整。文学艺术的本职是"审美"，只是你要知道，"审丑"不仅是"审美"的有机组成部分，它本就是艺术与人生的根基。所以者何？文学是人学。"人是什么？"这是一切人文问题的元问题。"审丑"代表了对人认知的基本立场："人类身上的邪恶是不可拯救的。"（萨特）这样的认知看起来着实消极悲观，但也是绝望地清醒；清醒即便抱着悲哀的心态那也比糊涂而傻乐更具有被拯救的希望吧？所以，所谓消极的思想并不一定带来退行的行为。鲁迅"绝望的抗争"映照于鲁迅的一生不是相当饱满且充满令人振奋的张力吗？回到老舍这里，我总是说，读老舍这样经典的作家就像阅读我们丰富深邃的人生一样，永远不应该用单一视角来看他，否则，你错过的不仅是完美的艺术，还有完整美丽又令人哀伤的生命。以他最经典的《骆驼祥子》为例。

据说这部小说源于听来的一个故事，这个故事就构成了小说的基本结构框架。这个"据说"除了为中国中学作文教学提供了某种莫名其妙的说辞外别无意义。据说这是一部诅咒"旧社会罪恶"的书。这个"谈"好"无稽"，近乎扯淡。一个在世的作家写他眼前的世界，这世界在他眼中咋就有了"新旧之分"？老舍自己说过，写《骆驼祥子》就是要通过祥子的堕落人生看看"人间地狱"到底是个什么样子。这个"人间地狱"主要并非指的有形的物质空间，所谓的罪恶旧社会——从底层挣扎出来的老舍，当然比一般人更能体会社会炎凉、人间沧桑，也会有复杂难言的心灵感受，但绝不是庸俗社会学所简单指言的什么"新""旧"之分。这么说吧，任何一个社会都有善恶，惩恶扬善的道德立场也可看作人类普世价值的选择，关键是解决之路，是不是非得暴力政治？就是非得要暴力政治，在它进入实践层面之先，是否应该弄清楚人类的善恶所由何来，按照诊病治病的程序进行？——而指的是人的"心魔"——人的情欲——到底主宰人生、社会的力量有多大。在社会、人心两面，老舍瞩目的更是人心，当然，人心从来不是抽象的，它活在具体的社会情境中，老舍小说中的社会很丰满质感（有心的读者曾发现，写于英国的《老张的哲学》自然完全取自于老舍的记忆，但小说中对老北平的描写几乎和地图一样精确，也即你根据《老张的哲学》中的描绘，就可绘制出一张20世纪初老北平包括它犄角旮旯的地图来。老舍的"写实"功力和他虚构的能力一样强大），但它是为了凸刻更质感的人心世界。再说一遍，老舍是真正的心理现实主义的描绘者。主题，老舍自己定了位。

当然，根据法国罗兰·巴特的"可写文本""可读文本"的说辞；还有"作者死了"的理念，读者是可以做出自己独立判断的。我就准备这么干。先把我对《骆驼祥子》的基本判断说出来：这是一部丰满有骨肉的作品。它是悲剧、喜剧、闹剧的融合，读了《骆驼祥子》就像又经历了一次完整的人生，这是伟大艺术的共同标志：它写的只是一角世界，却给你汪洋恣肆、深入触及了人类一切共同问题特别是心灵欲望的感受。在艺术的层面，老舍的幽默艺术已达"含泪之微笑"的"化境"，让你在笑中品出心酸，黯然神伤中默然无语；老舍又写出了"老北平味"。重要的不是"老北平"，而是这个"味"，这是艺术家的功课。沙汀《在其香居茶馆里》写出了"川味"，鲁迅《孔乙己》写出了"绍兴味"……地方就在那，你也可以在那，但你未必能品出那味；品出来那味，你也未必写得出。老舍、沙汀、鲁迅的语言功力也好，像做了一桌好饭菜，他们用语言作器皿，把你想象中的各色味道给你端了出来。写小说是个"系统工程"。毕飞宇说可以从四个方面去看一个作家的成色：性格、智商、直觉、逻辑。他说出来的都对。但别人也可有自己别样的角度。比如说，"体验"；比如说，"深情"。写作的广度其实就是体验的深度。对于老舍而言，《骆驼祥子》《月牙儿》都是"深（入）情（味）"的作品，是写到生命层次的作品。作家的命搭进去了。他写祥子，人力车夫只是个符号，他通过写祥子与众不同的"这一个"最终要写出人身上的普世本质：不同皮色里面那一样的贮藏着一团欲望而又永不停歇骚动的心。这也没啥奇怪，人与人之间的理解肯定是建立在共通而不是差异的基础上的，梁实秋说，古今中外所有一切伟大的经典都是因为它写出了"普遍而永恒的人性"并无不当。而个人写得越饱满，就越人类；这和"民族的就是世界的"一个道理。

《骆驼祥子》的结构很单纯，祥子一根线贯穿到底。围绕着祥子的"洋车梦"，老舍写了祥子艰辛的创业历程及其失败过程，所谓"三次买车三次丢车"，最后伤心绝望的祥子堕落成了一个"流氓无产者"。小说里祥子一出场时，是个淳朴、灵魂洁净、自食其力、品质优良的个体劳动者，这样一个"好人"最后却一步步生生被逼成了一个毫无廉耻感、羞耻心的流氓无产者，确实彰显了那个社会的罪恶，这是一个没有公理正义的世界，说老舍充满了对那个世界的诅咒与控诉、对苦人的人道关怀一定不错，但厚厚的一本小说被辛苦写出来一定不是为了在道德碑上嵌上这几句好听的箴言的。即便非用功利的立场来表达对《骆驼祥子》的敬意，那借助这本伟大的小说来丰富、明白人们对人生的认知、获得心灵的抚慰，也比说一些枯燥的教条要诚实得多。

对于我个人而言，一本小说对于我的重要，从来都是在阅读它的过程之中，而不是阅读终结的时刻。结案陈词，只是为了一点清晰的条理；事实上，正是在这条理化的过程中，阅读时很多难以言陈的体会反而可能被过滤掉了，而且，被过滤掉的那个世界才是真正活色生香触人心怀的。所以，文学，它是被用来在阅读中体会的，你深味了就好。为了交流，人尝试着去表达，好的表达不仅表达了显在的，还尽其所能地借助暗示、烘托影现出那处在"暗影中的世界"。为何不全部直接表达？不是不想，而是做不到。想想古人的"言之不足，手之舞之，足之蹈之"不就明白了？艺术是"形象思维"，把它转成抽象概括常常索然无味、味同嚼蜡。要知道这个作品如何好，最好最简单的办法就是和文本面对。周作人、沈从文甚至说能用言语说出来的东西不过是垃圾，这从根上指认了言语表达的局限性，语言其实是抽象的，如果再用"抽象之抽象"就更无能呈现存在了，他们的用意当然不是要取消言语，只是警醒文学的言语该是感性的、形象的、描写的，这样才能最大限度地还原存在的质感。列夫·托尔斯泰最喜欢的丘特切夫的《别声响》："别声响！要好好地藏起/自己的感情，还有想往。/任凭着它们在心灵深处/升起，降落，不断回荡。/你应该默默地看着它们，/就像欣赏夜空中的星光。/——别声响！//你怎能表白自己的心肠？/别人怎能理解你的思想？/每人有各自的生活体验，/一旦说出，它就会变样！/就像清泉喷出会被弄脏，/怎能捧起它，喝个舒畅？/——别声响！//要学会生活在理智之中，/全宇宙，就是你的心房！/可惜神秘而迷人的思想，/会被那外来的噪声扰嚷，/甚至日光也把灵感驱散。/但你要懂得自然的歌唱！/——别声响！"就用它打个比方，阅读艺术、文学，就要在"有声响"的地方读出"别声响"的世界。

具体说说《骆驼祥子》。祥子是个老实、木讷、硬朗的年轻汉子，在北平城里做个洋车夫，他唯一的梦想是拥有一辆自己的车。他吃苦了3年，终于买了自己的第一辆车，可是很快他就遭了厄运：因贪2元钱的拉车款，他冒险出了城，结果连车带人被溃兵抓了差，车自然是没有了，人也差点丢了命。在一个夜晚，他趁乱逃了出来，无意间还带出来了3匹骆驼，他在北平郊外把3匹骆驼贱卖了35元钱，既垂头丧气又怀抱希望回北平这座大城去。他对自己牵走别人的3匹骆驼并无愧疚之心，因为他的车子也是被强盗抢走的，3匹骆驼卖得的钱只是他买车钱三分之一多一点，"他吃了亏！"作家老舍同情他的人物，祥子的思维也符合国人的价值观；然而，若依纯粹的道德理性看，这个行为正是日后祥子一系列堕落的开始，开篇那个开朗乐观的阳光大男孩已不复存在，他的人格已经受到了损害，不再完美。

为了要再买一辆车子，祥子开始了第二次的奋斗，甚至于硬抢老车夫们的客人，他以前是不屑这般作为的。老舍很精彩地把控着节奏，写出了具体情境中人的言行的必然性。祥子在"仁和车场"拉租车，他的勤快和爽利让他很受老板刘四爷的喜欢，每天他还了车之后，他留宿在车场。刘四爷又丑又凶的女儿虎妞诱着他通了奸。老舍非常舒缓精细地写了祥子前后的主观感受，让读者看清楚了这个木讷汉子的内心，特别是老舍并没把祥子写成完全的无辜者，在这里，老舍出色地表现了一个伟大作家应有的素养：世事洞明，人情练达，让人物活在由他的情境而造就的逻辑里。祥子本来的人生理想清晰、务实（祥子本来就是一个直观思维的人力车夫，抽象思维在他的天地之外）：在城里靠自己诚实的劳动买上自己的车，挣下足够能支撑他梦想的钱，然后回到乡下去，买几亩地，盖几间房，娶一个干净的乡下女孩子。可是通奸之事毁了他的梦。他觉得自己的人生已经不再清爽，他感到很羞耻，还有对虎妞的恐惧和嫌恶，为了逃避这无法解脱的困局，他离开了车场到曹教授家"拉包月"。曹教授是一个和蔼、慈祥的社会主义者，祥子过得很开心。可是虎妞找上门来了，她骗祥子说她怀孕了。祥子彻底被套住了。

有一次警察借口曹先生参加地下活动，搜查他的住宅，祥子的所有积蓄也被一个姓孙的坏侦探借机敲诈走了。他又一次走投无路，只好回到仁和车场去。刘老板对他起了疑忌，因为他女儿坚决要嫁给这个一文钱没有的苦力，他怀疑祥子借机谋他的财产。父女之间的对立终于在刘四过生日那天来了大爆发，父女二人不欢而散。祥子无奈之下，只好站到虎妞这边：尽管他嫌恶虎妞，但他更不能忍受刘四对他的侮辱。他和虎妞结了婚，搬到一个贫民窟去住。

虎妞本以为父亲迟早会原谅她，因为他只有她这一个女儿，所以她很安心地靠平日积蓄过着舒服日子。祥子则极其悔恨被骗着就这样结了婚，就越发卖力地拉车，希望能独立自主。有一天奇热，天下了豪雨，祥子在烈日和暴风雨下冷热相激，回到家里发起高烧来，在床上躺了两个月。加上虎姑娘平时对他身体无节制地掠夺，从此祥子的身体便垮了下来，病轻了，他下床走动，觉得自己的双脚像踩在棉花上，身体是他的立身之本，他感到了极大的恐惧。他和虎妞的婚姻生活本就是不平等的，虎妞仗着经济上的优势作威作福，祥子倍感压抑。书中写他吃饭的感受，他觉得食物不是从食管中下去，而是从脊梁骨上溜下去的。虎妞总是骂他自力更生愚不可及，他经历着身心两面的双重折磨。祥子唯一的慰藉是和大杂院里的一个名叫小福子的可怜女孩的交往，他们同病相怜，惺惺相惜。小福子靠做暗娼赚的一点钱养活他的酒鬼父亲和两个弟弟。及至虎妞难产死了以后，祥子很想娶这个困苦的好心女孩，但是想到要养活她一大家人，他吓住了。他终于搬到别的地方去了。

祥子心情太坏，开始抽烟喝酒，而且和以前看不上眼的那些吊儿郎当的车夫来往起来。他甚至在一户姓夏人家拉包月时，和夏太太有染，传染上了淋病。受了这最后的屈辱之后，他却毅然振奋起来，他要娶小福子，然后再去找他以前的恩人曹先生，让他拉包车。曹先生很高兴让他回来，但他先得找到他先前撇开的这个女孩子。焦头烂额地找了一阵子，他才知道小福子已经不堪屈辱，怀抱绝望自杀了。这一来，祥子的精神完全垮了。他不再回曹家拉车，因为做工就表示还想为了体面好看作徒劳无功的挣扎，而他现在已经失去了勇往直前的勇气。他开始自暴自弃地偷东西，出卖朋友，这样一天一天地越来越肮脏懒散，最终成了个邪恶的无业游民，在北京无休无耻的婚礼和葬礼里替人打小旗子，赚点钱用。小说的最后一句是："体面的，要强的，好梦想的，利己的，个人的，健壮的，伟大的祥子，不知陪着人家送了多少回殡，不知道何时何地会埋起他自己来，埋起这堕落的，自私的，不幸的，社会病胎里的产儿，个人主义的末路鬼！"

祥子的结局和最后的判词表达了老舍的绝望，绝望可以是因为看清了最终的悲惨结局而且知道这结局绝无挽回的可能；也可以是因为陷入困局而又不知解局的路在何方。而老舍的绝望或许正是双重的。

老舍自己不是一个从底层挣扎出来的成功者吗？他的成功经验他人不可复制吗？他为何让祥子失败呢？祥子失败在哪儿呢？这世上真有成功学这门课程吗？人生、社会、历史的哲学实在足够烦难。

烦难之处的原点在于：人、人心的复杂，由此衍成人类历史、社会的复杂。这或许正是老舍自己虽是一个从底层奋斗的成功者，但其内心却明白因为各个个体生命的在微观上的完全不同，以致这世上大而化之地看起来总结的经验教训可行、其实不行的原因。由个体推到人类群体恐还是如此。就拿祥子与老舍比一比看看。祥子本质上是个进城打工的"农民工"，老舍是出身贫民窟的城市平民，老舍不仅有地缘优势，更深层次的优势在于，两个个体生命从小浸淫的文化、文明不同，就像祥子和虎妞间的不可调和的冲突深层的原因在于农民的农耕文化和城市的市民文化的冲突，文化上的劣势使祥子根本融不进城市，在城市里他始终有被排挤的异己感、无根感，祥子虽不能自我分析，但他知其然不知其所以然的现实感觉是有的，所以，小说一开篇老舍就借交代祥子的理想对他的文化心灵结构作了准确的勾勒：挣够了钱，他要回到乡下去，买几亩地，盖几间房，娶一个干净的乡下女子做媳妇。这里的每一句话，每一个数目字都是不可移易的，甚至它的结构顺叙。前面说过，祥子是一个眼里只有他能看见的具象世界的人，他不能做抽象思维，他近乎靠直觉行动的古人可能有所夸大但也距离真实不远。他没读过书，他没有知识，他无法应对现代世界。小说中写到一个细节，在曹先生家拉包月时，女仆高妈曾劝祥子像她一样把多余的钱化零为整地存到钱庄里去，既增值还保险。祥子的脑袋听不懂这个"现代契约"规则，打破他的脑袋他也想不明白：什么？噢！你把钱交给别人保管，完了他还多给你钱，这不吃饱了撑的？祥子哪里懂得"吸储放贷"这一套现代金融的运行机制呢？祥子只活在自己停滞的熟悉的世界里，他没有自我更新的意识，自然也没有成长的机会。高妈为了说服他，还亲自给他作了示范，结果更适得其反。把一包银钱递进一个黑洞洞的窗口去，然后给出一个硬纸片，上面写着一行行的阿拉伯数字，盖着印鉴。这就完了？祥子怎么看那个黑洞洞的窗口怎么像一个狮子大张口。得！钱还是放在手里保险！结果，他的钱最终被孙侦探敲诈了去。这个细节除了它的真实力量，还可以把它视作一个隐喻：人们总把个人的失败归结于社会的罪恶，却轻轻放过了个体生命自身应该担负的责任。再说到"三次买车三次丢车"，好像仍是社会恶在作祟，但就拿第一次丢车被匪兵抢了来说吧，祥子自己事后反思，他并没有把它完全归结为社会的不公，而主要是自己的因贪失察，欲望蒙住了理性。也就是说，祥子遭遇的社会挫折在他看来只是一个偶然性事件，他之所以发生还和自己的不谨慎小心有关。如果不带偏见，祥子的这个反思在一切的人类社会当中均有相当的道理：人类到目前为止并没有建立起一个完全公平的世界，如果把一切悲剧都归之于身外，这个判断显然不具有真理性内涵。那最终打垮祥子的是什么呢？其实给出一些答案并不困难，但对于诚恳又喜欢深思的老舍来说，如何把这些答案做一个有序的逻辑说明并非易事。这可能就是老舍的困惑所在，也是别人谁主谁次争论不休的缘由所在。再说一次，人、人心的复杂衍成历史、社会的复杂。

　　还是结合具体的作品来说。小说的最后一句很容易给人得出一个判断：在一个病态社会里，要改善无产阶级的处境就得要集体行动；如果这个阶级有人要用自己的力量来求发展，只会徒然加速他自己的毁灭罢了。小说里代表这种思想发言的是一个叫"老马儿"的老车夫，他两次出现在祥子的生活里，每次都影响祥子调整着自己的思想，减少着祥子的自尊与自信。第一次祥子看到老头子带着小孙子踉跄地跌进茶馆，冷热相激，老人晕了过去，祥子扶着他坐下，第一次大方地为他买了十个羊肉包子，缓过气来的老人吃了两三个就不吃了，众人劝他，可怜谦卑的老者一边四下作揖，一边四下找寻他的小孙子，把剩余的几个包子推到衣不蔽体冻得瑟瑟发抖的孩子面前，用含着浊泪的老眼慈祥地看着自己的孙儿，用满是污垢表皮龟裂颤抖的手捏起包子送往孩子的口中……这段描写我此时想起来仍不禁潸然泪下。祥子看着这个形似骷髅一贫如洗的老人，他以前以及现在都是个有自己车的独立车夫，只是现在这辆车已破败不堪。祥子想起自己的梦想，似有所悟，不禁害怕起来，仿佛看见自己前程的影子了。自己有车，就能逃得了穷命吗？和虎妞结婚又有什么大不了的坏处？"这样一想，对虎妞的要挟，似乎不必反抗了：反正自己跳不出圈儿去，什么样的娘儿们不可以要呢？况且她还许带过几辆车来呢，干吗不享几天现成的福！看透了自己，便无须小看别人，虎妞就是虎妞吧，什么也甭说了！"小说的最后，祥子为了改过自新，到处找小福子的时候，他又巧遇茶馆里见过的穷老头子。老人的孙子此时已经死了，他很坦白地告诉祥子："干苦活儿的打算独自一个人混好，比登天还难。一个人能有什么蹦儿？看见过蚂蚱吧？独自一个儿蹦得怪远的，可是叫个小孩子逮住，用线儿拴上，连飞也飞不起来。赶到成了群，打成阵，哼，一阵就把整顷的庄稼吃尽，谁也没法去治它们！你说是不是？我的心眼倒好呢，连个小孙子都守不住。他病了，我没钱给他买好药，眼看着他死在我的怀里，甭说了，什么也甭说了！茶来！谁喝碗热的？"祥子听了这段经验之谈，非常气馁。后来他发现小福子死了，便就乖乖地认命，不再挣扎。老车夫的情形，让他认定奋斗是没有用的。

小说里蚂蚱的比方不是接近于阶级革命的法理了吗？如果此时老舍让他的老马儿喊出"穷人就得革命"的口号不是要比那些口号化的作品更自然得多吗？老舍为何没有如此做呢？其实，蚂蚱的比方有它自在的内圈：成阵的蚂蚱是有"毁灭"性的力量，毁完之后呢？可持续性在哪里呢？说到人类，如果没有健全的理性，良好的制度设计，一个阶级推翻另一个阶级之后，会不会只是"城头变幻大王旗"？写在纸上的革命公平、正义法理并不天然地在实践中就顺理成章。即便革命的理念是好的，革命者的成色呢？老舍是缺乏信任的。在《骆驼祥子》里，大学教授曹先生是个具有"社会主义"思想的人，常在课堂上大谈社会革命的道理，但当危险来临时，他的第一个反应便是逃跑。具有讽刺意义的，是他的学生阮明，接受了他革命思想的这个最优秀的学生正是把他送进监狱的告密者；更有讽刺意义的是，明面接过老师革命接力棒实则想凭着时髦的革命去谋自己私利的他，假惺惺地跑去发动应该最具有革命欲望的穷人时，却被流氓无产者祥子告发，最后枪毙完事。祥子拿着告密而来的赏钱可着实过了几天逍遥自在的好日子。这样一幅现代中国"革命与被革命"的图景实在荒诞至极。这是不是又一部鲁迅《药》的复写，为老百姓"着想"的革命者却被人民蘸了"人血馒头"。只不过鲁迅是悲愤的，老舍则是讽刺的，滑稽大过沉痛。想想鲁迅彼时彼处对"革命者"更多的是嘲讽（《阿Q正传》等很多作品），其实本体上二人心灵是相通的；正因为他们都有自己的困惑，所以才会对革命投以复杂难言的目光。鲁迅和老舍一样极其厌恶政治人物。

毫无疑问，社会批判是老舍小说不可或缺的一部分，但它并没有破坏主角生活的悲剧逻辑。老舍盯紧的永远是人，人在各种情境中的人心状况。在描写他笔下人物生活历史中，他表现了惊人的道德眼光和心理深度。在《骆驼祥子》里，最终彻底打垮祥子的不是抽象的恶社会，而是具象的虎妞。老舍针脚绵密地描写了二人间关系的演变历程，像茅盾在《虹》里描写梅行素和柳遇春的婚姻生活一样，透过自己的笔墨，他们爬上了现代中国文学的一个高峰，可以俯视赤裸裸的人生经验的狂暴可怖，一点也不温情、说教、投合大众趣味。摘一段两人婚后不久的描写来看看：

"'好吧，你说说！'她搬过个凳子来，坐在火炉旁。'你有多少钱？'他问。'是不是？我就知道你要问这个吗！你不是娶媳妇呢，是娶那点钱，对不对？'祥子像被一口风噎住，往下连咽了几口气。刘老头子，和人和厂的车夫，都以为他是贪财，才勾搭上虎妞；现在，她自己这么说出来了！自己的车，自己的钱，无缘无故地丢掉，而今被压在老婆的几块钱底下；吃饭都得顺脊梁骨下去！他恨不能双手掐住她的脖子，掐！掐！掐！一直到她翻了白眼！把一切都掐死，而后自己抹了脖子。他们不是人，得死；他自己不是人，也死；大家甭想活着！"

作家都要面对生活，可是"生活"在每一个人的心中不是一样的。"日常人生"最具有"文学性"，换个说法，即，文学最应该关注的就是日常人生，因为它是一切人生最根基的部分。即便是描写公共生活，最好也以"极具个人色彩"的目光来透视，人类、社会、历史不过是抽象的集合名词，要还原出它的具象和感性，就得由一个个鲜活的个体生命去体现。《骆驼祥子》开口很小，人物很普通，然而一点也不影响它折射大千世界的五光十色。

作为中国现代文学史上最出色的长篇小说之一，它给我留下很深印象的还有老舍对人生诗意的表达。诗意，在一般人的心中等同于浪漫。在这样一部严肃沉重充满悲剧氛围的作品中何来诗意？这恰是老舍广阔和深入的地方。朱光潜说，"诗意"是一切艺术最基本的特性，也就是说，没了诗意，就不成其为艺术。那诗意到底是啥？还是朱光潜，说，艺术的诗意就是用完美的形式表达出的对存在真谛的理解。这就结了。

文学表达的存在真谛当然是人的存在真谛了。祥子是当然主角，这个笨嘴拙舌的人力车夫不会表达自己，可是小说中的他在读者的眼中立体、真实、鲜活，老舍替他向我们精细描述了他的生命感觉，连绵不绝地呈现让读者在与祥子的对视中也触摸到了自己生命的血肉神经，仿佛又活了一次、又明白了一些，不由地从内心深处发出甜蜜而忧伤的叹息。当祥子劫后余生逃回北平城扑倒在官路的尘埃里时，读者也跟着他吐出一口长长的气；当祥子买了自己的第一辆车，老舍描写了他买车过程的内心活动，读了不禁让人啼笑杂作；当祥子晚间无聊赖，拿出自己的扑满倒出自己的银钱，又摸又看又吹，闭着眼睛听银圆在空气中震颤的清音时，读者也分明感受到了一个外表木讷的生命内里的美丽……就是这么卑贱的一个生命，老舍也让人们看见了他的热望、祈求、梦想、沉醉，这也是一个完整的有光彩的生命。苍凉中些些的温暖，叫人想笑还哭。

老舍还有一点值得珍视，在举世滔滔从众呐喊"打倒传统、全盘西化"的汹汹之声中，老舍不浮不躁冷然安然做着中西文化的检讨工作。他的笔下塑造了各种时髦、浮浪、油滑的青年形象，他毫不隐瞒他的讽刺甚至厌恶。他的这个倾向具有非常重要的个人意义：他几乎决绝地表现了对青春中国的否定、拒绝。再往深处延伸，似乎又可窥见老舍内心的孤独迷惘和绝望。他在欧洲、英国待了近5年，从他的《二马》可鲜明地看出他对西方现代文明的首肯与亲近以及对母国文明的反思。《二马》承接了鲁迅对国民劣根性批判的主题，虽然他不如鲁迅辛辣尖锐，但老舍并不是一个虚无的"全盘西化者"，在面对西方文明强势进入中国的历史进程时，他并无兴趣去考察母国文明与外来文明在纸上演义的孰优孰劣，而是注目于西方文明与现代中国即时嫁接的具体情形的考察，他在《月牙儿》中写"我"与"胖校长侄儿"的"自由恋爱"，"我"被始乱终弃的悲剧可说是老舍抽向"个性解放、恋爱自由、婚姻自主"这些抽象名词的一记响亮耳光；它前接了鲁迅《伤逝》中涓生与子君恋爱貌合神离的悲剧，后启了文学晚辈张爱玲《"五四"遗事》冷嘲热讽的喜剧。鲁迅、老舍、张爱玲都一眼看穿了中国"文字游戏党"们的心机：打着漂亮时髦貌合神离自欺欺人的语词幌子，行的却是始乱终弃的旧把戏。个人再挣扎努力也终难逃脱在大社会面前的无力与渺小。老舍的文学反复证明了他是一个真正地写出了人间存在真相的"写家"：不仅是对世相的精雕细刻，在对人心的烛照上他更是无与伦比。

沈从文：越轨的艺术与人生

解读沈从文，他生命的原始质地尤其应该关注。他是"湘西之子"，虽然他后来游走四方，他的生命之根却从没和那一方土地的血脉相离。他是"混血儿"，祖上有汉、苗、土家血统；他也曾拥有祖上的荣光，祖父、父亲都曾征战沙场，做过大将军、提督。14到20岁的他也曾加入行伍，只是时乖运蹇，这已不是祖父、父亲金戈铁马的时代，军人的血性和强悍最终化为了文弱书生身上的坚韧和倔强。他出生的湘西之地，山，高而险；水，多而柔。自然莽荒之地养育出的蛮强野性深植于他生命的性灵深处，他一生自称"乡下人"不仅其来有自，还成了他自我身份确认的标牌。即便他后来也成了"城里人"，施蛰存却一语道破，说他是"洋绅士中的土绅士"。施蛰存或微有戏谑，于他却是再精确不过。他身上的土气已融入血液，脱不掉；当然，他也不想脱掉。"乡下人"是他别在衣襟上的"红字"，却丝毫没有霍桑"《红字》"的耻辱感，正相反，他很自得。湘西在漫长的历史风尘里曾是现代文明的"化外之地"，加上民族杂居，这样的文明生态自然更容易把湘西变成自由王国，没有道统、法统、正统，没有子曰诗云，没有祖宗之法，也即没有系统理性的文明教化和九九归一的君临天下，感性、自由、奔放的生活也把沈从文的生命塑造成形，即便他后来不可避免地要接受新世界的洗礼，同样地，新世界也得接受他"湘西之灵"的过滤。

幼时的沈从文很顽劣，不喜上学读书，常逃学到外面晃荡，不是在湘西凤凰县城里的商市街上看五行八作的匠人们劳作；便是跑到城外下河摸鱼，上树掏鸟，到寺庙里打神像；有时还坐在凤凰城头看城外河滩上的杀人盛典。后来写《从文自传》的沈从文反观少时的自我，他觉得自己活脱就是一个"小流氓"。"流氓性"到了他的行伍时代自然更是有增无减。在地方部队，他当过卫兵、班长、文件收发员、司书等。沈从文自述那个时期的生活就是酒肉女人的人生，一直到20岁，生命起了烦闷。

文学史上常有这样的情形，许多卓有建树的作家，他的早年生活后来不仅成了他文学写作最重要的素材宝库，还为他文学的风格和主题定下基调。而在生活的自然进程中，他无法意识到这段生活对他未来人生的意义。莫泊桑如此。欧·亨利如此。莫言如此。沈从文也如此。沈从文的例子不过再一次表明，文学不是在书斋里被虚构想象出来的，而是生命在大地上行走的结果。还有一点绝不可小觑，即沈从文早年生活的内容以及展开方式也别有意趣。不喜读书的沈从文后来自得地说，他从小就读了一本最大的书，这本书的名字叫"人生"。这句话绝对不能以文学的修辞来对待，这是一句绝对诚实、现实、真实的表达，沈从文一开始便是以自己的"全生命"来拥抱他的人生的，眼口手鼻耳，看听嗅触摸，人生之存在对他而言具象而质感，想象那些手脚被缚只凭抽象名词来认识人生的幼小生灵吧！这就是"小流氓"沈从文和那些背着书包上学堂的"读书郎"的决然不同。这个不同的"绝对性"早就应该在文学、生命的层面作出真正富有识见的论断了，包括"小流氓"这个词也应该给它赋予更事实而不是故弄玄虚的内涵阐释，此刻我脑中想起电影史上两部伟大的经典《教父》和《美国往事》，还有司马迁《史记·刘邦本纪》。如果我们对大自然更多的只是不怀人之偏见的认识和欣赏，那么，对本身即是大自然产物的渺小人类是否也能取同样的立场，特别是在我们试图认清自己的时候。人首先该诚恳地直视自己的欲望，而不是佯装置身其外地对它指指点点。人到底应该闭上眼睛沉浸在善的自我迷醉的想象中，还是应该睁开眼睛冷静谛视自己身上的恶？

沈从文后来是这么总结自己的文学的：我盖了一座希腊小神庙，在那小神庙里我供奉了一尊神，这尊神的名字叫"人性"。话说得谦卑而虔诚。一个来自中国西南边地的乡下人在说自己文学的特质时，却提起了万里之外历史悠远的希腊，这当然是有"寓意"的。古希腊被马克思称为人类美好的童年时代，清新、浪漫、感性、美好，人性自然而优美，就像沈从文湘西"边城"里的人们一样。沈从文的词典中还有一个与"人性"形影不离的词——"生命"，对于沈从文而言，它不仅不是一个抽象名词，而且也不是芸芸众生的表象生活所呈现的浮薄影像，它是钻进了生活之芯的那个具象、丰满、鲜活至极的存在。构成沈从文对

"人性、生命"认知的不是"知识""先验判断",而是他亲身经验、体验的生活,尤其是那些"非常态"的、和内心欲念相交融的经历和体会所直接启示给他的生活,比如战争,比如男女,比如迁徙游走中的那些奇怪、奇异、炫目、惊心的经历。

　13岁那年,"将军后人"沈从文,征得母亲同意,进了在当地举办的预备兵技术班。幼小的他学不到啥军事知识,却跟一个名叫"藤师傅"的老教头交了朋友。这个教头好像狭义小说中跑出来的人物,十八般武艺都能来上一手。少年沈从文自然对他敬佩异常。如此约莫过了两年,沈从文得到当事人的许可,以补充兵的名义,驻防辰州(沅陵),4个月后又移防到怀化。在这个小乡镇里耽了16个月,他却看过700个人被砍头。后来,他追随着各个不同的部队散布到湖南、四川、贵州各地方去。除了军职以外,他还做过警察局的文书,管过税务,也做过报馆的校对。这段混迹江湖的日子,他结识了各式各样的人物,如军官、土匪、私娼和舟子(船工)。虽小小年纪,他已接触到了成人世界里情欲、堕落与英雄色彩等多面的世界。在他经历过的事件中,有些看来甚至非常邪恶,但若换了另一种眼光看,却又可认为是人类精神一种美的表现。比如,自传中,他记录过一个18岁的女匪首如何利用她美可方物、男人见了无不魂飞魄散的姿色一次次地逃脱杀戮,这段真实的传奇比梅里美笔下的《嘉儿曼》还要令人难忘;他还在《三个男子和一个女人》里写过一个有些令人毛骨悚然的故事,一个卖豆腐的小伙如何趁着月黑风高盗墓奸尸。他私恋的一个少妇美艳异常,死后下葬,小伙盗出她的尸身,在一个山洞里待了三天三夜。后来事发,他被判了死刑,却一点也不后悔,口中啧啧而言:"美得很!美得很!"这些事件在他生命中刻下的痕迹别样而深刻,慢慢沉积到他的生命深处,以后不仅自然会成为他写作的素材,更会形塑他对生命的立场。这些丰富的见识和刺激性的经验对将来写作的益处不言而喻,最重要的是,使他获得了对历史感和事实的自我判断的角度和方法。有了这些坚实的不自欺的判断,在他后来面对人世间各种压力的时候,他始终有自己的定海神针。到北京寻梦的沈从文当时虽只有20岁,除了青春、野心、激情,可说是身无长物,然而,对于后来成为作家的他而言,他拥有的丰富阅历对于一般同龄人来说可能毫无用处,于他,则是黄金也难换来的财富。甚至,刚到北京的那几年落魄,还在为他积累着日后一定要用的这笔财富。他越轨的人生孕育了他越轨的艺术,时间却终将证明,他的艺术会成为人类艺术宝库中不可多得的瑰宝。

　生命烦闷之日也是生活醒觉之时。20岁的沈从文从湘西启程要到北京这座大城去闯荡。那时他想的是,既然过往并不值得留恋,那就把一条贱命当作赌注整个押上去,看能赌出一个怎样的天地。开始非常难。他曾生活在多民族的环境中，那里孔孟的东西少，自然的、野性的东西多，从小不受约束的生活养成了活泼、天真的生命，所以长大以后做人没顾忌、不做作。做作家，这是一个极佳的状态；做人，来到了一个异质空间，特别在汉文明主导的庸俗社会中就尤其显得不合时宜，碰壁也就在所难免。他和丁玲一生的恩怨最能说明他这个乡下人的气性。他初到北京后不久就与丁玲相识、交往，感情真挚。丁玲陷入绝望时，他曾给予无私的救助；丁玲入狱后他因误听了丁玲死信还写了《记丁玲》，但后来两人却发生误会，隔阂至深。误会是以别人流言所致，丁玲怨恨他，他也不申辩，以致新中国成立后长期受排挤，他就默默活着，隐忍着。直到很多年后他重新被解放，只有一次他在与一名研究生出差的火车上，因为学生的追问，才带着一点情绪说了这么一句："那时的丁玲很疯很浪漫，人又长得不漂亮！"

刚到北京时的沈从文并没有开始写作，他曾尝试着去考北京大学，就像丁玲曾去上海投考电影明星班一样，不过都是追自己最原初的梦罢了。最终大学自然没有考上。外语不行，一口湘西土语，交流都有障碍，在北京混不下去，就又返回家乡当兵。但在队伍中领伙食费时，过去的生活影像一霎时回到脑间，简直恶心住了自己，于是又掉转头，再到北京谋生。这时他开始写作投稿，却屡屡不中，生活极度困难，临时当过图书管理员、报社编辑。当时《晨报副刊》的主编是孙伏园，一次编辑部会上，孙搬出一大摞他的未用稿，说：这是某某大作家的作品。说完扭成一团，扔进废纸篓。他当年在北平最困难的时候，冬天很冷，在没有炉火的湖南会馆中写作，衣服单薄，腹内无食。他写信给郁达夫，郁达夫去看他，请他吃饭，临走还给他留了几元钱；后来徐志摩也去看他，请他吃饭，临了把围巾送给他。郁达夫又把回他的书信《答一位文学青年的公开状》在刊物上发表，字里行间充满着对文学晚辈的怜惜。两个文豪给了他感动终生的温暖，也正是在这两人的帮助下，他的作品慢慢发表，逐渐声名起立，徐志摩又引荐他到胡适主政的吴淞中国公学教书，以至于后来遍至中国名校，最后任教到北大，成为名作家名教授。这是他前半生的大致经历。不服输的沈从文最终打出了自己的一片天地。贾平凹说："晚年的沈从文老了却老得像老太太，坐在那里总是笑着，那嘴皱着，像小孩的屁股。有一个很奇怪的现象，凡是很杰出的男人，晚年相貌都像老太太。沈从文不是个使强用狠的人，不是个刻薄刁钻的人，他善良、温和、感受灵敏、内心丰富、不善交际、隐忍静虑，这就保证了他作品的阴柔性、温暖性、神性和唯美性。"

在上海吴淞中国公学，沈从文遭遇了爱情。来自苏州祖籍合肥的张家二小姐张兆和才貌双全，他一见钟情，立即写求爱信，张却看不上他，把信交给了校长胡适。胡校长则极力撮合二人。经过他"乡下人式"的不懈努力，他最终得偿所愿。新中国成立初期，沈从文境遇极度不好，也影响到夫妻关系，他内心的孤独与悲凉可以想见，因为爱，他只是一言不发。他有一间单独读书写作的房子，每天带点熟食一早去，晚上回来，这样的生活在沉默中持续很久。只是到了他的人生戏剧大幕拉上之后，他的枕边人才让我们明白，沈从文一直只是自得其乐独自一人在跳自己的爱情舞蹈，她只扮演了这出大戏中一个认真、负责但从没有把自己完全投入的跑龙套者。她在沈从文身后还伤感地发问：三哥！你这一生只爱了一个把躯壳给你的人，幸还是不幸？唉！张兆和！不幸的是你，不是那个乡下人。他不仅爱了你，他还爱过一个和你同样美貌富有才情的高青子。他经历了很多吓掉他魂魄的磨难，但他的人生也极其的丰盈饱满。

作为小说家，沈从文创造出了自己的文体：就是他被扔一堆人里，你一眼还是可以看出哪个是他。这很不易，或者说，很难。凭这就可把他放在天才之列。天才并不是只有一种型号。天才，只能欣赏，你无法复制和模仿，他常让同行绝望。齐白石说：似我者死。除非你也是天才，但你只是完成自己，并不是对他的超越。天才的作品看起来也很平实，亲切得就和我们身处的存在一样，但经过了他的呈现，他仿佛创造了个第二现实，这第二现实就如一面反射镜，让我们反过身来更清晰、更深入地认识、明白了我们似乎熟悉但却陌生的存在，尤其是我们身体及灵魂的真相。

关于写作，沈从文有个有趣的说辞，叫"做情绪的体操"。那当然就要做得自然而优美。他还说，一个写作的人对待写作就要像一个仆役对待主人那般谦卑，尽心服侍。作家谈写作不是理论家的那副腔调，他带着自己的体会，更具描述性。沈从文像个手艺匠，讲究细节、工艺，他谈艺术时很少有理论家的那些纯概念，他用的概念都微观、精致、具体，比如，"韵律""韵味"，要顺随着大自然的节奏，主张"师造化"，求人与自然的和谐；特别强调语感，如琢如磨于言语的声音、节奏、色彩与情绪的和谐，追求表达与存在的一体共生，"羚羊挂角，无迹可求。"如阿城所言，艺术也是门手艺，艺术家的本分就是要把活做得漂亮。余华写《活着》的时候，故事早就有了，他长时间地为寻找不到叙事的腔调苦恼着，一天灵感突降，他抓住了小时候外婆说故事的语调，于是一切顺流而下。余华幸福地说，仿佛不是他在讲故事，而是这故事牵着他的笔往前走，他只是随顺而已。懂写作的人，知道余华没有编神话。这是人神契合；就如同一些科技发明，好像是上帝启示某人带到人类社会似的。牛顿故居的墙上就有这样几句话：自然和自然规律隐藏在黑暗中，上帝说，让牛顿去搞吧，于是，一切就光明了。

小说家最核心的能力是叙事，人们常说，艺术的本体不是"写什么"而是"怎么写"。往前推进一步，上升到艺术哲学层面，可以打个蹩脚的比方，存在本就是叙事的，不是抒情、议论。道理简单不过，抒情、议论，是"人义"层面的东西。比如，《旧约全书·创世纪》开篇："起初，神创造天地。地是空虚混沌，渊面黑暗；神的灵运行在水面上。神说：'要有光，就有了光。'神看光是好的，就把光暗分开了。神称光为昼，称暗为夜。有晚上，有早晨，这是头一日。"这是圣经文体，也即神文体。自信、干脆、绝断，具有不容置疑的伟力。它是以叙事彰显上帝之力，只是叙事。叙事让存在现身。

叙事是一种立场，抒情、议论也是。叙事首先连接的是凝视、倾听、触摸，是要你"看"存在；抒情、议论是"说"，要"说"出存在，很简单，你首先要"看"见存在。存在在前，意识在后；客观在前，主观在后；事实在前，价值在后。存在、客观、事实唯一，意识、主观、价值多元。

京派大佬沈从文曾被左翼狠批。温和的沈从文这回却很倔强，口吻带出不屑。左翼的抽象、空洞、玄虚，加上蛮横、霸道确实让人不耐。沈从文说，你们所说的社会、时代、思想、灵魂，我不明白，我也不想明白。这样的口吻当然是阻断交流的意思。这就不仅仅是意见不合了。表达不屑，鲁迅的表达是"连头也不转过去"。他还曾煞有介事地研究过阮籍的"白眼"和"青眼"，可想是准备随时用上的。那时的知识者都有一些脾气。

来替不屑、也不宁静的沈从文理一理。按刚刚说到的叙事、抒情、议论断，"思想、灵魂"之类属于"抒情、议论"范畴，沈从文不喜欢这种"指点江山，激扬文字"的姿态。他说过，人太渺小了，面对宇宙天地，人最自然的姿态是"喑哑"。想想从雄浑的湘西走出来的这个"湘西之子"所叙述的世界，那里面充满了大自然的声音，风声、水声、鸟啼、兽鸣，唯最少的便是人声，他的人声也多是温柔、虔诚、敬畏的。在《凤子》的第十章里，那位"城里客人"看了当地土著的宗教仪式后，很兴奋地对总爷说："你前天和我说神在你们这里是不可少的，我不无惑疑，现在可明白了。我自以为是个新人，一个尊重理性反抗迷信的人，平时厌恶和尚，轻视庙宇，把这两件东西外加上一群到庙宇对偶像许愿的角色，总拢来以为简直是一出恶劣不堪的戏文。在哲学观念上，我认为神之一字在人生方面虽有它的意义，但它已成历史的，已经都是文明弄下流，不必需存在，不能存在了。在都市里它竟可说是虚伪的象征，保护人类的愚昧，遮饰人类的残忍，更从而增加人类的丑恶。但看看刚才的仪式，我才明白神之存在，依然如故。不过它的庄严和美丽，是需要某种条件的，这条件就是人生情感的素朴、观念的单纯以及环境的牧歌性。神仰赖这种条件方能产生，才能增加人生的美丽。缺少了这些条件，神就灭亡。我刚才看到的并不是什么敬神谢神，完全是一出好戏；一出不可形容不可描绘的好戏。是诗和戏剧音乐的源泉，也是它的本身。声音颜色光影的交错，织成一片云锦，神就存在于全体。在那光景中我俨然见到了你们那个神。我心想，这是一种如何的奇迹！我现在才明白你口中不离神的理由。你有理由。我现在才明白为什么二千年前中国会产生一个屈原，写出那么一些美丽神奇的诗歌，原来他不过是一个来到这地方的风景记录人罢了。屈原虽死了两千年，《九歌》的本事还依然如故。若有人好事，我相信还可从这古井中，汲取新鲜透明的泉水。"（《凤子之第十章·神之再现》，载《文学杂志》第一卷第3期，1937年，143—144页）

这段文字中的"城里客人"是个"新人"，自称不信神，一开篇就表达了他对神及拜神文化的批判（抒情、议论）。然而，这只是前奏，这是他来这边地之前的思想或立场，来了边地，看到了边地土著敬神的宗教仪式后，他扭转了自己的立场。是什么扭转了他呢？敬神的题旨他是清楚的，也是他一直坚定批判着的，直到他来到这边地之前。但先前的批判是抽象的，现在他身处现场，读者看见他自己带着沉醉，又用自己的叙事对现场的情境作了再现，他明白了或者说，他"体味了"由叙事带来的情境的力量。他的独白鲜明地分为前后两段，后面的叙事恰形成了对前面抒情、议论的解构。"我刚才看到的并不是什么敬神谢神，完全是一出好戏，一出不可形容不可描绘的好戏。是诗和戏剧音乐的源泉，也是它的本身。声音颜色光影的交错，织成一片云锦，神就存在于全体。在那光景中我俨然见到了你们那个神。我心想，这是一种如何的奇迹！我现在才明白你口中不离神的理由。你有理由。"客人的抒情、议论是出于叙事的描绘中的。"一出不可形容不可描绘的好戏。"不可形容、描绘，怎么办？只有在现场，或只有通过叙事再现这现场。这客人甚至展开了自己的想象，然而，此时他是自信的，那想象就像他穿梭时光回去看见了的一样："我现在才明白为什么二千年前中国会产生一个屈原，写出那么一些美丽神奇的诗歌，原来他不过是一个来到这地方的风景纪录人罢了。屈原虽死了两千年，《九歌》的本事还依然如故。"原来，屈原当年也在现场，他不过是个"风景记录人罢了"。

这样一看，叙事对于沈从文来说就不是单纯的艺术方法问题了，就是他的艺术哲学，当然也是他的生命哲学，他前面已说过，他的文学供奉的神即"人性"或"生命"。很显然，沈从文对自己身份的定位，是和两千年前的前辈屈原一样，他只是要做个"存在"的"风景记录人罢了"。再看看《从文自传》（这本自传实在可看作他所有小说的序曲）中的这段："就为的是白日里太野，各处去看，各处去听，还各处去嗅闻：死蛇的气味，腐草的气味，屠户身上的气味，烧碗处土窑被雨淋以后放出的气味，要我说来虽然无法用言语去形容，要我辨别却十分容易。蝙蝠的声音，一只黄牛当屠户把刀刺进它喉中时叹息的声音，藏在田垄土穴中大黄喉蛇的鸣声，黑暗中鱼在水面拔刺的微声，全因到耳边时分量不同，我也记得那么清清楚楚。"（1943年开明版修正本，21页）这是对幼时生活的回忆，全部被气味、声音、具象所占据，就像普鲁斯特的《追忆逝水年华》一样，那是身体、生命的记忆，只需叙事呈现已足完满，再有抒情、议论诚属画蛇添足。

　　对于沈从文而言，叙事立场所带出的还有观察人、世的方法：他不相信"透过现象看本质"这样玄惑的理论，他说他"只永为现象倾心"。本来在高小文化背景下开始创作的沈从文在西方那样高度文明的国度却获得了比他在母国更高更深的共鸣，可见文学并非以知识而是凭人心在人与人之间架起沟通桥梁的。从文学的文化学阐释来看，沈从文虽没有西方胡塞尔"现象学"哲学的学理素养，但他却用自己的文学画出了中国式的现象学哲学图景。对西方的胡塞尔来说，现象学是"力图描述我们从经验中得到的感受"的学科，"不掺杂任何混淆视听的先入之见或假想的思辨。他的座右铭是'回到事情本身'，而不是我们用以代替这些事情所预先构设的概念"。（威廉·巴雷特：《非理性的人——存在主义哲学研究》，商务印书馆1995年，210页）"'现象'这个词现在在所有的欧洲语言中都是一个常用词，在希腊文中它的词义是'自行显现'。于此，'现象学'意味着让事物自己说明自己的企图。只有我们不去企图把事物硬塞进我们为其制造的观念的框框中去时，它才能向我们显现自己。""根据海德格尔的观点，我们并不能靠征服和压制来认识一个客体，而只能任其自然，以此来使它展示出它究竟是什么。我们人类的存在，在其最直接、最内在的细微差别中也会自行显现出来，如果我们洗耳恭听的话。"（《非理性的人》祖211页）这不就是沈从文的文学一直在"呈现"的世界吗？哲学"现象学"鼻胡塞尔不仅倡导"回到事情本身"，同时还提醒说，哲学家应该多多向艺术家学习，他劝告哲学家更接近经验的根源。要哲学家如此做是有相当困难的，因为他习惯了带着许多理智的先入之见前来经验。艺术家就比较容易，他的本分就是必须体验生活。艺术家直接呈现出来的真理躲开了哲学家的概念结构。哲学家眼中多概念抽象的世界，艺术家则更广博而充满质感。这个提示的意义不应该局限于哲学。哲学往往被视为智慧的化身，这个惯性有意无意把哲学家也神话了。哲学史上的哲人，除了一些特殊时期比如古希腊和人本主义时代而且也不是所有的之外，大多数专注于人的精神领域的探究，身体被忽略，其实也即人的"整体性"没有被还原。人类寻求知识本来是为了解释存在以便更好指导自己的行为，但在其演进过程中，有很多知识转换为了"学问"，探索存在者也变成了冬烘气的"老学究"。"象牙之塔"越来越远离"十字街头"，这是包含哲学在内的人文学科应该反思的地方。沈从文曾以大学教授的身份却带着自觉的反教授意识对台下的学生说：你们读不懂我的作品，因为你们的"性灵"早被那些大学教授、理论家僵死的理论杀死了。你们应该到真实的世界里去品尝一点酸甜苦辣咸，不拘什么，然后你们再回来读我的作品，那时或许你们会收获一些，酸的、苦的、甜的，也不拘什么，总会收获一点。这段说辞再次说明，沈从文总和那个由"现代文明"所架构起来的世界存有深深的隔膜。

虽说左翼指斥他没有灵魂、思想，虽然他以不屑一顾相对，但这个"对一切事照例十分认真，似乎太认真了，这认真处某一时就不免成为'傻头傻脑'"（《从文小说习作选·序言》）的"乡下人"很认真地阐述过他的艺术思想，甚至还由他的文学给"现代中国"开出了他的药方。他的逻辑推进如下：中华民族作为一个族群到了人类的近现代后落伍于其他民族，根源在于"民族热情力"也即"生命野性激情"的下降甚至丧失，而导致这种状况的则是以汉民族文化为主导的文明对人性的戕害，"虚伪""实利"的观念让这个族群堕落到了无以复加的地步，要扭转这种状况，就得恢复"民族热情力"，自然就得摒弃造成民族热情力下降的文化。沈从文的这个理路和郁达夫对国人的指斥殊途同归，郁氏认为正是"虚伪""当官发财的思想"让国人灵魂极其病态；与鲁迅的关于族群"奴性"所以生成的思考也交相共鸣。具体来说，正如论者早已指出的，沈从文在他的文学版图上建立了两个两相对照的国度：湘西乡下人的国度和城里文明人的国度。"对照"的意味则是鲜明、无丝毫含糊之处的。湘西世界代表了沈氏对"未来中国"的期望，"城里世界"则代表了他对现实世界的厌弃。

而在作品的具体层面，沈从文展开的思想更远比这狭隘抽象的概括精微、丰富。夏志清在《中国现代小说史·沈从文》里说："他创作的目标是与叶芝相仿的：他们都强调，在唯物主义文化的笼罩下，人类得跟神和自然保持着一种协调和谐的关系。只有这样才可以使我们保全做人的原始血性和骄傲，不流于贪婪和奸诈。沈从文与他同期的大部分作家另外一个不同之点是，他虽然对资产阶级生活方式的无聊与堕落深恶痛绝，却拒绝接受马克思主义乌托邦式的梦想。因为这种乌托邦一出现，神祇就要从人类社会隐没了。他对古旧中国之信仰，态度之虔诚，在他同期作家中再也找不出第二个。这个古旧的中国，农村的封建经济，极少受到现代贸易方式的影响（更不用说其他的现代意识形态了），因此反为越来越缩小了。可是沈从文对此信心不减，而且还能在这种落后的甚至怪诞的生活方式下，找出赋予我们生命力量的人类淳朴纯真的感情来。但沈从文并不是一个一切惟原始是尚的人，更不是一个感情用事，好迷恋过去，盲目拒绝新潮流的作家。虽然他有些作品是可以称为'牧歌'型的，但综观其小说文体，不但写到社会各方面，而且对当时形势的认识，也非常深入透彻。他的作品显露着一种坚强的信念，那就是，除非我们保持着一些对人生的虔诚态度和信念，否则中国人——或推而广之，全人类——都会逐渐地变得野蛮起来。因此，沈从文的田园气息，在道德意识来讲，其对现代人处境关注之情，是与华兹华斯、叶芝和福克纳等西方作家一样迫切的。"沈从文虽来自偏僻的湘西，但他的视野却比同时代很多作家要宽得多，对社会、人性的洞察也更富有真知灼见。

开始沈从文经历了很久的挫折，成长的缓慢让他痛苦得近乎崩溃。他不缺生活，他当然也需要时间去反刍它，但现实最缺的是写作的操练，所谓的"艺术素养"他没有一点储备。他从小没怎么用心读书。在流浪时期，他有过不少因缘际会，交到一些对他后来坚定写作有极大影响的朋友。那时他读到了林纾翻译的狄更斯作品，书中的人物、情节迷住了他。在报馆当校对时——这是他在1922年去北京前最后的差事——他认识了一个印刷工头，二人同居一室，从他那读到了许多五四以来的新旧杂志。在此之前，他可以说有一点零碎的旧知识，临过帖、细心地读过《辞源》、古诗古文。正是这些新旧杂志打开的新世界触动了他，他苦思了四日四夜后决意去北京上学了，这想法得到了上司的鼓励及经济上的帮助。一个作家的生涯拉开了序幕。

他在黑暗中独自摸索。他没意识到写小说还要顾虑那么多技术性的东西。他常常在文体和主题上做各种不同的试验，写了一连串的短篇小说，好坏都有，个别的还有他自己也弄不明白却已被他写出来的。但正是这样，他慢慢地获得了属于自己的文体。那会的左派批评家根本不放他在眼里，他一点也不关心当下的政治，只觉得他是一个多产、意识形态幼稚的写家而已。等到他写成了气候，他又成为左派眼中最反动的右派中心了。他对这些莫须有的攻击不屑一顾，对自己极有信心。早在1936年，他就颇以自己的"落后"为荣了："两千年前的庄周，仿佛比当时多少人都落后了一点。那些人早死尽了。到如今，你和我爱读秋水马蹄时仿佛面前还站有那个落后的人。"（《静默》，《文学季刊》第1卷第6期，1936年11月）现在的人已明白，这也是他的自我预言。

他早期的作品已表现出他作为一个真正艺术家的洞察力，但在文体和结构上，难得有几篇没有毛病。他对西方的小说传统一无所知，对现代短篇小说结构也无了解，开始他的叙述方法都是传统性的。其实，沈从文很早就写得一手好文章，简洁、流畅。可是，大概是为了要补偿不谙洋文的自卑心理，偏要写出冗长的、欧化的"掉尾句"一样的断续句子来，还常常在行文中不问情由地加入一大段散文式的按语和啰唆描述。他对西方小说本来不熟，可是看了《阿丽思漫游奇境记》后，就模仿了路易·卡罗尔的笔法，写了一本《阿丽思中国游记》的讽刺性作品；而《月下小景》则是仿照《十日谈》所组成的佛家故事，"全部分出自《法苑珠林》所引诸经"（《月下小景·题记》）。这些一方面见出他的幼稚，一面也显出他的焦虑。

成熟时代的沈从文，写得最好的是纯真的少女（萧萧、三三、翠翠）和饱经风霜、超然物外、已不为喜怒哀乐所动的老人。《夜》中的老者在"我"及四个伙伴来访的前一天刚死了爱恋了16年的伴侣。"这是我的故事，这是我的一个妻，一个老同伴，我们因为一种愿心一同搬到这孤村中来，住了十六年，如今我这个人，恰恰在昨天将近晚饭的时候死去了。若不是你们来我就得伴她睡一夜……我自己也快死了，我的故事是没有，我就有这些事情，天亮了，你们自己烧火热水去，我要到后面挖一个坑，既然是不高兴再到这世界上多吃一粒饭做一件事，我还得挖一个长坑，使她安静静地睡到地下等我……"当"我"与伙伴离开时："我听到一个锄头在屋左边空地掘土的声音，无力的，迟钝的，一下两下地用铁锹咬着湿的地面。"这老人给人留下的印象难忘，他代表了人类真理高贵的一面：他不动声色接受了人类的苦难，其所表现出来的端庄和尊严，令人敬佩。相较之下，叶芝这个老诗人在自己老态龙钟时所表现出来的愤懑之情以及海明威《一个干净明亮的地方》中的那个患了"空虚感失眠症"的老头，都显得极为渺小了。天真未琢，但很快就要迈入成人社会的少女；陷于穷途绝境，但仍肯定生命价值的老头子——这是沈从文用来代表人类纯真的感情和在这不美好世界上一种不妥协的美的象征。沈从文对人类纯真的感情与完整人格的肯定，无疑是对自满自大、轻率浮躁的中国社会一种极有价值的批判。这种冷静明智的看法，不但适合于浑朴的乡村社会，也适合于对懒散的、懦弱的、追求着虚伪价值的，与土地人情断绝了关系的现代人的批判。

但沈从文表现都市题材的作品不如湘西世界的优秀。主要原因是它的讽刺色彩太过鲜明，他忍不住的说教更加剧了它的失败。前面我已经提过，不管是对于沈从文还是其他天才作家，叙事是他们最核心的能力。通过叙事来呈现，在"于无声处听惊雷"这才是最富有戏剧爆发力的。

总体上看，沈从文无愧于时代伟大作家的称号。他是一个多变的文体家，在不同的文体里他游走自如。《边城》里的玲珑剔透牧歌式的文体，里面的山水、人物呼之欲出，这是他最拿手的，几乎已达神化之境。还有受了佛家故事影响的叙述体，笔调简洁生动，以及他模仿西方句法成功后的文体，很善于用灵动的句子捕捉各种流荡飘忽的印象和感受，文与意完美融合。夏志清评价说："沈从文的文体和他的'田园视景'是整体的，不可划分的，因为这两者同是一种高度智慧的表现，一种'静候天机，物我同心'式创造力之产品。能把一棵树的独特形态写好、能把一个舟子和一个少女朴实无华的语言、忠厚的人格和心态历历勾画出来，这种才华，就是写实的才华。虽然沈从文受了自己道德信念的约束，好像觉得非写乡土人情不可，我个人却认为，最能表现他长处的倒是他那种凭着特好的记忆，随意写出来的景物和事件。他是中国现代文学中最伟大的印象主义者。他能不着痕迹，轻轻的几笔就把一个景色的神髓，或者是人类微妙的感情脉络勾画出来。他在这一方面的功夫，直追中国的大诗人、大画家。现代文学作家中，没有一个人及得上他。"在这个名字的下面，排着一长串闪亮的作品，《萧萧》《长河》《边城》《菜园》《丈夫》……它们像一颗颗耀眼的星辰闪烁在现代文学历史的星空。

　　稍微细致一些来看看他的《静》，他施展了高超的描写情景的印象派手法，表达了对处于战乱忧患中的人的尊严的关心。一个饱经离乱之苦的家庭，男的在军中，女的带着儿女疏散到一个小镇去暂住，等候3个男人的消息和接济。母亲肺病咳血，得躺在床上养病。大女儿和媳妇到外边去求神问卜了，丫头翠云在洗衣服。春天的日子极长。全家中比较从容自由的只有15岁的岳珉和她的小侄儿5岁的北生。因为年纪的关系，他们还不知该为家庭的窘境发愁。小说就是环绕着这两个小人儿发生的。

　　故事开始时，岳珉正在后楼顶晒台上看风筝，没多久，北生就爬着楼梯上来了。从晒台望出去，楼外面一大片春意，"河对面有一个大坪，绿得同一块大毡茵一样，上面还绣得有各样颜色花朵"。楼下的房子本来就昏暗得发霉，再加上一个抱病的老太婆，若非到这晒台上，两个孩子是难得看到这春色的。难怪北生一看到河边"……有三匹白马，两匹黄马，没人照料，在那里吃草，从从容容，一面低头吃草一面散步……就狂喜地喊着：'小姨，小姨，你看！'小姨望了他一眼，用手指指楼下，这小孩子懂事，恐怕下面知道，赶忙把自己手掌捂到自己的嘴唇，望望小姨，摇了一摇那颗小小的头颅，意思像在说：'莫说，莫说。不要让他们知道！'"（《黑凤集·静》，1943年版，第40页）

　　最需要阳光、春风、绿草坪和那又青又软小河的，是岳珉。在这苦闷的沉寂中，少女岳珉想到许多自己的问题，特别是到上海读书的愿望。她看着一个小尼姑从小庵出来到河边去洗菜洗衣服，自己也觉得快乐了一阵子。可是不一会，那闷人的寂静又回来了。她回到房间去看母亲："'你咳嗽不好一点吗？''好了好了，不要紧的，人不吃亏，我自己不小心，早上吃鱼，喉头稍稍有点火，不要紧的。'这样问答着，女孩便想走过去，看看枕边那个小痰盂。病人明白那个意思了，就说：'没有什么。'又说：'珉珉你站在那边莫动，我看看，这个月你又长高了！简直像个大人了。'女孩岳珉害羞似地笑着，'我不像竹子吧，妈妈。我担心得很，十五岁就这样高，不好看。人长高了要笑人的。'"

　　岳珉的姐姐和嫂嫂问卦回家后，家里几个人又聊起来。到了傍晚，岳珉又上晒楼去了，既不是为了看风筝也不是为了看新娘子骑马过渡，她只在栏杆边闲看，眺望到一切远处、近处，心里也慢慢地平静下来了。下楼后，母亲、嫂子和姐姐都睡了，北生也不知在何时坐在地下的小绒狗旁睡着了。在厨房里，翠云丫头正偷偷地用无敌牌牙粉当作水粉擦脸。这个时候，岳珉突然听到隔壁有人拍门，心便骤然跳跃起来，以为是爸爸和哥哥回来了。

　　可是，没多久，一切又重归于静寂。岳珉不知道他那个在军队里做事的爸爸已经殉职了。

这是最纯净的写作。读着这个故事，我想象着沈从文当年的心怀，也记起萨特、海明威对写作的祈愿：不放过一点一滴，把那存在所有的细枝末节一一记录下来，绵密的无丝毫间断的过程，存在就在那里隐身着。《静》就是他们祈愿的现实图画。作家成功地营造了一种静穆的气氛，一种由各主角无援无助的心境衬托出来的悲情：人物虽然勉强地说着轻松的话，却一样难遣愁怀。这种悲伤的气氛，从这家住的昏暗屋子和屋子外面无边的春色对比中，最容易感觉得出来。晒楼上所看到的各种细节——小河、草坪、风筝、马匹、小尼姑和新娘子——在故事中都变成了自由与幸福的象征，远离在这个逃难家庭之外。除沈从文外，30年代的中国作家，再没有别人能在这么短的篇幅内，写出一篇如此富有象征意味、如此感情丰富的小说来。

沈氏真正创作的时间并不长，从 1924 年至 1949 年，一共 25 年左右，人不到 50 岁就搁笔了。聂华苓后来曾在《乡下人沈从文》中感慨过：你曾是一只夜莺，唱出了美妙动听的声音。后来你不唱了，不是你的嗓子坏了，而是你身边的世界变了。这就叫生不逢时吧！让人叹息。沈从文 25 年时间作品结集 80 多部，是现代作家中成书最多的一个。这不免让人惆怅地猜想：如果不是人为地被中断，他会留给人世间多少的佳作呢？

经历过那样的人生，沈从文却是个温柔的男子，这让人感叹生命的神奇；从四川出来的艾芜，和沈从文一样少年时代就浪迹天涯，他的文学如《山峡中》野性而狂放。温柔的沈从文写出的小说格调阴柔，具女性气质。当年鲁迅不待见他，大概不仅嫌他的笔名"休芸芸"之类似女人，想必对他的文学趣味也不以为然吧！当然话说回来，鲁迅的旨趣不能成为唯一的标尺。沈氏作品气质忧郁，格调哀伤，但分寸把控得相当好。作品题材取自社会下层，写士兵、妇女、小职员、妓女的日常人生，只是明面上没有家国、时代而已，但这绝不代表沈氏是个没有时代感的作家。时代不是那几个人、几个集团的，谁也没资格自居为时代的代言人，更不用说诠释者了。在沈氏写作的年代，国家破碎、民族灾难，但每一个人有自己的生活以及对生活裁取的方式。湘西成就了沈氏，他让异乡的人看见了别样的生活、别样的色彩。1949 年后，他从文坛消失；又是很多年后，他好像出土文物受到人们追捧。他当然不变，变的是外面的世界。沈从文的回暖对他是个证明，对我们也是个求证。

沈氏的温柔带来了他文学的暖性。善良而宽宏的心灵才能写出温暖的作品。特别是早期的沈从文写下层社会的日常人生时，他以温和的心境，尽量看取人性的真与善。梅里美、艾芜也是的。在最著名的《边城》，他写吊脚楼里的女子，说，她们收了过往商贾的钱财，就"尽心尽力"地为客人服务；若遇见个"咬着了心的"，那就从此不接待其他客人，专心一意地等着那个人再来。沈氏的描述对人性的美好是有所渲染，但他把这美好更多地聚焦于最底层的人身上，这是他看世界的眼光，沈氏对"上大人、上上大人"恐怕是别有所见的。他讲完了《柏子》的故事，很少发议论的他，曾拿柏子和城里的文明人相比，柏子的人生就是简单的打工挣钱、吃肉、喝酒、睡女人，他说，柏子的人生说不上健全和优美，但至少是自然而健康的；而尤其城市中人并没有评判柏子的权力。这话的潜台词是，和柏子比，城里文明人的生活虚伪、苍白、扭曲。所以，沈氏曾明确地说，要知道"乡下人"和"城里人"有何不同，看看他的《柏子》与《八骏图》即可明了。当年围绕《八骏图》的逸事是，据说几个好朋友读了《八骏图》纷纷找沈从文"算账"，说是自己被丑化过分了，大家嘻嘻哈哈当真不当真一番才完事。凡熟读沈氏之人，大概都理解沈氏对现代文明人类的矛盾心态。沈氏有一颗慈悲之心。《丈夫》中的妓女比起《边城》里的，是特写。从笔底流出对女性满满的悲悯，读完让你心跳和叹息。作品的暖性，也润泽了他的文笔，优美，没有生硬尖刻，没有戏谑和调侃，朴素而平实，连幽默都带着笑意。一切就只是温情。

沈从文又是唯美的。讲究文体，讲究艺术，讲究语言，讲究气韵，但他的文章并不柔弱和矫情。现代作家废名也极唯美为上，沈从文还曾琢磨过他，但废名的作品太讲究了，太讲究就难免冷僻、孤寂，也就难免不大气。沈从文则是开阔的，除了个人的趣味外，还和作家生活的"动""静"相关，沈从文确实要感谢人生给予的馈赠。

巴金：一个作家是怎样没被炼成的

作为中国人中的一个，他令我有限度地尊敬；作为作家，则感受复杂。他自说一生激情燃烧，确乎如此，也很宝贵；但他常以激情代认知，则是肤浅。他文学著作等身，却多次说自己"不是作家"，他很认真地重复，当然不是矫情；但，是逃避。我猜，他都不知道他在这个表白下面自己逃掉了什么。"我不是作家""我不是艺术家"，累牍地重复，他就真的不再是作家、艺术家。在米兰·昆德拉的《小说的艺术》里，"作家（小说家）"可是个具有至高荣誉的名词。

他生前身后都得到很多荣誉。有些是他该得的，有些则名实不合显得滑稽，虽然该被讽刺的是命名者。他青壮时代，以《家》显姓；衰衰老矣，又以倡"说真话"扬名，两次风光实在都给人一些讶然愕然之感。在《家》时代，他真不能算一个好作家，他是在经历着抗战时代的艰苦生活中才慢慢地通过《憩园》《第四病室》尤其《寒夜》把自己锻造成一个优秀作家的；晚年时期提倡"说真话"自然功莫大焉，但"说真话"的自我实践，他做得很一般。他早已成型，要求一个古稀老人再脱胎换骨也确乎过于玄想。这些都不能怪他，生在一个乖谬的年代，连他的风光都不能纯粹……

容我慢慢道来！

出身很重要，它带有宿命的味道。1904 年，巴金出生在四川

155

一个大地主家庭，衣食无忧备受恩宠，母爱尤甚。但生活也有它的自由意志，在巴金的生长过程中，一些生活影像特别是不断的死亡在他生命中刻下了不可磨灭的痕迹。五六岁时的他，很喜欢自家庭院里那些跑来走去的鸡。有一天他特别喜欢的一只大花公鸡被家人宰了，准备待客之用。小巴金跑过去抢救不及，只看见花公鸡的喉咙已被割断，"大花鸡在地上扑翅膀，慢慢地移动。松绿色的羽毛上染了几团血。我跑到它的面前叫了一声'大花鸡呀！'它闭着眼睛，垂着头在那里乱扑，身子在肮脏的土上擦摩着。颈项上现出了一个大的伤口，血正从那里面滴出来"（《忆》，25 页）。这件事被他后来写进了他的第一本小说《灭亡》里。此事不久，巴金的奶妈杨嫂也死了。她一直在李家帮佣，病危的时候，巴金去看她："阴暗的房间，没有一点声音。只有触鼻的臭气。在那一张矮床上，蓝布帐子放下了半幅。一幅旧棉被盖住杨嫂的下半身。她睡着……我想不出一句话来，却把眼泪滴在她的手上。'你哭了，你的心肠真好。不要哭，我的病就会好的。'"（《忆》，40—41 页）这个经验后来在《秋》里，以婢女倩儿临终时的动人场面再次被复活了。最令巴金痛苦的是母亲的死，1914 年他 10 岁；不久，他的二姐又死了，还有一个丫鬟，幼时的玩伴也夭折了。1931 年，他已成了著名作家，在上海他接到了长兄自杀于成都家中的消息；仅仅两个月前，巴金还接到了他长达 20 余页的书信，诉说他所遭受的大家庭制度的痛苦。大哥的死直接促使巴金离开了"杜家的故事"（在以"无政府主义信仰者"杜大心为主角《灭亡》之后，他还写了《新生》，他本设计的更是一个三部曲的计划，这是左拉给他的灵感），改写"李家的故事"，此就是后来的《激流》三部曲：《家》《春》《秋》。

幼年时与一连串死亡遭遇对于当时的李尧棠后来的作家巴金是极端重要的，这是最初的深刻的生命印象，它带来的痛苦以及由这痛苦在内心培育出来的憎恨和愤懑在当时对于还是少年的他或许只是一些无理性的情绪记忆，但一定刻骨铭心并参与形塑他将来的生命结构以及心理趋向。后来大哥之死催生出的"我要控诉"的激流三部曲只是一个证明。富贵的出身并不是决定心魂的绝对因素，身出大家多有不幸在中国现代作家中就大有人在：鲁迅、曹禺、艾青、张爱玲等都是。爱心、敏锐的感性，对于生活在封建宗法制大家庭中的少年巴金不啻是一种痛苦：专制的祖父让他困惑，为何祖孙二人在一起不像祖孙而像两个敌人、各房之间为了利益不断的明争暗斗让他厌恶气愤、伯叔父亲这一代偶然间流露出来的淫猥和残忍、婢仆们的悲惨遭遇、中国草药对于疾病蔓延的束手无策等，都让他从不同方向鄙弃他身在的世界。等他逐年长大，看到更多外界的苦恼和不平时，一些为他解剖困惑指明方向的新兴观念会对他有怎样的吸引就可想而知。这些观念当时在由他大哥带回的《新青年》以及其他先进杂志之间传播着。少年人对于爱与同情心的需要，决定了他阅读的方向。而这带有宿命倾向的阅读反过来将会塑造他的灵魂，在巴金的少年时代，他接触并立即信奉了"安那其主义"（无政府主义）并最终成为这种主义最重要的倡导人之一，他也成为中国作家中有关西方革命以及"安那其"文学的最大权威。少年人的人格和信仰都单纯而真实，这最初的印记也最鲜明。少年时代的阅读形塑着巴金的人生观，但也可以说同时钳制了他。后来的巴金曾说起少年的自己："书读得多，事经得少。"书生气伴随了他一生。那时的巴金读了克鲁泡特金的《告少年》和波兰作家廖抗夫的一出戏《夜未央》，就认定自己已经找到了此生可以依持的终极真理，这当然是少年人纯真的浪漫幻想。多年后，巴金在《夜未央》译本序言里，仍热情洋溢地说出如下话语："大约在十年前吧，一个十五岁的孩子，读到了一本小书。那时他刚刚信奉了爱人类爱世界的理想，有一个孩子般的幻梦，以为万人享乐的新社会就会与明天的太阳同升起来，一切的罪恶就会立刻消灭。怀着这样的心情来读这一本小书，他的感动真是不能用言语形容出来。那本书给他打开了新的眼界，使他看见了在另一个国度里一代青年为人民争自由谋幸福的奋斗之大悲剧。在那本书里面这一个十五岁的小孩子第一次找到了他梦境中的英雄，他又找到了他的终身事业。他把那本书当做宝贝似的介绍与他的朋友们。他们甚至把它一字一字的抄录下来，因为那是剧本，所以还排演过几次。这个小孩子便是我，那本书便是中译本《夜未央》。"（《生之忏悔》，126 页）

在巴金先生身上，他的精神生命早早就出现了"停滞"。对于许多人来说，一本 15 岁时喜欢的书，到了 25 岁往往会遭到淘汰；或者说，因为对于该书在智慧上或文学上有了新的体会，而产生不同的阅读方法，所谓"温故而知新"也。很多中国作家（巴金更是其中一个特例）却是：在他们未经指导、青春期所噬读的书，往往便是他们终身写作的灵感源泉和行动方针。他们在写作方面表现得庸碌平凡，一半就要归于这无法超越青春期的文艺修养和这一时期的领悟能力。少年时代，巴金沉溺在一堆与他性灵近似的作家世界里，他于是许下了忠贞不贰的宏愿。爱玛·高德曼这个著名的无政府主义者还被巴金视为自己"精神上的母亲"，后来他们之间保持了多年间歇性的通讯关系。

尽管书的阅读支持了他对于善良人性的信念，然而躲不掉的自己家庭封建生活的现实让他越来越厌恶。那时他还没有意识和能力依据这现实来修正那从书本上得来的美好信念，他只有逃避（有人把它视为反叛）。1923 年 19 岁的巴金离开成都去上海，又转往南京，完成他的高中教育。1925 年返回上海，准备从事写作。他翻译了一本克鲁泡特金的书，办了一份小杂志。1927 年他离开中国来到法国，目的很单纯，为了进一步弄清"安那其主义"。他待在巴黎研读法文及左拉等一大批法国、欧洲作家作品，参加营救无政府主义者的活动，翻译克鲁泡特金的《伦理学》，完成了一部无政府主义者反抗专制的小说《灭亡》。这部小说分期在《小说月报》上连载。到1929年回到中国时，他有些惊异地发现，他已是著名作家了。

他开始了作家的生涯。从回国直到抗战爆发，巴金写作翻译都很勤快，他写了一打以上的长篇和中篇小说，还有4本短篇小说集。1933年12月到1935年7月，他住在日本。回国之后，他成为文化生活出版社的创办人之一，积极参与无政府主义者在中国各地按照"安那其主义"信仰所展开的花样繁多的实验活动，为此，他还曾短时间离开上海前往福建，去考察无政府主义者在那里建立起来的"实验社会"，这实验最后当然是失败的。巴金早期的作品，充满了"安那其主义"的气味，《灭亡》、爱情三部曲《雾》《雨》《电》里的男女主人公统统都是信奉"安那其主义"的青年，这足可看出巴金那时精神世界的状况。除了自己创作，他还担任《文学季刊》编辑，提携了不少文学新人。

解读巴金，绕不过"安那其主义"。19世纪末20世纪初的中国，外来思潮汹涌连绵而来，而无政府主义思潮在当时中国知识界传播最广，以代际分，到巴金至少可算是三代，前面鲁迅算一代，鲁迅的老师章太炎辈诸如蔡元培等又算一代；用"席卷"一词来形容"安那其主义"在世纪初的中国特别是文化界的影响力一定不为过。无政府主义思潮在当时的新文学作品中也得到了普遍书写，在丁玲的《梦珂》、茅盾的《子夜》、蒋光慈的作品甚至书信里都可看到当时一些无政府主义者的形象，这些形象的色调可说是五彩斑斓，其中很多作品取的都是讽刺立场，且笔法常极尽夸张之能事。老舍的《离婚》里张大哥的儿子更是一个被丑化的丑角。可见同一种思想也有不同看取的角度。

为何无政府主义思潮在中国有如此大的市场？这未必完全源自思想自身的力量，从相当部分作家作品里的讽刺立场来看，如上所言，对这种思想在现实中的具体变形也未必都像巴金这一类人持肯定态度。但这种思想在现代中国的流行却是不争的事实。所以者何？一是现代中国持续地处在动荡之中，革命风潮风起云涌，单看"无政府主义"这个名词望文生义就具有了足够鼓动人心的力量，革命的对象不常常就是各种反动、罪恶、黑暗、腐朽的政府吗？何况，无政府主义并不只是一个简单的煽动名词，它有自己具体的思想教义。它的思想积累可以在卢梭的《论人类不平等的起源和基础》（1755）、《社会契约论》（1775）那找到源头。它反抗的是人间的专制以及由这而起的不公与非义，没有了"政府"，人们可以按照契约精神订立"社会契约"建立"合同社会"。不管怎么说，无政府主义像空想社会主义以及人类所创立的所有其他类型的思想体系一样，都是人类在尝试探索可能最好的道路。中国的封建宗法制社会到了现代早已被贴上了"罪恶、腐朽"的标签，从西方涌进的各种思潮被中国现实从不同角度所化用都有其程度不同的合理性价值，人们选择何种思潮是偶然和必然的结合，"无政府主义"这个名词视觉上的冲击力和青春之力的结合或许是它在中国特别流行的原因之一。毕竟，最容易接受新思潮的一定是更青春的心胸和大脑。当然，任何一种思想的实践形态一定比它在纸上的推演要丰富复杂，处在静态中的思想是一般的；在实践中展开的思想则是具体的。这就是人们对同一种思想会有不同看法的原因之一吧！人与思想都处在动态的相互对视中。巴金更多地看见了无政府主义思想的美好。这是他终身未改变的信仰。荡开一笔，讨论一个人的思想其实不必拘泥于固定僵死的名词，要探究的是具体名词背后的真实内涵。人类的很多思想尽管命名不同，其实心魂相通，毕竟，人类面临的问题是共同的。萨特就曾说"存在主义是一种人道主义"。所以，说无政府主义是巴金的终身信仰并不降低其信仰的价值。思想的好坏首先取决于它对人类的共同命运是关怀还是破坏，但也取决于人们在实践中对它具体阐释的动机与效果，"打着红旗反红旗"正是思想投机者常用的套路。具体到巴金这里，历史作证，巴金是一个有着虔诚信仰并为之而终身追求的人，或许他的思想有可商榷处，但他没有违背自己的个性、情感原则。就个人而言，这或许比他具体信奉何种思想更重要。

巴金一向自诩自己是个有激情的人。这本是艺术家必备之选，美国的塞米利安就在他的《现代小说美学》的扉页上写下了他对艺术家的定义：癫狂的激情；对艺术法则的精确把握。塞米利安所以在"激情"前面还要加上"癫狂"的修饰，强调的正是激情的纯正。巴金的问题是，他的激情掺入了太多的理性。

说到艺术创作中的情感与理性问题，许多人常很简单地把理性视为艺术的绝对敌人。在常见的"文学原理"里便有一条不二定律：文学创作反对主题先行。问题是，这里的"主题"和"现代理性"是一回事吗？在经典的马克思主义文艺学中，马克思有两个极端经典相对的概念："席勒化""莎士比亚化"。马克思借助这两个符号化了的概念表达对文学创作方法的取舍。"席勒化"指的就是错误的主题先行的创作方法：席勒把文学创作变成了（狭隘）思想的传声筒；而"莎士比亚化"则代表了正确的文学创作方向：用形象化思维表达对生活存在整体化的理解。正常态的文学创作一定是形象大于思维；思想大于主题；生活高于人物。就理论表达的一般性而言，马克思的论说具有相对的真理性。可是，以上论说并没有解决文学艺术创作实践中的情感与理性问题，若仔细辩白，其实不是二者之间的关系问题，而是情感与情感、理性与理性之间具体如何的问题。也就是说，在整个的文学艺术创作中，情感与理性都以各自的方式运动其间，就如俗言所表，一部好的作品不仅有丰富的情感，还有丰富的思想以及把二者完美结合的艺术形式。没有深挚的感情，文学艺术便不存在，而没有深刻的思想，文学艺术中的感情也肤浅而贫乏。所以，辨析一部作品中的情感与理性，并不是考察二者之间是否对立、冲突，而是其感情、理性的具体质地。比如，鲁迅的小说创作就是"主题先行，理念开道"，但是，鲁迅的理念浸润着他深挚的情感，或者说他的理念产生和他深切的情感体验相关联；而且，鲁迅的理念不是他人传递而来的现成教条，是他自己对存在各面真理的发现，它独特、深刻，更重要的是真实。他自评《狂人日记》时便说，"因为思想的深刻，格式的特别，颇激动了一部分青年人的心"。深刻的思想一定是全新且独创的。鲁迅的小说常给读者思想上的震撼，也使他的艺术充满了独特的魅力。一部文学作品，其品位的高低是和它情感、思想的质地以及艺术的高度相关联的。

现在可以具体地说巴金的创作了。长兄之死催生了激流三部曲。特别是《家》为他赢得了一生的荣誉。从整体性看，《家》并不优秀，但却是中国现代文学史上产生最广泛影响的一部作品。这只再次证明，群众往往不是艺术最好的裁判者。

巴金是一个具有强烈道德感甚至类似宗教狂热的人。但至少在《家》时代，他的这种道德感或者类宗教狂热反是损害了他艺术的纯正。群众往往是道德最坚决的拥护者，弱势而平庸使他们常希冀借助道德的魔力来挽救他们残破的人生。而萨特和米兰·昆德拉均认为，媚俗讨好大众正是艺术的第一、最大敌人。《家》就是一部极致的媚俗作品；甚至《家》的平庸其中一个原因就因大众过于媚俗的解释所致。一个出色的人的主体性总是情感与理性均衡的。因大哥之死所引发的感情上的巨大震撼使巴金发出了"我要控诉"的怒吼。他说他要写出致大哥于死地的"这个制度的罪恶"！这本是一个正确的判断，但巴金并没理性深入地解剖这个制度，而是简单地用符号化了的所谓"罪恶的人"的粗糙而主观的描写来代替对制度的分析与批判。当年曹禺的《雷雨》面世时，李健吾便很快下出断论：这是一部暴露封建大家庭罪恶的作品。诚然。可是，怎样暴露的？暴露了怎样的罪恶？不好好地回答更具体的问题，就会带来相似而平庸的判断，《家》当然也可以说是暴露封建大家庭罪恶的作品；路翎的《财主的儿女们》、曹禺的《北京人》同样也可以是。然后呢？对于习惯于懒惰、冷漠、言不由衷的人来说，没有然后。

除了个别人物，巴金的《家》里的人物多是脸谱化的，人丰富的个性被作家理性的执念扼杀了。一个显著的标志便是，《家》中的人物似乎都可以用一些平面的概念词便表达了。诸如，高老太爷是罪恶的封建大家长；觉慧是热情、大胆而单纯的叛徒；高觉新是懦弱、善良的牺牲品；而觉慧的叔父辈们则是大家庭腐朽的纨绔子弟；等等。而且《家》中的人物不具备"成长性"，一出场便被固化了。人与人之间的关系也几乎是静止不变的。

巴金的感情是强烈的，但也是被格式化的；他在作品中表达的思想也是主观

"设计"好的。从《家》创作的一些逸事中就可看到巴金如何为了他作品主题的纯净和突出怎样去"简化"生活的。巴金的爷爷也曾主张家里的一个婢女嫁给自己的好友做姨太太，结果为那位婢女拒绝，巴金的爷爷也就不再提起而作罢。这个桥段到了《家》里变成了高老太爷强迫婢女鸣凤嫁给自己的好友孔教会会长冯乐山，并从表象上似乎造成了鸣凤的最后死亡。而真实世界里那位拒绝主人为自己婚配的婢女后来自己找了一个门当户对的男人嫁了，过着正常而平淡的人生，多年后回乡省亲的巴金居然在街上与她偶遇，那时的这个少妇已是腰粗腿壮、几个孩子的母亲了，与邻人说笑时笑得嘎嘎的。这个婢女不仅生活的结局与鸣凤不同，最重要的区别是，她只是平常的样貌，而鸣凤则是美丽超群善良勤劳的少女。小说中鸣凤的悲剧让人潸然泪下，读者当然切齿痛恨高老太爷并且把他和罪恶的制度一起钉在了耻辱柱上。巴金的大嫂也曾为避"血光之灾"而去城外生产，但最终平安；《家》中的瑞珏则因难产失血过多而死去，又一个人间罪恶的诞生再次让人们对那个旧时代充满了愤怒的激情。但艺术是不应该删除生活中人性的丰富尤其是过程的展开的，而同样的，事理的复杂性也不该被弃除而只做臆想的连接。巴金的《家》只存在简单的因果关联，而且只是不顾人情物理的主观认定，是另类的意识形态化的立场。因为（认定）高老太爷是野蛮专制冷酷无情的，孤单柔弱的鸣凤不屈服就只有毁灭一途。人物被死死地限定在一个孤绝的世界里，高家外朗朗乾坤的社会被摈弃在人的意识之外，命运就在限定好的逻辑环圈里自在运行划出必然的轨迹。迷信本只是一种心灵暗示，即便迷信的人因恐惧而产生偏执的欲念，但趋利避害的人性本能又会让人面对虚拟的命运而竭尽全力地挣扎、反抗，巴金却把它只单向化作魔鬼一般的力量，以不可抗拒的姿态宣示它如必然命运的强大，瑞珏成为巴金献给他要宣示的理念的又一个祭品。

巴金《家》的写作，他有丰厚的生活积累；但他没有好好开掘这宝藏，而是用先验的理念打包了生活，然后分门别类地把它们填在了画好了的格子里。20世纪80年代，聂华苓来大陆访问，和巴金对谈时，她带着既好奇又疑问的神气笑着问巴金："巴老啊！你写《家》时还没谈过恋爱吧？你那里面的爱情写得一点也不像。"聂华苓的话还是留有余地的，岂止不像，根本就没有。前面说过，《家》里的世界是静止的。高觉民和琴的爱情一开篇就是成熟的，整本小说只看见两人合力保卫他们的爱情，而他们爱情本身的质地却被漠视了。他们的爱情仿佛一道神符，象征自由、抗争、美好、神圣；生活的自然本色再次被词语的油彩涂抹得面目全非，人们根本不可能从这样的作品中获得对生活、人性真正真理性的认知。高觉新和梅表姐的爱情也只让人看见各自的哀伤，还是描写爱情的惨遭阉割；而高觉慧与鸣凤更与爱情无关，在这一对关系中，倒是有助于去解剖觉慧这个所谓大胆叛徒形象的虚妄。

高觉慧本是作家着力最多用心也最多的形象，或许正因为这个形象多少带有一些自传的色彩吧，但恐怕就是又因为这个盲区，作家本人对他的认知还不如读者看得清楚。一般教科书习用固定的几个名词来形容他：热情、幼稚、大胆的叛徒。这几个词倒恰是一个逻辑递进关系。"热情"因缺乏理性的底子而让这个少年人显得"幼稚"，幼稚又使他"无知者无畏"而变得"大胆"。他的所谓"叛徒"更不过是模仿时髦和脑袋里的思想游戏，他太年轻了，缺乏对这个世界真实的触感，他甚至连自我反省的能力也没有。他有点像"滥竽充数"里的南郭先生。在小说描写觉慧的段落里，他的反抗行为在内外两面表现出截然相反的现状：在社会上，他确乎是个勇敢的战士，游行示威、演讲呐喊、静坐请愿，似乎一切都无所畏惧；然而，在家中，这个勇敢的叛徒却表现出出人意料、他自己也未必明确自知的软弱。当高老太爷听闻自己的小孙子不好好在学校读书而四处惹是生非时，他下了一道命令：一个月内不许走出庭院一步，面壁思过。当觉慧接到这个命令时，他的第一反应是，我就是要出去，看他们能把我怎么样！"说着就朝外面走。"然而，当他转过上房，不期而遇爷爷的五姨太时，"他迟疑了一下，终于向上房走去。"这个细节太有戏剧化色彩了：并没有外在的任何阻挡，觉慧越不过的是他自己内心的软弱。而当鸣凤遭遇危机还没向他求救时，他已隐约听说了爷爷逼迫鸣凤下嫁的事，但他放任自己完全在一种不作为的状态中迟疑、延缓着自己；当鸣凤怀着最后一丝希望来求三少爷帮忙时，他分明看出了堆砌在鸣凤眉头的愁云，却还是以自己"最近工作太多、太忙，回头再说"搪塞了过去。他堵死了鸣凤最后一线生机。鸣凤在投湖自尽之前，来到觉慧的窗前，看着窗户上映出的觉慧的剪影，她低低呼唤着"觉慧！觉慧！"转身走向了那一湖洁净的清水。当觉慧听说了鸣凤之死，他怀着满腔的悲愤来到湖边徘徊。他第一次诚恳地对自己做出了审判："是我杀死了她！"这些内外情节的比对，还是可以看出巴金不凡的洞察力：作为一个有形有体的人，觉慧顶多只是一个思想层面上的叛徒，而且，这个思想叛徒的内核也不过是一个鹦鹉学舌者，他的智慧、勇气、个性还不足于支撑他真正成为一个独立的战士。只可惜，巴金还是更钟爱他的理念。接下来的一段可说是中国现代文学史上最虚伪最矫情的书写。觉慧在湖边徘徊时，觉民不放心他，尾随而至；看见弟弟如此痛苦，作家巴金居然让哥哥觉民用了一句话就成功地把落在痛苦旋涡中的觉慧拽上了岸。觉民对觉慧说的话是："三弟！别忘了你还是一个青年！"小说接下来写了觉慧听见这符咒式句子的反应："青年？……我是青年？……是。我是青年。……对！我是青年！"巴金笔下的世界就是这样"神奇"，一语点醒梦中人，觉慧就凭着这一番心理婉转后走出了心灵的困境。本来，年少的觉慧正站在一个新生的起点上，如果是陀思妥耶夫斯基，自然会有一番灵魂的搏战。巴金与陀氏擦肩而过，却给后来的文学开了一个恶劣的开端：不需要对任何存在、人性真理性的发现，只要依赖虚妄的激情所歌唱出来的同样虚妄的理念就可从必然要被鄙弃的此岸跨向主观意愿的彼岸。本来小说给出的对觉慧内外对比的刻画是很有底蕴的。读者看见他在外面很勇敢，基于以下几个原因：他是和"伙伴"在一起，他不是一个"孤独的人"。易卜生说"孤独者乃最强大者"。与其说伙伴给了他勇气，不如说伙伴的存在遮盖了他的怯懦，他不过是个从众者，即便他走在这个队伍的前头；他反抗的是"抽象的敌人"，执政府、暴君暴政、独裁者，这些更像一个抽去了能指的符号，没有情感、历史、具象的牵扯，撤去了心灵的重负让他的行为可以轻舞飞扬。在家里，他反对的封建大家长不是一个符号，而是一个活生生的人，他的爷爷，太多的牵连像无数的缠丝绊住了他的手脚，使他的言行分离。正像当初鲁迅写起文章攻击封建礼教义无反顾，然而，却不能反抗母亲给他安排的现实婚姻一样，道理是一样的；内外的物理、心理距离也不同，鲁迅当年就感叹：要是一个人无牵无挂多好，那样就可以决绝地战斗。《家》中的觉慧还不能明晰地分析，然而他有清楚的困惑的体验。书中有一个颇富内蕴的细节：有一次，觉慧来到祖父的居屋，祖父正在凉床上睡午睡。觉慧看着睡梦中的祖父，平时高大的躯干躺下显得很细长，突然一个奇异的思想来到他脑中，此时的祖父是多么安静慈祥啊！可他不明白，就是此刻这安静慈祥的祖父一旦醒来和自己的孙子在一起，为何不像祖孙，却像两个敌人。觉慧的心理活动表达的不是斗争的对立，而是对两代人为何不能和谐的困惑，丝毫没有阶级斗争的意识。曾有评论说觉慧是"根子已经腐朽的封建大家庭这棵树上的最后一片绿叶"。这个说辞怪异至极，如果根子都坏了、死了，哪里还会有绿叶？觉慧和祖父出自同一血脉，自然也不存在两个阶级的你死我活。他们之间的问题是代沟。觉慧反对大家庭的反革命们，但等他走上社会为他的革命提供后援的却正是他反对的家中的反革命——他的大哥。厘清这些关联，仍然可以说，革命是人类前进的动力，但不一定非得阶级斗争、非得流血、非得你死我活。革命可以是自我觉醒、文化革命、文明革命。

正如论者所言，高觉新是巴金贡献给中国现代文学最出色的"封建大家庭的长子形象"，其被命名为"高觉新型性格"。多年来人们对这一形象的内涵有着诸多阐释。加诸他身上的常用词是：懦弱、善良、敷衍、牺牲、落伍。都对。关键是具体阐释。高觉新最本质的是其性格的软弱无力。但这不是天生的，而是他的具体环境所致。他的很多软弱是因为责任、为了爱。"长子"这个前缀很重要，在封建宗法制家庭中长大的他被赋予了更多的责任；他爱祖父、父母、兄弟姐妹，他甘愿为他们做牺牲，虽然有些牺牲很无谓，但他内心柔软的爱应该被体会。他是历史过程的牺牲品，他并不愚蠢、糊涂，特别是他思想并不落伍，他常从外面带回新的报刊，他认同新思想，他是弟弟觉民、觉慧思想的引路人。他背着因袭的重担，他只能肩住黑暗的闸门放弟弟们到新生的天地中去，他的牺牲含着崇高。他是历史夹缝中的人物。其实，《家》从一些细部看，除了觉新，仍有不少精彩的情节，包括被很多人诟病的高老太爷。他确是一个制度的代表人物，通过他确实可以做到对罪恶制度的控诉，问题是一个真正的现实主义作家一定要精细地描绘一个从娘胎里出来的干净的婴儿怎么就在这个制度的点点滴滴的熏陶中变成了一个不可爱的人，高老太爷是这个制度的产品，也是牺牲品。把这个牺牲品写得更像一个人而不是符号才更有利于批判造就他的这个制度。《家》中的这个封建大家长的形象虽然有些硬化，但基本还算形象生动。在刻画他临终的一刻，巴金可能又一次调动了他曾经的生活经验，只是这一次他避免了对生活的简化写出了人物的真实人性。高老太爷看着围在他窗前的孝子贤孙们，挣扎着说，赶快把觉民给我找回来，就说我不再反对他的婚事。虽然巴金的整体语调略带嘲讽，但还是表现出了一个作家对真实的尊重。

《家》是一部内部语义混杂的作品。巴金有很好的生活积累，但他过于强悍的主观理性按照自己既定的逻辑强行重构了生活。同样浮躁功利的人们和他在心智上完成了同构后，又把作品的认知当作真理带入他们的生活，形成自适自洽的循环。生活与作品就这样互文释义，《家》就这样除了清醒的人之外，给其他各样的人带去了生活的解释、激励、安慰和狂欢。从总体上说，《家》到底是一部平庸的作品。巴金最好的小说是《寒夜》。

巴金在中国有"中国的屠格涅夫"之称。所以如此称谓，乃是因为，两人都是虔诚的"安那其主义"信仰者。屠格涅夫甚至把与自己年龄相仿的赫尔岑奉为"精神教父"；两人都善于塑造被压迫、受侮辱的少女形象；两人都感情热烈气质纯真，写小说都不精心结构而着重情感抒发；文学语言都具有忧郁而哭诉的调子。但在屠格涅夫时期，巴金其实是比较平庸的。他的一段关于契诃夫的追述倒可以帮人们从别一个角度去理解他的创作。巴金说，他第一次读到契诃夫时是20岁左右，他完全读不懂，自然也不感兴趣；30岁时他又读了契诃夫，慢慢地有些明白，但还不是很透彻；40岁也即他写《寒夜》的时代，他说自己现在是契诃夫的崇拜者。

这是巴金艺术上的转向。契诃夫很朴素，安静、深邃，心境不对时你可能会视他为枯燥。喜爱热闹、绚烂的少年当然大多隔膜；然而人生、生命的阅历会让你趋近他，这也是巴金的路。

契诃夫常去酒馆、菜市场、客店、茶舍，总之一切人群聚集的地方，做一个观察者。他要安静、凝神、一笔一笔刻出生活的纹路。他追求的写作是像生活一样自然。他说："人们吃饭、谈话、睡觉，然后，人生的一切悲喜剧诞生了。"

除了钟爱的短篇小说，他还有很棒的戏剧作品《樱桃园》《三姊妹》。"生活是这样的凄凉，然而，又是多么地美好啊！"受尽了身心两面苦难的三姊妹，还能唱出这样的咏叹调，又应了张爱玲的那句话"因为懂得，所以慈悲"。

《寒夜》诞生于抗战年代，巴金从书斋降临大地，在大时代的怀抱里摸爬滚打后，慢慢触着了生命的神经。书比《家》薄了许多，然而质地绵密，不再骨质疏松。这才是真的生命悲歌！巴金也不再像《家》时代君临天下，指点江山激扬文字，而是把自己还原成了一个忠实的生活记录者。汪文宣、曾树生、汪母、小宣，最简单的一家四口构成的荒凉、寒冷而又温暖的家；家之外那阔大、寒冷的大世界和这家若即若离。巴金放下了家国大事，瞩目卑琐日常。他抓住了生活的芯子，刻画出了鲜活的人性。

《寒夜》写了爱的忧伤。卢梭说："我不能想象，美会没有忧伤作伴。"《寒夜》让人黯然神伤。汪文宣和曾树生是由大学同学成为爱的伴侣，走出伊甸园踏入荆棘丛生的社会丛林，因为残酷的生活、芜杂的人性，曾经温暖的家开始变得寒冷。婆媳间的水火不容更是雪上加霜。汪文宣诚恳、善良、尽职、安分，然而，社会并不善待他。他不会钻营投机经营人际关系，只知埋头磨桌角，职位底层，薪水微薄。家靠着美丽的妻子支撑。曾树生外表光鲜，内心憔悴。操持家已很不易，封建的婆婆还总是横挑鼻子竖挑眼，搞得家鸡犬不宁。懦弱无能的汪文宣夹在中间焦头烂额唯有两面苦苦哀求。母亲可怜儿子受气；妻子既哀又怒丈夫的作揖主义，叹息作为女人的自己可怜可悲。曾树生在一次大吵过后，愤怒而忧伤地说：你从不会为自己考虑，总为别人着想，你总是迁就别人，你连自己的病都迁就。你为何要这么善良？我和你吵，你只用可怜无助的眼神看我，我憎恶你的眼神。我有时想，你就是骂我一顿、打我一顿，也比你用这眼神看着我好。我不能再爱你！在这一番痛切陈词里，读者读得出女主人公内心的剪不断理还乱。巴金不再像《家》时代那样单纯了。小说里婆媳冲突的描画表现了作家对历史、文化与人性纠缠复杂状况的理解。曾树生，这个从名字到气质都具有男性阳刚的女子，终因天生丽质难自弃、加上青春生命的渴望、对现实的极度失望，使她硬起心肠离开了她和汪文宣艰难组织起来的这个让自己既爱又恨的家，跟着追求她多年的陈主任飞离重庆去了西安。汪文宣伤心绝望加重肺病咳血而亡。等到曾树生还是抛不下自己的牵挂回到重庆，留给她的是地上破败不堪的人去房空、天上荒凉寒冷默然无语的星星。那天与地间充塞的寒意直透进人心深处……

《寒夜》（还有此前的《憩园》《第四病室》）让巴金达到了真正现实主义的高度，只可惜，这样的写作差不多在巴金的写作中只是一个时期的孤峰独立。在不久的以后，因为改朝换代，巴金被裹挟进一个他不能自主的时代，他只能强迫自己浑浑噩噩随波逐流，甚至为求自保还不得不对他人落井下石。这一并不短暂的生活历史对于勤于自省的巴金来说实是灵魂的煎熬。他最终率先自行忏悔，在一个新的时期却扭头向后写下了洋洋洒洒的《随想录》，从个人层面来说，这是巴金的自我救赎……

从巴金自身来看，倡导"说真话"是难能可贵。但正如我开篇所说，在"说真话"的实践层面他自己做得并不出色。打住。请别再用"要历史地看问题"来搪塞我！他自己都在文章中问自己：我都说了真话吗？这样问，答案自然不言而明。他还借着赵丹的临死留言，大声呼吁："让我说吧！让我说吧！"让你说，你才说，这真话的意义要打折扣的吧？况且，说真话不仅仅要勇气，还要智慧。在这个层面，巴金就更是乏善可陈了。真诚是品格，但不是智慧。智慧和品性无关。善良的人未必能说出真话；邪恶的人说出的话未必不含着智慧。又何况，善良与邪恶应在动态而不是静态中来判定。

不管怎么说，在中国，巴金很值得我尊敬。只是话说回来，"在中国"这个前缀也不能丢！

钱钟书：游世不如游心

钱钟书的名字其来有自，出于国人所喜好的迷信、祈愿、自以为可能与神秘的共鸣，总之不是理性的理性行为：抓阄，又叫抓周。孩子一周岁时，在一个虔诚的时刻，家人在孩子面前放上一些与将来人生相关的物事，让孩子随机抓起，大人相信这有冥冥中的神启。据说在时钟、银币、书、笔等诸样物事中，小名叫"先儿"的这孩子抓起的是书。中国古代有官名，曰"中书君"，官，在书香人家，多少有些俗气；不如"钟书"，钟情于书也是神意吧！本就是庄重的游戏而已，倒也是一语成真：钱钟书一生的光耀与书环环相扣。

纵观钱钟书一生，他的处世方式类似传统中国士人中的"清流"一派。洁身自好，而智力的优越合上年轻的任情使气又使他极为恃才傲物：世事洞明却不人情练达。年轻时的钱氏率性而为，臧否人物毫无隐饰，完全无视古人之教训祸从口出，栽了跟头经历岁月淘洗之后才慢慢规训。但以我读钱氏的直觉，钱氏一生哪有什么诚心的规训，他那么聪明又倨傲的人就是委屈自己起码也要姿态漂亮些的。钱氏字默存，在人生的中晚期，他当更能体会这其中令人啼笑杂作的中国智慧吧。作为生在大时代又较为长寿的一个，钱氏一生起伏跌宕自是自然，但总体来看，他与他的时代可说两不辜负：与形形色色的同类相比，他的一生饱满而自足。当然这些于他不过是俗世之言，自己的人生还得他自己去论定。

钱钟书的本色是书生，读书、做研究，是他与自己人生相交最平常的方式；他还写了《写在人生边上》《人·兽·鬼》《围城》，当然也是作家。1949年后的钱钟书回归到研究学术的书生本位，再有就是在夹缝中求生存了。

对钱钟书，有人用更苛刻的标准来看他。这个标尺是"知识分子"。德里达曾说："欧洲的知识分子都死光了。"他用诅咒的腔调表达自己的愤怒和最高标准的审判。人文主义时代以降，人类自审意识越来越强。法国的萨特在他的时代提出了对知识分子的使命要求：知识分子不只是坐在书斋里的书虫，他要用他的学识、智慧"介入"他存在的世界。更早一点，中国的鲁迅在《关于知识阶级》里也有自己的说辞：知识分子不能屈服于权势与物欲。在这一点上，德里达、萨特、鲁迅、胡适这些抱持自由主义立场的知识者其实是一伙的。

钱钟书的身段似乎柔软得多，没这么顶真。鲁迅、萨特们是有所为；钱钟书有所不为。各人有各人的语境吧；还有认知和自我期待的不同。中国古文人"达，则兼济天下；穷，则独善其身"对这个阶层有相当真实的表意性。钱氏没有这般慷慨的表达，他有点"冷"。吾师王晓明在这点上很不认同他，在给弟子授课时对钱氏甚至有如下苛评：他是博闻强记，但也不过只是一只移动的"书橱"而已；在给我的书信中，吾师甚至还用了"凉薄"这个词概括他对身外世界的态度。吾师是个浪漫而有激情的人，令吾辈敬仰。对钱先生的评价，吾师不止理性，还加入了自我浓烈的感情。

钱钟书无疑是个智者，世人对此较少异议；分歧在钱氏的"有情与无情"之辨。和现代大多知识者的平民主义的立场相比，钱钟书似乎仍然抱持着知识者贵族精英主义的立场：无论是在世俗生活还是精神生活层面，他及其夫人与尘世都保持着主动的距离。《围城》《洗澡》都是理智笼罩情感。不是没有情感，而是不愿浪费情感，或者说，不愿抒发理智上已经判定无济于事的情感。他们对待自己的经历也是这个立场，看看不是小说的《干校六记》就可明白，腔调与小说几无二致：没有一丝自怜的哀矜，倒有近乎冷漠、客观的自我审视；且勇敢承担造化赋予自己的不堪命运。如果说钱氏夫妇是"冷"的，他们对自己也是。杨绛评价英国作家简·奥斯汀的《理智与情感》可说是他们的夫子自道。"奥斯丁对她所挖苦取笑的人物没有恨，没有怒，也不是鄙夷不屑。她设身处地，对他们充分了解，完全体谅。她的笑不是针砭，不是鞭挞，也不是含泪同情，而是乖觉的领悟，有时竟是和读者相视目逆，会心而笑。""笑，包含严肃不笑的另一面。刘易斯（C. S. Lewis）在他《略谈珍妮·奥斯丁》一文里指出，坚持原则而严肃认真，是奥斯丁艺术的精髓。心里梗着一个美好、合理的标准，一看见丑陋、不合理的事，对比之下就会忍不住失笑。心里没有那么个准则，就不能一眼看到美与丑、合理与不合理的对比。奥斯丁常常在笑的背后，写出不笑的另一面。""从这类严肃认真的文字里，可以看出奥斯丁那副明辨是非、通达人情的头脑（common sense）。她爱读约翰生（Samuel Johnson）博士的作品，对他钦佩之至，称为'我的可爱的约翰生博士'。她深受约翰生的影响，承袭了他面对实际的智慧（practical wisdom），评论者把她称为约翰生博士精神上的女儿。奥斯丁对她所处的世界没有幻想，可是她宁愿面对实际，不喜欢小说里美化现实的假象。她生性开朗，富有幽默，看到世人的愚谬，世事的参差，不是感慨悲愤而哭，却是了解、容忍而笑。沃尔波尔（Horace Walpole）有一句常被称引的名言：'这个世界，凭理智来领会，是个喜剧；凭感情来领会，是个悲剧。'奥斯丁是凭理智来领会，把这个世界看作喜剧。这样来领会世界，并不是把不顺眼、不如意的事一笑置之。笑不是调合；笑是不调合。内心那个是非善恶的标准坚定不移，不肯权宜应变，受外界现实的冲撞和摩擦，就会发出闪电般的笑。奥斯丁不正面教训人，只用她智慧的聚光灯照出世间可笑的人、可笑的事，让聪明的读者自己去探索怎样才不可笑，怎样才是好的和明智的。梅瑞狄斯认为喜剧的笑该启人深思。奥斯丁激发的笑是启人深思的笑。"（《有什么好？——读奥斯丁的〈傲慢与偏见〉》）

钱、杨夫妇一生，至少从心智说，琴瑟相和、心心相印；杨绛对简·奥斯汀的如此解读与其夫君面对世界的态度何其相似乃尔。从后往前看，比较一下《围城》与《洗澡》，看看钱钟书为杨绛《干校六记》写的"小引"，读读《我们仨》中杨绛对过去岁月的叙述，看看杨绛《记钱钟书与〈围城〉》中的解读，等等。你就明白这二人是如何同心同意。以此来断，即便是冷、无情，甚或自私，至少钱氏的自私不是积极而是消极的。再以此来看钱氏的创作，明面上，他的创作是讽刺的，但毕竟他的底色是"伤世忧生"。换种说法，从部分、具象言，他的文学很讽刺；从整体、抽象说，他的文学很感伤。讽刺指向于人的理智；感伤触摸着人的心灵。杨绛在文中所引的"沃尔波尔（Horace Walpole）有一句常被称引的名言：'这个世界，凭理智来领会，是个喜剧，凭感情来领会，是个悲剧。'"也恰是钱氏最喜欢的形容人生的话语。或许，在外在姿态的形式上，他们是显得有些寡淡无情；但若稍加品味，在内面的质地上，他们至少并不比那些油腔滑调的人更缺少深情。毕竟，人类的表情方式本就是多样的。他们只是用理智来规训情感。如果大观园中的宝钗有他们一样至真至高的智慧，我得说，他们是知己。对"理智与情感"的不同处理，就会有不同的"傲慢与偏见"。人，究竟不是神！或许，就是因为意识到了人与人之间不可逾越的鸿沟，钱氏夫妇才会深潜自己的世界：游世，不如游心。他们只偶尔通过自家居室的窗口看看外面的风景。钱钟书《写在人生边上》、杨绛《干校六记》《将饮茶》都可如此看。最晚期的《我们仨》则是杨绛生命的总结之书，也含着最直露的隐喻：这世界再大，对于"我"来说，其实也只是"我们仨"，杨绛的女婿王得一都被她排斥在这个最为亲密的世界之外，何况其他更不相干的！如果世界不来打搅他们，他们宁愿与世界"相忘于江湖"。这有些像二战前的萨特，他觉得自己是绝对自由的，他与世界两不亏欠也可互不介入。是二战集中营的经历让萨特体味（不是意识）了存在的真相：真正的敌人不是那些与你在报刊上打口水战的人，而是手里拿着手枪不发一言就可以决定你生死大运的人。从这分界点开始，萨特放弃了自己绝对独立自由的立场，提出"介入"现实的命题。存在主义最著名的"存在先于本质"在此也可看出其中的些些端倪。钱氏夫妇不是斗士，即便也经历了自己波澜壮阔的大时代，他们选择"默存"，但并不是绝对的犬儒。不能兼济天下，至少可以独善其身。没有积极的自由，就求消极的自由。杨绛后来在浙江文艺出版社为她出的散文集的扉页上特意录下了她最为喜欢的英国蓝德的诗："我和谁都不争，和谁争我都不屑。我热爱大自然，其次就是艺术。我用双手烤着生命之火，火萎了，我也该走了！"这份宁静非有真心笃定无可移易的修持入心不可。

钱钟书在34到36岁间写了《围城》，在1947年初版本简短的序言中，他突出说了两点："在这本书里，我想写现代中国某一部分社会，某一类人物。写这类人，我没忘记他们是人类，只是人类，具有无毛两足动物的基本根性。""两年里伤世忧生，屡想中止。"前一句，是说人类；后一句，描述自己。文学是人学，作家如何认识人将决定作品的基调。钱钟书小说写的是具体的个人，作者明确强调探问的却是人类。"只是人类，具有无毛两足动物的基本根性"这句里的每一个名词都至关重要。"只是"是个退缩的词，提醒别得意忘形；"无毛两足"是对从猿进化到人的描述，"动物"是对人基本面目的认知，钱氏没加任何修饰语比如"高级、特别"之类；"基本"，换个词就是本体；"根性"是事实描述，同样没有任何修饰语比如"优"或"劣"。这说明钱氏面对世界时首先摆出的是观察而不是判断的姿态。即便《围城》很讽刺，它也不是居高临下的。夏志清说："《围城》尤其比任何中国古典讽刺小说优秀。由于它对当时中国风情的有趣写照，它的喜剧气氛和悲剧意识，我们可以肯定地说，对未来世代的中国读者，这将是民国时代的小说中最受他们喜爱的作品。"[《中国现代小说史·钱钟书（1910—1998）》]

钱钟书在自己的同类中很倨傲、孤高，他瞧不上那一个个"个类"，"超然人外"面对"人类"时，他自省而悲悯，就是没有自得和陶醉。他书的自序以及他为妻子书所做的序，从来都是极其短小，通常只有一页纸的半张。我认为这是他独有的向身外世界自我表白的一种方式。一切已无须多言，都在书的正文里，不必再画蛇添足，更不必把它弄成各种无聊的"名利场"。有人说，钱氏的散文太少了自己；小说太多了自己。这只是一个很准的事实陈述。延伸的判断是：钱氏倨傲、孤高，还真是世人皆醉他独醒，但不是众人皆浊他独清，他没那么自恋和不要脸。他把自己放在他所判断的人类里面。学术文体外，钱氏标志的腔调是"揶揄"，他的讥刺锋利无比，很毒、很冷、很蔑视，但所有的这一切他也指向自己，相当于鲁迅的决心自噬，区别不过他的姿态是"佯狂"而已，后来的王小波骨子里承继了他的衣钵。

《围城》写"士林"阶层，浮面揶揄的调调，很容易让人记起吴敬梓的《儒林外史》。但它是一本典型的现代小说，结构方法取自欧洲小说的"流浪汉体"：小说跟着单线主角的行踪走，由他去串联起纷纷扰扰的大千世界。

方鸿渐善良、聪明，思想清晰，行为却常优柔寡断。优柔寡断蚌病成珠的缘由之一或许正因为他的善良、聪明，他后来的自我认知是，自己就是个毫无勇气的懦夫。他看得清自己和身外的世界，但他没有操控自己环境的魄力，无法让自己从坏环境中脱身，一是因为懒惰；二是不忍伤害他人。还在念大学时，因父母之命他与一个同乡女子订下婚约。虽然他对那女子缺乏了解，但并没多做反抗。不久那女孩因病而逝，女孩的父亲为了纪念独生爱女，就将本作为嫁妆的款项变为了供方鸿渐出洋深造的经费。他无意去争取学位，只是觉得要满足父亲及已故未婚妻父亲的期望。尽管是为迎合他人做了自觉耻辱的事，他也难逃身处书中诸多骗子行列中的事实。他怯懦的品性一直贯穿全书。他在欧洲混了几年，带着一份子虚乌有的美国某大学的假文凭回到母国。

在回程中他经不住庸俗的华侨鲍小姐的肉体诱惑而沉入肉欲的旋涡，但令他想不到的是，到岸后，鲍小姐好像不认识他，那一夜的事情仿佛也没存在过，她直接扑向了未婚夫的怀抱不顾而去，看得方鸿渐目瞪口呆，心理上所受的冲击可想而知，不是简单的失恋，而是对人性的惊讶。这个偶然的经历一定给方鸿渐将来人生烙下了致命的痕迹。同船的拥有法国大学文学博士学位的女学者苏文纨极力讨好他，也不能给他丝毫安抚，反给他平添一分烦恼，因为他觉得她骨子里是个造作庸俗的人。在他人看来，方鸿渐自己就是个庸俗不堪的；他对苏文纨的敬而远之至少说明庸俗与庸俗也可不同。

在故乡住了一段，方鸿渐移居上海已故未婚妻的家中，并在丈人的银行工作。不久中日战事爆发，他父亲和兄弟也迁来上海。方鸿渐在和苏文纨的交往中认识了她的表妹唐晓芙，一个甜美清纯的少女。方鸿渐一见钟情，却鼓不起勇气和纠缠他的苏文纨分手，这暧昧也让苏小姐在可以理解的误解中日夕期待着他的求婚。待他打定主意要和苏小姐摊牌时已太迟，盛怒之下的苏小姐对表妹恶意诋毁了他，说他是个骗子和恶棍。少不更事的唐晓芙不能接受被表姐描画的方鸿渐，二人无可逆转地走向分手。鸿渐默默听着她的责骂和讥刺，没有辩白。这个姿态足证了方鸿渐对自己的诚恳，于作者而言，也是无意间的一个重要展示。唐晓芙凭着女性的直觉在方鸿渐离去后立即设法补救过失，但却被一连串的巧合误会所破坏。两人都伤心至极，唐晓芙还病了一场，后来她去了重庆，最终居留香港。钱氏在描述他们分手后的巧合误会时并不是自己个人意志的强行介入，而自有其人情物理逻辑，写得极富张力和人性质感。作为小说家的钱钟书是优质的。

由于方鸿渐的浪漫情事弄得满城皆知，丈人家对他日趋冷淡，而他与家人也越来越不融洽。这时他与追求苏文纨而不得的赵辛楣成了朋友，两个伤心人决定接纳内地新办的三闾大学的聘请开始自己的教书生涯。乘船、坐车，加上步行，他们踏上了一段艰辛而奇异的旅程。同行的有同时应聘前往就职的三位同事：两个狡猾卑鄙的教授李梅亭和顾尔谦，以及一位英语助教孙柔嘉女士。

孙柔嘉是中国文化的典型产品，初始她给人的感觉是羞缩沉默，日子久了，就露出了专横的意志和多疑善妒的敏感，这是中国妇女为应付一辈子身陷家庭纠纷与苦难所培养出来的秉性。这样的女子起始并不引人注意，但赵辛楣冷眼旁观，却清楚看出她正在对方鸿渐布下天罗地网，打定主意要猎获他这还糊涂着的友人。

在三闾大学安定下来后，方鸿渐不知不觉地被卷入校内个人恩怨和乡里狭隘观念的明争暗斗中。他的幼稚、善良、书呆子气把他自己陷入了无聊的人事纠纷之中，而他无可无不可的随便给了心机女孙柔嘉俘获他的机会，他们两人的亲密更引起了他敌对者的风言风语。赵辛楣教了一学期即离校从商，鸿渐次年也未被续聘。在这种情况下，他决意投入他和孙柔嘉的爱情，两人闪电定下婚期，然后结伴回上海，途中在香港结了婚；其间不期待却邂逅了赵辛楣及富有而刚新婚的苏文纨。孙柔嘉想不明白当初方鸿渐为何放弃这位有钱漂亮的苏小姐。

回到上海，二人的感情因两个家庭的介入而恶化。柔嘉完全无法认同丈夫的家人，尤其是公公爱管闲事的旧派作风，加上两位弟媳毫不掩饰的敌意。鸿渐则憎恶柔嘉的姑母陆太太，一个对柔嘉有压倒性影响力而带道学家风的庸俗妇人。最后鸿渐辞了报馆的职位，决定再到内地会见赵辛楣。柔嘉对赵素无好感，希望丈夫留在上海接受她姑母安排的职位。这情境促进了一连串的争吵，终于导致两人无可避免地分手。

这只是一个简要的故事大纲，完全不能真实反映小说的真正质地，小说从始至终引人发噱的各种场景中人的行为和心理的讽刺描绘非得面对具体的文本才可体会。苏小姐交际圈的奇异新派的知识分子；三闾大学里丑陋的儒林；上海的大商家及旧派绅士；内地的小官僚、公务员、客栈老板以及妓女……所有的人物在书中以大骗小诈、貌合神离的荒唐姿态出现。钱钟书以俯瞰的姿态对他们一一进行了穷形尽相的描绘，这个整日坐在书斋中的书虫一点也没有书呆子气，反而给人对人性洞若观火的印象。他尤其集中描绘了人的愚蠢和自私。

"围城"的初义取自法国谚语，指被围困的城堡，城外的人想冲进去，城里的人想冲出来，一般认为此处围城之意是说没有家庭的人想组建一个家庭，有了家庭之后又想摆脱家庭的束缚，或者从更广泛的意义上理解人们对于生活中的事情没有经历时对它充满幻想，渴望经历，经历了才知道不如想象的那样美好，相反却有许多意想不到的懊恼和束缚。不同的读者还可以根据自己的阅历和对人生的见解对"围城"作出自己的阐释：如人生的围城、社会的围城、历史的围城，等等。一部作品能给不同的读者无穷的想象空间，恰是这本作品具有了不起的价值所在。在写与读的转换中，读者把本来属于作者的世界变成了自己的，读者内心的充盈感会让他内心充满对作家的崇敬。

钱钟书最大的性格特点是"痴气率真"。杨绛也曾说："他的痴气是读者最爱的。"钱钟书的痴气不止表现在生活中，更体现在文学研究和创作里。他在文学领域对中国文化产生了不可忽视的影响。他以一种文化批判精神观照中国与世界。他在观察中西文化事物时，总能保有一颗清醒的头脑和一份深刻的洞察力。他毕生致力于确定中国文学艺术在世界文学艺术宫殿中的适当位置，从而促使中国文学艺术走向世界，加入世界文学艺术的总的格局中去。为此，钱钟书既深刻地阐发了中国文化精神的深厚意蕴和独特价值，也恰切地指出了其历史局限性和地域局限性。

钱钟书作为文人的"痴气率真"是以自然的描绘、抒发和议论表现出来，他仿佛是上帝派来人间的使者，由他去"自然"地说出人间存在的本然形态：钱钟书总能以他让你清晰感受的"智"和"趣"相信他所再现的一切真切无比毫无疑虑。人的直觉明白，成人身上的"痴气率真"的气质和孩童身上的"孩子气"并无二致，只是在"孩子气"的根基之上多了一些缘它而来的智慧而已。或者说，只是把蕴含在"孩子气"里的智慧开掘出来而已。所谓的"孩子气"不过是人在孩童时代表达自我以及对存在理解的即时状态，这种状态最最鲜明的特征就是"及时直接反应"，形态上貌似与"应激反应"相类。直接反应的完美常常被人称为有"急智"。直接反应的能力积累源于自然感性生活的积累，甚至无意识地排斥人类后天严密训练的理性，正因此，儿童常是最完美的美学家，就因为儿童完全生活在瞬时的欢乐与痛苦之中。有些幸运儿，长大成人之后，在他的身上还保留有这种儿童似的直接反应，"痴气率真"就是对它的命名，钱钟书的生命状态很平衡，在拥有无与伦比的理性之力之外，还保有这种可爱的生命"元气"，无怪乎他是一个"有趣的智者"。哲人克尔凯戈尔说过，观察这些保留有直接反应的人是非常有趣的，他们在对某些简单而美好的客观事物做出反应时，凝聚了天性中全部的优秀品质，而且爆发出生命中最美的热情绚烂。无论是欢乐还是悲伤，他们仿佛在一瞬间已倾尽了自己生命的全力。除了孩子，这类人无疑更多地存在于艺术家、美学家或具有类似气质的人中间。

《围城》中你处处不时地都能体会到钱钟书的"智"和"趣"，很显然，他的这种魅力不是循规蹈矩的文化所能培养出来的，所谓的天才不过是独特生命存在的别名，上天所赐其实基本是公平的，关键在于你是否很好地保留了上天的所赐。孩童的直接反应很少理性尤其那种后天培养的条理的、秩序的理性，俗白点说，即是"无禁忌"。而这恰是打开生命世界的不二法门。当年胡兰成感慨地说："张爱玲却教了我没有禁忌。"没有禁忌，无畏，但不是因为无知。或者说，说无知也可以，是不知道世俗社会的那个知。他有自己的知，真正的知，自然的、哲学的、人性的。胡兰成还有另外的感慨："我小时看花是花，看水是水，见了檐头的月亮有思无念，人与物皆清洁到情意也即是理性。大起来受西洋精神对中国文明的冲击，因我坚起心思，想要学好向上，听信理论，且造作感情以求与之相合，反为弄得一身病。"胡兰成的这个反省非常厉害，抓住了问题的牛鼻子。本来，自然的理性不过是人之"情意"的自然呈现，后来，这混沌的理性（情意）却为人为的清晰"理论"所替代，而且扭曲（造作）自己的"感情"去屈就于它，当然弄得自己内外失调手足无措的"一身病"，此即现代文明病。其实这里有着和我在别处讨论过的"存天理灭人欲"时的相同问题：讨论人之问题，我们为何不能从人自身出发，而非得在自外于人处先得弄出个"天理"（理念、道、神等等）作为人的主宰（禁忌），然后再强令人去匍匐于它的脚下？从人义说，这不是本末倒置吗？胡兰成因此又感慨说："我在爱玲这里，是重新看见了我自己与天地万物，现代中国与西洋可以只是一个海晏河清。"

我读《围城》的过程常会有会心的微笑从嘴角溢出，钱钟书说的"情与理"常常是落拓不拘的，和我所知道的俗众所乐于接受的一般情理就在一个层面上，但钱钟书的了不起的地方是他能够把它拓展、延伸，又让你在熟悉的世界里体味到陌生来，这就显得别有意趣了。比如，关于"人走茶凉"这样俗常的人情冷暖，《围城》中写到方鸿渐离开三闾大学时，不由自主地将当初进入内地的热心和现在凄清孤独的感觉做了对比。除了几个学生，其他人都懒得和他话别："他训导的几个学生，因为当天考试完了，晚上有工夫到他房里来话别。他感激地喜欢，才明白贪官下任还要地方挽留，献万民伞，立德政碑的心理。离开一个地方就等于死一次，自知免不了一死，总希望人家表示愿意自己活下去。去后的毁誉，正跟死后的哀乐一样关心而无法知道，生怕一走或一死，像洋蜡烛一灭，留下的只是臭味。有人送别，仿佛临死的人有孝子顺孙送终，死也安心闭眼。"比喻确是钱钟书的利器。就是借助无穷尽的比喻，钱氏把无限缤纷的世界作了智慧的链接，让你也随着对世界的体认拓展与加深。

174

　　每次离开一个地方，或因此与相识的人疏远，都好像一次死亡。方鸿渐在和孙柔嘉结婚时，差不多已将曾经热恋唐晓芙的旧我蝉蜕了。后来两人大闹前，有一天孙柔嘉提起唐晓芙，方鸿渐竟无法回味数月前如醉如痴相恋的情形和过往的忧伤，"缘故是一年前爱她的自己早死了"。方鸿渐同自己生命中曾经经历过的女性鲍小姐、苏小姐、唐晓芙、已故未婚妻以及其他的人，自己家人、大学同事，以至自己妻子——疏离，他精神世界的逐渐收束被非常戏剧化地展现出来，慢慢地直到一无所有的地步。《围城》和很多了不起的作品一样，探讨了人的孤立和彼此间无法沟通的主题。

　　一部小说的好坏并不取决于主题的深浅，而是它要探究的主题是否得到了真正艺术化的处理。或者说，任何主题都不过是对存在的一面或多面的抽象理性表达，关键是这个主题能否在具体的作品中与人的心理生活紧密相连一同被作家用高超的艺术手法细致地展开。

　　除人的孤独外，《围城》还可以被从其他层面总结。比如，通过描写病态知识阶层的精神面貌和文化特征，对社会、人情、人性进行了深刻的解剖和批判，表现出了作者的"忧世"情怀。《围城》描写了那个时代的知识分子在东西方文化夹击下的生活困境和精神病态。

　　高超的讽刺幽默手法，大量层出不穷精妙新奇的比喻（明喻、暗喻、借喻、曲喻、博喻等），辛辣犀利，幽默深邃，深刻揭露和批判了当时恶俗横流的社会，表现出了对世态人情的细微观察与高超的心理描写艺术。

　　作者借方鸿渐之口写出了人生的困境，揭示了理想与现实之间不可缩短的距离，人生有着"一无可进的进口，一无可去的去处"的困厄。

　　方鸿渐的思想性格实际上反映了当时一部分知识分子的精神面貌，方鸿渐的遭遇，也正是当时一部分较正直的知识分子的遭遇和困厄。正直善良，聪明幽默，但意志薄弱，优柔寡断，既缺乏明确坚定的人生信念，又不懂得人情世态的炎凉。性格和顺，思想大于行动，嘴上机敏而内心怯弱无能。在崎岖的人生道路上苦苦挣扎，处于彷徨、苦闷的境地，方鸿渐正是这样一个知识分子的典型。

　　在小说的结末，"那只祖传的老钟当当打起来，仿佛积蓄了半天的时间，等夜深人静，搬出来一一细数：'当、当、当、当、当、当'响了六下。六点钟是五个钟头以前，那时候鸿渐在回家的路上走，蓄心要待嘉柔好，劝她别再为昨天的事弄得夫妇不欢；那时候，嘉柔在家里等鸿渐回来吃晚饭，希望他会跟姑母和好，到她厂里做事。这个时间落伍的计时机无意中对人生包含的讽刺和怅惘，深于一切语言、一切啼笑。"

　　夏志清在《中国现代小说史》中说得好："钱钟书的文体简洁有力。一个蹩脚的小说家通常只顾制造感人的大场面，而忽略一切表面看来无助或破坏那中心情景的附带细节。反过来说，优秀的小说家却有胆去正视全面的感情冲突，透过看似烦琐的心理甚至生理去分析这种感情冲突。鸿渐感到饥饿，又失了钱包，假若他能在馆子里吃顿晚饭，他可能带着较佳心情再度回家，并实践与妻子言归于好的决心。即使他答应到她姑母的厂里工作，并打消到内地的念头，也不算意外。正当鸿渐准备向妻子低头时，他们的争执却偏偏转入不可改变的方向。柔嘉发了怒，因为她实在不想要这种轻而易举的胜利。她不满丈夫的懦弱，这种宁愿接受失败而不肯面对现实的表现。在小说这段终结里，主人公那个悲剧性的弱点实在表现得一览无遗了。"

"钱钟书是非常优秀的文体家……他对细节的交代，毫不含糊；对意象的经营，更见匠心。钱钟书尤其是个编造明喻的能手。正像每一个不以平铺直叙的文体为满足的小说家一样，钱钟书也善用象征事物，在选择细节时不单为适合情节内容：他希望通过这些细节，间接地去评论整个剧情的道德面。因此，正如《包法利夫人》中盲眼的叫花子是爱玛的象征一样，带着一篮粗拙玩具在窥探外国饼店橱窗的老头子，无疑是主角命运的象征。而钱钟书用以终结故事的那个怪钟，亦带着它全部的有意讽刺，在读者的脑海里留下了印象。"

叔本华说，人生就是一团欲望，当欲望得不到满足便痛苦，当欲望得到满足便无聊。人生就像钟摆一样，在痛苦与无聊之间摇摆。

我来猜猜张爱玲的心事

一直不敢写她。对她，敬畏、爱。因觉得无能写出与她匹配的文字而心生敬畏；爱则有些复杂。爱，本是情感，若说我对她有"爱"，则主要出于理性，用这样的爱表达我对她的感受，不够自然和准确。她的文字真实让我心动，我找不到其他词来代替。

一直也不愿写她。我自以为我与她，和我们身外的世界相互隔膜。还没写，我就想定，我写的，身外的那个世界不会认同。

我曾很纠结她的名字：这么出彩的人，这么俗的名，不搭。她也纠缠过吧！有《必也正名乎》为证。我后来认同她的说辞：是俗了些；但不改，为的是提醒自己就是个俗人。

她的作品很烟火气，自称俗人的她实际不俗，至少不是庸人的那个俗。以作品论，她是雅俗共赏、大俗大雅。她个人的俗却俗得清净决绝，几无一毫庸俗的因子。她和谁的账包括她妈、姑、弟都算得水落石出，没一点含糊处。因为这，我对她有点敬而远之。她似乎不近人情。也不是。主要是对"人情"她有自己的主张。她对一切都有自己的主张。在《到底是上海人》中，她和红尘套近乎，说读者是她的衣食父母。她的文本也最能体谅最底层人的悲哀和欢喜，但我还是要说，她不是底层劳动人民的知心人，她最讲的还是理，也不是不用情，她的"情的内涵和方式"都是张爱玲式的。她和几乎所有的大人物一样，抽象地悲天悯人，具象地憎人。胡兰成说她"从来不悲天悯人，不同情谁，慈悲布施她全无。她的世界里没有一个是夸张的，亦没有一个委屈的。她非常自私，临事手辣心狠。"
胡兰成果然是她的知己，但他只知道自己自话自说，丁点注释全无，也不问外人
到底听懂没听懂。胡兰成说张爱玲的话，放在张爱玲的词典里，可说是无一处不
熨帖。

但对俗众得解释，而且逐字逐句。说张"不悲天悯人"，如果抽象地看
"天、人"，也对。因为不相干，心灵上的。你是你，我是我。但若具体，不尽
然。对你胡兰成，就是"因为懂得，所以慈悲。"即便是后来你们俩的"千疮百
孔"，张爱玲对你仍如是。对你这个负心人，张爱玲可是"慈悲布施"全有。你
胡兰成没有真懂得张爱玲的"懂得"。"她的世界里没有一个是夸张的"，很棒的
表达。"不夸张"，不夸大也不缩小，这是张爱玲最诚恳和认真处。"亦没有一个
委屈的"，若从张的生命意志说，很对。张虽然是个弱女子，她生命意志的强悍
很多须眉男子根本无法比肩。她让你于无声处听惊雷。至少，她要把自己放在一
个她认为"对的世界"里，至于是不是、做没做到，你说了不算。"没有一个委
屈的"是她的生命意志，是她自我周圆的阐释；以俗世眼光看她，她可有很多委
屈，比如，她的童年、少年时代，那样幽闭而窒息的天地。不过，真心的，这不
是她接纳造物主给她的世界的方式，虽不能说她像基督徒那样虔诚、勇敢承受，
至少她是"顺承"了，但又不是完全世俗的那个"逆来顺受"，她有她的"正
义、激情、反抗"。"不委屈"是她与俗世最隔膜的地方。"她非常自私，临事手
辣心狠。"这也是最易产生歧义的一句。按我的理解，"自私"在张爱玲这里是
个中性词。她在记录港战时期个人生活的《烬余录》中说："时代的车轰轰地往
前开。我们坐在车上，经过的也许不过是几条熟悉的街衢，可是在漫天的火光中
也自惊心动魄，就可惜我们只顾忙着在一瞥即逝的店铺的橱窗里找寻我们自己的
影子——我们只看见自己的脸，苍白，渺小：我们的自私和空虚，我们恬不知耻
的愚蠢——谁都像我们一样，然而我们每人都是孤独的。"对人的审视，张爱玲
从来都是冷然森然的，人不止自私，还有空虚、愚蠢，却也孤独。所以呢，自私
不是问题，这已是关于人的常识，如何面对人的自私才是问题。胡兰成说张"非
常自私"，该如何解？我看把"非常"理解为"非常态"最好。这可不是玩文字
游戏为张氏辩护。像她这么冰雪清冷的七窍玲珑人，不欺人，更不自欺。张氏的
自私是不扩张的，她不虚张声势搔首弄姿地扬善，也不明目张胆或偷偷摸摸地为
恶。她只本分地顺天承运接受造物主的安排。她从不对善过度青睐，倒是对人间
恶有所包容、体察。她体察世情，在别人眼中"秽亵"的事，她都能咂出悲哀。
她可不是造作，她跳出三界外不在五行中，她是尘间菩萨。或者说，她具有她最
为欣赏的"地母"的情怀。对人生的体谅以悲怆做底子，自然就超出了凡间的
是非对错。"临事手辣心狠"说的不是她的人品，而是她做人做事的风格。她要

的是纯净，也不拖泥带水。如果注定要沉入最痛苦的深渊或升上最快乐的天堂，沉入或上升就是了，不用再额外地抒情。

港战时，她在伤兵医院做义工。"有一个人，尻骨生了奇臭的蚀烂症。痛苦到了极点，面部表情反倒近于狂喜……眼睛半睁半闭，嘴拉开了仿佛痒丝丝抓捞不着地微笑着。整夜他叫唤：'姑娘啊！姑娘啊！'悠长地，颤抖地，有腔有调。我不理。我是一个不负责任的，没良心的看护。我恨这个人，因为他在那里受磨难，终于一房间的病人都醒过来了。他们看不过去，齐声大叫'姑娘'。我不得不走出来，阴沉地站在床前，问道：'要什么？'他想了一想，呻吟道：'要水。'他只要人家给他点东西，不拘什么都行。我告诉他厨房里没有开水，又走开了。他叹口气，静了一会，又叫起来，叫不动了，还哼哼：'姑娘啊……姑娘啊……哎，姑娘啊……'""三点钟，我的同伴正在打瞌睡，我去烧牛奶，老着脸抱着肥白的牛奶瓶穿过病房往厨下去。多数的病人全都醒了，眼睁睁望着牛奶瓶，那在他们眼中是比卷心百合花更为美丽的。""香港从未曾有过这样寒冷的冬天。我用肥皂去洗那没盖子的黄铜锅，手疼得像刀割。锅上腻着油垢，工役们用它煨汤，病人用它洗脸。我把牛奶倒进去，铜锅坐在蓝色的煤气火焰中，像一尊铜佛坐在青莲花上，澄净，光丽。但是那拖长腔的'姑娘啊！姑娘啊！'追踪到厨房里来了。小小的厨房只点一支白蜡烛，我看守着将沸的牛奶，心里发慌，发怒，像被猎的兽。""这人死的那天我们大家都欢欣鼓舞。是天快亮的时候，我们将他的后事交给有经验的职业看护，自己缩到厨房里去。我的同伴用椰子油烘了一炉小面包，味道颇像中国酒酿饼。鸡在叫，又是一个冻白的早晨。我们这些自私的人若无其事的活下去了。"引得太长了。可是若从心灵档案记录说，这是一则猜想张氏心事极佳的材料。

作为一个擅长表达的写者，回忆往事是很紧要的一件事。"现在"对"既往"的带入尤要写者有清醒的认知。较好的办法是更多的呈现，更少的抒情、议论。准确摹写那时"即时"的感受有助于理解判断写者世界的真实。虽没有绝对的客观，张爱玲的文字给我最少自欺欺人的感觉。

"痛苦到了极点，面部表情反倒近于狂喜……眼睛半睁半闭，嘴拉开了仿佛痒丝丝抓捞不着地微笑着。"在最易触情的时刻，张氏偏偏抽离自己，只力求能还原地纪实。张氏貌似很"冷漠"。其实，她有最清楚的头脑：面对一个已看到终点的世界与自己的无能为力，她干脆收起其他无用的一切。"我不理。我是一个不负责任的，没良心的看护。我恨这个人，因为他在那里受磨难。"不理，不完全是因为绝望后的冷漠，而是这个勇者也没有绝对的勇气面对，"我恨这个人，因为他在那里受磨难"，恨，小部分是因为他的这般"存在"让自己心灵经受所谓"仁心"的煎熬；大部分其实是无奈、绝望、伤心。不说恨他，而说"这个人"，其实说的也是"人类"。夹在中间的这句"我是一个不负责任的，没良心的看护"是恨里带着自嘲，自嘲里含着悲哀，悲哀里含着愤怒，并不是向世俗示威。张氏就是这般清净决绝。既这般，张氏就做回自己——一个卑微的生物性的人："我去烧牛奶，老着脸抱着肥白的牛奶瓶穿过病房往厨下去。""老着脸"这个情态呈现了此刻"我与世界"的紧张，"那拖长腔的'姑娘啊！姑娘啊！'追踪到厨房里来了。小小的厨房只点一支白蜡烛，我看守着将沸的牛奶，心里发慌，发怒，像被猎的兽。"无理性的抒发极准确地呈现了困境中的"我"的与众不同的生命意志，放大一点说，这岂不也是人类可怜的命运么？

"无情"的张爱玲却比常人更直达真情、深情，恰因为她不抒"无理的情"。只是，要说清楚，她的"理"不是一般人间的那个伦理的"理"，而是哲学和历史的。张爱玲所以为张爱玲，除了不可解的冥冥中的"天赋"，我是如此猜测：幽暗的童、少年时代让她弃绝了一切幻相，对于那时还如此柔弱的她，世界却摆出了最严厉的脸色，她只能拿出与年龄不相符的成熟咬牙面对。这样的一个经历，就是再浪漫的灵魂也会舍去一切不切实际的幻想，那刻骨铭心的阅历也将在她生命的年轮上刻下永不可磨灭的印记。《天才梦》里十几岁的她已说出格言般的这句："生命是一袭华美的袍，爬满了虱子。"我一直以为，这个句子在逗号之后有个"可是"作为转折后的强调，现在一查原文，是我的自以为是。有无"可是"的差别在哪？张爱玲只是淡然地直陈，"华美的袍"与"虱子"并列；我的"可是"仔细想来却有点"危言耸听"，强调的是"虱子"且带有鲜明的倾向性，也可以说是偏见。结论：还是张爱玲冷静而宽阔、中正平和，更能呈现世界的真相：不好也不坏、有好也有坏。所以，在上面所抄的那段文字还有这个句子："这人死的那天我们大家都欢欣鼓舞。……我们这些自私的人若无其事的活下去了。"在俗人乐于抒情的地方，她一声不出。真是"不委屈、临事手辣心狠"。但再深究一点点呢？还是有无奈、惆怅的吧！杜甫说："烽火连三月，城春草木深。""感时花溅泪，恨别鸟惊心。"移情。日本人却说："跌倒又爬起，山岭静悄悄。"敛情。打着比方说，张氏和日本人一个思路。

说到具体人事，两不亏欠或许是她最希望的她与别人的状态。她可以认真到锱铢必较，唯一的例外可能是她看重或爱惜的人。如果不能做到两不亏欠，张氏大概是和曹操"宁可我负天下人，不叫天下人负我"相反的，她要的是心安。在浙江丽水，她和胡兰成摊牌：既往不咎，现在在自己和范秀美之间选一个。胡兰成不知是虚情还是真意，说自己这个落魄样，为了不连累她，他选范秀美。张爱玲无话可说，却仍把带去的衣、物、钱交给他。临别，张氏对胡说："你放心，我不会自杀；但也不会再爱别人，我只会像花一样慢慢枯萎。"这话常人听来觉得很傻吧？其实这也是给自己的，这是她自己的命，感慨和思绪就留给以后的自己吧！别人如何她无奈，自己此刻真心如此就如此，唯能忠诚的只是自己。再又是多少年的后来，面对胡兰成的"疙涩"，张爱玲给了他最后一封信：请不要再给我信。来了我也是不拆不看的。"我已经不爱你了。"张爱玲是非要明白说出这句话的，这是对胡的交代，也是和自己的一部分告别。这其间经历的心路只有自己知道，现在，真的，要，放下了。这就是张爱玲：不是较劲，只是较真。这让我想起鲁迅的话："我的确在时时解剖别人，但更多更严厉地是解剖我自己。"张爱玲并不喜欢这般张扬表白的姿态，她给了我更好的印象。她的理智很多来自她的诚恳。我不相信"德成而智出"的鬼话，觉得"成诚而智出"倒有几分道理。

诚，不自欺也；还有一义，诚，乃认知上对真的趋近矣，若"真、诚"合体，即是对真理的追求及渴望求得。一人之诚，以我浅见，"爱"字上面最能见出。而张氏之爱，恐正是俗人难解的地方。她大概是把爱与宿命并列的。《爱》如此说："于千万人之中遇见你所遇见的人，于千万年之中，时间的无涯的荒野里，没有早一步，也没有晚一步，刚巧赶上了，那也没有别的话可说，惟有轻轻的问一声：'噢，你也在这里吗？'"这是不言浪漫的张爱玲最浪漫的抒发，落脚的地方是"爱"；她的散文、她的小说、她的人生和她自己，有些时刻不分彼此。最信命的国人，独独在这里，和张爱玲站在此岸和彼岸。

如果限制清楚地话，也可以说，张爱玲一生写作最核心的主题就是爱，她只是从不奢谈而已。作为一个女人，她眼界并不窄、心胸并不狭隘，可到底是女人，心心念念的还是爱，只是她从不虚化它罢了。《走！走到楼上去》对女人有最大的同情、体谅；《谈女人》充满理趣、机锋，最少偏见，典型的张氏风格。轮到她自己，她要的只是"岁月静好"，无奈造化不理会，生生把它逼成了传奇。

我最好奇最感兴味的就是她的爱情传奇。在她的爱来临之前她已历尽沧桑，当沧桑再来临她也不会手忙脚乱。"这世间的哪一桩爱不是千疮百孔？"她讥讽别人"先读恋爱小说，然后再去恋爱"。她从不陶醉于"才子佳人"结果临到自己却最像"主题先行"，高冷的她乖乖地入了胡兰成这个文人浪子的彀中。张爱玲很配合胡兰成，真的把张胡之恋弄成了民国男女的绝代传奇。真的是浪漫，但也不免千疮百孔。

世人最隔膜的就是她的感情，认为她不按常理出牌。其实她才是真纯：爱情本就是两个人的事。心深得像井的她在浪子胡兰成面前被打回了孩子的原形。张爱玲先是珍惜他的"读懂了自己"，后来大概是又好上了他的"人材"。从后来《小团圆》中的九莉和邵之雍来看，床下心心相印，床上则是男欢女爱的。张爱玲特别陶醉于胡兰成笑起来时那嘴角边的小窝窝。这小窝窝就像一个惑人的旋涡，张爱玲陷入，无可自拔。好色不分男女。女人在"色"上的压抑，不是本然，而因历史境况。久而久之，造成了错觉。徐志摩，这个自称最大的天才只是爱的诗人，他对男女之爱的体味是，爱到身体便是顶点。对于这个浪漫的浪子来说，顶点之后可能就是下坡；对于张爱玲也许就是死心塌地。谁知道呢？西蒙·波娃在《第二性：女人》中倒是有一句：一个男人走进一个女人的心里是通过她的阴道走进去的。不说也罢。

张爱玲不自恋。我读张爱玲，每每折服于她开口的腔调：淡然、干净、直白。《谈女人》中说："女人取悦于人的方法有许多种。单单看中她的身体的人，失去许多可珍贵的生活情趣。以美好的身体取悦于人，是世界上最古老的职业，也是极普遍的妇女职业，为了谋生而结婚的女人全可以归在这一项下。"她有在繁杂中指出真相的本领。奥秘在她能超然。而超然不仅要求无私，还有通悟。有的人造作到能把真话说出假话的味道。张爱玲看得穿，看得穿后就有了万物如一的淡然，心里一淡然，说话就直白、干净啦。这个境界可不是人人可以的。很多伤心绝望的人也未必能跳出自我，以旁观者的语调向他人一一剖析自己的情感、历史、罪愆，虽兜兜转转却可以一无沉溺。张爱玲的诚恳来自她对自己的冷淡。她自己的一切她都可素情自处，甚至轮不到你担心。她眼观鼻、鼻观口、口对心。把元神跳在空中看自己像看万物，距离恰当了，观察就透彻了，也不会失去行动的力量。

这样的人简直就是最好最天然的小说家的料子。上苍有眼，张爱玲对上了自己的天分。作为小说家，最好的"张爱玲论"仍然是胡兰成给出的，他说："爱玲善于打破佳话，所以写得好小说。"当然，当然。她连自己都打得破，何况佳话。胡兰成这一句抵得上他人的洋洋万言。

萨特曾言他是为写作而生的。张爱玲不会说这么纯粹、矫情的说辞。虽不说，除了自己，写作真是她最爱；就如某个伟人年轻时给自己立规：不谈女人，但不代表他不要女人。她对小说，他对女人，都是真喜欢。她写小说之前的人生仿佛都是为她写小说做准备的，她有自己的小说哲学在她《自己的文章》里：面对"苍凉"的世界，她内心唯有悲悯。她笔下的人生很琐碎，却仿佛已触碰了你内心所有的角落。

她有自己的定力。说及前辈冰心她给出如下断语：冰心的温婉之中有些做作。别人把她和冰心并列，她说并不引以为荣。张爱玲活得很清澈：做作在她那里差不多就是虚伪，如鲁迅言"真中有假比假还坏"。当年在香港大学，一个英国女孩睁着一双纯洁无邪的大眼睛问她："爱玲小姐！你能告诉我小孩子是从哪里来的吗？"她后来在《烬余录》里记起，如此回："我真觉得她天真得可耻。"张爱玲眼里不揉沙子。张爱玲也很强悍：她说自己有一种本事，她想看不见谁就可以看不见谁。与俗世紧张、对峙，这是艺术家的宿命。当然，需要敷衍俗世时，张小姐偶尔也会拿出她的乖巧来，在真实的红尘中，她不耐和俗世较真；她所有的较真都在小说里。她的人是这个纯粹的小说家呈现出来的。何为纯粹的小说家？可以为她找个参照，道德家，他们是死敌。

小说家张爱玲具平常心；道学家尤其道德家、圣人具非常心。"圣人不死，大盗不止。"看来圣人不是啥好鸟。最好的圣人也就是个纯洁的理想家而已，好看，没用。如果都"内圣外王"这世界会很虚伪和暴乱的吧！小说家对圣人敬而远之。插一句，陈忠实的《白鹿原》让人青睐有加，他笔下的类圣人"朱先生"却多少让我觉得隔膜，太古板正经，还有点类似鲁迅说的《三国演义》对诸葛孔明的塑造，神乎其神地"近妖"。张爱玲笔下都是平常的众生，不说大而空的道理，他们的嘴巴更多的是用来吃饭、谋生、谋利、谋爱，说各种适合当下情境的话语；张爱玲的人物也不大爱谈将来，就是有将来也得从现在走起。"清坚决绝的宇宙观，不论是政治上的还是哲学上的，总未免使人嫌烦，人生的所谓'生趣'全在那些不相干的事。"（《烬余录》）王小波说张爱玲是病态的，不对，张爱玲看见的人生就是病态的，她不幻想。对他人热衷的道德，她也从不做纯粹道德的道德批判；她有自己的另一套道德体系，和世俗的大部根本不相交，批什么判。她拥有的是小说家的道德，最基本的一条，不媚俗，更不媚雅，至少在小说里。俗世最俗的就是"佳话"，所以，胡兰成是她灵魂上的知己。

张爱玲只是用描写、叙述呈现世界，甚至她的抒情和议论也该如是看，这点，她有点像英国的简·奥斯汀和比她年长10岁的杨绛。她们丰富的情感经过了清明理智的过滤，反而更醇厚绵长、触人心魄。她渴望自己的主观能和身外的客观最大限度地切合。真善美，她还是最爱真。对外，她力求看清；对己，她从不自欺。如此，她当然经常和伪善、虚美的世界不睦。她用小说这面瞭望镜瞭望着红尘世界，自己躲在拉起了吊桥的城堡里。在《封锁》里，她借描写吴翠远的心理，说："这世上好人比真人多，翠远不快乐！"好人多的世界，累、复杂、曲折拐弯、绕来绕去，心烦！可是啊！除非你死，还得活在这世上。活得久了，倒活出无可无不可的欢喜来，张爱玲小说里多有活得"兴兴头头"的俗人，张着傻乐的嘴巴眼睛里满含喜气地看着这世界。"时代的车轰轰地往前开。我们坐在车上，经过的也许不过是几条熟悉的街衢，可是在漫天的火光中也自惊心动魄。就可惜我们只顾忙着在一瞥即逝的店铺的橱窗里找寻我们自己的影子——我们只看见自己的脸，苍白，渺小：我们的自私与空虚，我们恬不知耻的愚蠢——谁都像我们一样，然而我们每人都是孤独的。"（《烬余录》）张爱玲也有部分的影子在里面。

她把自己的小说命名为"传奇"，讲的故事却是"反传奇"的，那就是说她要为"传奇"重新正名：没有传奇；平凡就是传奇。有点类似李贽、王阳明面对朱熹"存天理，灭人欲"时的所云：天理即在人欲之中；传奇也就是人间故事。张爱玲的世界没有神话。

张爱玲是个智者。智者往往是个超然的旁观者，对他自己也是，这个时刻，就是杨绛在《干校六记》中"我的元神跳在空中看自己"的那一刻。自嘲，怎么也是多少带着智力上的优越和人格上的睥睨众生的，当然，这个"众生"也有自己在内。不把自己当回事，你就放下了。悲天悯人是神格，是俯瞰。真正的自我修行并不是让自己五官退化，对外界失去感应，而是在静修禅定里对一切感官反应变得极度敏锐，但却切断感光之后的反应、因果之链：见美女仍然是美女，但却没有了链接的欲望反应。得有如何的意志才可以在这样的敏感中忍受生活？对于这样的人，只能再引用世上最懂讨好人的胡兰成的话："瞿禅讲完出去，我陪他走一段路，对于刚才的讲演我也不赞，而只是看着他的人不胜爱惜。我道：'你无有不足，但愿你保摄身体。'古诗里常有'努力加餐饭'，原来对着好人，当真只可以这样的。"我时常请朋友保重身体，其实这不是客气。

张爱玲朴素。朴素中才见真心、真情、真意，这是自然。自然又会平静、平和、平等。读张，我最佩服的是她思维上的对价值等级论的看破。《谈女人》她在收束处说："这也毋庸讳言——有美的身体，以身体悦人；有美的思想，以思想悦人，其实也没有多大分别。"而她最广大的悲悯体现在她对"地母"的描画："《大神勃朗》是我所知道的最感人至深的一出戏。读了又读，读到第三四遍还使人心酸落泪。"如此动情的描述对于张爱玲是罕见的。"奥涅尔以印象派笔法勾出的'地母'是一个妓女。'一个强壮、安静、肉感、黄头发的女人，二十岁左右，皮肤鲜洁健康，乳房丰满，胯骨宽大。她的动作迟慢，踏实，懒洋洋地像一头兽。她的大眼睛像做梦一般反映出深沉的天性的骚动。她嚼着口香糖，像一条神圣的牛，忘却了时间，有它自身的永生的目的。'她说话的口吻粗鄙而熟诚：'我替你们难过，你们每一个人，每一个狗娘养的——我简直想光着身子跑到街上去，爱你们这一大堆人，爱死你们。'""为人在世，总得戴个假面具，她替垂死者除下面具来，说：'你不能戴着它上床。要睡觉，非得独自去。'""生孩子有什么用？有什么用，生出死亡来？春天总是回来了，带着生命！总是回来了！总是，总是，永远又来了！——又是春天！——又是生命！——夏天、秋天、死亡，又是和平！（痛切的忧伤）可总是，总是，总又是恋爱与怀胎与生产的痛苦——又是春天带着不能忍受的生命之杯（换了痛切的欢欣），带着那光荣燃烧的生命的皇冠。（她站着，像大地的偶像，眼睛凝视着莽莽乾坤。）这才是女神。'翩若惊鸿，婉若游龙'的洛神不过是个古装美女，世俗所供的观音不过是古装美女赤了脚，半裸的高大肥硕的希腊石像不过是女运动家，金发的圣母不过是个俏奶妈，当众喂了一千余年的奶。"

地母是神，也是女人。张爱玲没有地母的姿态，却也有一颗地母的心！

徐志摩：我最大的天才便是爱

在众多的回忆文章中，我喜欢梁实秋、胡适、温源宁的回忆；在众多的传记中，我喜欢韩石山的《徐志摩评传》；在众多的"徐志摩论"中，我喜欢夏志清的徐志摩才是"真正的浪漫主义者"的论断。梁实秋清人雅志，论人论事最是清通持中，不掩恶，不溢美。他写的《谈徐志摩》《徐志摩逝世五十周年》《关于徐志摩的一封信》《徐志摩的诗与文》《赛珍珠与徐志摩》，单看篇数，也可看出他对老友的深情。胡适、温源宁对徐志摩"人品"的解剖最中靶心。一个说他人生最大的渴望就是"浪漫的爱"；一个说他就是"一团和气的大孩子"。温源宁最绝的一句评述是："徐志摩从来没恨过别人；他也从来没想到过别人会恨他。"韩石山的《徐志摩评传》最客观，一切凭材料说话，韩石山几乎不发个人评论，唯有徐志摩把怀有身孕的张幼仪喊去欧洲离婚，韩先生才忍不住有些怒不可遏，徐志摩此事做得也确实没丝毫人味，让人齿冷。韩先生怒得有道理。夏志清论徐志摩，给了他最清晰准确的定位：他是真正的浪漫主义者。夏志清拿"伪浪漫主义者"郭沫若与之对比，说，郭虽是有大天才的人，然而，因为他的感情易变，缺乏诚恳，他身上恶魔式的伟大是稍纵即逝的。他连蒋光慈也不如。真浪漫主义者是为了自己的理想而永不向现实屈服的人，宁愿毁灭也在所不惜。所以，浪漫主义者一定是理想主义者，也因此一定是悲观主义者。因为，理想不是用来实现的，而是用来追求的。徐志摩即便不殒命于空难，也将为自己浪漫的爱的理想所埋葬。

我是个缺乏现代诗感的人，我看徐志摩，人一，文二，诗三。徐志摩算得上一个可爱的人，有人视他为纨绔子弟，一部分实为他的豪富家庭所累；一部分来自人心不古人心唯危；再有一部分便是他的责任，他的一些外在言行确和纨绔子弟有所相似。但他不是，最起码他比纨绔子弟的格调高了不知几许。

徐志摩爱的是他的浪漫的世界。其实，我们对于他的爱与恨何尝不是自我的想象以及我们自己心性的投射。他是上帝的宁馨儿，出身好，天赋好，人生还没开始，他已赢在了起跑线上。这让那些命运不济的人情何以堪。他那么活泼，却备不住人们视为张扬；他那么善良，却挡不住别人视其为作秀；他女人缘那么好，不仅男人吃醋，除了女王林徽因高高在上，女人也为之争宠。处在聚光灯底下的人，你就不可能奢求这世界有所谓的公平。这一切也是命。

徐志摩在《话》里表白自己"我就是个不可教训的个人主义者"。瞧瞧这腔调！赵毅恒说，中国人在西方世界都有"异质感"，徐志摩是唯一的例外。我不相信，何以他就能独一无二。若这是真实的，我只能说，是他爸爸的钱替他买通了一切不适吧。"有钱能使鬼转磨"在西方应该也是畅通无阻的。他不高兴暴发户美国，认为它不精致没文化；他就跑去欧洲遍访他心中的文化偶像，你瞧他的出手不是青铜古器，就是名人字画，个个价值不菲。谁见他不喜？他有资格骄傲。他宣称：他要活得像个人，否则他对不起上帝；在人的生活中，他要活出自己，否则他就对不起自己。徐公子可不像很多人只能喊喊口号，他可以让理想落到实地。

他又说自己最大的天才就是爱。这话原也没啥大错。爱确实不仅是本能，也是能力。徐公子说他最大的才能就在爱上，真不真，不好论。若说他最醉心于爱一定不错。在他的三大理想"爱、自由、美"里"爱"排第一位。他的好友胡适替他解释：徐公子的所谓三大理想其实是一个，就是"爱、自由、美"在一个美妇人身上的完满体现。徐公子一生最大的愿望就是对美妇人的追求。原配张幼仪虽出身大家旺族，但在徐公子的审美视野中只是个"土包子"。貌美如花又玲珑剔透的林美人才是她渴望的。但还是胡博士理解得对：徐公子是永不会满足于既得的现实的，远远地看着是美好，一旦拿到手中就变了样。因为，徐公子追求的是他理想的原型，现实中的再美好也赶不上他想象的完美无缺，即便美如林美人若当初任他"温香软玉抱满怀"想来最终也是会厌弃的吧？陆小曼不就是个例子么？历经千难万难才得到的美人，不是没多久就让他感到生活已是"一条逼仄的甬道"了吗？如果他看到心仪了一辈子的林美人后来病中芦柴棒的样子他又会作何感想呢？他说过：男女之爱爱到身体便是顶点，过后呢？自然是下坡路了。爱情本来就是肉欲刺激出来的愿望想象。在钱钟书的《纪念》、苏青的

《蛾》里，男女作家对爱欲过程的体验认知倒是惊人一致，爱欲之前的焦虑渴望、爱欲之中的疯狂沉溺、爱欲之后的茫然空虚。到底是欲统治情还是情管制欲呢？人们打扮爱情或许就是源于对生物学事实的不满吧？所以，爱情诗比爱情更美好。所以，女人常对男人说，你们都是下半身动物，打着爱情之名渴望身体；我们女性渴望心灵的交流。还是女人更趋近爱的纯粹。

　　徐志摩的一生虽短暂，却像划过夜空的流星那般绚烂。生命很质感，诗人好榜样！

■ 卷叁 ■

论 文

《狂人日记》：绝望中的呐喊

阅读这本小说，最先引我注目的是其"文体"。日记体小说到了鲁迅时代已然不新鲜，《狂人日记》最突出的是它的每一个句子都像格言、警句。借助日记这样文体，著者可以更自由地深入人心；而把句子写得如此高度凝练，在意思之外，定还有某种气象的要求吧。年轻时候的鲁迅，特别崇拜过尼采，他的这本第一篇白话小说的句子很像尼采的《查那图斯特拉如是说》。鲁迅自己后来对《狂人日记》的总结，"思想的深切，格式的特别"。在鲁迅，这应该不是简单的并列关系，他唯有用这"格式的特别"才能再现这"思想的深切"吧？形式也即内容。

后来的《呐喊·自序》鲁迅叙述过自己创造小说的缘起：日本读书年代的同学钱玄同一次次地上门游说，才慢慢地、终于融化了鲁迅心头的坚冰。其实也不是坚定了，还是带着怀疑。对陈独秀、胡适以及自己的兄弟周作人等人渴望掀起的新文化运动，鲁老夫子一向不大热心；他倒不是反对，但他的心态恐怕颇接近于后来的反对派。复古派领袖林纾林琴南就不屑一顾，称其为"秋虫冬草"，任其"自生自灭"即可，犯不上为它置一喙。这种傲慢后来被钱玄同刘半农搞的"双簧"给忽悠了，这才引起新旧之争，新文化运动缘此而得以热闹地铺展开来。

对于新旧，鲁迅的立场并无含糊。他含糊的是中国的语境。他对中国太失望。它的历史太沉重了，它的国民太愚昧了，何况，他对所谓的先驱者们也不是完全相信。他曾对着许广平自我反省：我看人、事太清楚，反失掉了行动的力。又因为看得太清楚，就无法装糊涂。反不如粗枝大叶的人行动迅捷而不顾，说不定倒把事弄成了。鲁迅确实善于反省、自省。后来他就是在这自省的对面怀着渺茫的希望上阵的，他说，既然不能确认自己的为真理，那不妨照着别人指给的路走走试试呗。而以他的个性言，不管内心有多复杂，一旦上阵他就全力以赴。于是《狂人日记》成了他的第一声呐喊。

他淤积得太久了，积留的东西也太多了，一旦闸门打开，它得倾泻而出。我想这正是他如此写作《狂人日记》的最根本原因，用象征、隐喻，用最凝练的句子，把自己积年的思考凝结为文学的意象向世界发布。他从一开始就对自己明确，他所以写小说，就是为了"批判国民性"，当然主要是揭示国民性里的"劣根性"。他要重新"立人"，重造中国。在日本时，他和后来一生的挚友许寿裳时常讨论有关中国国民性的问题，他有《魔罗诗力说》等文学论文发表在《河南》《浙江潮》等杂志上。而现在《狂人日记》就是向旧世界发起攻击的总纲，以后再慢条斯理地去展开吧，现在非得如此。

《狂人日记》写了什么？审判中国。过去的、现在的中国，将来的其实也是题中之义；过去、现在、未来不过是一体三面而已。鲁迅对中国最著名的审判莫过于这是个"吃人的国度"了。鲁迅不希望人们把它完全理解为隐喻，他强调他说的"吃人"也是写实的，而且不只是在"古"，现代仍然在延续。当然，这是一个真实判断。在这本小说发表9年后的江西，曾发生了这么一件事：一个乡绅给女儿自小定下了"娃娃亲"，女儿7岁时，男方家的小子翘辫子了。这位乡绅打算让自己的女儿"殉葬"。7岁的女娃不懂。乡绅父亲把她关进一间黑屋里，上锁，自己坐在横在门前的板凳上。女儿哭着喊"爸爸啊！我饿啊我饿"，不给饭；女儿哭着喊"爸爸啊！我渴啊我渴"，不给水；女儿怕黑夜，哭着喊"爸爸啊！我害怕啊我怕"，父亲柔声开导：女儿啊！你不要怪爸爸，不要恨爸爸！不是爸爸心狠。爸爸是为你好……这个乡绅所在的村庄整体沉默。而这个读过书的乡绅父亲果然意志强悍，几天后，女儿凄惨死去。又过几天，满面哀戚的乡绅父亲从县长大人手里接过表彰旌节的金匾。这是公元1927年江西发生的真实事件。当年我在余杰的一本书里读到这篇引自那年新闻报道的记载，实在无法相信自己的眼睛；再后来，多少年后，我又在杨显惠先生的《夹边沟记事》中读到更骇人听闻的"吃人"记录……

鲁迅"吃人中国"的审判一点也不修辞，一点也不或然，就是据实论断。他的国民性理论用的不是阶级论的尺子。中国没有阶级，只有阶层。阶层间只有地位、经济的差异，没有思想、心灵的不同。国人被同一种文明哺育，他们是人同此心。"朝为田舍郎，暮登天子堂。""王侯将相，宁有种乎？""彼可取而代之。""皇帝轮流做明年到我家。""我手执钢鞭将你打！""枪杆子里面出政权。"国人心头有中国式的平等。这个吃人的国度，所有人都在参与这排满了人肉的筵席，大家都是吃人者，也被吃，最要命的还有"人自食"。又是一个一体三面。

《狂人日记》的枢纽当然是"狂人"。有研究者从"自叙传"的角度把他和鲁迅相连。推及其他作品，人们又发现"狂人"是鲁迅小说的一个恒定主题，更加认定鲁迅的这类小说带有鲜明的自传性。于是，又是家谱索引，又是学医经历，又是小说中狂人发狂心理的医学说明，还有鲁迅私人生活的细节考辨。其实不用这么烦琐，即便郁达夫所说的"任何作家的创作都是作家本人的自叙传"有些绝对，但一个作家无论写啥题材，其精神自传总会以各种变形在文本中显现当是常识。狂人当然有鲁迅的影子。

狂人形象是"复调"的集合。他集反抗者、妥协者、罪恶者于一身。这是一个残缺的、不彻底的形象。狂人以狂暴的反抗开始，以严苛的自我审判终结。然而，这还不是这个形象的终点，他终结的地方恰正是他开始的地方。小说的真正结尾在小说的开头，那个文言小记里藏着：狂人病愈之后，"赴某地候补去了"，狂人最终和他曾经攻击的对手握手言和。这样的循环宣示了鲁迅的绝望。

日记正文的结尾"救救孩子……"已经预告了绝望。孩子的父辈已经完结；而且，"孩子也被他们的娘老子教坏了"，那么，谁来拯救孩子呢？鲁迅在小说里给出的答案是"……"这是一切尽在不言中呢？还是无穷的话语省略呢？还是无话可说，你自己去猜呢？……

鲁迅很绝望。

我很迷惘！

《阿Q正传》：为中国人作传

《阿Q正传》本游戏笔墨，却写出了"大正经"。这"大正经"就可以反向地读回去，也许别这么正经，反可以把它读得更明白些。

小说开篇上下左右四面八方地介绍主人公名字"阿贵"的来历，嘻嘻哈哈中鲁迅恣意解析着中国的历史及人心。鲁迅广博的知识、灼人的智慧在令人发噱中已让你体会。《阿Q正传》当然是讽刺的，鲁迅说要由它画出国民的灵魂，现在这已成了共识，阿Q确实让每一个中国人认出自己。但这可能还说小了，阿Q是画出了人类的灵魂，现在许多洋人读了小说，也说在里面看见了自己。可见这小说确实具有了不起的概括力。鲁迅还曾戏谑地说，阿Q的鼻子在山西、眼睛在河南、耳朵在浙江……大家都公认阿Q这个最经典形象是鲁迅对现代文学最大的贡献，他与阿Q都将不朽。

《阿Q正传》开始给人的却是开心、好玩。有趣是人生、艺术很高的境界。鲁迅的笔夸张而滑稽，但因为分寸把控得好，写得虽荒诞不经，但有真实做底子，并不给人油嘴滑舌之感。

艺术伴随着人进入现代，超现实主义成为艺术观照现实最重要的艺术形式之一，或许是因为现实被人类弄得越来越虚假，非得用超现实的方法才能让存在再次现身吧。《阿Q正传》里的夸张已近乎荒诞，比如，阿Q一心要姓赵；与王胡打架输后的自贬；和王胡比赛捉虱子；向吴妈求爱引发骚乱自己却跑去看热闹；阿Q画圆、示众；等等。这些事情若与现实比对，你会觉得"似有却无"，但又觉得它本该如此、真该如此。这就是艺术的奥妙，它在事理中要揭示的是情理、人心。

阿Q虽有一个再低微不过的外皮包装：雇工。但他的芯子却是整个国民性的集合。作品一经面世，不同阶层的读者皆异口同声地说写得就是自己，脊梁骨直冒冷汗。就这样"阿Q"成了中国人的代名词；"阿Q精神"成了中国人灵魂的代名词。

阿Q是中国漫长的封建宗法制社会造就的特产。封建宗法制社会造就的最基础的社会心理是等级意识，等级意识中生长出"威权崇拜"，由威权崇拜而产出对权威、权势的膜拜，拥有权势的人在国人心中都至高无上，是权势让人闪闪发光。是文化、体制铸就人的自然性之外的第二性，文化是根本。本来春秋战国还文化多元，汉董仲舒"罢黜百家，独尊儒术"后，儒从儒、道、释中脱颖而出，从此一锤定江山，中国国民心理慢慢积淀稳固而成矣。

新文化运动时代，胡适在《易卜生主义》一文中首次引入了西方的"个人主义"概念，想以此来破除老旧中国虚妄的"群体主义"以及"自私的个人本位主义"。但时至今日，胡适们的愿望还在空想中。反传统，口号好喊，做到确乎难乎其难！道理也对：传统形成很慢，它的消失如何能如你期望快如闪电呢？

"自私的个人本位主义"观是中国人心中最坚实的功利主义立场，公理、正义不过是幌子，"城头变幻大王旗"，中国的老把戏了。上有愚民，下有愚君，对付着玩吧。国人只相信成王败寇，只看帽子不看人。阿Q为何执意要姓赵呢？因为在未庄，赵老太爷最有权势，何况《百家姓》中开头便是"赵钱孙李"呢，第一就是状元，就是好！姓氏之争其实是权位之争，所以，赵老太爷把阿Q叫了去，唾了他一脸，骂"你也配姓赵"？鲁迅在小圈子中还讲过一个笑话，说，有一天，一个乞丐兴奋地对众人说，赵老太爷今天终于和我说话了。一众人等羡慕不已，急问，赵老太爷和你说了啥？乞丐说，今天我乞讨到了赵府门前，正巧赶上赵老太爷出门，看见我，对我说了一句："滚出去！"众人喷水，因为口中没饭。国人作贱起自己及同胞来，真是天才也不及。难怪鲁迅在别处又说，有什么样的国民就有什么样的国家；暴君往往是暴民培养出来的。

中国人嘴巴上说"内圣外王"，但对如何是圣，如何是王并不关心，他关心的是如何圣，如何王。如何呢？简单。成与败中论呗。李清照"生当作人杰，死亦为鬼雄。至今思项羽，不肯过江东"还基本上就是千古绝唱，顶多到失意时拿来遮掩一下而已。等级社会让人习惯层级而上，儒家的一套在旁给你做着中国的法理正义的证明。内圣外王毕竟太高端，负责塑造族魂的儒家为众生缝制了另外一顶帽子：君子。儒家倡导人生三境界，一立德，二立功，三立言。德为首，为的是要你尊重礼法，争做君子。君子一定是德性德行高贵之人，自老、孔始，传道、礼法，克己复礼，君君臣臣父父子子……中国慢慢变成了礼法森严繁文缛节的国度，言行合于礼、制，便是君子，犯上作乱，就是乱臣贼子。在封建宗法体制内，按照君上、圣人指定的规则把自己修炼成一个君子就是你做人的成功。彬彬有礼然后君子；朝闻道夕死可矣；先做人后做事。做人做人做人，最后把人做成了教条的机器。小说中，鲁迅写了阿Q向吴妈求爱的一节。吴妈为省灯油钱跑来阿Q舂米房纳鞋底，擦汗时的阿Q无意间一扭头看见煤油灯光下的吴妈比白天漂亮，不觉双膝一软，跪在了吴妈脚前，口里嗫嚅道："吴妈！我和你困觉！"鲁老夫子写："空气里死寂了几秒钟，只听见'嗷'的一声，吴妈哭着喊着跑出去了。"于是一场惊天动地的大戏上演，全庄人都被吴妈撕心裂肺连哭带骂的声音吵醒了，大家纷纷来在吴妈门前劝说，吴妈只是哭得震天动地，后来秀才娘子到了门前说了一句话："吴妈！你别在屋里一个人哭，我们都知道你是个正经女人。""正经女人"仿佛一道神咒，吴妈哭声应音而止，打开门款款而出。寡妇门前是非多，吴妈要的就是这四个字，这是她与这个世界达成的契约书，没有了这一纸文书，她也就失去了在这世上存在的理由和价值。都知道这是"死要面子活受罪"，临到自家头上，没有一个不甘愿就范。也有不甘愿就范的逆天而行者，但若仔细考察这逆天而行的来龙去脉，不会发现有一个人从一开始就是要大逆不道的，她/他只是万不得已。当然，这世界又是由这万不得已之人慢慢撬动的。在阿Q向吴妈求爱这个情节里，阿Q只是一时"理不胜欲"罢了，事后若要问他这个做法对不对，阿Q当然会否定自己。阿Q看尼姑庵里的小尼姑在街上走都不平而鸣，以为这是凡心大动，应该挨板子。阿Q心里其实充满了礼教之大防的。他摸小尼姑的头，被小尼姑骂"断子绝孙的阿Q！"他不服气地回："老和尚摸得，我阿Q也就摸得。装什么假正经！"从阿Q的言行中，可以看出他满身的混乱。作为一个身处底层卑贱的雇工，他无力去分析，更不要说整合、认同自己了，而这恰说明了他所身处文化文明的虚伪性。他在"意识"这个世界时，他从心中到口中不思而出，满口正确的大道理。比如，秀才被剪了发，他的娘子气得跳了三回井自杀，阿Q的评论是，秀才娘子不跳第四回井，仍然不是个好女人；而他在这个世界上"行动"时，若无外置的障碍，他就只顺随自己的生物性本能了，比如，他向吴妈求婚。这，大概就是专家学者分析出的"二重人格"吧。鲁迅曾把国人这种特性在《二丑的艺术》中作了分析。

鲁迅说"面子是中国人的精神纲领"，正是中国人二重人格的现实表现。中国人一辈子活在由繁文缛节定制而成的世界里，如果失了面子，就等于你自绝于你存身的世界。但总会有要不了面子的时候，中国人最后的避难地就是阿Q自我虚幻的精神胜利法。这就是中国人循环往复的一套自解系统，它能"解释"，因而也能帮助中国人面对任何危机，就像人们在《阿Q正传》中所看见的，即便阿 Q 最终被砍了头，在自我的精神世界里他仍然是战无不胜的。鲁迅在嬉笑嘲骂中揭露了这一切，讽刺，即便有时夸张得过了格他也不管不顾，他非要表达他内心的憎恶不可。理性上，鲁迅展示了他杰出的解析能力，心理上我体会到了他内心近乎黑夜般浓烈的冷酷。鲁迅到底是无情。读《阿 Q 正传》我心头总回旋着艾略特《荒原》里所呈现的意象：这世界最后的终结不会是"嘭"的一声，而是在一片"嘘"声中完结。艾略特到底也是轻蔑的。

所以，在更现实的层面，《阿 Q 正传》写到的人间的"革命"，鲁迅对它也是一以贯之的立场，怀疑它的神圣与正义。他说："如果中国没有革命则罢；如果有，则阿 Q 一定会参加。"有人把这篇小说理解为鲁迅对辛亥革命失败经验的总结。真是荒谬至极。所谓的阿 Q 一定会参加革命，这道理无产阶级革命最伟大的领袖马克思看得最清楚："全世界无产者联合起来！你们打破的是锁链，而得到的将是整个世界！"阿 Q 不需要信仰，只要有正常的生物性本能就可以。谁最想打破现存秩序，一无所有者。赤脚的不怕穿鞋的，光脚的却怕不要命的。阿 Q 的革命观——我手执钢鞭将你打；我说谁就是谁；赵老太爷的金银可以搬过来，秀才家的宁式床可以搬过来，秀才娘子也可搬过来，吴妈就算了，可惜脚太大。——可说是天下差不多所有人的革命观。革命就等于有好处，大大的好处，而且这好处得来比其他方式容易多了。鲁迅解构了革命的神圣性。

人间真实的神圣不过就是它的平常。

《祝福》： 祥林嫂的悲剧之外

　　《祝福》写了劳动妇女祥林嫂悲惨的一生。在鲁迅沉静的叙述中，但凡心还活着的人在祥林嫂的故事面前都会心灵悸动黯然神伤，这是一本女性生命的苦难之书。关于祥林嫂的悲剧早有学者总结了，说，在祥林嫂的肩上压着三座大山；在她的身上捆着四条绳索。这样极端、沉重的压迫，一个可怜的劳动妇女无论怎么挣扎、反抗，也不可能逃脱其必然的悲剧命运。何况从祥林嫂自身这面来说，她压根就缺乏自觉的反抗意识，在她的内心根本就没有一个独立健全的精神世界来支撑起自己的生命大厦，当外面的压迫来临时，她唯有逆来顺受，最终的没顶之灾绝对无法避免。由此又可引申出社会解放、妇女解放的议题。这些层层递进的分析当然很有道理，也可以启发读者对作品的蕴含有恰当的理解。

　　可是问题还有一些另外的侧面。就比如面对以上关于《祝福》的理解，我每每就有不足之感。读着他人头头是道的分析解剖，我的心里总犯嘀咕，我打开一本小说，就是为了从中获得某些知识，懂得一些道理、接受一些教训的吗？为何这些道理、教训也并没解开我心头的愁绪、难过、惆怅、痛苦等等诸种的情感体验呢？一位辛苦的作者字斟句酌着写下的每一个字，瞻前顾后地精心布局，每一个细节的反复玩味，都该被读者的眼睛注视，阅读过程中的即时体会都该融入最后完整的认知吧？你可能会说，要写出绝对完整认知的艺术批评绝对做不到。你是对的。我的意思是，即便不能完整做到，在你下笔的时候，你得意识到那个完整性的要求，这样你表达的时候至少会比只是简单抽象状态下多一些弹性和张力。强调阅读的完整、过程性，也是更强调在艺术欣赏或批评中心灵该居于主导性地位，而不是理性。格非说："写作只为表达心灵，除此，它没有第二目的。"艺术欣赏或评论必须有强烈心灵情感的活动在其中，而不是干枯的理性认知抽象。抒情性是艺术的第一法则。文本细读作为一种方法首先应该得到尊重。脱离文本只会套用理论的艺术批评是文不对题的。这不是拒绝理性、理论，是心灵与理论谁主导谁的问题。所谓写出艺术的真实，它的第一真实是心灵的真实。这就是我上面所说不满足的缘由所在：那些理性分析很精彩，可惜还缺了心灵体会这一块。鲁迅写《祝福》，艺术家写作，首先不是要表达思想，而是要倾诉感情。虽然，读者最后总结时，可能会诉与更多的理念。在艺术中，理念也该是带着深深的情感体验的。若没有愤怒和悲哀，轻蔑和冷酷，鲁迅就没有动力去写《狂人日记》《阿Q正传》。艺术家与道学家的区别于此。

我读《祝福》像读所有情有深致的作品一样，首先被带入的是那浓浓的情感体验之中，我所获得的认知是从情感体验中来的，它还常是混沌、朦胧，准确地说，是混沌朦胧中清晰，我清晰地体认着，却未必能完整地说出。如果不是学者那样总结，我很少意识到学者们所说的那非常理性的总结，当然，正如我前面所言，这些总结也是好的，是难能可贵的；只是，在这之上，还有更应该被人们所关注的，就是我刚刚所言的朦胧混沌而又清晰却又很难清晰说出的体验，这体验中是含有认知的，而且更重要。这种认知是在"润物细无声"的状态中融入了你的生命，虽然很多时候你很难清晰完整地说出来，但人的心灵相通，在无声中，在共同的作品阅读后，在那没有次序的描述、感慨中，不仅有声语言，还有我们的身体语言相助，然后，我们是懂得的。如果你说，没有被表达出来的就不存在。对的。只是你要明白，人的表达并非只有语言。语言只是助人去理解、想象、体会言内言外之意。举两个例子。曹禺的《雷雨》发表之后，好评如潮。其中他的好友刘西渭也即李健吾的论断——《雷雨》的主题是"暴露了封建大家庭的罪恶"——后来几乎成了《雷雨》的定论。然而，曹禺在《雷雨·序》中说，各种各样的论断在他的写作中从来没有出现在他的意识中，虽然有的论断事后可以追认，"比如暴露封建大家庭的罪恶之类"，但他接着就说得坦白地承认，写《雷雨》的那时，他绝无此念。他从没想起要揭露、抨击、匡正什么。他有的只是"愤懑"，不抒不快，这愤懑到底是什么，他说不清，只觉得一团混乱的激情憋在心头渴望"发泄"出去；他对宇宙人世间诸多现象困惑，"睁大了一双惊奇的眼"，渴望弄明白，但自己的智力有限，他只能从自己生命欲望的体验中试着去表达。从作品的实际看，所谓"暴露"之说，只是一般抽象，这个说辞用在太多的作品身上也可，比如巴金的《家》，比如现在鲁迅的这个《祝福》。然后呢？没有然后了，到此结束。这样的批评研究不很煞风景么？还有一个例子。我曾问一个六年级学生看过《卖火柴的小女孩》吗，说看过。我问他看后的体会。他闭着眼睛摇头晃脑地给我来了一段，通过对小女孩悲惨经历的描述，让我们认识到了资本主义社会人与人间丑恶金钱关系的本质，让我们深深地体会到社会主义大家庭的温暖，也启示我们少年儿童，要珍惜我们来之不易的幸福生活。云云。我盯着他流利的嘴巴，目瞪口呆。我问他，小女孩可怜吗？可怜。你难过么？难过。小女孩不敢回家，是因为万恶的资本主义制度，还是因为她一想起家里有一个凶恶无比常常咆哮如雷狠命打她的父亲就不寒而栗才不敢回家？他无语。是不是家里唯一疼爱她的外祖母已经去世，使她觉得那个家早已没有温暖，她不愿回家？她在擦亮的火柴微弱的光中虚幻地看见了慈祥的外祖母，你怎样感受这个画面？小女孩最后冻死在热闹的圣诞之夜，你心里是怎样的体会呢？他无语。文学教育不该让心灵沉睡。

我读《祝福》，沉浸在开头和结尾的那慵懒、沉静、祥和、热闹的氛围中，就是在这样的祥和之夜，"我"知道可怜的祥林嫂已然死去了。这是怎样人心隔膜的人间世！"亲戚或余悲，他人亦已歌。"可怜的祥林嫂连"余悲"的亲戚也没有。人生竟是如此地凄凉孤独！作为小说的叙述人的"我"是个读书人，在祥林嫂生前，曾被祥林嫂追问过"灵魂的有无问题"，我在科学与对她的悲悯中陷入两难。最后含糊地说，"大概是有的吧！然而，似乎也不能确定"。祥林嫂想抓住人生中某些可以确认的东西，然而，她什么也抓不住。"我"后来很愧疚，觉得自己在祥林嫂的悲剧里也负有一定的责任；然而，"我"最后还是在一种慵懒的氛围中平静下来，要远离这让自己不安之地，何况城里还有自己念念不忘的鱼翅和黄酒呢。祥林嫂的悲剧慢慢像远方传来的一个久远的故事，随着时间的流逝，也就逐渐地淡然了，人间的凄惨由着时间的沉淀慢慢变成心头的漠然。"我"终究是自私的，早有人说过，鲁迅的小说好就好在它的"复调"，在《祝福》里，鲁迅不仅讲述了祥林嫂凄凉的人生故事，也解剖了"我"作为一个知识者的灵魂。解剖"我"固然可以完成对知识分子的批判，再次让人领会了鲁迅自剖的真诚与深刻。但最重要的，在这部小说中，"我"也是祥林嫂世界的一部分。学者说的三座大山四条绳索，所谓政权、神权、夫权等是压死祥林嫂的罪魁，听起来好抽象。在具体的小说中，谁是绝对的坏人呢？鲁四老爷骂祥林嫂是个"谬种"，不让她接触"牺牲"，与其说是这里面的封建思想、规矩伤害了祥林嫂，还不如说是鲁四老爷的冷漠无情寒了祥林嫂的心，鲁四老爷和祥林嫂在价值观上并无二致，祥林嫂知道自己"不干净"，如果不是心神不定，她也会守规矩的，或者说，即便她要刻意挑战规矩，那也不是说，她要反对这规矩本身，而是渴望借此重返那个大家的"人的世界"，可惜，鲁四老爷以决绝的方式拒绝了她。试想一下，假使鲁四老爷表达的意思不变，但若态度亲和而温然一些，祥林嫂的感受是不是会不一样？对与错，是理；好与坏，是情。一句话可以让人跳，也可以让人笑。解析祥林嫂的悲剧，或许"人情冷暖世态炎凉"这八个字比那些深刻的分析更切题。是人间的冷漠无情杀死了祥林嫂。

　　阶级论营造了你死我活的斗争哲学。其实一切都是人性范畴内的欲望之争。阶级论者把鲁四老爷和祥林嫂之间看作是剥削阶级对被剥削阶级的压迫，如若是，同阶级内部的倾轧又该如何形容？比如，《祝福》中的柳妈以及和柳妈一样的一众看客，难道不是他们看来看去地把祥林嫂"看"死的吗？他们这些无形的杀手如果论罪孽，实在不比那些站在前台的人差。鲁迅在说到秋瑾时曾发了这么一句感慨：台上的秋瑾是被台下看客的拍手"拍来拍去拍死的"。啥叫势不可违，这就是吧。不管你是自己上的台还是被别人架上去的，总之，到最后你下不了台了。鲁迅有个词叫"无名的杀人团"，祥林嫂之死和他们的作为脱不了干系。小说中，祥林嫂的阿毛被狼吃了，祥林嫂得了"失心疯"，逢人便说"自己的阿毛被狼吃了"的旧事，开始，四面八方的人乌泱泱地赶来，一边听，一边摇头、叹息、抹眼泪，然后怀着好奇心得到满足的快乐离去了。人间的同情不过如此。有一天，祥林嫂和柳妈在一起，祥林嫂忍不住地又"唉！唉！我的阿毛被狼吃了，要是我小心一点……"说起来了。柳妈不耐烦地说："看！看！祥林嫂你又来了，我问你，你额上的疤是咋回事？"柳妈早听烦了阿毛的故事，她的兴趣点转移了。接下来的细节鲁迅写得很精彩。柳妈和祥林嫂一样是鲁四老爷家的帮佣，在祥林嫂面前她很自得，因为她只嫁了一个男人，而祥林嫂嫁了两个，后面的这个贺老六和她生了阿毛，现在贺老六和阿毛都死了，祥林嫂又重归孤独。柳妈告诉她说：你嫁了两个男人，将来你到阴曹地府去，两个男人是会抢你的，阎王只能用利斧把你一劈两半分给两个男人。这可吓坏了祥林嫂。柳妈又给她出主意破解，就是到庙里去捐门槛，让千人踏万人踩来赎自己的罪孽！柳妈问她：你额上的疤是咋回事。祥林嫂有些不好意思地说，还不是当初争持在桌角上碰的。"你当初咋就愿意了呢？"祥林嫂实在有苦难言，当初的再嫁，是爱财的婆婆的主张，等于是把她发卖了，为了钱财，婆婆已顾不上礼义廉耻；祥林嫂倒是无师自通地知道礼法却无力反抗，被抬到贺家坳进洞房时还在拼命反抗，结果额角撞在了桌角上鲜血淋漓……面对当下的提问，祥林嫂有些羞涩地说："你不知道他的劲有多大！"小说中接着一句描绘：柳妈听后笑了起来，脸上的皱纹蹙缩得像核桃皮，眼光又向她的额上一扫。祥林嫂也羞涩地微笑了，眼睛里还含着一丝既羞也喜的光。应该说，那是祥林嫂悲惨的一生中难得的一段幸福时光，贺老六憨厚老实，腿脚勤快，对祥林嫂体贴温柔，还有了可爱的阿毛。只可惜好景不长，贺老六病死，阿毛又被狼吃了。在此刻，柳妈的问话，多少引起了她心酸而又略带些甜蜜惆怅的回忆，眼里才闪出久违的一点光彩。而柳妈问这一段，还是好奇心作祟，她虽一面有些鄙薄祥林嫂，又对她嫁了两个男人有些艳羡，鲁迅精彩的细节刻化泄露了柳妈的内心真相，两个人的笑并不共振，各自处在自囿的天地中，柳妈可以说是在带着些些色情欲念在想象祥林嫂再婚之夜的洞房内贺老六与祥林嫂性爱的情境，她一个劲地追问："后来呢？后来呢？"《水浒传》里的王婆曾对潘金莲说：老娘年轻的时候也风流快活过一场！不然，这一生可不就亏死了。王婆的话固然可以看作是对潘金莲的教唆，可谁又不觉得这也是一句肺腑之言呢！《祝福》里的柳妈也该是人同此心的吧。人心之微，逃不过鲁老夫子的火眼金睛。鲁老夫子通过柳妈这个形象再一次扒下了传统封建礼教虚伪的皮。柳妈也是个可怜虫，引人同情。可是，就是这个可怜虫也充当了杀死祥林嫂的杀手角色之一。也难怪"我"面对这无边黑暗扭曲的人心世界，无法可想，只得逃了。

《祝福》中的"我"也可看作鲁迅的自画像之一。一方面是真实地自揭其私，一方面也是真切表露了大时代下自己真实的心迹。鲁老夫子内心大概也有着狂人的疲惫和放弃。对一切的最终放弃。鲁迅笔下的知识者很少真战士的本色，这或许包含着他的自我评价。从"呐喊"到"彷徨"再到晚期的"峻急"，鲁迅的心路是一直慢慢地向下的。

《沉沦》：身体的文学化问题

作品也有时运。《沉沦》若不是诞生于 20 世纪 20 年代，它也可能默默无闻。我始终认为它的文学性很一般。只是一部作品的成功与否并不完全取决于文学性。就我个人趣味而言，《沉沦》的滥情书写无论就审美体会还是自我表情的心理自适来断，我都不能认同。有节制地抒情更美，也更让人在人性维度上更有尊严感。就美学、人性的体会而言，表情永远比表意重要。如何表情是美学的核心问题。

这本小说从命题开始就让人体味了著者内心的悖论。按一般语义解，"沉沦"是贬义的，词典上解释，指的是"陷入罪恶的情境"。郁达夫用它命名，顺惯性理解，它的主题当是批判的。一个打算取批判立场的人说话会是怎样的腔调呢？一般理解该是严肃、凝重、不苟、理性等等；但《沉沦》文本的实际情形不仅不理性，而且很抒情。文本和文题对抗、解构，不统一。《沉沦》写主人公"伊"的情欲苦闷而引发的人生之痛，但他对自己的沉沦取的是放任态度，他沉浸和沉溺其中。作者的态度从语调体会是同感而同步。"沉沦"之意变成了主人公对某种情境的自甘沉溺，不是不能自拔，而是不愿自拔。郁达夫就是要你注视这个情境，让你揽镜自照。

伊是来日本留学的一个中国青年。小说很少说他具体的留学生活，一直在叙述他内心的情欲苦闷。他爱诗，偏向于感伤的；爱大

203

自然，偏向于宁静而清新的。在诗与大自然怀抱中他最醉心的是爱情，他最思念的自然是恋爱中的女子。但是，他的生活中没有，他只有感伤的梦。所以他落进了苦闷之网。

小说里比较稀薄的情节是由伊的心绪连缀而成的。因为偷窥女孩洗澡而自愧；因自愧不得解去买醉、狎妓；又因此陷入更大的自责；为了解除内心的焦虑，他又去漫游，结果又没经住诱惑而偷窥别人偷情，再次陷入对自己的不堪指责之中，最后立在海边想自杀，喊了一句思维错乱的口号："中国啊！你赶快强大起来吧！你还有很多儿女在那里受苦呢！"这本小说唯一的主角就是伊，其他不管是人还是物，都是他的背景或道具。伊倾诉了什么呢？

性苦闷！围绕性苦闷小说再现了伊的癫狂不能自拔。小说的主题就是人的欲望之苦。在它的外围，牵扯出一些真实的问题。可择其大端说一说。比如，人性、种族歧视、忏悔、文化冲撞、罪与罚、虐恋、个人与国家等问题。

《沉沦》一向被视为大胆描写了人性真实，主张天赋人权而具有反封建礼教的意义。虽然有点空洞，但大而化之上并不错。而且，若反复在人的理智上打磨，确实具有很现实的意义。"个性解放、恋爱自由、婚姻自主"这些口号交给《沉沦》这样的小说来宣传，更质感更形象。《沉沦》所谓真实人性描写最直接的就是对人的性欲望的确认，并通过对因压抑它而产生身体和心灵痛苦的具体描写来表达给正常性欲望予满足的诉求。虽然在这里面还有许多更微观的问题有待讨论，但大方向应是无问题。

就来谈一点微观问题。性欲望是客观的，性满足则是一个涉及主客体两端较为复杂的问题了。弗洛伊德写过以"男人为何要嫖妓"为题的文章，他试图区分性问题中所蕴含的"情与欲"问题，弗氏大体认为，婚姻家庭中的性关系一个重要的使命是繁衍后代；夫妻关系中爱情也会对自然的欲形成一定限度的压抑，男人在妻子那里往往不能得到恣意的性满足；嫖妓是男子性生活的一个补充，因为无须顾念感情，欲望反变得纯粹而酣畅。张爱玲的《红玫瑰与白玫瑰》，题目就勘破了男子隐秘的性心理：男子的占有欲使他们都有"妻妾成群"的原型欲望。女子虽因天然生理上的性征以及因这种性征上的弱势而造成的"第二性"地位使她们偏向于自我压抑，但这是"非自愿"的意识，女子的潜意识心理未必与男子有多大区别。《红玫瑰与白玫瑰》中的王娇蕊主动地勾引佟振保时，说的是，你难道不觉得"偷"才更刺激、更有意思吗？话自然是违背人间寻常的伦理准则，但若从别一角度说，这确实也意味着人这个高等生命对存在的各方面都有着创造性探究的渴望，即便是性，人也已不像其他低等生命那样只满足于造化所赋予的自然秉性了。

在《沉沦》中也有一个令人心绪"悬停的时刻"，就是伊无意间得了一个可以偷窥女孩洗澡的机会。我很讨厌郁氏小说中关于伊"看与不看"挣扎的描写，明显的焦点不准。自称卢梭信徒的郁达夫看来也有矫情的时刻。我很怀疑在真实的世界里会不会有这种"挣扎"，最自然地，郁氏要描写的该是偷窥前后的身心反应，而不是大脑此刻的搔首弄姿。就是郁氏小说中给出的描写也还是暴露了他的矫情。伊在心脏狂跳中纠结要不要偷窥，"要"的念头起时，他骂自己不要脸；"不要"的念头起时，他觉得不甘心。最终他还是偷窥了，一边偷窥一边骂自己不要脸，是那样自责、痛苦、凝重的姿态，到这个时刻他也没给自己一个嬉皮式的逃避，好像真诚得不得了似的。但这只是姿态。在小说中，类似的情境一再上演，伊总是对自己的恶行之前、之后都进行忏悔，但没有一次所作所为是和他忏悔的方向一致。这说明了什么呢？说明，所谓的忏悔反成了他作恶的润滑剂、消除内心道德愧疚的扶手，这哪里是忏悔，这是虚伪。他用后悔的姿态粉饰自己。忏悔的标本是列夫·托尔斯泰的《复活》。聂赫留多夫通过实际的行动赎了自己的罪，从而获得了"复活"。忏悔不是指向过去而是指向现在和未来的。

种族歧视问题。书里书外，许多人都说到《沉沦》的种族歧视问题。我扒开了字缝去看，我没看见。伊很自卑。书里对伊的客观介绍很少，如果把伊和郁达夫对等，貌丑和贫穷以及由此带来的各种负面情状大概是他自卑的原因。初始，书里说，他的日本同学颇想和他亲近，是他自己不自在，远离人群。女孩子也很自然，是他不自然。然后他自己慢慢扭曲自己心理变态。和郁氏前后在日本的同胞很多，周作人、茅盾、郭沫若、田汉、孙文、章太炎、秋瑾……这名字可以无限地排下去，那时在日本的中国人还是比较自在的，比如，大家看看鲁迅散文《藤野先生》开头的纪实描绘，清国留学生在日本那可真是叫一个悠游自在呢；不然，好多人在国内一出事为何一转身都选择日本去避难呢？肯定不只是因为近邻。弱国子民在比自己母国优越的国度或许会有那么一点不自在，但更应该检讨的恐怕还是我们自身。郑伯奇说，没有在日本住过的人，是不大能够明白《沉沦》里的苦闷与悲哀的，是何意思呢？就《沉沦》的主体内容情欲苦闷来看，我的理解是，在性关系上持比较开明立场的日本，其人文、历史、自然、社会所营造出来的氛围给了来自弱国的子民头晕目眩的感受。有的人在那里仿佛到了人间天堂，有的人在那里倍感刺激而不得的煎熬，对于后者，可不是苦闷的加深么？在国内，大家都藏着掖着，反免除了直接刺激的烦扰。大家想一想，《沉沦》中居然会出现男子有机会偷窥女子洗澡的机会，可以想见日本人对男女关系心理上的松弛状态。伊由一个礼教森严的国度一下来到正由近代化向现代化迈进的日本，其文化、习俗、具体生活情状等会给他带来怎样的晕眩可想而知。人的问题常常就是文化文明问题。鲁迅的国民性问题，思考的不是它的自然性，而是它的文明性。

居然有人说，《沉沦》表达了郁达夫的"爱国主义"。中国很多这方面浅薄的"望文生义党"。就因为小说文末来了一句"祖国啊！你快强大起来吧！你还有许多子民在那里受苦呢！"就说这是爱国主义不是太贻笑大方么？就是从这字面看，也是"害国主义"才对啊！就像自己没本事的小屁孩，屁颠屁颠地回去喊爸爸来帮自己打架、挣面子，这是哪门子的爱父母爱国家呢？和这判断相连的还有一个判断，就是"伊"最后蹈海自杀，以此说明这是一个沉重的悲剧形象。我又一次扒开字缝看，这回就在结尾，天宽地阔，伊在哪里自杀了？尸首呢？你就从文本里想想"伊"这么一个如此贪恋红尘的人他会自杀吗？他不是郁达夫的替身么？顶多给一个矫情的"精神性自杀"就可以了。罗兰·巴特曾在《恋人絮语》中分析过"自杀"，大意是，自杀很多时候只是一个矫情的意念，意念者其实并不当真。想象中自己将是某出戏剧中的悲剧主角是一件挺诗意的事。实际是营造悲情表达自哀、自怜，根子是自恋。真自杀者也是激情驱使，一旦理性回归，乐生本能会让他逃生惜命的。

伊有很鲜明的自虐心理，这是一种否定性的倾向。伊常在自我审判中把这种倾向性表现出来，但伊的自我审判从来都不是彻底的。他触摸了自己身上的"恶"，却没触及"恶"背后的"罪性"。郁达夫的《沉沦》虽遭到很多人的批判，但他很自信，他的底气来自对"真"的依持，他对别人的虚伪不屑一顾。但他忽略了，这只是"人义"层面上的争持。就人的完整性认知而言，他没有西方文化中的宗教原罪意识，不能从根子上认识到人的残缺性，不明白自己和对立面的争执不过是五十步与一百步的关系。所以，在《沉沦》中他对伊只有同情而少批判。这是这本小说的又一不足。

《莎菲女士的日记》：现代灵魂的『画像』

　　这是丁玲的成名作，她的处女作是《梦珂》。这两本小说合在一起，就是丁玲的青春自传。茅盾曾撰文盛赞《莎菲女士的日记》，说丁玲一出，她之前的女作家都黯然失色了；《莎菲女士的日记》写出了时代女性叛逆的绝叫。

　　《莎菲女士的日记》大胆书写青春女性身体、灵魂苦闷，达到的广度、深度，不仅是丁玲同时代的女作家，就是男性作家也未必抵达了。

　　莎菲的叛逆和灵魂的绝叫证明了她是一个真正的现代女子，她是"现代的女儿"。现代性是她的标志。日记展现了她的灵魂生活，这才是人真正真实的生活。莎菲的灵魂或者说生命，破碎、迷惘，然而莎菲直视、承担。她与同时代诸多描画社会"幻相"的作家确实不同，他们不在一个层级。郁达夫说过，文学的现代性标志就是对灵魂生活的关注。

　　莎菲的社会身份是个女学生，她虽有学生的身份，却是个货真价实的反叛者——但并不是当年那些被称为前进青年中的一员。在日记零散的记述中，可以拼出她生活的基本轨迹和一些"巅峰时刻"：她"十多岁就出来混"，现在虽然只是二十岁左右，但已有很丰富的阅历，特别男女关系；就在这不久前，她还接到一个"安徽粗壮男人的来信"，在莎菲看来他们不过是萍水相逢的露水之缘，他却还想得寸进尺，实在夹缠不清，她没看完就把信"给扯了"；

闺蜜蕴姐也给她来信，诉说"婚姻的不幸"，让她心痛不已，也让她对婚姻充满了戒心；她身边的云霖毓芳正在热恋，莎菲嗤笑他们"接吻可会怀孕"的无知，自得地说，把她周围所有人的恋爱经验加在一起，"也不及我的十分之一"，那些小恋人的小把戏她可一眼看穿……

丁玲的这个时代，"自我暴露"之风正盛，作家书写自己的生活是很时尚的创作风格。那时的很多小说可以当作历史来读，在丁玲的第一本小说《梦珂》里就同样可以看见当时青年人清晰的生活轨迹：比如，小说中就有"无政府青年"形状的生动描绘。丁玲的小说虽然只是书写个人，却能带出那个时代的鲜明特色，比后来的历史对时代的刻画还要鲜明、丰富、真实、深入，这是文学了不起的地方，而这是和她对人物深入精准的把握分不开的。从以上的拼帖里，读者可以清晰看见莎菲这个女学生的与众不同，也为小说的展开布下了厚实的背景。

小说开始时，是冬季，在北方，莎菲生着病，住在一个人声嘈杂的小旅馆里，心里很烦闷。亏得有一个叫"苇弟"的男子很爱她，也时常来探视，消除了她不少的无聊寂寞；然而，苇弟也带来另一层烦恼，就是莎菲既需要他的安慰又拒绝他的爱。

作为青春女性的莎菲也无例外地最渴望爱。在这个题目底下，丁玲描写了莎菲自信的自我分析，而读者却很清楚地看到她自我认知的盲区。这里就有了三个视点：莎菲的、丁玲的，还有读者的。丁玲和莎菲的视点基本上是重合的。《莎菲女士的日记》是一本真正意义上的现代小说，因为它是在作家与人物一起自我探寻中展开的，它是"探索性"也即"成长性"写作：人物对自己的了解常常还没有读者清楚。小说仿佛在和小说中所有的存在一起生长。这样的小说它是开放性的，它留有无限未知的空间，邀读者与作家、小说中的人物一起探寻和思考。

就看看书中关于爱情的描写。莎菲仿佛早已"曾经沧海难为水"了，其实呢，她还只是一个爱情的懵懂无知者，还得更多的阅历来修正她的自以为是。她很坚定，苇弟不是他理想的型：他太柔弱；最重要的是他无法理解自己。莎菲感叹着说："苇弟！你爱我有多么久了！可是他抓住过我么？如果你不懂我，我要你的爱做什么？"这短短的两句话，却有一个人称由第二人称向第三人称的转向，把"你"改为"他"，可看出莎菲对苇弟的轻视。而发问转向，等于拒绝与他交流，因为无法交流；无法交流乃是因为不在一个层次。莎菲转向读者，是呈现自己；也是转向自己，倾诉自己的烦闷和孤独。她自闭于苇弟的世界之外。莎菲似乎渴望的是灵魂之爱。我所以用"似乎"一词，是表达自己的狐疑。小说中没有交代苇弟的长相，那时现实生活中和丁玲亲近的男子有胡也频、沈从文、冯雪峰，丁玲当年真正主动爱上的是冯雪峰，而据丁玲感受，他是一个长得丑的男子，但丁玲还是爱他爱得痴狂。当然，胡、沈二人长得更是不咋样。不管怎么说，这一点至少和小说中的莎菲有区别。莎菲后来邂逅凌吉士对他一见钟情，只因为这男子有一副"美丰仪"，小说中对待凌吉士的容貌与苇弟正相反，有很仔细地带有体验的描绘。凌吉士让她惊魂更惊身。即使在后来的交往中，莎菲慢慢意识到，在这个美丰仪背后居然藏着那样一颗肮脏的灵魂，她还是不能挣脱自己身体对凌吉士的欲望。在这个时候，中国现代文学来到了一个应该被人深度凝视的时刻。

爱情其实只是《莎菲女士的日记》所描绘的一部分生活。人们总喜欢从灵肉两面来论它。在莎菲这个案例中，莎菲对肉的沉醉是无疑的，小说中有许多莎菲身体陷于疯狂的描写，而此刻同时又明确指出，莎菲鄙薄凌吉士肮脏的灵魂。那就是说，莎菲听任自己的身心两面处于撕裂状态。那么问题来了，爱情到底是肉的，灵的，还是灵肉纠缠的？看来好像是第三面，可是它们如何纠缠，生命主体到底又如何取舍呢？依我看，其实上面三个提问都是虚拟，爱情本来就是一种即时状态，很"唯心"，这个"心"并不完全是"精神、意志"，也还有身体欲望的强弱，也就是生命主体此时此刻此身此意的共谋。就拿莎菲与凌吉士来说，所谓莎菲恶心凌吉士肮脏的灵魂，如果较真地说，莎菲自己的经历如果她自我反省她会觉得自己有资格如此厌弃凌吉士么？莎菲对其厌恶，如果不用抽象的"肮脏"一词，据实解析，乃是因为在与凌吉士的交谈中，莎菲渐渐明白了凌吉士对女人的立场是居高临下的、三妻四妾的，甚至亵玩不珍的，若做一般的抽象论，这本也没啥了不起的，但是，此刻，问题是莎菲不仅是真身而且也是真心投入的，凌吉士的高傲就是对莎菲的鄙薄、蔑视了，对于心高气傲的莎菲来说，这是不可接受的。这才是现代人具体的灵欲搏战。莎菲的真实可爱恰恰是对深度真实的凝视与承担。凌吉士的出现，让自己明了了自己先前爱情宣言的虚妄，原来自己也是爱颜色的。而与凌吉士的爱情实践，更是深入了自己的生命深处，明白了人的生命原来是如此矛盾纠结。在遇到凌吉士前，莎菲以为自己的不爱苇弟是因为她和苇弟的灵魂不能共振；凌吉士的出现修正了自己，但又让莎菲处在了灵与欲的搏战之中。莎菲最后处理自己恋情的方式很特别，也可以说很现代，她用的是"欲情分离"的方式，在自己的情色欲望得到满足后，她一脚踢开了凌吉士。怀着满怀的空虚，拖着虚弱的病体，莎菲离开北方去了南方再去消耗她无聊的生命。她自己说："莎菲！我可怜你！"

不是早有人代承诺过：爱本来不是要让生命更完整、美好吗？莎菲一定也有困惑。现代人对此问题的追踪，客观上带出了存在真相的显现，不管以前如何，反正现代人的爱注定了不再和谐、完整。丁玲的探索写作表明了她对"定义的文字人生"的质疑，尽管有人把颓废的帽子扣在她和莎菲的头上，她只是让她的莎菲带着心灵的伤痛勇往直前。

　　莎菲是个探寻者，探寻自己的内心，探寻身外的存在。她也是个发现者。她发现自己"是个具有更大欲望的人"，她无法安心于云霖毓芳们的日常人生；她发现人生的无聊就源于日常人生的机械，而男女婚姻就是牢笼，生活的诗意在这牢笼里无处栖息，她当然要拒绝苇弟冲着婚姻的爱情；她发现社会冷酷，无心无愿去满足个人的欲望，只会压榨个体逼他就范；她发现"我"最大的敌人就是自己，自己就是自己最大的障碍，所以，她说可怜自己。这些发现带来的结果只会是，她将围在永远的孤独之中，她将"悄悄地活下来，悄悄地死去"。丁玲的莎菲是现代人灵魂的画像。我们在这面镜子里都会照见自己。只要生命还有欲望，莎菲就将不死。

柔石：当文学遭遇革命

造化弄人，赵平复（1901—1931），这个取笔名"柔石"写小说的人，为革命，只活了 30 岁；他的文学梦刚开了头就已煞了尾，念起就叫人伤感。以致今天，更多的人只知道他是"左联五烈士"之一，却不知他是《二月》《为奴隶的母亲》等作品的作者。

历史与生命的错位。在《为了忘却的纪念》中，鲁迅笔下的这个穿着灰色长衫，戴着近视眼镜，过马路却还跑着去照顾老人，性格温和眼神温柔的清秀书生，怎么看也不像一般人心目中的"革命党"样子吧？他怎么就该死于国民党龙华警备司令部的监狱里了呢？文人横死的时代会是怎样令人抓狂、绝望的年代？斯人已逝！再空留我这无用的感叹又有何用！

柔石的文学一点也不"革命"，他写底层人、普通人的生活，非常朴实，灼人的生命伤痛直抵人的身心。每读民国时代这些写底层人苦难的文学，每每就感叹这才是真正的写实、现实主义的书写啊！叶紫的《丰收》、台静农的《拜堂》、艾芜的《石青嫂子》、叶圣陶的《多收了三五斗》、茅盾的《春蚕》、路翎的《饥饿的郭素娥》、萧红的《生死场》，还有柔石的《为奴隶的母亲》，这些作品不抒情，不说理，只呈现生命中血肉的真实。

《为奴隶的母亲》借江浙一带流行的"典妻"制书写了一位普通劳动妇女凄惨悲凉的人生。在"为（男人的）奴隶"与做"母亲"之间，可怜的春宝、秋宝他娘尝尽了世间的辛酸苦痛，柔石以宁静的叙说表达着心底的温柔与哀伤。这个女人连名字都没有，嫁了黄脸的皮贩生了春宝，她才"自然"地成了春宝他娘，她连"张氏、王氏"的"氏"都没有，可见她的男人也是一个"不在典册"的男人。后来还有一个女儿，刚出生就被这个仿佛失掉了人性的父亲在便桶里溺死了。这个凶恶的父亲打起春宝来也是下手极狠，甚至用刀斧去砸孩子幼小的身子。柔弱书生柔石下笔竟如此强悍，令人不寒而栗；然而，这不是他的凶狠，而是生活的残酷如斯。人在残酷境遇的压迫下，人性竟然扭曲变形至此，柔石不想为任何人辩护，更不愿遮盖存在的残酷：天地不仁以万物为刍狗。他看见的现实就是如此，他不允许自己虚构。后来这个皮贩得了"黄疸病"，身体的衰朽更让他心如死灰。贫穷与疾病这一对形影不离的孪生兄弟对穷人的伤害是致命的。生物性的自保本能让人更自私、狭隘、冷漠，他要出让妻子拯救自己。接着，柔石让读者看见了做媒拉纤的卫老婆子，依乡间之论，她既不善良，也不邪恶，她的职业宿命地让她变成了一个"看碟下菜"之人，她凭三寸不烂之舌，依持人之常欲常情，混取她的生活：她对皮贩说，你已这样，自身难保，还不赶快为自己做个打算；扭过脸她对女人说，他已这样，你还为他守个啥，守又能守出个啥，不如趁早寻个出路。要命得是，她的话并不完全是为利益驱使，而是实情解析。这对贫贱夫妻不得不依持她的缓冲各怀心思可以有些"体面"地黯然接受。柔石只是沉静讲述，一字之论都无；然而，一切尽在不言之中。他懂得面对存在该有的静默。静默比沉默更带有主观意志。

卫老婆子促成了一桩"典妻"交易：三年为限，秀才地主借腹生子，典费一百大洋。光天化日之下，如此人钱交易完全忽视作为"人"之感受是对人尤其无任何话语权的女人最残酷的侮辱，这就是马克思早已指出的，人"异化"为"物"的悲剧。然而，"食不果腹，不顾廉耻"，更是生命真相。老舍《月牙儿》里的"暗娼母亲"对"女学生女儿"说："肚子饿是最大的真理"。到底"生物性"的真实打倒了"人道论"的愿望。到了约定的日子，秀才地主家派了一顶花红小轿来接人。春宝他娘放不下幼小的春宝，不免哭哭啼啼，抬轿的轿夫们不乐意了，不耐烦地催促：又不是大姑娘第一回上轿，还哭什么哭？快点走啦，我们连早饭还没赶上吃呢。柔石确实是个生活、人性忠实的观察者，他一点也不矫饰现实人性的真相，让读者领会了赤裸裸人间的隔膜与冷酷。他不愧是鲁迅的弟子，他像鲁老夫子的《祝福》一样，不惜舍去矫情的善意，也要写出人世真相：即便是同一阶层的人，他们也没有怜惜同类的心肠。每个人都生活在自私的孤独中。

不幸中的万幸，春宝他娘遇到了一个善良的秀才地主。其实也不完全是幸运，还是人性的真实使然。秀才的原配又老又丑又厉害，穷苦腼腆年轻秀美温柔的妇人在身心两面自然更能慰藉他的人性。柔石再一次向存在的真相俯首，他只是依据情境写出人性的必然反应，然而，他却无意识地推倒了人们意识中习惯的藩篱：连鲁老夫子都说过，挖煤的工人是不会爱贾府里的林妹妹的。其实，鲁老夫子的这个话并不尽然。很显然，不是不想、不愿爱，而是"不能、无法"爱；倒是林妹妹，她大概不会爱挖煤工人吧，除非是像潘金莲被张大户送给了武大郎。就这样，也还是未必，毕竟，识文断字富贵府第中的千金小姐很难如此那般委屈自己的吧。在柔石这里，无可避讳，秀才地主对春宝他娘的温情当然不是为了传宗接代时的和谐，他是在"爱"了。爱很单纯，只和人性牵连。他偷偷地背着妻子给她钱物；他对定期来看妻子的皮贩暗示不满；他对春宝他娘把自己给她的银戒指给了皮贩极为嫉妒；秀才地主不是因为钱财的吝啬，而是因为感情，甚至爱情而变得喜怒无常。三年期到时，生了秋宝的秋宝他娘早已白胖了许多，她已习惯了和秀才地主待在一起的家居生活，他们早已俨然是夫妻。然而，她得又一次面对抛"夫"别子：秀才地主舍不得她，以子幼小为名想续约；而早已对她不耐烦的秀才娘子岂能同意。懦弱的秀才地主只能放手。秋宝他娘再一次撕心裂肺。又是一顶花红小轿把她抬了回来，只是这回连一点声响都没有。在村子路口，三年并没长多高的春宝混在一群小屁孩中来看热闹，在一阵嘻嘻哈哈的儿童歌声中，春宝并不知道那寒碜花红小轿中坐着的是他的亲生母亲。一眨眼的三年仿佛一个梦，可怜的女人也好像从梦中醒来又回到曾经熟悉的现实中来，明天的日子会是怎样呢？好像并不需要过多的猜想就已然明白。

柔石生在一个革命风起云涌的时代，或许相比于现实，他宁愿相信革命的教义，而书生本色终于让他付出了最残忍的生命代价。连曾国藩都感慨："秀才造反三年不成。"或许他也本该像那个最后写下《多余的话》的瞿秋白，如果给他时光不知他如何总结自己的人生轨迹。当文学遭遇革命，他的生命被撕裂了。带着无比的真诚他坦然却也恐怕还带着迷惘承担了这巨大而血腥的现实。对于后来者来说，这都仍然是一个令人很难解索的大题目，何况当年他是身处这越过了他思考边界的局中。其实，在生前，他也试图总结了，是用文学的方式。这就是他的中篇《二月》，虽然，它里面并不只是写革命；但一个人一段饱满的生命历史也足以从一个侧面呈现他真实内面的纹理。

《二月》作于1929年，后来"在柔石牺牲30周年纪念的日子，著名电影导演谢铁骊改编《二月》为故事片《早春二月》"（蓝棣之《现代文学经典：症候式分析·柔石:〈二月〉》）。相比于《二月》，"早春"被注入了"隐喻"，书生萧涧秋的迷惘人生被更多的革命理性所覆盖。小说被理解为叙述了一位年轻的知识分子在走上革命道路前夕所经历的一个悲悯民间疾苦、救助孤儿寡妇的故事。总之，要理解柔石还得去看小说《二月》而不是电影《早春二月》。

　　《二月》写的不是男主人公萧涧秋革命前夕的故事，而是，故事开始时，他的类革命生涯似乎正在结束，之所以说他"类革命"，乃是因为他确实没有过更具体的革命性行为。在中师毕业后的六年之中，他浪迹天涯，跑过中国大部分疆土。他都做过什么呢？这些年，他到过汉口，又到过广州。然而，当革命潮流在武汉、广州掀起高潮时，他却离开了。在杭州西湖边徘徊了一个月，"蓄着长发拖到颈后"，创作《青春不再来》的歌曲，然后去北京了。近三年来都住在北京，他自说喜欢看骆驼昂然顾盼的姿态，喜欢听北方冬天尖厉的风的怒号。这些记述倒也可以说他本来是个"在大风沙中跋涉的人"，现在却终于"倦怠"了，于是来到了风景如画的芙蓉镇休憩满身伤痕的身心，却于无意间又卷入了另外一场红尘风波。在柔石的身后，在后来的孤岛上海，新浪漫派领军人物徐訏的成名作《鬼恋》也是此类题材之作，一个貌美如花的前革命者后来黯然从革命阵营退出，而且退得更彻底，不愿为人，宁愿为"鬼"。看来，"革命"这头巨兽在不同人心中留下的面影并不相同。

　　萧涧秋到底何许人也？按鲁迅在《〈二月〉小引》中的理解，萧涧秋最后又从芙蓉镇的决心遁走，"恐怕"是胃弱而禁食的了，所以如此，可能是气质，也可能是战后暂时的劳顿。死气沉沉而交头接耳的旧社会，倒也不是如蜘蛛张网，专捕飞翔的游人，可是在萧涧秋眼中却化为了不安的大痛苦，他现在渴望安静。鲁迅认为，他不是时代的弄潮儿，也不是避世的隐者，而是徘徊海滨而为浪花所湿的狼狈者；也即我所说的"类革命者"庶可近之吧。

　　还是先说说故事的基本情节。萧涧秋从社会的大风沙世界来到了近乎远离尘嚣的桃花源芙蓉镇（苏州附近），他在镇上的学校教书。校长陶慕侃是他的好友；他的妹妹陶岚是"芙蓉西子"，为众多的男子仰慕追求，而她对他们一概不即不离。萧涧秋的到来，拨动了她的心弦，她大胆主动示爱，从而把萧涧秋推到了所有爱慕陶岚的男性情敌的位置上。偏偏还有，萧涧秋居然对陶岚的热情回应不足，而是和镇上的年轻寡妇文嫂搞得不清不楚，于是流言四起。心高气傲的陶岚也为之困惑，实在不甘心更不明白自己到底哪里输给了一个还拖着个"油瓶"的寡妇。这场风波的最后结果是，文嫂自杀，萧涧秋带着文嫂的女儿莲儿远走他乡。就是鲁迅所谓的"决心遁走"，实际差不多仓皇逃离。

　　萧涧秋的言行若依上面简介，按常理实在显得有些怪异。文嫂固然风韵犹存，但和年轻貌美、书香门第、聪明活泼的陶岚相比，确也无赢人之处。萧涧秋实在有些不可"理"喻。萧涧秋离开芙蓉镇时给陶慕侃留了一封信。这信最可玩味的是他叙述自己在芙蓉镇的情感体验。他说，从一踏上芙蓉镇，好像魔鬼引诱一样，会立即同情于那位后来自杀的年轻寡妇的命运。究竟为何同情，他也不太了然。对陶岚，他说她是上帝差遣来凡间的，她用一缕缕五彩纤细的爱丝，将他身缠得紧紧的，自己已跌入她的爱网中，成了她的俘虏。然而，最终，理智让自己从陶岚的爱里清醒过来。这信是萧涧秋在风暴过后而不是还在风暴中心时给出的结案陈词，也就是说，写信时刻的他已能站在一定距离之外来审视自己了。这个审视的结果唯有一处困惑到现在自己也不了然，就是所谓的仿佛遭到了魔鬼的引诱而同情于文嫂这件事，不仅凡俗觉得不可理喻，他自己也糊里糊涂。

萧涧秋的信，表明他是一个善于自省之人，也有勇气直面自己的内心。然而，这是完全真实的吗？最诡异的便是"魔鬼引诱"一词，魔鬼是谁呢？心中的意念？那太荒诞了！肯定也不是陶岚，面对她，他虽心神摇撼却从没有身不由己的感受，不是陶岚不美不性感不吸引人，他说自己对陶岚也有深深地沉醉，但因为是陶岚主动趋近，他又是在回应中有所距离地保留，所谓魔鬼引诱应该不是这个芙蓉西子。文嫂吗？他是经常去她那，可从没看见一行文字写他面对文嫂时有爱情的那种情感起伏。那么，唯一焦点只能是文嫂的幼女采莲。只有这样才能解释得通。他是为了趋近采莲才去帮助文嫂的。这好像有些眼熟，这是纳博科夫《洛丽塔》的中国版吧？可采莲是幼女啊！《洛丽塔》里的洛丽塔毕竟已是个身体风韵成熟的小少女了。柔石也太特别了吧？是有点。但可以是真的。男人内心都有处女情结。处子也可以是生理年龄更小但已小有风韵的不是？《红楼梦》《洛丽塔》《二月》都写出了男人的原型心理。

这太有意思了，这么一个柔心似水的柔石咋就成了一个革命烈士了呢？是历史的大误会么！

还是来说说魔鬼的引诱吧。其实这是一个不准确的表达。魔鬼不过是托词，而引诱一词表达的是主动行为，小说中的采莲才刚刚7岁，一个7岁的孩子怎可能处心积虑地谋划什么呢，她只是天真无邪的。若非得用魔鬼一词来形容采莲让萧涧秋无法抗拒，那也只能说采莲身体和灵魂里的某些存在应合了他身心最沉迷的渴望。他说自己说不明白，最根本的原因是，他也怕向自己承认。

小说第五章的开头是整本故事的"文眼"，萧涧秋在抵达了芙蓉镇的第二天，分别在上下午见过文嫂一家和陶慕侃一家，他写下了自己的体会："我已经完全为环境所支配！一个上午，一个下午，我接触了两种模型不同的女性底感情的飞沫，我几乎将自己拿来麻醉了！幸福么？苦痛吗？这还是一个开始。不过我应当当心，应该避开女子没有理智的目光的辉照。"两种不同模型的女性一般人当然认为是文嫂和陶岚。但整个作品中，文嫂只是一个满脸愁绪眼含浓烈悲哀的年轻妇人，完全失落在失去丈夫的痛苦之中，从来没用"没有理智的目光""辉照"过萧涧秋，而在萧涧秋意识里及文中的称呼上，说到文嫂都是"妇"（妇人、寡妇）而不是"女"或"女性"（女子、女人）。很显然，两种不同模型的女性指的是采莲和陶岚。陶岚就不说了，萧涧秋自己有很明确的答案。更类似魔鬼引诱他的只能是天真无邪的采莲。坊间不是有言：少女的心智、容颜（小天使），成熟美艳妇人的身子（性感火辣）合体的女子男人最难抵抗么。看看小说中断续的描写吧。

采莲约 7 岁，眼睛秀媚，双颊嫣红，小嘴齿白唇红，如樱桃般诱人。举止自然优美，萧看见她时，采莲手里捻着两只橘子，正在专注摩挲把玩，似乎橘子的红色让她小小的心灵沉醉。这是萧涧秋在船上见到采莲时的印象。就是这一幕，萧涧秋回想起时立刻感觉到了自己精神上的不安，像失落了什么物件在船上了一样。于是，第二天一早，萧涧秋就要去文嫂家看望她们。走在路上的萧，作品写他："无可讳免，他已爱着那位少女，同情那位妇人底不幸的命运了。"这是叙述者的话，非常清楚的"爱"与"同情"的区分；萧自己也不是不了然自己，他潜意识愿意把自己放在朦胧的明暗之间。不是他不能确认自己，把自己放在明暗之间，他就给了自己进一步去确认也即进一步去行动的理由。总之，他对采莲一见钟情。

人类的情爱性爱既是生理的本能欲望也是生命的自我感觉。美是生命的最高形式。越美的形式、形态越能引发人的意念、情感。美既具体也抽象，美感的发生，人的自我想象和体验在其间发挥着重要的作用。"恋童癖"这个词不好听，但若撇开它的修辞性，无可否认，它是人类爱的一种。我举自己生命中的三个例子。一个是我中学时代在家乡的影剧院看《巴黎圣母院》，那时的影剧院在正片前经常放一些纪录片，好像买一赠一似的。那一回放的纪录片说的是辽宁省一个女孩的故事，她有写作天赋，能把每天日记写成一篇篇优美作文。纪录片主题当然是介绍这个优秀的少年作家，她当时大概只有十多岁，名字叫庞天舒。这个女孩后来怎样，我至今不知。她的名字我却记得至今，就因为她长得太美了，而且她的美与我对美的愿景是那样契合。那么小，当然不失少女的天真，却又有成熟女子的韵味。我永难忘记当年我在银幕下仰视着银幕里的她时的心神俱动。第二个是我工作后，一个朋友给我介绍女朋友，我们第一次单独约见的时候，她带着她哥哥的女儿来的，我对她一点感觉没有，后来还同意见过几面，我知道就是为能再见到那个小女孩。那女孩当时才四周半岁，真的像人们想象中的小天使，用今天的话说该是"小萝莉"吧，可她安静地坐在那就有一种说不出的美好女人的风味。生命就是这般神奇。第三个，是 1999 年澳门回归时，那个领唱《七子之歌》的小女孩惊艳住了我，久久难以忘记。其实我的这些经历和体会没有啥奇怪。沈从文说，他《边城》中的翠翠形象是他生活经历中三个女子叠加出来的，一个是他的妻子张兆和，其他两个不过是萍水相逢，有点像罗曼·罗兰《约翰·克里斯多夫》中克里斯多夫与撒皮娜在两辆相向而行的火车停靠站台时的擦肩而过：一个是在湘西一间绒线铺里看见的一个女孩；一个是在山东青岛崂山一条溪水边遇见的一个女孩。作家只不过比常人更敏感、细腻又能敷衍成文而已。《红楼梦》里的贾宝玉也只爱女孩，他把女孩和女人分得很清楚。柔石或萧涧秋也并不扭曲人性。当然不扭曲的人性也不就是天然地正义。此处不作价值论。

萧涧秋去文嫂家探望，文嫂向女儿说："采莲，有一位叔叔来看你！"女孩扬着眉向来客望，她的小眼在有些昏暗的屋中睁得大大的，那一星星光射进了萧涧秋的心府里，采莲的浑然天成再一次触动了他。萧涧秋决定用每月 30 元收入的一半接济文嫂，文嫂惊讶得无从理解，女孩子也只在旁边呆听着，谁知她懂不懂呢。萧涧秋走到她身边，轻轻地把她抱起来，在她的两颊上吻了两吻，并问她是否愿意去上学。女孩娇憨地回答："愿意的！"萧涧秋告别出来时，神清气爽，内心像此刻清寒却洁净的冬天的天空。

陶岚是另一样的魔力。24 岁，非常美貌，脸色柔嫩、洁白，脸型丰匀，眼大，星光点点，眉黑，鼻方正，唇红，口小而娇媚，黑发长到耳根，活泼爽快，风度自然柔媚，同时又散发着娇养女子的习气，那样洋溢着的风情却恰到好处不让人讨厌，反让人看了发呆发痴。她自称"是自私自利的个人主义者！社会以我为中心，于我有利的拿了来，于我无利的推了去"！当她表现出聪明和对萧涧秋的理解时，她在萧的眼中更美了，萧自觉到内心的狂跳。正是此种境况下，萧下午来到了陶岚家，弹了一曲自制的《青春不再来》。陶岚合乎逻辑地把它理解为这是萧对春天和欢乐的向往，甚至追求。当陶岚把它表达出来时，萧立即意识到陶岚并不能理解他内心深处的"秋天里底飘落的黄叶"一样的悲观，她只是要占有这悲观，并且想把它改造成对她的爱。萧意识到陶岚错了，他想解释，然而陶岚不听，萧感觉"十分无聊赖"了。

萧涧秋后来婉拒了陶岚的爱情。他给了自己很多理由。诸如：我萧涧秋好像没有爱情，或者，他不愿承认这个就是，尤其正是他人追求陶岚良缘正在进行的时候；自己对陶岚相知未深却已感情澎湃，实在有些不知所措；这样的社会、时代、国家，家庭的幸福我是无福得到了；自己是个悲观的人，就如火炉边的一两星火花，瞬间就要熄灭了；自由是"我"的真谛，家庭是羁绊；无论如何不能让那个可怜的寡妇一个人跳到悬崖下去；恋爱我不愿说它，家庭我还没有想过；我当用正当的办法去救济文嫂，我得娶了她；你的前方有五彩的理想；我的肩膀上却没有五彩的羽翼，岚，你大概想错了？

这些不过是托词，爱确实不需要爱之外的理由。萧拒绝陶岚最真实、深沉的理由可从他对采莲的态度、行为、说法里找到，他丢不下对采莲的情感牵挂。

在芙蓉镇，人人都称陶岚是"王后"，哥哥和母亲也跟着喊。可是，萧怎么想的？当采莲来学校，一群学生围拢她，拥着她去花园时，萧在后面想："她倒真像一个王后呢！"这说明在萧的意识深处，不仅随时在比较两位女性，而且他的感情倾向非常明确。对比和交错地描写萧涧秋对于两位女性的不同体验，构成了作品的基本框架。

作品写萧涧秋与陶岚在一起时，或者陶岚示爱时，他的感觉像秋天，心情像秋天的冷涧。陶岚给他热情的信，在他眼中她是用玩洋娃娃的态度在玩他。当陶岚期望他和自己一起反抗他人的流言，给她支持的时候，萧却说："我恐怕要在你们芙蓉镇里死去了"，"我恐怕在这里住不长久了"。萧觉得自己所有的想法，一条条都被她的感情截断了，他不由得要挣脱。当萧涧秋决定要娶文嫂，陶岚就说要自杀、要做尼姑。这时，作品借写天上大熊星的发怒来表达萧涧秋的感慨："人类是节外生枝，枝外又生节的——永远弄不清楚。"这话的潜台词是，陶岚在萧的意识里不过是枝外小节。当萧说要去女佛山休息几天，陶岚就要陪他去，他则坚决拒绝，说一个人才自由、才能无牵扯地休憩。最后，他告诉陶岚，他的志趣，他的目的，是他不愿意结婚。萧还说，他是世纪末的人，人只求照他自己所信仰的勇敢地去做就好了，不必说了，这就是一切了。萧涧秋对陶岚，自始至终，采取的都是拖延的策略，正如他对陶慕侃说的——你妹妹拒绝追求者如钱正兴之流最好的办法就是拖延："延宕就是了，使对方慢慢地冷去。"他早就有预案。

萧涧秋与采莲在一起的时候，这时再也没有冷涧秋天般的肃杀，悲秋的心情也一扫而空，而仿佛是春天，春意浓郁。萧不由自主地就激情澎湃，小说多处描写萧把采莲抱起来吻她的脸或手。采莲的可爱到底可爱到咋样的情形？小说第四章从侧面做了一个有意味的描写。小说写陶岚眼里的采莲，陶岚来上她的英文课，一见采莲便心生疼爱。采莲的黑小眼睛，比陶岚的大眼睛还要引人注意；采莲白嫩的小手，竟似荷花刚开放的瓣儿。陶岚也忍不住搂了她一会，又在她的手心上吻了几吻。陶岚还觉得她极聪明，问她一些话，她毫无畏缩地对答，很简单、清楚。

采莲天真无邪，又天生懂事。她当然不懂得大人的心事，然而她的话一次次地搅乱萧涧秋的心，这当然是萧的自我移情自作多情。有一次，萧去看望文嫂一家，下雨了，采莲想了一下，慢慢说："假如雨下大了，就不要回学校了"，"我和萧伯伯睡在床底这一端，让妈妈和弟弟睡在床底那一端不好吗？"当萧后来不得不坚持要回去时，采莲又问："陶姐姐也在等你么？"最后，采莲又哭着诉说明天要去上学，而萧马上说："我等着你。"这就好像在说，陶岚在等我，我却在等你，并且萧还"着重在她脸上吻了两吻，吻去了她两眼的泪珠"。

这样落差的恋情不好写。《二月》写得很棒。蓝棣之有精彩的分析，抄录如下："作家柔石为深入表现萧与采莲二人之间的难以表现的关系，确是用了非通常的技巧。在故事发展的过程中，曾经出现表层的所有矛盾冲突都趋于缓和的情势：陶慕侃悔恨了对于妹妹的批评，重新又同意妹妹在学校教书，对萧也更为敬佩，表示决心接受钱正兴的辞职。陶岚写信把这好消息告诉萧，同时还告诉他有一位年轻商人想要娶文嫂。萧看了这信本可以轻松一点了，然而他却是'苦恼地脸对着窗外'，并决计不写回信，然而，他却在评阅学生练习本时，'不自觉地于一忽之间，会在空白的纸间画上一朵桃花。他一看，自己苦笑了，就急忙把桃花涂掉。''画桃花'事件之后的'第三天早晨'，采莲来了，采莲是来告诉萧她的弟弟病危的消息的。值得揣摩的是，在萧带着采莲急奔文嫂家的路途上，作家写萧对采莲诉说自己深夜的徘徊，和采莲对萧诉说自己的梦。萧对采莲说，他'半夜以后，还一个人在操场上走来走去'，然而，当采莲问'做什么呢'时，萧却说'你是不懂得的'，而作家暗示这是一个'人生底秘密'问题。问题在于，既然采莲不懂，又何必向她诉说？同时，既然采莲还不能懂，可见是超越了她这个年龄段通常能懂的范围，最后既然采莲不懂又要告诉她，说明萧是多么希望她能懂得啊！仿佛是对此作出回应，好像是要证明自己能够懂得什么，采莲向萧诉说了自己的梦。"

采莲说的故事是："于是女孩接着说，似乎故事一般。她说她曾经梦到他：他在山里，不知怎样，后面来了一只狼，狼立即衔着他去了。她于是在后面追，在后面叫，在后面哭。结果，她醒了，是她母亲唤醒她的。醒来以后，她就伏在她母亲的怀里，一动也不敢动，她末尾说：'我向妈妈问：萧伯伯此刻不在山里？在做什么呢？妈妈说：在学校里，他正睡着，同我们一样。于是，我放心了。'这样，萧涧秋向她看着，似乎要从她的脸上看出无限的意义来。同时，两人已经走到她底家。所有的观念、言语都结束了，用另一种静默的表情向房内走进去。"

故事接近尾声的时候，所有的人都被弄糊涂了：陶家兄妹不明白萧涧秋为何要同文嫂结婚；其他教师也不明白；镇上的人更不明白。萧涧秋自己的回答是："我自己也不知道到底是怎么一回事"，"请你去问将来吧"。其实只有他自己知道。当陶慕侃警告他如此做事必然要失败时，萧回答说："不过我是知道要失败才去做的。不是希望失败，是大概要失败。你相信么？"至少萧是朦胧地知道的，正像前面所分析过的，他把自己放在明暗之间，不仅便于进一步行动，还潜意识里为自己找了一个托词。

采莲，纯洁、天真，是理想、希望、春天的象征，萧涧秋浪迹天涯，所要寻找的，正是这些。小说开头叙述，萧涧秋深感生活的"厌倦"，只有看到孩子，这是人类纯洁而天真的花，可以使他微笑。萧涧秋的忧郁气质和悲观心境决定了他的感情所向是天真纯洁的女性。

现在似乎可以明白了，柔石之所以成为革命者、左联烈士，最初的动因或许就在于他对纯洁天真理想的追求。革命和爱也是一对孪生兄妹，因为渴望纯洁理

想的爱必定厌弃于现实，革命便常常是最容易被选择的单元。很多年前，我在南京雨花台烈士陵园，看见一位烈士的遗言，他当时只有 19 岁，在烈士的遗照下面有两行字："我很遗憾，明天我就要死了，我不能继续革命了；我很遗憾，我才 19 岁，我还没恋爱过。"这简直就是给"革命与恋爱"作了一个最单纯真实的注脚。

梁遇春：有趣的灵魂

　　又是一个短命鬼。梁遇春（1906—1932）在尘世只活了26年，孔夫子的三十而立都没到。他出生于福州城内一个知识分子家庭，别署驭聪，又名秋心，民国散文家，师从叶公超等名师。其散文风格另辟蹊径，兼有中西方文化特色。郁达夫称为"中国的爱利亚"（"爱利亚"今译"伊利亚"，是兰姆影响最大的笔名）。兰姆是梁遇春最心仪的英国随笔作家，梁遇春散文的感伤色彩、夹叙夹议以及华美的词藻与丰富的想象，都有兰姆的影子。他1918年秋考入福建省立第一中学（今福州第一中学）。1922年暑假始，梁遇春先入北京大学预科，1924年进入北京大学英文系学习，于1928年毕业，成绩优秀，留系里任助教。后由于政局动荡，北大工作陷入停顿状态，梁即随温源宁教授赴上海暨南大学任教。1930年又与温源宁同返北大，在北京大学图书馆负责管理北大英文系的图书，兼任助教。1932年夏因染急性猩红热，猝然去世。他传世的作品有《春醪集》（1930年北新书局版）、《泪与笑》（1934年开明书店版）、《梁遇春散文选集》（1983年百花文艺版）。

　　梁遇春创作只写散文；除此，他还是一个著名的翻译家，他是《鲁滨逊漂流记》的第一个中文译者。其他还有《英国小品文选》《英美诗选》等。翻译是跨越两种文字、两种文化的艺术。翻译大家傅雷在《论文学翻译书》一文中说："一个成功的译者除钻研外文外，中文亦不可忽视……译事虽近舌人，要以艺术修养为根本：

无敏感之心灵，无热烈之同情，无适当之鉴赏能力，无相当之社会经验，无充分之常识（即所谓杂学），势难彻底理解原著作，即或理解，亦未必能深切领悟。"

梁遇春具备一名成功译者的一切素养。在北大就读英文系，他受业于叶公超等一代英语名师，沉浸于色彩斑斓的英语文学世界。他为人敏感，具有诗人情怀。友人刘国平在《泪与笑·序》里如此评价他："什么东西都可以在他的脑海里来往自由，一有逗留，一副对联，半章诗句都会引起他无数的感想和附会，扯到无穷远去。"他将"读万卷书"与"行万里路"进行对比。他向往古今中外行过万里路的作家与诗人，丰富的生活体验，优美的诗歌和壮丽的篇章，在他眼中才是饱满的人生。然而他短暂的一生只在书斋里消磨，他人生经验的获得主要来源于书本，而非生活。平时他看书极其驳杂，堪称博览群书。冯至在《谈梁遇春》也提道："他博览群书，受影响较多的，大体看来有下边三个方面：他从英国的散文学习到如何观察人生，从中国的诗，尤其是宋人的诗词学习到如何吟味人生，从俄罗斯的小说学习到如何挖掘人生。"他的多读深思弥补了生活经验和常识的缺乏。毕飞宇的夫子自道仿佛也是为他说的："对许多人来说，因为有了足够的生活积累，他拿起了笔。我正好相反，我的人生极度苍白，我是依仗着阅读和写作才弄明白一些事情的。"（《小说课》）而他深厚的中文功底则使他在中国现代散文史上占有重要的一席之地。他那两本广为传诵的散文集《泪与笑》与《春醪集》文章醇厚，文字隽永，被称为新文学的六朝文。在中国现代散文的历史长卷中，《泪与笑》和《春醪集》以其独特的风格曾经大放异彩。

梁遇春短暂的一生孜孜不倦于写作、翻译。《英国小品文选》是他流传最广、影响最大的一部译作。据说那些三四十年代念大学的人在步入老年阶段还在津津乐道这本著作。这本书的深广影响或许应该归功于他采取了适合于那个年代的翻译策略：以读者为中心（readers-oriented）。这一翻译理念首先体现在这本书采用英汉对照的形式上，它便于读者更好地阅读。其次还体现在其详尽的译注中。梁遇春试图通过自己的翻译和注解，在原著者和不甚了解英国历史、英国文学史和其他西方文化的读者之间架起一座沟通的桥梁，让读者从这些译注中吸收知识，更好地了解原作。再者，由于他对十七、十八、十九世纪英国文坛，尤其是小品文非常熟悉，文笔又很流畅，他的注解娓娓道来，亲切近人。

书中译注体贴入微，梁遇春仿佛时刻站在读者的位置替读者设想。比如他最为仰佩的兰姆在《一个单身汉对于结了婚的人们行为的怨言》中写道："我……却是为了一个更结实的理由。"原文中没有具体解释，对兰姆不很了解的读者当然会有疑问。梁遇春即时加注："兰姆为了照顾偶尔发疯的姐姐而终身不娶。"兰姆的家族是有家族疾病遗传史的，这个家族中人很少有活过40岁的。再比如，兰姆的《读书杂记》中出现了三十多个历史人物，作为译者，梁对此一一加注，其译风严谨可见一斑，甚至为了给有心的读者做参考，他在译注中还常加入自己对随笔及作家的论述。而观点之精辟独到，涉及面之广，数量之多，实可结集为"小品文论及其作家论"。比如在《读书杂记》中对兰姆他有如下叙述："兰姆是对现在没有热烈的趣味，而无时无刻不沉醉于过去朦胧仙境的人，他最擅长的题材是'忆旧'。所以他对新闻报纸没有什么爱好……凡是带这种癖性的人，写出的小品都情绪婉转缠绵，意味隽永，经得起我们的咀嚼，所以好的小品文作家多半免不了钟情于已过去的陈迹或异代的逸闻，如 Montaigne 就是一个显明的例子。"

关于翻译，他的同乡严复提倡"信""达""雅"，他也以这种理论作为判断翻译优劣的标准。如在艾迪生（Joseph Addison）《论健康之过虑》中，他加注道："最近牛津大学出版部有一种 E·J·Trechmann 译的（Montaigne 的小品），达雅两条件具备，至于信与否，则原文是十六世纪的法文，我连拿来对照看，都没有这勇气……"梁的译文奉行直译的原则，追求与原文基本一致；对双关语及费解的句子的处理方法是直译加译者注。

作为翻译家的梁遇春，他的成就无法与同为闽籍的翻译家严复、林纾、林语堂等相提并论，毕竟他的生命太短暂了。但他对当时西方文化的传播，国人眼界的开拓，献出了一份努力。

梁遇春是中国现代文学史上一个被严重忽略的作家，在短短 26 年的生命里，他虽只给后世留下两本散文集和不多的译作，但已足以建立一个属于他自己的世界。他是一个生命的热爱者，他的散文有三大意象：火、泪、笑。火：热爱生命的激情；泪：对生命本体悲哀的体验；笑：正因为热爱，即便生命是一场悲剧，也要笑对人生。唐弢对他散文的评价有六个字：快谈、纵谈、放谈。快，指他文章的节奏，畅快淋漓如江河奔下，痛快；纵，指的是文章的学养，上下古今引经据典却又自然妥帖；放，指的是表达思想、情感上的无禁忌，天马行空任意驰骋。这样的一个写作者魅力无可阻挡。他热爱火，给后人留下一个率性而为蹈火者的背影。他的生命就像一团跳动的火焰，尽管最终剩下的也还是一点残灰，却仍然奋不顾身地投入这场烈焰中去，从容起舞。他在《观火》中说："我们的生活也该像火焰这样无拘无束，顺着自己的意志狂奔，才会有生气，有趣味。我们的精神真该如火焰一般地飘忽莫定，只受里面热力的指挥，冲倒习俗，成见，道德种种的藩篱，一直恣意下去，任情飞舞，才会迸出火花，幻出五色的美焰。"梁遇春的写作是整个生命燃烧进去的写作，正如他在《谈"流浪汉"》里所说的是"溶入生命的狂潮里写作"，率真随兴，昙花一现，但其中闪现的智慧灵动与强烈张力总让人惊诧、激动。

《谈"流浪汉"》是他最长的制作，也是最能代表其风格的一篇。他引用英国贵族的话说："没有一点流浪汉气质的人是不可爱的。"流浪汉指的并不是因贫穷而流浪的人，而是指具有流浪精神气质的人。所以他说，你即使坐在书斋里足不出户，你也可以是个"流浪汉"。"流浪是指流浪的心情"。梁遇春毫不掩饰对流浪汉精神的赞美和向往："真正的流浪汉所以不会引起人们的厌恶，因为他已经做到无人无我的境地，那一刹那间的冲动是他唯一的指导，他自己爱笑，也喜欢看别人的笑容，别的他什么也不管了。"这种"无人无我"的流浪汉气质，放在中华文化中庸保守的文化背景下，当可看出梁遇春的别样怀抱。他终身都在批判国人不阴不阳不死不活的人生态度，他高扬流浪汉精神，表达了他重建民族气质的愿望。

每个作家不管直接还是间接，在他的创作中都会留下自己的"文学自画像"。梁遇春气质虽忧郁，心胸却豁达，其在文中的表现便是时常出现的自嘲腔调，自嘲者从来都是自信者，他说流浪汉"不管不顾，无人无我"看起来多少有些"无赖相""小丑样"，其实这也是面对世界立场的一种另类表达。

德国接受美学研究者耀斯有《审美经验与文学解释学》，他对审美经验阐释时，用了一个概念"角色距离"，有个站在接受者角度的判断叫"距离产生美感"。距离指的是审美主体和审美对象间保持着一定的心理距离，以驱除其功利色彩。审美须得在非功利状态下才能得以进行。审美说白了是游戏的审美态度，以个人自由意志来处理原来必须一本正经地处理事情的能力。游戏的审美立场教人"把另一种生活置于我们的近旁，把另一个世界置于我们的世界的近旁。"打个比方，假面舞会，从中可以找到人对三种类型角色的偏爱：骑士、牧人和小丑。"我们的一些客人寻找似乎高于或者低于社会的东西，其他的人则寻找游离于社会之外的东西。"文学传统的三种重要类型就植根于这样三种不同的审美认同倾向：英雄式的、田园式的和流浪汉式的。

梁遇春流浪汉式思维的散文就类似于"小丑"式的审美认同倾向。作为学贯中西的学者，梁遇春的文化思维有很鲜明的西方文化影响痕迹，梁遇春的业师叶公超在1933年除夕为他的遗著《泪与笑》作跋语时就评价这位学生："在这集子里我们也可以看出他确实是受了 Lamb 与 Hazlitt 的影响，尤其 Lamb 那种悲剧的幽默。"小丑式的审美认同表现出作者寻找游离于社会之外东西的某种渴望，梁遇春比同时代的作者显然更加个人化和情绪化，他的作品主题可说是"泛人生论"，他的观点善于从自己内心体验或人性关怀中出来，很少有具体时事与社会背景的影子，"就是把什么国家、什么民族一笔勾销，我们也希望能够过个有趣味的一生"（《谈"流浪汉"》）。这很符合以"小丑"的个人表演来自娱或娱他的表达式，他的散文在格调上便与众不同。

从梁遇春的文字可读出他的率性而为性情，这种性情形成的一个原因是对存在的悲剧性体验。他总给人看待生命视角独特的印象，他对宇宙万物的质疑、感慨常常用幽默的姿态表出，这早已超出了一般的情绪宣泄，《人死观》《泪与笑》《破晓》《黑暗》《"春朝一刻值千金"》等一系列文字在幽默中体现出了骨子里的忧伤。可以说，这是他最纯正的文学风格标签。

梁遇春对"火"有着特别迷恋，他悼念徐志摩的文字即为《吻火》，可以说，这是他借人还魂。经常独自坐在火炉旁边，静静地凝视眼前瞬息万变的火焰是他常做的日课。他希望自己来生能做一个波斯人，因为"他们是真真的智者，他们晓得拜火"。除了这《观火》又有《救火夫》的题目，其他不以火为名但时时涉及"火"的意象文字就更多了，可见其对火的痴迷。

有论者"情深不寿"说得好："火具有一种矛盾的性质，一方面，它是绚丽的、迷人的；另一方面，它是短暂的、危险的。喜欢火的人，性格里也注定有这样一种美丽而又危险的双重因素。火所蕴含的悲剧性在于它注定要熄灭，因而它的燃烧就具有一种向死而生的悲壮色彩。梁遇春的散文深处都有一种幻灭的忧虑，特别是在他的第二本散文集《泪与笑》中。而即使付之一炬也要忘情燃烧的理想主义式执着也通常会让在现实中摸爬滚打的人们陷入深深的无奈和绝望，梁遇春也不例外。他认为人们都是上帝派到世间的救火夫，因为凡是生到人世来都具有救人的责任。'我相信生命是一块顽铁，除非在同情的熔炉里烧得通红的，用人间世的灾难做锤子来使他迸出火花来，他总是那么冷冰冰的，死沉沉的，惆怅地徘徊于人生路上的我们天天都是在极剧烈的麻木里过去———一种甚至于不能得自己同情的苦痛。'而面对现实的无奈也让这个渴望'救火'的作家除了自责外无能为力，'不敢上人生的舞场和同伴们狂欢地跳舞，却躲在帘子后面呜咽，这正是我们这般弱者的态度。'（《救火夫》）对'火'的迷恋与无奈，是梁遇春散文悲剧性的一大体现。"

还有"伤春"的表达。还是上面这个我不知真名"情深不寿"的论者说得好："充满生气活力的春历来是文人墨客歌颂赞美的对象，然而在梁遇春这里，'春'却充满了感伤，他对'春'的描写总是包含了一种'盛景易亡'的忧虑，这跟他性格中沉积的忧郁不无关系。在《又是一年春草绿》中，他开篇便说：'一年四季，我最怕的却是春天。'接着又说：'一看到阶前草绿，窗外花红，我就感到宇宙的不调和，好像在弥留病人的榻旁听到少女的清脆的笑声，不，简直好像参加婚礼时候听到凄楚的丧钟。'把春天和丧钟联系起来实属少见，《红楼梦》里黛玉葬花或许有几分这样的情绪，因为林黛玉也是一个对自己命运和世事抱有天生的悲剧心态的人。"

"梁遇春从不认为流泪是一件值得羞愧的事，他对痛哭的人怀有一种温暖的同情，因为能感受到痛苦比全然麻木要好得多。他说：'泪却是肯定人生的表示……我每回看到人们的流泪，不管是失恋的刺痛，或者丧亲的悲哀，我总觉得人世真是值得一活的。'（《笑与泪》）把'流泪'这种源于悲痛的反映作为对人生进行肯定的一种标志，足可见梁遇春性格里那种与生俱来的悲剧感。"

这就说到了梁遇春的认知论。他认为矛盾是宇宙的根本原理，无穷的二元对立构成了人生活的整个世界和宇宙万物。"坟墓旁年年开遍了春花，宇宙永远是这样二元，两者错综起来，就构成了这个杂乱下劣的人世了。"（《又是一年春草绿》）而"诙谐是由于看出事情的矛盾"，所以梁遇春的散文里就出现了"泪"与"笑"这样的二元对立，"常常发笑的人对于生活是同情的，他看出人类共同的弱点，事实与理想的不同，他哈哈地笑了。"［《醉中梦话（一）》］这又和"小丑"那种泪中求笑的态度相吻合。在宇宙的背景下，说人类是小丑恰如其分。

梁遇春热爱人生，尽管他口口声声谈"人死观"，因为太热爱美好而不堪面对和承受现实的黑暗。正如存在主义所主张的："所有的反抗和绝望都是为了爱"，说得太好。梁遇春对人生抱着一种"置之死地而后生"的态度。在《寄给一个失恋人的信（一）》中他曾明确表示："在这短促的人生，我们最大的需求同目的是爱。"但他并不沉于幻相，他的文字更多关注人的内心与人性的矛盾、脆弱和敏感。他主张多领略人生之味，极力反对麻木、中庸、得过且过的犬儒主义生活方式，所以他会对火的那种恣意燃烧有特殊的迷恋，也会对流泪抱有深切的体认和怜悯。

梁遇春的文章太好，就是做"文抄公"也不问了。他经常写着自己"笑中带泪，泪中求笑"的心境。他在《第二度的青春》里说："登楼远望云山外的云山，淌下的眼泪流到笑涡里去，这是他们的生活。"其实这也是他的内心体验。流泪是因为看到人生的困窘与无奈，而笑是看透人生之后一种对人生的肯定；流泪也是因为彻底投入这场生命的火焰中受到灼伤，含泪的微笑则更像一种超越痛苦的旷达胸襟，是不甘麻木的宣誓。"这个世界仍然是充满了黑暗，黑暗可以说是人生核心；人生的态度也就是在乎怎样去处理这个黑暗……只有深知黑暗的人们才会热烈地赞美光明。"（《黑暗》）在《醉中梦话（二）》里又引法国剧作家博马舍的话说："我不得不老是狂笑着，怕的是笑声一停，我就会哭起来了。"只有深味了人生三味的人才能写出如许句子。

世上的艺术家都有一颗童心。梁遇春既给人富于智慧的沧桑感，又给人天真未琢的童心之趣，合在一起造就了他文字的热情、锐气。在《"还我头来"以及其他》一文中，他痛批当时的大学教育，要知道他身处的可是北大，但他还是像《皇帝的新衣》里的那个儿童直截了当地说出自己的意见，直指北大人云亦云的现状："他们的态度，观察点总是大同小异——简直是全同无异"，他主张要用自己的头脑独立地思考，推翻所谓"正宗"而不应迷信权威。遵循叔本华所言，坚决反对把自己的脑袋变成别人思想的"跑马场"。他甚至揶揄了当时的导师梁启超，"梁启超先生开个书单，那种办法完全是青天白日当街杀人的刽子手行为"；他又意犹未尽地嘲讽了胡适的自以为是："胡适先生在《现代评论》曾说他治哲学史的方法是独一无二的路，凡同他不同的都会失败……（我）打算舍胡先生的大道而不由，另找个羊肠小径来"。其语气措辞可谓率真直白，一派天真而无城府之气。但这种天真又不同于不知世事的"无知的天真"，梁遇春的散文广征博引，却又能自创雅趣，文字清晰深刻，且充满生命张力。他认为小孩子的天真不足称道，是"无知的天真"，和桌子的天真没什么区别，人追求的应该是"超然物外的天真"。他说："经验陶冶后的天真是见花不采，看到美丽的女人，不动枕席之念的天真。"（《天真与经验》）他语出惊人："所以天下最贞洁高尚的女性是娼妓。她们受尽人们的揶揄，历遍人间凄凉的情境，尝到一切辛酸的味道，若使她们的心还卓然自立，那么这颗心一定是满着同情和怜悯。"（《黑暗》）梁遇春的率性与天真，是直指性命而无妄语。

他认为，要写出好文章，必然要忠实于自己的内心，而那在第一直觉中打动自己、让自己激动欣喜的体会或灵感才是文章的精髓所在。好友冯至在他的散文集《泪与笑》所作的序中说："他的文思如星珠串天，处处闪眼，然而没有一个线索，稍纵即逝，他不能同一面镜子一样，把甚么都收藏得起来。"他写作的即兴性好似浑然天成，不落窠臼，周国平也曾在《泪与笑》的序里对他的这种独创性作出过评价："他不受任何前辈先生的意见支配，他苦讨冥搜，他自己就是'象罔'。"在梁遇春的散文里，我们的确能感受到他在《谈"流浪汉"》中所提到的那种"无人无我，不失火气，也不失活气"的气质。

他对作文简直有天才的理解，格调之高罕有其匹。他的很多文字属于"妙手偶得之"。他在《醉中梦话（一）》中曾专门以"做文章同用力气"为题写过一段专述，有些类似张爱玲《自己的文章》。他品论胡适之所说的"做文章是要用力气的"未免太正而不邪了，费力气如果是为了矫饰堆砌以迎合读者，还不如随手记下的随笔日记来得真实自然，所谓"可见有时冲口出来的比苦心构造的还高一筹"。当然他的随兴写作并非毫无法度，他欣赏的妙手天成是吃透艺术法则后的游刃有余，"卖力气的理想目的是使人家看不出卖力气的痕迹"。而还有一种随兴则是带有孩童式的顽皮了，颇有天真烂漫之趣。就是在他谈"做文章同用力气之比"的这篇文章，他引用了一个记不清姓名者的话，就直接打个括号说"名字却记不清了"，再引了一段英文，又在后面打个括号说"句子也记不清了，大概是这样吧"，丝毫不在意别人看得很重的规范与严谨，真是把"得意忘言"发挥到了极致。在《醉中梦话（二）》中第四篇干脆就以"这篇是顺笔写去，信口开河，所以没有题目"为题，真真是作文法的千古绝唱了。还有什么能比这个更好地表白"这就是我梁遇春"了呢?

率性而为还常体现在他矛盾的言论中,他认为这才是真挚的。在他看来矛盾本是宇宙的根本原理,他由自己内心种种矛盾混乱的体会就可触摸。他在《一个"心力克"的微笑》里说到自己对于人世的许多苦衷。"自己呢,没有冷淡到能够做清闲的观客,隔江观火,又不能把自己哄住,投身到里面去胡闹一场,双脚踏着两船旁,这时倦于自己,倦于人生,这怎么好呢?"他便拿"排架子"来比拟,"比如,有人排架子,有人排有架子的架子,有人又排不屑计较架子有无的架子,有人排天真的架子,有人排既已世故了,何妨自认为世故的架子,许多架子合在一起,就把人生这个大虚空筑成八层楼台了,我们在那上面有的战战兢兢走着,有的昂首阔步走着,终免不了摔下来,另一个人来当那条架子了。"理性上实在看得很透,但生命的本能又催着他继续冒着摔下的危险努力构建他自己的八层楼台。矛盾吧?矛盾。但"天下只有矛盾的言论是真挚的,是有生气的,简直可以说才算得一贯。矛盾就是一贯,能够欣赏这个矛盾的人们于天地间一切矛盾就都能彻悟了。"所谓彻悟,不过是在绝对的意义上不悟而顺随而已。就是民间所言,前面说话,后面打嘴。该前面说话的时候说话,该后面打嘴的时候打嘴。本来嘛!顾了头就顾不了腚!耍无赖不是?在存在、绝对面前还有第二条道么?率性、任意这样了,不率性、任意就不这样了吗?

每读梁遇春的散文,总有夏日饮冰之感,晶晶亮,透心爽。他就是一个生命旅途中的流浪者,举杯对月,入火而舞。也有持中的论断,台湾一位文人说:"作者由于年轻、涉世未深,因此生命的历练,并未达深刻沉练的地步,文章的表现也并非完美无缺。然而,我们却可以从字里行间,一窥他努力经营生命的深刻与幽默的企图。对如此天才横溢的作者的作品,我们是可以用更宽容的眼光来欣赏的。"

就来欣赏欣赏他的《春醪集·序》吧:

"那是三年前的一个夏天,我正在北大一院图书馆里,很无聊地翻阅《洛阳伽蓝记》,偶然看到底下这一段:刘白堕善酿酒,饮之香美,经月不醒。青州刺史毛鸿宾赍酒之藩,路逢劫贼,饮之即醉,皆被擒获。游侠语曰:'不畏张弓拔刀,但畏白堕春醪。'

"我读了这几句话,想出许多感慨来。我觉得我们年青人都是偷饮了春醪,所以醉中做出许多好梦,但是正当我们梦得有趣时候,命运之神同刺史的部下一样匆匆地把我们带上衰老同坟墓之途。这的确是很惋惜的一件事情。但是我又想世界既然是如是安排好了,我们还是陶醉在人生里,幻出些红霞般的好梦罢,何苦睁着眼睛,垂头叹气地过日子呢?所以在这急景流年的人生里,我愿意高举盛到杯缘的春醪畅饮。

"惭愧得很。我没有'醉里挑灯看剑'的豪情，醉中只是说几句梦话。这本集子就是我这四年来醉梦的生涯所留下惟一的影子。我知道这几十篇东西是还没有成熟的作品，不过有些同醉的人们看着或者会为之莞尔，我最大的希望也就是如此。

"再过几十年，当酒醒帘幕低垂，擦着惺忪睡眼时节，我的心境又会变成怎么样子，我想只有上帝知道罢。我现在是不想知道的。我面前还有大半杯未喝进去的春醪。"

真好！

如果你喜欢探究人生，你真的应该读读梁遇春。

李劼人：《死水微澜》里的世界

　　《死水微澜》是一部被文学史严重忽略的作品，它理应在最伟大的小说之列。对外，它展现了波澜壮阔的历史风云；对内，它勘探了深邃复杂的人心。农家少女邓幺姑天生丽质、生性倔强、浪漫多情，她不甘沉沦乡里，渴望乡村之外的花花世界。她的美貌是她实现梦想的最大利器，她先是依着自己的实际与本能来到天回镇做了杂货铺老板蔡兴顺的老板娘成了蔡大嫂。丈夫虽愚钝老实，被人喊作"傻子"，但因有蔡的表哥罗歪嘴的荫蔽，日子也还过得安稳。罗歪嘴为人彪悍豪爽，邓幺姑非常仰慕，被罗歪嘴包养的妓女刘三金看出了其中端倪，为了讨好罗歪嘴，也为了她内心的趣味与不言自明也无法言明的认知，她出面撮合二人，两人暗中有了奸情。乡姑邓幺姑渐渐地毫不避讳，使得二人的事闹得沸沸扬扬，蔡兴顺懦弱无能听之任之，成为他人笑柄。这个情节近似《水浒传》中的武大郎、西门庆、潘金莲和王婆的那些桥段，只是铺中"二夫一妻"的局面因为没有武二郎这样的狠角色而得以始终维持，直到后来的因事而变。同为乡人的种粮大户顾天成因妻子未能生男而来天回镇想找个女人当小妾，他撞进了蔡兴顺的铺子，也就掉进了自己命运扭转的大漩涡，他经不住刘三金的诱惑与唆使参与铺中的赌博，遭到罗歪嘴等人的坑骗，将携带的所有银钱输尽，又因不甘而赖账遭到毒打，最后再被刘三金抛弃。顾天成落魄回家，妻子闻听丈夫遭遇心痛无语，又受邻居揶揄旧病复发郁郁而终。元宵节当晚顾天成带着女儿招弟看灯会，遇到罗歪嘴，与之发生争执，在争执过程中，女儿走失被他人拐走。

妻亡女散之后的顾天成大病一场，邻居钟大嫂为他寻来西医治病，最终死里逃生，并通过钟大嫂的帮助入了"洋教"因而开始得到洋人的庇护。得势后的顾天成受曾同样被罗歪嘴欺诈的陆茂林的唆使密告罗歪嘴勾结义和团反洋人。四川总督派兵砸封兴顺号，抓捕罗歪嘴，罗歪嘴提前得到线报逃得无影无踪，蔡傻子死守表哥行踪而锒铛入狱，蔡大嫂护夫而被官兵打伤，最后被父母救回乡坝。顾天成怀着复仇心理来到乡坝打探罗歪嘴行踪，不想被落难的蔡大嫂的美貌所吸引，提出要娶她为妻。为了救出狱中的丈夫和情人不再遭追杀以及儿子的前程，又因为仰仗顾天成有洋人的权势，她慨然应允嫁给顾天成。罗、顾二人争夺蔡大嫂，最后顾胜罗败。这个结局不仅是作家对历史进程中个人人生轨迹现实主义的顺承，对邓么姑这个形象也加上了最后浓重的一笔：陡然让这个形象从先前的相对纯净进一步走向了丰富与芜杂，这个形象因此也更具有了对历史与人性更大的兼容性。

作家李劼人有写史诗的雄心，《死水微澜》的格局虽不宏大，但借由人物的塑造还是很好地带出了他们身后那个广阔的世界。刘再复说李劼人是中国"应该得诺贝尔奖的第一人"，"《死水微澜》是个'奇迹'"，是"完全超过《子夜》《骆驼祥子》和《家》"的"最精致完美的长篇"。郭沫若说他是"中国的左拉"；巴金称他为"鲁迅，茅盾之后第一人"；艾芜则言他是自己心中"了不起的大作家"。曹聚仁在《文坛五十年》中又说《大波》可以与《战争与和平》媲美；司马长风的《中国新文学》论断李劼人"风格沉实，规模宏大……有直逼福楼拜，托尔斯泰的气派"；东京大学教授竹内实花了十年时间翻译《死水微澜》和《暴风雨前》；日本评论家花田清辉把李劼人与日本著名历史小说家岛崎藤村并肩……这个揄扬者的名单还可以开下去，但是许多现代文学史，还是漏掉了这位30年代卓然不群的作家。历史就是这般诡异。

《死水微澜》再现了清末至辛亥革命前成都小市民的生活景象。洋人入侵、洋教的大规模传入、义和团运动、八国联军侵华，这些汹涌的事件，传到偏远的西南小镇天回镇，虽掀不起激烈的动荡，却也在这潭死水的水面上搅起了些微动象。以袍哥头目罗歪嘴和教民顾天成及蔡大嫂三人之间的矛盾纠缠为核心情节，书中描绘各阶层的人物近60名之多，都刻画得人有其情、各有其质。

对四川民俗的出色展示让《死水微澜》充满了质感。人们通常言说的时代背景、自然环境、历史风貌其实都是被出色的大家包裹在民俗的描绘中而和盘呈现的。读老舍的作品，你知道这是北京，里面有最纯粹的老北京民俗、饮食文化、语言习惯，乃至自然人文地理分布；读陈忠实的小说，你知道那是陕西，山川风物、语言习惯、民俗风情都是陕西调调；读张爱玲，则又是一派上海十里洋场笼罩下的小资情调；读李劼人你也会知道一个世纪前的四川民俗什么样。一本好的小说一打开扑面而来的就是它独特的氛围，它裹住那世界里的一切，然后一切都在你眼里鲜活起来。《死水微澜》将四川小镇上的民俗市井描写得事无巨细。比方说普通人穿什么，未出嫁的女孩穿什么，嫁人之后穿什么，风月场的女人穿什么，奢望成都生活的女人穿什么，都很详细。此外，那时候洋人的布料引进，什么花色，什么样式，多少钱，怎么佩戴，都被详细地描写出来。有了这些不起眼的琐碎，小说才真正的"气象万千"。

当然对于文学来说，生活只是骨架，人心才是芯子。伟大的文学须得描写繁复的人心世界，而且不只是集中于主要人物，或者说，伟大的文学只有结构意义上的主角配角，每一个角色在他自己的位置上都是无可替代的，所谓主次，不过是结构的需要而已。《死水微澜》中的每一个人物不管笔墨多少，都各有自己的鲜活。伟大的作家明白，真实世界里的每一个人都不是木偶，就是站在旁边伺候主人的奴仆像他身边的桌椅板凳一样虽不发一言，但若给他另外一个故事结构，他就会恢复他作为一个人的样子。次要人物只是因为相对于这个故事中的位置而言，在人物塑造方面，作家的心中没有主次之分。伟大文学的人物并不仅是因为三两个主要人物的成功。《死水微澜》中人物不管主次，各有心得，作家紧紧抓住他们的"欲望"描绘出了他们丰富的人性。比如陆茂林，作家也为他写出了一部心灵简史。他很有野心，有家有室总觉得不够，就花钱捐官，希望走上仕途。说话办事还模仿官家模样咬文嚼字、作揖走动。再比方说罗歪嘴，袍哥会中有钱有地位，风月场待惯了的他突然想要有个安定的女人陪着，还得是模样性格数一数二的女人，曾经的相好刘三金在当地也算一等一的姿色，不行，看不上，能过夜不过心。再比方说蔡大嫂邓幺姑，天生丽质难自弃，打懂事起就觉得自己不是一般人，就该和最好的男人享最好的福。李劼人紧揪住每一个人物的"生命意志"不放，搬演出一幕幕人生的话剧。

《死水微澜》最搅动人心的还是它的风月情色的描绘。小说故事的主线是，一个从小就富于幻想极有主见敢作敢当的有夫之妇邓幺姑，一个有实力又仗义豪爽包打天下也色胆包天的独身男人罗歪嘴，二人如干柴烈火不顾一切地相爱，以致最终为这情爱所毁灭。娼人刘三金在小说中的作用是铺垫和陪衬蔡大嫂。

小说中男女关系的描写均是逆世而行，挑战俗世的既有规则。这恰是文学的常态，若文学世界与世俗人生一个模样文学就没人青睐了。艺术从来都是表现人心的欲望图景，和这图景比，世俗人生倒是虚伪的了。若说文学艺术追求"真实"，那它唯一的目标就是这人心的真实。

看具体的描写。文学的力量正在于它的过程性，描写以它肌骨的丰润和纹理的细致会让一切对它试图说三道四的理性黯然失色。文学只接受纯真感情的致意。

在罗歪嘴身边的这两个女子，妓女刘三金和表弟媳邓幺姑，都各有自己的不同寻常处。罗歪嘴与刘三金间的连接是男女之间纯粹的"性"，婊子的风骚和善于打情骂俏，对于玩世和求趣的罗歪嘴正合适。他赤裸裸地告白："婊子原本大家都耍的，只要耍得高兴便好。若要嫖婊子便把婊子当做了自家的老婆，随时都要用心使气，那不是自讨苦吃？"罗歪嘴实用主义的立场摆明了他和刘三金性与感情分离的相处模式。与他形成对照的是土绅粮陆茂林、顾天成：见色迷窍，状如情种，一点不明白男女在这种场合的遇合不过是逢场作戏，不可较真，这样的"情爱"用钱就可买到。陆茂林、顾天成的可笑反衬了罗歪嘴的合适宜。而在罗歪嘴与邓幺姑的男女关系里，情欲合一，却与婚姻两相分离。和妓女在一起时，罗歪嘴遗憾没尝到女人情爱的滋味；在邓幺姑这里，他觉得第一次咬着了女人的心，咀嚼到了女人的味，体味了啥子叫做爱。体味了邓幺姑，罗歪嘴对女人的看法都被扭转了。

罗歪嘴在邓幺姑这里平生第一次获得了身心合一，内心的狂喜无以言表；他们的情最直白的"表""达"就是欲的相互满足，他们相互痴迷于对方，不意识地已经相互美化；痴迷到彼此都发狂，失掉理智，在任何人包括情人的丈夫面前都毫无顾忌。1992年，凌子风根据这部小说改编的故事片命名为《狂》可说是深得精髓。小说中，作者利用自己独特的位置向读者解释了罗邓之狂恋内心的理由：人生一辈子，这样狂荡欢喜下去，死了也值得。如今既然懂得消受，为啥子还要作假？为啥子不快快活活地吃个饱？何况谁晓得这种情味能过多久？

从邓幺姑这面说，作为一个有夫之妇如此地痴迷一个婚外男人，作家也替她说出了其中的世俗缘由：凡邓幺姑所喜欢的，比如穿的、戴的、吃的、香水等等，她都从罗歪嘴那里或多或少地能够得到；罗歪嘴对她的赞美，让她获得心理的满足；他对她的体贴和缠绵，也使她感受到了被宠和尊重的甜蜜而不是女人总要受男人的气，像她母亲那样，她甚至还可以高高乎在男人之上。于是她用感激、温婉、热烈、真挚、勇猛的爱情来报答他、烘炙他，让他同样体会爱的美好。

这是疯狂的爱，这一对痴爱男女不会说哲人的高头讲章，他们只是在自己的直觉世界里抓住了人生短暂人生如戏的本质体会，然后把它付诸自己当下的人生。

《死水微澜》里如此的情色人生不管是书中人物的还是作家借人物之口表达的，不可避免地要接受不同读者的不同评价。不过，作家好像有预案。作家写罗歪嘴对于刘三金不投入的游戏态度，由他的笔调看得出他对罗歪嘴洒脱的欣赏，显然与陆茂林、顾天成见女人就垂涎三尺的好色行径的鄙薄形成鲜明对比。至于说到对罗邓二人的叙述，作家说了蔡大嫂周围人所持的观感："又是眼红，又是怀恨，又是鄙薄。"这个次序不可动摇，它们之间是因果连索着的，因眼红而怀恨，因怀恨而鄙薄。这真是诛心之论，一下就戳穿了人心的奸诈与虚情。

关于刘三金，小说里交代，她最初是被骗失身，沦为妓女。作家按生活逻辑给出了似乎无可移易的宿命轨迹，她只能顺着惯性往下滑，但作家对她的态度不是完全鄙薄而是相当同情。不止于此，作家更抛开了自己及一切他人的"自以为是"，站在她们的位置而不是任何人包括她们自己的立场来梳理她们的生活。刘三金是妓女，蔡大嫂是有夫之妇，她们各有自己具体的身境，在这个处境里，作家描写了她们的思想、行动和困境，是非常具体的刻画，没有丝毫的抽象。作为妓女，刘三金的生活最苦的是身体吃大亏；好处则是自由和自在。如果她凭着自己的还年轻和美貌想从良，不是不可能，却也有困境：没有钱财的，娶不起；有财势的，又少良心，不敢轻信。再转回一想，做妓女也不无好处。刘三金惊世骇俗的理论是：人跟东西一样，用久了，也不免要生厌的；再好，也没有多大趣味，所以多少男的只管讨个规规矩矩的好老婆，不到一年半载，不讨个小老婆，不偷个把女人，便要出来嫖。我们有些姊妹，未必姿色引人，却偏偏能迷着人，就因为她们知情识趣，对于男人，她们又是新鲜的口味。我们女人，还不是一样，不怕丈夫再好，再体面，一年到头，只抱住这一个睡，也太没味了。男人女人实在都常想着换个新鲜口味，这倒是真的。精灵美好的女人，多不会安守本分的。而蔡大嫂这个敢于追求自我情欲自由的有夫之妇，一旦与情人而不是丈夫在一起，她就显得生动、激情、很美，她的心成天都在想着情人，有时癫狂起来，她不管丈夫是否在场，就与情人相拥、相扑、相打、狂笑、狂喊、狂咬！

小说中的这些言语、动作、心理如此鲜活，作家毫无避讳和盘托出。那作家或者说叙述人对此抱何立场呢？从小说的腔调看，看不出作家与他的主人公间有任何欣赏上的距离，作家虽没有直接表明自己的态度，但其中也看不到反讽。这与小说中描写郝达三谈政治形势时调侃的腔调完全不同，这说明李劼人很清楚自己如何把握言说精细的分寸。读者也完全可以猜想得出作家隐藏着的态度和立场：他对书中这个风月情色的世界是充满欣赏的，至少是同情、理解的。从客观角度进入，《死水微澜》呈现了这样的事实：人所以要追求快活的人生和情欲的自由，这一切都源于人性的喜新厌旧；妓女和婚外情这很难祛除的原型意识深深地扎根于人的生命世界的根处，很难撼动。不管怎么说，这部伟大的小说从人性真实的角度直言不讳地表达了如下立场：它肯定了人对情欲自由的向往和追求；在人的生活里，情欲的开放与多元才会让情欲充满活力。

其实这观念并不是反民众的，恰恰是反精英的。小说写的是袍哥会和市井人生，但被描写的这些人很少会来看描述他们生活的这些小说。关于人生的观念都是高高在上的士大夫们表达的，而士大夫们常常是虚伪的。生命的悖论是属于全人类的，芸芸众生不会高蹈理论，只会因地制宜地实际解决；士大夫们则常常作茧自缚又心有不甘反弄得自己虚与委蛇。就拿男女的情爱生活来说，种种事实在证明，婚外的情欲生活里所以引人，恰因为不投入感情反得以潇洒和快乐。过去多情的封建文人试图在妓院寻找爱情，以作为不幸封建婚姻的补充。然而又往往失望，反引来更多痛苦，或造成对方痛苦，所谓"十年一觉扬州梦，赢得青楼薄幸名"正是这类写照。罗歪嘴的行为模式是否是一种有意味的探寻呢？这部小说实际上也解构了"生活与情欲的动力来自爱"的观念，爱不过是一些空泛的幻想甚至幻觉，爱情是人自造的神话。《死水微澜》通过具象的呈现表达：情欲的活力来自"争"和男女相交的"技巧"，生命得以痴迷与沉醉。就像张爱玲《红玫瑰与白玫瑰》里王娇蕊对佟振保所言："难道你不喜欢偷和犯法么？"偷和犯法的刺激带来生命的紧张，紧张才会让人绷紧生命的弦，才会让人体会生命戏剧化的美妙。平静、秩序的世界同时也是乏味的世界。机械、日常、宁静不再有激情的婚姻正是爱情的坟墓。爱情既然不过是头脑中的幻想，终将幻灭，那么为何不在实际生活中把"情"与"欲"分开呢？"情欲"这个词的组合实际就告示了"情"的无足轻重，它不过是"欲"的配角。李劼人的《死水微澜》就是一部重"欲"轻"情"的作品，和他四川老乡巴金的《家》正好相反。而多年来《家》的风行与《死水微澜》的沉寂预示着社会的价值取向。当年郁达夫的《沉沦》问世时，也被很多人视为诲淫诲盗。倔傲的郁达夫的回答是，你们可以骂我流氓、不要脸，但你们得承认，你们没有我真实。在当年的法国，福楼拜的《包法利夫人》也是同样的命运，小说刚刚在《巴黎杂志》刊出，官方就指责它败坏道德，诽谤宗教。《包法利夫人》最终被宣判无罪，然而，法官在宣判时，却一连两次使用"现实主义"这个词，而且认为属于这个范畴的创作，一定"不堪入目""否定美与善"。今天来看这个判决，它无疑恰是对《包法利夫人》的褒奖。现实主义求的"真"在"真善美"排序中，它本来就是奠基者。离开了"真"，所谓的"善和美"不仅是虚幻的，简直就是虚伪的。

　　蔡大嫂是小说的中心人物，李劼人为她设计了意味深长的"序幕"和"结尾"。在开篇，一位阅历很丰的正统知识分子评价她"凡百都好"，只可惜"品性太差"；而结尾，蔡大嫂的养父，一位厚道的农民，在一再惊愕于她的品行之后，无可奈何地说："世道不同了！世道不同了！"小说以女主的品性太差开端，以一位老人因她而感叹世道作为结束，所谓世道，不过是人心的外化而已。而人心世界，"情欲"是它的核心城堡。《死水微澜》即是通过写女人的品行来写世道的变化。女人的品行，是最敏感的标志，最能体现社会风气及社会深层次结构

的变化。福楼拜就曾如此评论巴尔扎克："曾经透彻了解他的时代。他曾经对于妇女有过深刻的研究。"作为法国文学的熟稔者，李劼人深受福楼拜的影响，《死水微澜》要写的是对情欲的真实解剖，他要人们正视情欲自由的必要性、重要性以及它的危险性。伟大的作家是存在真相的直面者；蔡大嫂是血肉丰满的文学经典形象。文学的深度不是历史事件分析的深度，不是意识形态分析的深度，而是人物形象的深度，是作家洞察人、生命和世道的深度，是作家体验的深度。文学只能从人写历史，而不是用历史事件或政治结论或意识形态来扼杀了人。

《啼笑因缘》：她们谋生也谋爱

　　作家创作从现实中取材很常见，如何处理作家各有自己的变形、夸张。张恨水《啼笑因缘》的写作灵感就缘于 20 世纪 20 年代的真实事件。那时，张恨水在北京《世界日报》供职。同仁知道他爱听戏，一日邀他到四海升平园去听名角高翠兰的大鼓。偏巧那晚，高翠兰被一个田姓旅长抢走了。同仁们义愤填膺，直说军阀太强横；张恨水独有机见，说，如果高翠兰非常不愿意，那个田旅长何至于就来这一手。一定是田旅长有让高翠兰满足的地方。到底是阅尽世事沧桑的作家。几天后，一位同仁从照相馆里弄到一张照片，正是田与高两位的新婚合影，新娘在照片上笑逐颜开，丝毫没有委屈的意思。不料，不久事又起波澜，高翠兰的父母把女儿看作摇钱树，遭抢后，他们不向田家要人，一味要的是女儿的身价银子，双方最终在钱数上没能谈妥。于是，高父一纸诉状告到法庭。军事机关军法会审，最后宣判：田身为军人，强劫平民女子，处徒刑一年；高翠兰交其父母领回。事后，高翠兰仍旧去戏园子唱大鼓，只是失去了往日的精气神，还在家中哭闹，不能忘情那个田旅长……1929 年 5 月，张恨水坐在中山公园小山上的茅亭里，忆起这段陈年旧事，居然就谋篇布局出了这部传诸后世的《啼笑因缘》。

　　曾经的旧事桥段信息丰富：人间情爱婚姻，男才（财）女貌最是俗世之常；民告官能得正常结果，北洋时代的法制还算靠谱；高女父母的举止也不过表明他们乃寻常众生中俗常之辈；倒是文人的"义愤填膺"一脚踩空，显得有些意兴阑珊。而对我这个后来者来说，实在有些讶然与失落。北洋军阀时代是一个平头百姓遭践踏的黑暗时代，但一个唱大鼓的父母敢去告一个有权势的军阀旅长，呵呵……

《啼笑因缘》毕竟是小说。小说要好玩；好玩就得有趣；要有趣就得挠准俗众的"痒痒肉"。通俗大家张恨水了解他的衣食父母：生活已太愁闷了，得有一些心灵的刺激来破一破这寂寥的庸常日子。他们最喜看男欢女爱中又饱经折磨，不管自虐与他虐，那一番保持着安全距离的心灵体验让他们脸上笑着、眼中含着热泪、心里叹息着他人的命运多舛，心理却无名地满足着。张恨水就像一个最出色的大厨，为俗众整好了一桌心灵大餐。少年时代我最早看见这本《啼笑因缘》就是在母亲的床头，它是母亲的枕边书，和曹雪芹的《红楼梦》排在一起。难怪后来总是听人说张恨水的另一本小说《金粉世家》是"现代《红楼》"呢。

《啼笑因缘》"一男多女"的故事架构，很投合这个国度"男尊女卑"的各自虚荣，作家把生活中的一个寻常的肥皂剧加工成一个让人啼笑杂作的悲喜剧，很好地抚慰了雅俗两面的读者。《啼笑因缘》主要描写旅居北平的江南大学生樊家树和天桥唱大鼓的姑娘沈凤喜之间的恋爱悲剧，同时又穿插了大家闺秀何丽娜对樊家树坚持不懈的追求，卖艺为生的关寿峰之女秀姑对樊家树的暗恋。军阀师长刘国柱将军成为戏剧紧张冲突中的关钮，他看中沈凤喜的色，以钱财富贵诱她为妾，沈凤喜最终在半推半就中顺从。樊家树在江湖侠士关寿峰、关秀姑父女协助下试图营救，不料沈凤喜迷恋刘将军的钱财，导致营救不果。之后，沈凤喜因樊家树所请偷偷与其会面被刘国柱发现，他因嫉生恨，一面栽赃樊家树逮他入狱，一面折磨凤喜母女，凤喜不堪淫威，深受刺激而终致精神失常，酿成悲剧……

张恨水为加强戏剧化效果，把小说简单的"本事"改成了一男三女的多角恋爱，又通过写刘将军的善恶两面来强化女主人公人生故事的戏剧性，如此这般"改编生活"，张恨水有一番"有意味"的解说：众生都渴望"传奇"，但传奇非常小众；艺术就把这"小众"带给大众，让他们也黄粱美梦一回。可是梦不醒也不行。说到底，艺术不过是暂时的替代性满足。还有另外一层，大众的心理定要抚慰。沈凤喜靠着自己的"清媚"就颠倒众生，虽说以人性和史实而言也并非不成立，但人啊！都是瞅着别人开心就生气，瞅着别人倒霉就蹦高的主；张恨水说，他把沈凤喜的结局写得那么悲惨，主要就是为了照顾大众的道德感受，抚慰一下众生那受伤的小灵魂。其实呢，大众的道德感受本质上是虚伪的，道德正义包裹着的是见不得光的嫉妒。当然，张恨水这样理智的告白，也并不完全是媚俗；人性，毕竟很复杂。就《啼笑因缘》而言，被人视为通俗的张恨水其实倒是比那些自诩为清高的雅人更能透视"通俗"中的人间真理，他经受过真正底层的磨难，他知道人性的真相，他"不谈玄"。

和真实的高翠兰的故事比，沈凤喜的故事更精彩。张恨水故事的外壳很俗，但故事里的内核却充满了真正的质感，那就是对人性的触摸。郜子说："食色，性也。"人类文明的根基就立于其上，相对于食，因为文明的禁忌，性更多地成为人内面隐性的生活，也更成为更多与人的性灵相关联的物质性存在。张恨水小说中的性是贴着人的身体、情欲走的，很实。本来本相也如此。樊家树对沈凤喜的"清媚"一见钟情。因为爱，他发愿要改造她，给她买书、笔，送她去上学；然而，他不知道，沈凤喜只是为了谄媚他对自己的好才曲意顺迎，她其实更喜欢的是他送的衣服、手表。清媚的凤喜因为穷，实际有一颗很物质的心。后来凤喜遇见刘国柱，刘并没有特别强梁霸道，半推半就着也就顺坡而下了，和真实世界里的高翠兰并无二致。刘国柱喜欢沈凤喜和樊家树也并无不同。他对凤喜的好虽俗也真，后来的歹毒如果不是作家为了迎合世俗而有所夸大，刘国柱的行为并不脱因爱生恨的逻辑。

最重要的，读张恨水千万别用自己先验的理念和他人的故事较真，真要较真的是借通俗的张恨水问问自己最真实的生命感觉。

《小二黑结婚》：『遵命文学』背后的暗影

　　在上个世纪 40 年代的中国西北延安，因作家赵树理《小二黑结婚》《李有才板话》等小说的写作，理论家陈荒煤发明了一个名词，"赵树理方向"，简言之，这个名词的内涵没有歧义，就是指坚决执行毛泽东主席"在延安文艺座谈会上的讲话"精神的方向。在那样的历史时期，这是一个神圣的命名。赵树理在文学史上的地位也将由此被部分固化。

　　《小二黑结婚》发表于 1943 年，是赵树理最负盛名的作品。如题所示，小说的主题是写一对青年男女婚姻的曲折过程。作家赵树理出身中国西北偏僻之地的农家，地方师范毕业，文艺修养传承多来自民间与传统，与中国东南在同时期的西风劲吹基本隔膜。赵树理立志做"地摊文学家"，和唐代的白居易所求同归，这也可以是一种境界。赵树理的另一个身份是共产党基层干部。他的地摊文学家的追求，除了和他的修养相搭以外，此身份更是此意识的发源地：共产党向来主张把艺术的宣传作用发挥到极致。宣传的核心自然是党的政治。正如《讲话》所表：政治第一，艺术第二；艺术为政治服务。赵树理是自觉坚定的执行者。他把自己的小说称为"问题小说"，小说的题材直取现实。关键问题在对"现实"的不同理解。由于受明确政治要求的限制，赵树理小说在显性主题方面可说是高度意识形态化的。《小二黑结婚》就是一个经典代表。

　　此本小说的灵感来源有两个：一个是作家要用小说的形式来宣

传解放区刚颁布不久的"新婚姻法大纲";一个是现实中发生的真实案例让作家进一步明确了小说主题表达的紧迫性。1943 年,在中共北方局从事抗日宣传工作的赵树理在奉命深入辽县(今山西左权县)农村搞调研时,听到了一个悲惨也启人反思的故事,一对青年男女岳冬至和智英祥在追求自由恋爱的过程中,由于受到双方父母等的阻挠,最后竟至岳冬至被村人吊在树上打死。正像当年身处山东的老舍,听了来自北平的旧事一车夫"三次买车三次丢车"写出《骆驼祥子》一样,赵树理也据此构思写出了《小二黑结婚》这部鞭挞封建思想、赞扬婚姻自主、颂扬共产党领导的中篇小说。

20 世纪 40 年代,中国共产党治下的边区政府颁布了《婚姻暂行条例》《妨害婚姻治罪法》,对恋爱自由、婚姻自主做了明确规定。但要在婚姻问题上破除已沿袭千年的"父母之命""媒妁之言"这些封建陈规,也并非一朝一夕的事。中国底层民众向来"不知有汉何论魏晋",他们一直生活在"祖宗之法""乡规民约"及自古以来的人情风俗之中,自洽怡怡。岳冬至之死乃是他们本能的条件反射所致:两个村干部以"乱搞男女关系"为名对这对恋人进行批斗并最终杀害岳冬至;岳的父母对儿子之死痛彻心扉却又认为他死有余辜。赵树理敏锐地发现了现实反封建的紧迫性、重要性,却为了突出党的伟大与正确,把以这一案件为素材写成的小说改编成了大团圆结局的喜剧。它的通俗生动、明白晓畅的语言为宣传《婚姻暂行条例》《妨害婚姻治罪法》以及《新婚姻法》,破除封建迷信思想当然都会起到一定作用,发挥了小说的社会功能作用;但显然,也因此而窄化甚至遮盖了小说对社会、人心广度、深度的透视。

来看小说的具体书写。小说先写了小二黑和小芹恋爱的障碍重重。小二黑是村里的民兵队长,相貌堂堂,不仅女孩子对他有好感,连小芹声名不好的神婆妈妈三仙姑都对他有意,因此反对他俩的婚事。小二黑爸爸二诸葛相信算命,指二人八字相冲,不能结婚。此外,村里的坏蛋金旺、兴旺两兄弟垂涎小芹美貌,也要拆散他俩。为令小二黑死心,二诸葛买来一名 9 岁女孩给他作童养媳,唯小二黑根本不加理会。此时三仙姑亦忙于四处替小芹谋亲事,金旺、兴旺乘机推荐 50 多岁的吴旅长。三仙姑贪图聘礼,答应了婚事,还把小芹关起来。下聘当日,小芹破窗逃去。小二黑找到了她,两人匿藏在山洞内。金旺、兴旺诬蔑他俩有奸情,强扭他们到区公所。幸区长明理,指他们该有婚姻自主权。区政府又查实金旺、兴旺的罪行,给二人治罪。最后二诸葛和三仙姑亦在区政府工作人员耐心说服及政策压力之下屈服,不再反对儿女婚事。

从这本小说的情节线可分明看出作家鲜明的主导倾向,在处理冲突关节处只弥合了外部的缝隙,就像生活中人们只是为了暂时的实际考量而妥协,于文学而言,这是生活与艺术的双重未完成。

但至今赵树理仍有相当的可读性，所以者何？已有许多答案，比如，他能够用非常俚俗的口语把俗白的故事讲得有趣；他的趣味贴近大众但还俗而不庸；他的小说主题显性上是意识形态化的，但若聚焦于他的落后、坏、恶的人物身上，你会发现赵树理写出了一个近乎原生态真实而自然的民间社会；他的审美也是中国传统或民间的，它经历了历史时空的淘洗，具有相对稳定的超越性，它与最普遍的人性相通，包括那些我们用理性反刍时让我们自己都要哑然失笑的可鄙、可叹、可笑、可怜的趣味、恶习、邪恶。赵树理自有他的隐形的现实主义。他的现实主义最集中地表现在他笔下的那些庸人、坏人、恶人身上。

《小二黑结婚》中最有神采的人物是二诸葛、三仙姑，甚至金旺、兴旺也要比小二黑、小芹更能引起我们的兴味。有一个古今共通的现象，我们在虚拟的艺术世界里常常显露出我们最真实的嗜好；我们并不如自己想象得那样好。

《女人花》：身体是拿来用的

　　李安修的《女人花》是我最喜欢的歌之一。调子幽怨，词句
戳心，可芯子里是平和的生命欢乐颂。

　　唯物地看，我们的生命和这世上所有的存在一样，是造化之
物。兽分雌雄，人分男女。所有的生命皆有性灵，只不过人更高
级；其他生灵可能只有本能的真，而人用后天之力还创造了善和美
的境界。虽然，人的文明世界并不都比野蛮的世界安宁；很多时候
还更野蛮，包括对自己的同类。女人的眼泪就多是为不堪的男人
而流。

　　《女人花》并不是唱给天下所有女人的，当然，也不是所有的
男人，艺术从来都是精致而小众；但自作多情的幻相可以让所有愿
意的人沉醉其中。这么说吧，在尘世间做梦，苦且难；人类便机巧
地为自己痛苦的心灵建造了一个避难所，门楣上题款曰"艺术"。
弗洛伊德言，艺术是白日梦，是欲望的升华。人间不平等；梦与欲
望平等。

　　《女人花》描摹了女人眼中外在的生活形态，更说了女人生命
卑微的愿望。张爱玲也曾对胡兰成说自己的体会："她"低下去、
低下去，低到尘埃里；然而心是欢喜的，从尘埃里开出花来。不同
的是，那时的张爱玲自以为只是自重下的放低身段，并不悲凉；
《女人花》却是楚楚可怜的祈愿。如果用心，男人和女人对这首歌
品到的滋味一定是不同的。作为一个尊重女人的男子，我能体会里

面那淡淡的忧伤。

但我更想说这是一首热爱生命的歌。"热爱"看起来是个姿态热烈的词；但真正懂得热爱的人一定先懂得忧伤。杰克·伦敦《热爱生命》里的爱不止痛苦，还有恐惧、麻木甚至理性着疯狂。李安修很懂女人，和西门·波娃、张爱玲一样地懂。虽为女人，而且是智慧、自立的女人，西门·波娃仍不回避地确认："第二性：女人"，当然，她没忘了加个注释：女人的第二性并不是天生的，而是后天由男人主宰的现实造就的。西门·波娃其实很女权，《第二性：女人》在西方就被称为女性解放的圣经。小说传奇中的东方女性张爱玲则是疲乏的，毕竟，我们的历史太沉重了。介于东西方间的李安修呢，是淡淡的、隐忍的，和张爱玲一样的则是：不谈玄，呈现真实。《女人花》是女人的对镜自视、内心自诉。女人如花，美；如花的女人渴望爱，爱是她们的性命；可是，爱啊，让女人渴念又受伤！

《女人花》触动我的不只是它写出了人间真爱的面相，更让我动容的是那含着幽怨抒发出来的直白自陈："含苞待放意幽幽，朝朝与暮暮，我切切地等候，有心的人来入梦"；"花香满枝头，谁来真心寻芳踪，花开不多时啊，堪折直须折，女人如花花似梦"。温柔、甜美、牺牲。无奈、幽怨、荒凉。但绝不是献媚、软弱、糊涂。与男人相比，在生命的性灵深处，女人更自然、诚恳，甚至我还想说，更哲学。撇开男人整天挂在嘴上的假道学来想一想吧！"花开不多时啊，堪折直须折"不是最直逼真相的表达？人生苦且短，行乐当及时，那些虚张声势的所谓的仁义道德显得多么虚伪无诚。我们充满欲望的身体是拿来用的，它不是上帝祭台上的祭品。《女人花》哀怨、忧伤、绝望，却也温柔、温情、温暖。没有来世啊！一切只在此生中完成！也只在此生中铭记！

奥尼尔《大神勃朗》中的"地母"自言自语："生孩子有什么用？有什么用，生出死亡来？""春天总是回来了，带着生命！总是，总是，永远又来了！——又是春天！——又是生命！——又是春天带着不能忍受的生命之杯，带着那光荣燃烧的生命的皇冠！"她站着，像大地的偶像，眼睛凝视着莽莽乾坤。"天何言哉？四时行焉！百物生焉！天何言哉？"我们是造化之物，只有接受造化之馈赠。活着已很好，抒情也很好！

附 录

海明威：太阳照常升起

　　没读海明威时，先读了他的《太阳照常升起》。在所谓的文学史上，它被称为"迷惘的一代"的代表作。我从来都讨厌概括，可是如此说这本书，我认。迷惘！这书本该这个名字的。但从修辞看，当然还是现在的这个好，"太阳照常升起"，多美的意象啊；可我读完小说，总觉得海明威传达的是它的另一面，和中国阿Q的"二十年后又是一条好汉"有一拼，只是姿态没那么张扬而已。面上的洒脱藏着骨里的无奈，那就干脆真的好似心如止水、该谁谁地无赖一回！就像骑车大撒把，过把瘾就死，死就死得漂亮些。

　　小说跟着杰克走；杰克后面跟着勃莱特；勃莱特后面跟着一帮形形色色男人。杰克是个美国人，受雇于一家美国杂志社驻守法国巴黎写有关欧洲的通稿。记者和欧洲通稿不过是个符号。小说的时间背景是二战之后，这个被虚化的背景可不是虚设，必得非常瓷实地触摸你才能体会这部小说的神经。所谓"迷惘的一代"所以迷惘正赖二战所赐，二战的残酷摧毁了现代人类的自信。而海明威自己亲历过一战，在他中学毕业前夕，第一次世界大战爆发。1918年，海明威加入美国红十字会战地服务队，以志愿救护队司机的身份远赴欧洲，投身意大利前线。海明威是个勇敢者，其间，他身负重伤，身上中了许多弹片。这个抱负"正义"之名倾情投入的青年，在残酷、具象的战争面前对"正义"之词产生了眩晕。海明威不仅成了"硬汉"，战争经历也成了他后来小说的重要素材，

《永别了，武器!》《丧钟为谁而鸣》都是直接表现。《太阳照常升起》中虽没有战争，战争的记忆则像幽灵不时从人们心灵的上空掠过。

小说中的杰克们差不多都过着放浪形骸行尸走肉一般的生活，整天沉湎在酒吧、咖啡店、饭馆，过着"食色性也"的人生。小说的女主人公勃莱特是个年近三十颇有姿色有着贵族血统的女子，她和杰克是相爱的恋人，却因杰克在战争中受伤带来的生理残缺让他们的爱情蒙上了无法抹去的阴影。勃莱特借酒浇愁、和浪荡子迈克尔结婚、和无感的男人科恩玩一夜情、和老公爵玩情感游戏，杰克痛苦得无法自拔却只能听之任之。勃莱特先撑不住了，她终于向杰克告白："我们别在一起了。""为什么?""因为再这样下去，你会受不了的。""我不一直这么受着吗?""我一遇见我喜欢的男子就忍不住要和他胡搞，你会受不了的。我对自己没有办法啊!""我不一直受着吗?""你受得了，我受不了啦!"后来，勃莱特和杰克、迈克尔一道去西班牙看斗牛，勃莱特又对 19 岁的斗牛士罗梅罗一见钟情，二人私奔。小说最后结束在勃莱特因沮丧和不忍再毁了一个有前途的年轻人而再次向杰克求救、杰克接勃莱特回到巴黎结束。在巴黎入夜后昏暗街道上的一辆马车里，勃莱特靠在杰克的肩上，口里喃喃自语："杰克! 杰克! 我好痛苦啊!"杰克揽过勃莱特的肩膀，说："这样不也挺好的吗?"

勃莱特面对自己有感的男人时就像中国人说的"花痴"。她和杰克说的"我就是管不住自己。我多痛苦啊!"深深触动了我。她至少诚恳。写《瓦尔登湖》的梭罗曾感慨：正是无诚、偏见蒙住了人们本该看见真实的眼睛。人之无诚源于自私、恐惧，它们让人虚伪。稍荡开一笔，中国字的"六书"造法很了不起，你就看这个"伪"字，源于"人为"。豁然开朗，一切"伪"乃源于"人为"，所以呢，古圣贤才唠唠叨叨倡导"师法自然、师法造化"啊! 如何师法? 当然先要虔诚、恭敬地接受自然造化，而不是一上来就对造化自然说三道四。人面对存在，最自然的行为首先应是：凝听、注视、触摸。在这方面，人类中的艺术家做得最好。最好的艺术做的只是"呈现"，呈现得越深入、具体、完整、自然越好。

若依一般道德家的立场，勃莱特必是"坏女人"无疑，海明威刻画她无一丝一毫之主观立场（自私）评判。小说中的勃莱特颓废、感伤、放荡，却难掩优雅、迷人。杰克并没用自己的"德"去代替自己的"心"。说句绝断的话，用德来论他人的人其实真自私，诚实的德本应内视。庸人之德还有一个最矫情的地方就是把教条包裹的嫉妒还真的当成正义了，而且再一转，还真觉得自己就是正义的化身了。三转两转他倒不把自己转晕，反而越发满血，更意气风发地成为卫道战士了。还得张爱玲来戳破。举女人为例，她说，女人通常被分成好女人、坏女人。通常好女人瞧不起坏女人，可是，若有机会让好女人去做坏女人，没有一个所谓的好女人不跃跃欲试的。当年曹禺的《雷雨》发表、搬上舞台后，一天他的一个好朋友兴致勃勃地来找他，对他说："家宝，我看了你的《雷雨》，我爱上了你写的繁漪。"他接着说了一句于艺术与人生都很精彩的话："她的好，就在于她的不好！"这个朋友真是艺术家曹禺的知己：艺术关注的是个人的生命世界；在个人的生命愿景里才藏着我们最真实的渴望。繁漪、勃莱特是我们生命的影子。

《当代英雄》：皮却林是怎样的英雄

　　《当代英雄》是我大学时代最为沉醉的一本书，以至于我在做了教书匠之后，已记不清有多少次把它推荐给我的学生了。有些学生读了，还有个别的学生读了之后来与我交流。大多是两种情况：一种是直言看不懂，因此来询问；一种是有模糊感受，当想说出来时却发现无从说起。其实也就和第一种相类似。我以前只是读，觉得心醉，自以为懂，但没说过。我能说出来吗？

　　《当代英雄》是莱蒙托夫唯一的一部小说，不像普希金，有很多精彩的小说留了下来；也是在大学，我读了不少普希金的小说，觉得比他的诗还要好。可能我缺乏诗意吧。同样地，我也觉得《当代英雄》才是莱蒙托夫最重要的作品。用莱蒙托夫的人生来对照小说中的主人公皮却林，我的直觉告诉我，皮却林与莱蒙托夫没有距离。莱蒙托夫只活了 27 岁；小说中的皮却林也很厌世。在小说前短短的序言中，莱蒙托夫毫不犹豫地称皮却林为"当代英雄"，而且不容置疑。很显然，莱蒙托夫对英雄别有所解。他怎么解？为何要这样解呢？

　　皮却林出身贵族，是沙皇军队中服现役的青年军官，生活悠游自在，但他却觉得浑身的不自在。于是他四处旅行，唯有在高加索山脉、俄罗斯大草原的广阔怀抱中他能暂离烦恼。但是一近人世，那倦怠感便铺天盖地而来。他只觉得生命全是烦闷，也不知道解药在哪里。万般无奈之下，皮却林就把自己投入寻欢作乐中去。有人这么理解：这帮贵族青年所以觉得生活烦恼，乃是因为他们生活在一个专制独裁的沙皇时代。自普希金的《叶甫盖尼·奥涅金》开始，包括《当代英雄》还有屠格涅夫的《罗亭》《贵族之家》《父与子》等等，俄国文学进入了"多余人"的时代。啥是"多余人"？就是人与社会脱节了。主导方是谁呢？是这帮贵族青年自己。理由当然是不喜欢这个时代了。问题是，这真是所谓时代的原因吗？从社会阶层论，他们和沙皇是一伙的，如果抱怨社会，也不该是他们啊。当然，作为社会精英，他们可以有更高的理想。可是，第一，沙皇及其代表的社会并不是他们理想的绊脚石；第二，从他们身上只看见他们烦这烦那，也没看见他们如何为理想有何确实的行动。普希金当年不是因为女人争风吃醋而丢了性命的吗？莱蒙托夫和他的皮却林也好不到哪去。一边自在地活着，一边喊着烦闷，自在是不是烦闷的原因呢？我怀疑社会学的分析找错了方向。

　　大学时代，我沉醉于《当代英雄》的世界，和历史、时代无关，和生命相关。是小说的故事，故事里的情绪、体会、认知在触动我。莱蒙托夫指皮却林就是当代英雄，唯有一点，即，他是忠于自己、承当自己的英雄。是探究生命真相的英雄。皮却林是哲学英雄。大学时代，我读普希金、别林斯基、莱蒙托夫、屠格涅夫、涅克拉索夫、车尔尼雪夫斯基、杜勃罗留波夫斯基、冈察洛夫……沙皇只是一个淡远的背景。我更多体会的是他们关于生命本身的描绘。在这其中，《当代英雄》与我共鸣最多。那是沉醉的阅读！这才是真正残酷青春的书，《当代英雄》呈现了一种生命时态：厌倦。

　　厌倦是青春生命的必然，而且猛烈。触媒无处不在。客观上因缺憾：出身、样貌、机遇都是；主观上因贪婪：永不满足，厌倦其实源自激情——欲望或理想的代名词，凡人烦人的厌倦不过如此。可是普希金莱蒙托夫们到底与众不同。《当代英雄》里的皮却林锦衣玉食，却愁眉不展。他的愁苦是生命的愁苦。分水岭出来了。凡人追求的是生活，英雄追问的是生命。正是在此意义上，莱蒙托夫不管不顾世俗道德，坚定地把自己的皮却林称为"当代英雄"。问题出在内心，他觉得无聊，没有寄托。越过生活，直抵生命，这问题就会出现。皮却林却满怀激情地和自己体内的激情、厌倦、虚无开战，类似于加缪的"西西弗斯"，可是，皮却林没有了加缪的"激情、正义、反抗"。他的激情已被激情本身耗散。他找人打赌，别人拿黄金，他以命相搏；他发狂痴迷地爱上了绝色美人，然而，不久，厌倦还是如期来临。美人最后死于爱情的忧郁，皮却林却说自己比美人还要悲惨，美人毕竟死于自己献身的爱情，而自己连献身的对象都找不到。作为"当代英雄"，皮却林（莱蒙托夫）重提了莎士比亚的"是生还是死"，后来加缪在《西绪弗斯神话》里又对此作了回应："判断人值得生存与否，就是回答哲学的基本问题。"可是在莱蒙托夫的时代，无人与他共鸣；他是孤独的当代英雄。

陀思妥耶夫斯基：伟大的罪犯

如果我和陀思妥耶夫斯基比邻而居，我一定不会认为身边住着一个天才，而是一个疯子。在太近的距离，他不仅让我恐惧，可能还很嫌恶。但是，在相当的时空之外，借助他的文字来注视他，却又是别样情景。欣赏这样一个人，需要适当的距离。这个被鲁迅称为"人类灵魂的拷问者""伟大的罪犯"的人，自从我读大学在书本里与他相遇，他给我带来的震颤至今仍在我内心回响。

他是被流放西伯利亚的苦役犯。他酗酒、恋童、虐妻。他的眼神虽温和深邃，但也阴冷灰暗。他的形体甚至也如黑色的幽灵周身散发着叫人惊悚的气息。他是病人，癫痫病患者。这疾病在他身上也像一个隐喻。

他著作等身，却是我唯一不乐意称他为作家的人，他实在是一个用文学来探寻人类心灵的探险家。同样高傲、病态的天才尼采说，陀思妥耶夫斯基是唯一一个在心理学上能给他惊吓的人。

陀思妥耶夫斯基是个深渊，一个关于人的深渊。他既是这个深渊的呈现者，又是这个深渊的探险家。他性格复杂、心理深邃、性格暴躁。他既是罪犯，又是圣贤，邪恶与温柔聚于一身。如果真有上帝，我相信他是被上帝挑中的另一个使者：启示邪恶。他的书是他自己的见证，同时也是人类的见证，他是描写人类精神的痉挛处于最高点和最低点时的变态心理和病理的最为杰出的小说家。在他之前，人类中还没有其他任何一个分子在勇气和洞察力方面达到他的高度和深度。列夫·托尔斯泰也曾非常厌恶他的喜怒无常，称他是"病态的平庸的人"。可到了晚年，《卡拉马佐夫兄弟》却成了托尔斯泰床边的书，被一读再读。

读陀思妥耶夫斯基，只有艾米丽·勃郎特的《呼啸山庄》给我类似体验：读小说好像在经历苦刑。陀思妥耶夫斯基让我们面对自己非理性的一面，人是恶魔似的动物。《罪与罚》中的大学生拉斯科尔尼科夫是个理性的杀人者，饥饿和孤独使他从自己的理性内部在尼采之前就已编制出了一套尼采式的超人的理论，这个超人借助于自己不寻常的勇敢和力量远远地超过了所有一般的道德规范。为了检验他的理论，他杀死了放高利贷的老妇人。只是他没想到他是承当不起这个罪过的，犯罪的内疚使他崩溃了。他开始时也没明白，他杀人，更深的造因是出于缺乏安全感和软弱，而不是强有力。他以为杀人可以证明他的强有力，结果事实恰恰相反。在貌似理性的求证中，陀思妥耶夫斯基却指证了人根本是非理性的存在。

陀思妥耶夫斯基通过小说向世人大声疾呼：在一个理性的乌托邦里，人可能死于厌倦；要不然，他就会因出于极端需要逃避这种厌倦而开始在他的邻居身上扎上大头针。没有任何原因，只不过是表明他有这种自由。那些向往美好社会组织的启蒙家们所忽视的事实，陀思妥耶夫斯基用他小说家的眼睛看得十分清楚，人类社会不能被构造成齿轮环环相扣、一切均按设计运转样的机器，否则，人总有一天会起来捣毁它。后来英国的奥威尔在20世纪50年代的《一九八四》中对此又做了经典的阐述。而人类自身的历史已不知多少次轮回式地印证过了这些伟大小说家们的发现。

巨大的托尔斯泰

　　形容列夫·托尔斯泰最好以山作喻，他的巨大不是一峰独秀，而是连绵起伏，总体看，雄浑壮丽；单个看，气象万千。就像喜马拉雅山脉，也许《战争与和平》是他的珠穆朗玛，《复活》《安娜·卡列尼娜》等等则是洛子峰、卓穷峰、马卡鲁峰仍可与之比肩而立。甚至他的《木木》《月光奏鸣曲》《伊凡·伊里奇之死》这样的短制都有汪洋恣肆之势。托尔斯泰就是这样的一种巨大、坦然、无敌。其他人在，托尔斯泰就像如来佛拈指含笑，孙悟空们腾云驾雾，却还在他的掌心之中。总之，概括他很难，除了比喻，只好描述，但也许只有感叹才最真实。有一点类似于李白当年面对蜀道的感受："噫吁嚱！"

　　不单是作为小说家更是作为一个人，托尔斯泰的目标是"不断直面生活"。人的真理就是不断直面生活。而且托尔斯泰认为这个真理是不可能从理智那里得到的，托尔斯泰说自己所追求的真理是用整个生命获得的。

　　托尔斯泰小说中的人生自然、丰富地铺开，一点也不像经过作家的渲染和编造。托尔斯泰依据小说向人们讲述的生活真理从来都不是抽象的。在他的广阔的小说世界里，人们出生、恋爱、结婚、吃苦，朝着死亡走去。但在这逐渐展现的全景画中央，总是有个人物，那就是托尔斯泰的使者，精神的旗手。这个旗手的故事夹杂在其他自然发展中，总是一个寻求真理的故事——寻求他自己的真理

254

以及生命本身的真理；在《安娜·卡列尼娜》中是列文；在《战争与和平》里是皮埃尔，在《复活》里是聂赫留多夫。

对"死"的体验、沉思是最重要的分界点。不管是谁，要完全直面生活，就必须直面死亡。托尔斯泰的《伊凡·伊里奇之死》可能是所有文学里说明何谓直面死亡最有影响的一部著作。一个个体生命只有在意识到"有一天我会死去"时，才回归到了与外界完全隔绝的自我中来。高尔基在《回忆托尔斯泰》里讲述道：托尔斯泰步履稳健，日光浴把他晒得像只蜥蜴。可是有一天，他对高尔基说："如果一个人学会了思考，不管他思考的是什么，他总会想到他自己的死亡的。一切哲学家也都是这样。如果存在着死亡的问题，那还会有什么真理可言呢?"《我的自白》是托尔斯泰讲述自己中年时期精神危机的书。自己本来是一个快乐的人，家庭财产名誉均有，体力健壮，精力充沛。然而，忽然意识到了死的存在，立即觉得脚底下一下子就裂开了一个万丈深渊。托尔斯泰陷入了绝望，他冥思苦想，试图通过科学和哲学从这个咧着大嘴的深渊里找出让自己心安的答案。可是理性面对死亡是拿不出答案的。古往今来的一切圣贤所告诉人们的不过是：在死的面前生命就失去了意义，而且成了邪恶。

与此同时，千百万普通百姓对圣贤的思想一无所知，而他们却照样生活，生儿育女，传宗接代。托尔斯泰说，生命如果有任何意义，就只能在普通百姓身上找到，而不是在这个种族中的伟大智者身上找到。不管生命有什么重要的意义，它一定不是理性的。无知的农民其实较之彼得堡饱学的文人学士更聪明。

可是，这就是托尔斯泰的真理答案? 如果是，一定也是无奈的。

米兰·昆德拉：生命中不能承受之轻

读到米兰·昆德拉的《生命中不能承受之轻》，内心有一份久违的喜悦，很像多年前读到加缪的《局外人》时拥有的体验。这种不重情节，在意生命体验、沉思的小说很对我的胃口。多年前，看见我如痴如醉地读《局外人》，我的一位同事表示极端的不理解，在他看来，《局外人》枯燥至极很难卒读。同事的反应使我明白，人间的生命在结构上是如此不同。

有一次和一帮人聚餐，座中一位女孩问我如何理解《生命中不能承受之轻》文题的命意，我随口答道：不能承受，是因为有过真切体验并善于反省的人明白，很多时候，生命中的轻飘飘的"轻"比"重"还要重，所以难以承受。听了我的解释，那位女孩竟然当众流泪了。至今我也不知我的解释触到了她怎样的痛处，当然也可能不是痛而是喜也未可知。

读米兰这部小说的过程始终伴随着我主观的心理体验，在托马斯和萨宾娜这两位男女主人公身上我都产生了很深的认同感。宽泛说，他们都算得上是知识阶级，他们的生命状态是：不仅存在，而且要对自己的存在进行审视、反思。为何要把这种看起来像生命的苦刑加诸生命之上呢？这是因为托马斯与萨宾娜都不愿自己的存在处在晦暗不明之中；而且他们都不能承受因生命失去重力而轻飘飘随意漂浮没有方向的状态，也许这世上本来就没有什么方向，但对于他们两人说来，即便没有方向，他们也要从中找出方向，也许到头还是徒劳，但让他们更在意的是寻找的过程。更真切地说，是叛逆的过程。

　　一个人最深的本性可以从他选择的生活方式中体现出来。对于托马斯和萨宾娜来说，职业不过是最肤浅的外部特征符号，面对生命具体事务所表现出来的立场才是更本质的。他们是叛逆者。托马斯曾经是一个社会主义体制下著名的外科医生，他虽不像萨宾娜那样自我标榜，但作为一个热爱思想并从思想中获知真理的人，他后来命定地成了一个流落西方的流亡者。托马斯在西方世界的生活从表面形态看，像一个登徒子，他乐此不疲地以猎艳来填充也是损耗着自己的生命，但实际他是一个存在主义者，他把猎艳上升到了自我存在使命的高度：猎艳使他介入存在并显示自我。他在一个一个女人身上勘探她们独特的存在，并打上只属于托马斯的标记。他在女性的王国里恣意尽情漫游，享受身体的快感。但他对性爱事件的反思又使他的生活非同凡响。萨宾娜是一个年近三十美丽性感的画家，她不仅有令人散魂失魄的身体，而且长了一颗特别有主见的脑袋，意志的坚定更是少有人比。她在尘世间是个无往不胜的女王；在内心深处面对存在，她却是个绝望的失败者。愤怒和强悍意志的联姻让她祭出了叛逆的旗帜。她叛逆一切，包括叛逆"叛逆"本身。最终她发现自己叛逆的已无可叛逆，最后的绝望浮上心头，她离开古老的欧洲去到处处都是"喧哗与骚动"的美国消耗自己最后的肉体生命。

　　托马斯和萨宾娜的叛逆并没带来最后的胜利，生命还是沉入永恒的黑暗虚无。但正如海明威所言：人可以被打败，不可以被战胜。在命定的失败面前，人的激情和勇气宣告了自己的正义。

我的马尔克斯的碎片化阅读

这世上不是每一天而是每一秒都有人死去。有的人去得无声无息，有的注定惊天动地。对于终去者其实不算什么，存活者因为距离远近感情短长感觉则成迥异。2014 年 4 月 17 日，是又一个惊天动地：加西亚·马尔克斯与这个世界挥别了。

87 岁，我在心里默念着。于一个个体生命，这不算短。虽然30 年来我也几乎没有想起过他，但，现在，我还是觉到了些些疼痛。不仅是因为又一个生命的衰亡，而且因为这是一个 30 年前让我受过惊吓的人。1967 年，我刚来到这个世界不久，他写出了《百年孤独》；1982 年，他获得诺贝尔奖，一年后我上大学，读汉语言文学系。再后来，我读他的汉译本《百年孤独》。

"多年以后，奥雷连诺上校站在行刑队面前，准会想起父亲带他去参观冰块的那个遥远的下午。"这就是惊吓的开始，那时我但愿自己是个白痴。可我二十出头了，我明白"过去"可以借助记忆向"现在"走来，可是从"未来"回忆"过去"真的把我弄懵了。没多久，那个"参观冰块的那个遥远的下午"也来到了我的眼前："奥雷连诺却大胆地弯下腰去，将手放在冰上，可是立即缩回手来。'这东西热得烫手！'他吓得叫了一声。"我当时也吓得惊叫了一声。在我自己的惊叫声中，一个世界在我眼前打开了。在此之前，我从没能把"冰块"和"热得烫手"连在一起。后来惊吓越来越密，包括血从厨房流到堂屋流到街上一直流到流血者亲人几公里外的家里，还有死进入亲人的梦里……连续不断的惊吓一直持续到马孔多被龙卷风卷得无影无踪的那个最后终结。我就是在惊吓中读完了《百年孤独》。我读明白了么？谁知道。我只知道我受到了强烈的刻骨铭心的惊吓。

后来又看见《百年孤独》和"魔幻现实主义"连在了一起。我又往另一个方向转，真的是魔幻，当然是魔幻。不然我不是活见鬼？不然我的经验、我的知识、我的科学如何与马尔克斯面对？马尔克斯还真是别扭，在记者采访他的《番石榴飘香》采访记里，面对着"魔幻现实主义"的提问，马尔克斯毫不犹疑斩钉截铁地说：没有魔幻。我只是诚恳地写实。我写的就是拉丁美洲真实的历史。当年的我真的要崩溃。如果我相信马尔克斯，这几乎意味着我要重新调整自己生命的结构。我纠结着，持续了相当长的时间。我无法漠视《百年孤独》给我的惊吓，我又拼命强迫自己往马尔克斯的方向转：这个写出让我受到惊吓小说的人为何要这么说？一刹那间，仿佛天启，我真的相信马尔克斯没说假话。这是真的，马尔克斯为我开辟了一个新世界。

30年后的今天，我当然更看清了自己，我至今也没完全读懂《百年孤独》，当初，与其说明白，不如说是愿意相信。在我还没能看清一个完整世界的时候，借助马尔克斯的目光，我至少看见了巨大深邃存在的一部分，而且是我从未能够意识的一部分，这真的像年幼时，自己的小手攥在爸爸的手中被引领着朝前走，你虽不知道走去的方向，但你相信引领你的这个人。今天，我甚至还看见了我碎片化阅读马尔克斯的隐喻：一个孤独存在的个体正是以自己类似碎片化的方式去拥抱自以为在自己怀抱中完整的存在的吧。

谨以此私人的方式纪念孤独的马尔克斯！

《洛丽塔》：写给『小妖精』的书

大学时，读纳博科夫《洛丽塔》，肝肠寸断。不过一个中年男子与未成年少女的不伦之恋，为何让我一个青涩少年如此不堪重负？

亨伯特年过中年，在大学教授法文。自从年幼时的初恋女孩死去后，心中总藏着一个温柔而猥亵的梦魇，那些十几岁的青春少女对他有着不可抗拒魔法般的吸引力。这个隐秘的欲望，驱使他用颤抖的灵魂呼唤着那些肤浅狂躁的精灵们。一次偶然的机缘，他成了夏洛特的房客。他疯狂地爱上了夏洛特年仅 14 岁的女儿——洛丽塔。而夏洛特也看中了亨伯特，一心要为自己和女儿找个依靠。为了心中的精灵——洛丽塔，亨伯特违心地娶了夏洛特。再后来夏洛特从日记里发现了亨伯特对洛丽塔的迷恋。激愤的夏洛特冲出家门，却遇车祸身亡。亨伯特于是带着洛丽塔开始了一段美国高速公路上到处逃窜的乱伦爱情……直到狂躁的洛丽塔开始厌倦最终离开了他。失去了生命中精灵的亨伯特在绝望与悲哀中杀死了当初拐走洛丽塔的男人——克拉尔·昆宁。

《洛丽塔》虽说不乏性描写，但它既没有劳伦斯《查泰莱夫人的情人》里的那种细腻撩人的感官快感，也没有乔伊斯《尤利西斯》里的那种满不在乎的猥亵。那到底是什么让我沉溺不拔？在小说里，亨伯特称洛丽塔为小妖精。虽然纳博科夫给了亨伯特一个理由：为幼时初恋的失败，好像从此要偿还天下女孩一笔情债似的。

其实这只是障眼法，否则无法解释：当年被视为淫书如今为何反被视为经典；亨伯特的个案为何会让当时对爱情还朦胧模糊的我寸断肝肠？本质上，《洛丽塔》是一本男人写给"小妖精"的书：男人难逃对少女的迷恋。更不要说，像洛丽塔这样媚到惊人心、有着天使一般容颜又精灵古怪的女孩了。书中的亨伯特对洛丽塔抱着淫荡邪恶的欲望，又怀着呵护天使一般的虔诚，这种矛盾的混乱几乎要使他崩溃癫狂。在夏洛特死之前，亨伯特已开始谋划如何才能制造一起不露痕迹的意外死亡，这样，他就可以独享洛丽塔。而当洛丽塔终于不堪忍受他的"温柔的专制"弃他而去时，亨伯特陷入了完全失去秩序的癫狂，他发了疯般地寻找，脑子里幻象丛生，不停地用好的欺骗自己，用坏的折磨自己。所有的一切都被他汹涌的欲望燃烧着，完全没有知识分子该有的理性。他只是燃烧自己的欲望，又被自己的欲望燃烧。最后，陷于困境的天使向他求救，他才又见到了自己温柔、邪恶爱着的无邪、惊人美丽的洛丽塔，而此时的洛丽塔已身怀六甲。"我的洛丽塔！我的洛丽塔！！"我至今清楚记得书中亨伯特那撕心裂肺的呐喊以及那长到不能再长的内心独白。

而今，当年青涩的小伙也已是小腹便便的中年男。"妖精不好。小妖精好。我的小妖精最好。我的小妖精不是我的。"这是我不久前的《读夜有感》，换成《爱情》也无不可。其实世上的爱情大多如此。如果你坐在黑暗处面对着明亮的银幕，和那个大学教授一起第一次看见侧躺在花园草皮上明媚到惊人心的小妖精洛丽塔，我想你也不仅会相信真有天使，而且这天使已降临人间。只是这人间未必与你有关。我猜想这正是纳博科夫写下《洛丽塔》的真实原因。从《红楼梦》到《洛丽塔》，到《英儿》（顾城），再到《十八岁给我一个姑娘》（冯唐），人间的忧伤绵延不断。

参考书目

[1] 梁实秋. 梁实秋怀人丛录 [M]. 北京：中国广播电视出版社，1991.

[2] 夏志清. 中国现代小说史 [M]. 上海：复旦大学出版社，2005.

[3] 端木赐香. 悲咒如斯：萧红和她的时代 [M]. 北京：东方出版社，2018.

[4] 端木赐香. 小手术：解剖鲁迅与许广平的精神世界 [M]. 北京：中国发展出版社，2015.

[5] 毕飞宇. 小说课 [M]. 北京：人民文学出版社，2017.

[6] 林语堂. 生活的艺术 [M]. 南京：江苏人民出版社，2014.

[7] 王德威. 现代中国小说十讲 [M]. 上海：复旦大学出版社，2003.

[8] 李洁非. 文学史微观察 [M]. 北京：三联书店，2014.

[9] 蓝棣之. 现代文学经典：症候式分析 [M]. 北京：清华大学出版社，1998.

[10] 张中行. 顺生论 [M]. 北京：中华书局，2012.

[11] 刘小枫. 沉重的肉身 [M]. 上海：上海人民出版社，1999.

[12] 陈源. 西滢闲话 [M]. 上海：上海书店，1928.

[13] 木心. 即兴判断 [M]. 桂林：广西师范大学出版社，2006.

[14] 伊娃·易洛思. 爱，为什么痛？ [M]. 上海：华东师范大学出版社，2015.

[15] 万·梅特尔·阿米斯. 小说美学 [M]. 北京：北京燕山出版社，1987.

[16] 克莱夫·贝尔. 艺术 [M]. 中国文艺联合出版公司，1984.

[17] 莎丽·海特. 海特性学报告 [M]. 西安：未来出版社，1998.

[18] 渡边淳一. 男人这东西 [M]. 北京：作家出版社，2010.

[19] 罗兰·巴特. 恋人絮语 [M]. 上海：上海人民出版社，1988.

[20] 米歇尔·福柯. 知识考古学 [M]. 北京：三联书店，1998.

后　记

　　不管之前，还是之后，这都是我最想写的一本书。2015年，写《立在经典岸边》时，我心里曾想着，这就是我最想的一本，也是必需的一本。到临了，在那本的《后记》，我也曾说："于我，或迟或早，会有这样的一本小书的，我指的是它的风格。"但那本内容上最后终于有部分文不对题，不够纯粹，虽然是有意为之，还是不免有些遗憾。心里就又想着，还得有一本，不然不甘心。

　　现在，就有了这一本。或许，以后，我重新面对它还是会有遗憾的吧！但毕竟与上一次的不同了：这回，我完全就是要这样写的。残缺一定有，这是我的能力有限，不是心愿。

　　腹稿很久了。写它，就这暑期的两个月；居然写成了。还是有点辛苦的，每天一早爬起来，牙不刷，脸不洗，一下就扎进书房里，坐下来，开始噼里啪啦敲键盘。每晚临睡前，通常在子夜过后的1点至2点间，躺在床上总会想想，明天一早又要和谁邂逅了呢？和他或她会有怎样的对话？通常会在纠结中朦胧地睡去。除了日常的吃喝拉撒和一点睡，加上偶尔的俗务和朋友的应酬，这两个月基本都交给它了。

　　虽然累，脑子和身子，尤其右胳膊和屁股；但还是愉快的。偶有沮丧时，就叮嘱自己：想想写完后的那点小美好呢。如果还不行，又对自己交心：想想不写完的焦躁、牵挂，嗯！如何？知道自己是个拿得起放不下的人吧？那就赶快写完它呗！人说，不怕贼偷，就怕贼惦记；你现在由己及人，也该明白了吧，人家贼惦记着也够累的。一了百了，没牵挂，就自在了。

　　现在终于自在了。可立即想，真的自在了？不敢接着这个想，也没有勇气往回翻它。我知道，只要一翻，定有不满。试过好几回了，没有落空过。写，对我这个拙人，真不容易。昨晚与一个友人聊天，他还问我，你说张爱玲有啥了不起的？我认为很多女人都可以成为她，至少有这个潜质。这个朋友很有天分，眼眶极高，一般人难入他的法眼。他如此说张爱玲我一点不奇怪。他认为张氏很平常，写的都是庸常的东西，没思想。我说了我的意思：有无思想且放一边，以后再论。单只一条，我甘拜下风，即，张氏说，凡她见过的、摸过的、嗅过的、听过的，没有她写不出来的。她一点没夸大。她不仅写得出，而且是大好。她不仅能写出她看见的存在，还能带出那情境的氛围和人的情绪。她写了，你啧啧称奇；她不写，那些就在黑暗中沉睡。你不觉得她很厉害吗？我还给友人举了鲁迅、周作人、沈从文、卡夫卡、列夫·托尔斯泰甚至冯唐等等的例子。其实，我就是想为自己写得不好找个托词：这些大家伙们都泄气，何况我乎？

　　表达真的很难；我也特别在乎，虽然能力有限。一本书，拿在手中，要不要读下去，我判断的第一标准就是他的句子。相对我的气性来说，我更喜欢用简淡之笔写素常人情的书。张爱玲、汪曾祺甚至萧红这个作女都为我喜欢，原因于此。古时的，我喜欢宋明笔记小品之类，文字淡，有真情，有深情。手边正巧有张岱《陶庵梦忆》里的一段："余生不辰，阔别西湖二十八载，然西湖无日不入吾梦中，而梦中之西湖，实未尝一日别余也。前甲午、丁酉两至西湖，如涌金门商氏之楼外楼，祁氏之偶居，钱氏、余氏之别墅，及余家之寄园，一带湖庄，仅存瓦砾，则是余梦中所有者，反为西湖所无。及至断桥一望，凡昔日之弱柳夭桃，歌楼舞榭，如洪水淹没，百不存一矣。余及急急走避，谓余为西湖而来，今所见若此，反不如保我梦中之西湖得安全无恙也。"张岱写《陶庵梦忆》的时候，到底是什么心情？我连想都不敢想。读读现代八股，恶心一下自己或许能暂时忘一下张岱的彻痛。如"读一册书，兼游西湖。走走停停，短歌微吟。找寻着，一个梦境里最完美的皈依，同时也在行走吟哦里返还到最本原的自己"。还有："今晚的月光特别清，这时候煮一壶茶，展卷细读，我的心仿佛也溶进那几百年前的杭州去了，多么典雅优美，令人神往啊！"怎么就这么恶心！好好的真话有些人就居然能说出假话的味道来，不服不行。

　　我每每耿耿于怀这世界平常心的缺乏，人是越来越厉害，搞不懂的怎么也越来越"端"着了。出于这种境况下的逆反，写作，我越来越不能容忍过多的议论与抒情；我甚至都要把"存在是叙事的"绝对化了。好好叙事，一切就尽在其中。这是为何我要在这本《读甲记》里谈谈"我的思维观"的原因。"读甲记"读的当然是具有相对共识的经典，经典是艺术的集大成所在，我如何读，当然以自己的艺术观为背景，所以，又写了"我的艺术观"。至于"我的生命观"那是必然一定要有的，我对艺术和生命的理解，本就是存在的一体两面。书的第一部分"述理"是我浅陋的对生命、艺术、思维的理解，是读甲得以展开的铺垫。

　　后面的两部分"品人""论文"我自然期望涉猎更多些，但我明白这永远是相对的，就是现代文学经典，那也是这本小书所无法完全涵容的，干脆就当止则止。除了现代文学经典，还有几篇外国文学经典的阅读，是以前收在《立在经典岸边》的旧稿，拉来放在附录里，不是为了增加厚度，而只因这几本是我特别喜欢的书，书评虽然写得短小，对我却有一些别样生命意义的纪念，就请读者诸君体谅吧！

　　最后我要特别感谢杨霁成老先生，感谢老人家在龄近八旬还为我这个晚生赐墨，让这本不成样的小书增色多多。也缘此，我还要诚挚感谢并向苗太林兄致歉，我本先请了太林兄的墨宝作为这本小书的题签，却因为我的疏漏，在从他那回家后展看他的墨宝时不小心打翻了茶水，太林兄的墨宝登时化为一片柳烟花影图，再也无从收拾。当时面对一片狼藉，难过得直想跳脚。内心充满着自责，实在无颜再向百忙中的太林兄重请诉求。太林兄一直是我景仰的书家，这是我的遗憾。我还要感谢徐华刚、董磊二位兄长。这个夏天，写作间歇，我与二位兄长盘桓最多，二位兄长在艺术上的深厚修为于日常中给我的耳濡目染使我受益良多，那些逝去的愉快时光将在我的记忆中永久存留。

张晓东于卧牛岭读典斋

2018 年 8 月 17 日

图书在版编目(CIP)数据

读典记:生命与经典对话/张晓东著. —合肥:合肥工业大学出版社,2018.10
ISBN 978 - 7 - 5650 - 4229 - 4

Ⅰ.①读… Ⅱ.①张… Ⅲ.①世界文学—文学评论—文集 Ⅳ.①I106 - 53

中国版本图书馆 CIP 数据核字(2018)第 236548 号

读典记:生命与经典对话

张晓东 著   责任编辑 朱移山

出　版	合肥工业大学出版社	版　次	2018 年 10 月第 1 版
地　址	合肥市屯溪路 193 号	印　次	2018 年 10 月第 1 次印刷
邮　编	230009	开　本	710 毫米×1010 毫米　1/16
电　话	人文编辑部:0551 - 62903915	印　张	17.5
	市场营销部:0551 - 62903198	字　数	323 千字
网　址	www. hfutpress. com. cn	印　刷	安徽联众印刷有限公司
E-mail	hfutpress@163. com	发　行	全国新华书店

ISBN 978 - 7 - 5650 - 4229 - 4   定价:88.00 元

如果有影响阅读的印装质量问题,请与出版社市场营销部联系调换。